Leena Parkkinen

Nach dir, Max

LEENA PARKKINEN

NACH DIR, MAX

Roman

Aus dem Finnischen
von Gabriele Schrey-Vasara

OSBURG VERLAG

Titel der finnischen Originalausgabe:
Sinun jälkeesi, Max
Teos 2009

Die Übersetzung wurde gefördert von
FILI – Finnish Literature Exchange

FILI
FINNISH LITERATURE EXCHANGE

www.osburgverlag.de
Lektorat: Bernd Henninger, Heidelberg
Herstellung: Prill Partners producing, Berlin
Umschlaggestaltung: Toreros, Lüneburg
Satz: Dörlemann Satz, Lemförde
Druck und Bindung: GGP Media GmbH, Pößneck
Printed in Germany
ISBN 978-3-940731-76-0

Wann kommt sic?

1932

»Wann kommt sie?«, fragt Max. Er quengelt wie ein Kind. In der Luft schweben kleine Staubkörnchen. Das Hotelzimmer ist nicht gründlich geputzt worden. Ich überlege, ob ich klingeln und dem Zimmermädchen die Staubschicht auf dem Lampenschirm zeigen soll, doch der bloße Gedanke bringt mich zur Erschöpfung. Die Müdigkeit knirscht wie Sand in meinen Gelenken, die Lungen drücken auf das Zwerchfell. Ich schlafe zu wenig. Dabei habe ich das Gefühl, neuerdings kaum etwas anderes zu tun, als im Bett zu liegen.

»Wann ist sie hier?«

»Sie verspätet sich.«

»Ich bin das Warten müde.«

»Es ist gut, dass wir wenigstens etwas haben, worauf wir warten können«, wende ich ein. Wann bin ich ein mürrischer alter Mann geworden? Wann bin ich gealtert? Wann habe ich aufgehört zu fordern, dass das Leben mir alles gibt, was ich will? All das, was die anderen zu bekommen schienen.

»Ich komme nur nach Helsinki, um zu warten. Immer«, sagt Max.

Wir hatten ein Zimmer im Hotel Torni genommen. Ich erinnerte mich dunkel an die Baugerüste und an das Scheppern der vorbeifahrenden Straßenbahnen. In jenem Jahr wurde das Hotel erst gebaut. Helsinki wirkte ärmlicher als früher, stickig. Wie ein aus der Mode gekommenes Kleid, das man wieder hervorholt. Ursprünglich war es schön, genau richtig, um darin zu tanzen, bis die Musiker der Jazzband vor Müdigkeit kaum noch die Finger bewegen können, doch nun wirkt es bereits ein wenig lächerlich, wie es da im Schrank hängt. Die Schleifen sind plattgedrückt, die Ärmel zu weit, die Farben vom Waschen fahl geworden.

Ich bin Isaak. Meinen Namen bekam ich als Zehnjähriger von einer bulgarischen Tigerdompteuse, die meine erste Geliebte war. Ich habe in jeder Nacht meines Lebens neben meinem Bruder geschlafen. Mal auf einem Stapel Kartoffelsäcke, mal im Hinterzimmer eines Bordells oder auf handbestickten Laken für 60 Dollar. Das Gute an Max ist, dass er nur sonntags schnarcht. Das Schlechte ist, dass er trinkt und wir eine gemeinsame Leber haben.

»Ich hasse es, zurückzukehren«, sagt Max. »Ein Comeback machen nur verlebte Stummfilmstars mit Alkoholproblemen.«

»Die Beschreibung könnte beinahe auf dich passen.«

»Ich bin heutzutage nicht mehr betrunken genug, um auf die Bühne zu gehen.«

Max hasste Fotoalben, Nostalgiefeste, wieder modern werdende lange Röcke. Er pflegte zu sagen, nur wer vorwärts gehe, mache Geschichte. »Was soll das für eine Geschichte sein, die ständig präsent ist? Das Beste an der Gegenwart ist, dass man sie nie wieder erleben muss.« Er wollte jeden Tag etwas anderes essen, in einem neuen Bett schlafen, vor neuem Publikum auftreten. Max hatte nicht nach Helsinki zurückkehren wollen. Ich hatte ihn überredet.

Und sie. Ihretwegen war Max bereit, auf dem Teppich im Hotel Torni zu sitzen, in einem Zimmer, das nach dem Rasierwasser der vorigen Gäste und nach Zigaretten roch. Ihretwegen ertrug mein Bruder die steif gefütterten Samtvorhänge, die fremde, holprige Sprache, voll singender Hopotiti-Laute. Aber zum Lachen konnte ich ihn nicht bringen. Und auch nicht dazu, mit seinen Klagen aufzuhören. Altern passte nicht zu Max. 1928 war er der Lustige und Attraktive gewesen. Der großartige Max Lang und sein Bruder traten auf jeder Bühne von hier bis Istanbul auf. Gestern noch hatte ich gesehen, wie er dem Zimmermädchen zuzwinkerte und seinen Hut lüpfte. Das Mädchen wandte den Blick ab, doch ich sah, dass sich ihr Hals über der Dienstkleidung verfärbte. Nein, Max hat nicht alles verloren.

Ich wiederum – mit Iris verschwanden die Farben um mich herum. Obwohl sie nie mein war. Eine wie Iris gehört keinem.

Ich berührte den Brief in meiner Tasche, den ich so oft gelesen hatte, dass ich ihn auswendig kannte. Er hatte uns in Leipzig endlich erreicht, nachdem er uns lange gefolgt war. Die Poststempel waren verwischt, doch ich erkannte die Handschrift, obwohl ich mich nicht erinnern konnte, sie je gesehen zu haben. Sie gehörte Frau Ei. Ich wusste, was in dem Brief stand, bevor ich ihn gelesen hatte: Es gab Probleme mit Iris. Die gab es mit ihr immer.

Helsinki

1928

Über die Esplanade rannte eine weiße Ratte. Mitten auf der Straße stellte sie die Ohren auf und witterte. Ihre Schnurrhaare zitterten. Ohne sich von den Flüchen der Passanten beirren zu lassen, wand sich das Tier zwischen den Röcken der Ladenmädchen hindurch und hämmerte die Krallen auf den Asphalt. Es schlug einen Bogen um die Trambahn und verschwand zwischen den Blumenrabatten im Park. Die Studentenblumen schwankten eine Weile, dann war die Ratte verschwunden.

Helsinki roch nach Toastbrot und Meer. Bezeichnete seine Straßen hoffnungsvoll als Boulevards und erstickte in seiner Kleinstadtwichtigkeit.

»Ein blöder Ort«, sagte Max. »In Paris tanzen schwarze Mädchen mit Straußenfedern, und wir verschimmeln in diesem Kaff.«

Ich raschelte mit der Zeitung und wünschte mir, mein Bruder würde leiser sprechen, denn auf der Esplanade verstanden viele Deutsch. Ich blickte mich um, doch niemand sah uns in die Augen. Im Park kämpften die Möwen um den Proviant derjenigen, die dort ihr Mittagessen verzehrten. Von der Teetasse stieg Dampf in die kühle Herbstluft auf. Genießbarer Kaffee war in der Stadt nicht zu bekommen. Den Sommer hatten wir auf Tournee verbracht, waren durch die Provinzstädte getingelt, hatten uns treiben lassen. Wir hofften, Visa für die Sowjetunion zu bekommen, über die wir nach Amerika reisen wollten, zu größeren Bühnen. Wir warteten. Es war schwieriger als erwartet, die Papiere zu erhalten, aber was machte das schon. Helsinki war so gut oder schlecht wie jeder andere Ort. Max kam beim Tanzen immer öfter außer Atem, und an diesem Morgen zitterten seine Hände, als er nach der Teetasse griff. In der letzten Nacht war ich aus dem Schlaf aufgeschreckt und hatte gesehen, dass Max mit weit aufgerissenen Augen an die Decke starrte. Ich wollte meinen Bruder von den Spieltischen auf dem Montparnasse fernhalten, von den Händen, die Bierkrüge anboten, von den Frauen, die zusammen mit der Nacht verschwanden. In Helsinki rümpfte man die Nase über uns, doch Max war zu unglücklich, um es zu bemerken. Die fremde Sprache war ein Segen: Die Schimpfworte, die die Straßenjungen uns nachriefen, glitten an uns ab.

»Nicht mal anständigen Jazz kennen sie hier«, fuhr Max fort. »Ziehharmonikamusik und Tee.«

»Die trockene Phase tut dir sicher gut«, sagte ich.

»Verdammte Prohibition!«, maulte mein Bruder und zwinkerte der Kellnerin zu. Ich holte meine Uhr aus der Westentasche. Auf meine neue Weste war ich stolz. Selbst Max fand nichts an ihr auszusetzen. Ich hatte die Zeitung auf den Knien ausgebreitet, konnte mich aber nicht auf sie konzentrieren. Mein Blick suchte in der Menschenmenge nach einem bekannten Gesicht.

»Wann kommt er?«

Im selben Moment überquerte Robert die Straße. Wir hatten ihn beim Fest kennengelernt. Er hatte uns den ganzen Abend angestarrt, und als wir aufbrechen wollten, hatte er uns am Ärmel gezupft. Ich hatte gelächelt und gehofft, ihn rasch loszuwerden. Wir leben vom Interesse Fremder, aber manchmal möchte man auch frei haben. Robert hatte einen Skizzenblock aus der Tasche gezogen und ihn mir in die Hand gedrückt. Gegen meinen Willen war ich beeindruckt.

Schnelle, vitale Linien, Max und ich sitzend, lachend und gestikulierend. Am heutigen Morgen hatte die Wirtin uns mit dem Frühstück ein Telegramm gebracht, in dem Robert ein Treffen vorschlug.

Wir erhoben uns halb von unserem Sitz, als er kam. Er gab uns steif die Hand, trat von einem Bein aufs andere, bevor er sich schließlich hinsetzte.

»Ich würde die Skizzen gern vollenden.«

Ich merkte, dass ich die ganze Zeit eine Schuhreklame in der Zeitung betrachtet hatte. »Feinste Fußbekleidung nach Maß. Die Ruusuvuori AG präsentiert Bilder ihrer Modelle, für die sie die beachtlichste Nachfrage erwartet. Die absolute Modefarbe der Saison ist Beige in allen Schattierungen. Bestellungen in der gewünschten Leistenform. Geben Sie an, ob Sie Naturkautschuk, französische oder Holzabsätze wünschen.« Daneben prangte eine Zeichnung, die einen Spangenschuh zeigte.

»Wir haben es eilig«, wiegelte ich ab. Ich wartete nicht gern.

»Unsinn«, sagte Max. »Natürlich stehen wir Modell.«

Robert kramte in seiner Tasche.

»Kommt morgen. Ich gebe euch meine Karte.« Er schob ein Stück Karton über den Tisch.

»Bulevardi 14«, las Max über meine Schulter hinweg. Die Karte sah teuer aus, doch neben dem Wasserstempel war ein Fingerabdruck zu sehen. Ich musterte Robert. Er hatte Trauerränder aus Ton unter den Fingernägeln. Als er meinen Blick auffing, verbarg er seine Hände.

»Es ist nicht weit«, sagte er. »Fragt irgendwen.« Er stand auf.

»Willst du nichts trinken?«

»Ich bin in Eile, die Arbeit wartet. Aber ihr werdet doch kommen?« Robert drehte seinen Hut in den Händen. Er sah zur Seite, bemerkte meinen Blick und errötete.

»Ich habe eine Verabredung. Aber ich brauche euch. Ihr kommt doch?« Ich nickte. Dann senkte ich den Blick auf die Zeitung, denn ich wollte nicht zusehen, wie er ging. Die Zeilen liefen hin und her wie Insekten.

Max schien seine Hoffnung auf die Kellnerin aufgegeben zu haben und verlegte sich darauf, einer vorbeigehenden jungen Frau schöne Augen zu machen. Bald spazierte sie erneut vorüber und setzte sich an unseren Tisch. Sie lächelte mit geschlossenem Mund, verbarg ihre Zähne. Ihr Kleid war modisch geschnitten, doch die Umrisse des Blütenmusters verschwammen, der Stoff war Ausschussware, im Fabriklager gekauft. Über den Brüsten dehnten sich lockend die Blumen. Sie atmeten.

»Gehen wir«, sagte ich zu Max. »Bald wirft man uns raus.«

Erst am nächsten Morgen sprachen wir über Robert.

»Was meinst du …«, begann ich.

Ein Klopfen unterbrach mich. Ich machte mir nicht die Mühe, mich umzudrehen. Das Dienstmädchen holte das Tablett, wann es ihr gefiel. Meist erst dann, wenn Max und ich gegangen waren. Sie fürchtete sich entweder vor unserem markanten Profil oder einfach nur vor Max' vorwitzigen Fingern. Erst als ich lautes Schniefen hörte, wandte ich mich um. Die Wirtin. Ich setzte mein höflichstes Lächeln auf.

Die Pension befand sich in der Albertinkatu, im jüdischen Viertel. Die Fußböden waren mit grellgrünen Teppichen ausgelegt, und in den Fensterritzen steckten die zerquetschten Mücken der letzten zehn Jahre. Auf den Vorhängen wiegten sich Palmen. Der Sessel wies dasselbe Muster auf, und der Stoff hatte auch noch für die Sofakissen gereicht. Jeden Morgen, wenn ich die Augen aufschlug und die Vorhänge sah, erfasste mich ein leises Schwindelgefühl. Das blau wogende Wasser und die mehr als handtellergroßen Blumen, die sich um die Palmen wanden, verkündeten Armut. Aus dem Untergeschoss stiegen die Laugendämpfe der Waschküche auf, die im Magen brannten. Die Vorhänge stanken nach Wanzengift. Der bloße Geruch löste Juckreiz aus.

Ich weiß nicht, ob der billige Zimmerpreis die misstrauische Miene und die von Warzen übersäte Nase der Wirtin aufwog. Sie stand mit verschränkten Armen an der Tür. Wir warteten. In Gedanken ging ich alle Möglichkeiten durch: Wir hatten das Zimmer im Voraus bezahlt, nicht darin gebügelt, nicht verlangt, dass unsere Schuhe poliert wurden. Max schien bemerkt zu haben, dass sich etwas anbahnte, und schob verstohlen einen vergessenen Seidenstrumpf vom Bett. Die Geste brachte die Wirtin in Fahrt.

»Dies ist kein Bordell.«

Das Gesicht der Frau war bleich vor Wut. Ihre Finger waren von der Lauge verfärbt, und das Kinn hing unzufrieden herab. Tabakfarbene Flecken sprenkelten ihre Schürze.

»Das müssen wir wohl glauben, wenn gnädige Frau es eigens sagen.« Ich lächelte. Lächeln ist mit das Erste, was man im Zirkus lernt. Es ist nicht besonders schwierig: Man braucht nur die Mundwinkel nach oben zu bewegen und mit den Augenlidern zu klimpern.

Die Frau schnäuzte sich wieder.

»Dies ist ein anständiges Haus.« Sie sah aus, als glaubte sie, was sie sagte, und der Satz schien ihre Entschlossenheit zu steigern. Ich seufzte. Bald würde sie erneut ins Taschentuch tröten, und mit jedem Schniefer würden wir mehr bezahlen müssen.

»Wie viel?«

Die Wirtin straffte sich, nun kamen wir endlich zur Sache. Ohne Bedenken nannte sie eine Summe, die annähernd einer Wochenmiete entsprach. Ich drückte ihr den Rest meines Geldes in die Hand, und sie nahm es, ohne über die zerknitterten

Scheine die Nase zu rümpfen. Mit Fingern wie ihren konnte man es auf dem Markt der Diebe in Paris zu etwas bringen.

»Du und dein gestriges Mädchen«, wandte ich mich an Max, als die Frau gegangen war.

»Ich muss den Frauen treu sein, denen ich noch nicht begegnet bin.«

»Hast du dir wenigstens ihren Gewerbeschein angesehen? Bisher habe ich noch keine erlebt, die ihren Strumpf vergessen würde. Eine Amateurin.«

Max hob den Strumpf auf und roch daran.

»Dieses Mädchen war anders. So rein.«

»Das sind sie doch alle. Finanzieren ihr Studium oder unterstützen ihre kranke Mutter. Die Frauen haben immer Begründungen parat. Deshalb gibt es so wenige Schriftstellerinnen unter ihnen. Sie verwenden all ihre Energie darauf, Ausflüchte zu erfinden. Hast du ihre Zähne gesehen? Die beiden vordersten waren vollkommen faul. Gut, dass sie ihr nicht mittendrin ausgefallen sind.«

»So hübsch.«

»Die Hübschen sind die schlimmsten. Sie glauben, sie brauchten ihren Beruf nicht zu beherrschen.«

»Ach, du bist hart.«

Max ließ sich dramatisch auf den Rücken fallen, einen Arm auf die Stirn gelegt. Ich kam ins Schwanken. Doch ich blieb sitzen und hielt mich mit dem Ellbogen aufrecht.

»Wenn du eine schlechte Garbo-Imitation hinlegen willst, könntest du damit wenigstens bis nach dem Essen warten«, fiepte ich.

Max setzte sich auf.

»Du wirst zynisch. Dafür sind wir zu jung.«

»Du vielleicht. Ich komme mir vor, als wäre ich hundert.«

»Ich meine es ernst. Du entwickelst dich zu einem griesgrämigen alten Junggesellen. Von der schlimmsten Sorte.«

»Wir haben Robert versprochen, ihn zu besuchen.«

»Ich meine, wann hast du zuletzt …« Max tat, als zähle er an den Fingern ab. Als wäre das nötig gewesen.

Natürlich verliefen wir uns. Wir gingen im Kreis, bis ich merkte, dass es im Innenhof ein kleines Hinterhaus mit einer Klingel gab. Auf dem Messingschild an der Tür stand der Name Lampisuo. Schwarze Fingerabdrücke verunzierten das blank polierte Schild. Aus dem Fenster des Kontors in der oberen Etage hing ein Mädchen, das eine Zigarette rauchte. Es stierte uns mit gespitztem Mund an. Als ich der jungen Frau in die Augen sah, zuckte sie zusammen. Dann spuckte sie aus. Ich hörte das Zischen, obwohl einige Meter zwischen uns lagen.

»Klopfen wir an oder kehren wir um?«, fragte ich.

Max stäubte sich das Talkumpuder vom Mantel. Ich klopfte an die Tür.

Robert öffnete persönlich. Seine Jacke war von Gipsstaub gesprenkelt. Ich hatte vergessen, wie groß er war. Max und mich hat die Natur in dieser Hinsicht nicht verwöhnt, und nach Art der Kleinwüchsigen bewundere ich körperliche Größe. Durch die Tür schlüpfte eine junge Frau heraus, die eine Pelzjacke trug. Ich erhaschte nur einen Blick auf ihre kurz geschnittenen, dunklen Haare und ihre schweren Ohrringe. In der Herbstluft hing der Geruch von Maiglöckchenseife.

»Ein Modell?«, flüsterte ich Max zu, als Robert verschwunden war, um sich mit seiner Kochplatte zu beschäftigen.

»Eine Geliebte«, meinte mein Bruder. »Teure Ohrringe.«

»Die Frau wird ihn ruinieren.«

»Hoffentlich«, sagte Max und zog eine Grimasse. »Sonst wäre es ungerecht, dass er eine wie sie bekommt.«

Robert gab sich keine Mühe, die Anwesenheit des Mädchens zu erklären, und wir fragten nicht. Die Banknoten machten uns taktvoll.

»Dürfen wir es sehen?«, fragte ich. Ich reckte mich. Das lange Stillstehen löste pochende Schmerzen in den langen Rückenmuskeln aus. Robert ließ uns keine Pause machen, wenn wir ihn nicht eigens darum baten. Wir schlangen Sardinen aus der Dose herunter und ertränkten sie in mit Tee verdünntem Fusel. Die leeren Dosen warf Robert in den Tonstaub auf dem Fußboden. Max rümpfte die Nase über den Schmutz. Er zuckte jedesmal zusammen, wenn er eine Schabe über den Boden flitzen sah. Die Kakerlaken in Helsinki wirkten kleiner als in Mitteleuropa. Die Kälte ließ sie wohl schrumpfen. Ihre schmächtigen Fühler zitterten in der Luft, und es machte ihnen gar nichts aus, wenn man sie unter dem Absatz zertrat. Eine Weile lagen sie wie tot da, doch sobald man den Blick abwandte, sausten sie davon und verschwanden in einer dunklen Ecke.

»Machen wir Pause?« Max kratzte sich den Nacken. Unter seinen Augen hingen Tränensäcke. In seinem Schnurrbart hatte sich weißer Staub gesammelt, den er schnaubend wegblies. Drei Wochen lang hatte Robert auf Skizzenblöcke gezeichnet, auf Couverts, hatte braunes Papier mit Kohlenstaub beschmiert. Er ging um uns herum, befühlte uns und zeichnete. Wir zerfielen auf seinem Papier in tausend Kohlenstriche, in unterschiedlich proportionierte Formen. Als er endlich einen Batzen Ton zur Hand nahm, hätte ich am liebsten Hurra gerufen. Nun arbeitete er schon seit zwei Tagen an dem Klumpen.

Ich genoss den Anblick von Roberts Händen, wenn er arbeitete. Seine Finger waren schlank und lang, seine Knöchel kräftig. Arbeiterhände, wie ich sie selbst gern gehabt hätte.

»Ruht euch ruhig aus«, sagte Robert und kaute auf der Unterlippe, ohne von seiner Arbeit aufzublicken. Der Schweiß stand ihm auf der Stirn, quer über seine Wange lief ein Streifen Lehm.

Wir sprangen vom Podest, spielten uns auf, indem wir uns betont geschmeidig bewegten. Schnelle Bewegungen mit zwei Körpern erfordern Antizipation. Max und ich hatten gelernt, die Gedanken des anderen zu lesen. Ich ahnte jeden Schritt, den Max machen würde, jede Handbewegung und jeden Seufzer. Ich spürte Max in meinem Körper, aber auch außerhalb. Man könnte siamesische Zwillingsbrüder mit einem eingeschlafenen Arm vergleichen. Man ahnt seine Form, doch seine Bewegungen sind seltsam fremd. So ähnlich, wie wenn man nachts erwacht, nachdem man auf seinem Arm geschlafen hat. Man sieht, wie sich der Arm bewegt. Man kann die Finger krümmen. Aber er fühlt sich nicht an wie ein Teil des eigenen Körpers. Nach und nach beginnt es zu prickeln, das Blut drängt in die Adern. Der Schmerz lähmt die Gliedmaßen für kurze Zeit. So ist die Verbindung zwischen mir und Max. Ich habe gelernt, sie für eine Weile zu kappen, meinen Bruder irgendwo außerhalb von mir abzustellen, doch manchmal ist das unmöglich. Wir sind weder zwei noch einer. Wir hängen fester an unserer gemeinsamen Nabelschnur als ein ungeborener Fötus.

Robert trat zwei Schritte zurück und bewunderte sein Werk. Wir stellten uns hinter ihn. Vom Podest aus hatte es nur wie ein Haufen Ton gewirkt. Ich vermutete, dass Robert Kubist war; in Paris hatte ich einige Arbeiten kubistischer Künstler gesehen. Sie waren beeindruckend, aber zu intellektuell für meinen Geschmack. Die Gravüre der Kaiserin Eugenie im Salon unserer Mutter strahlte mehr Gefühl aus als diese Skulpturen. Über Roberts Schulter hinweg warf ich einen Blick auf seine Arbeit.

»Oho!«, sagte Max.

Die Statue war etwa vierzig Zentimeter hoch, eine Ganzkörperstudie. Sie stand auf einem hölzernen Piedestal. Robert bearbeitete sie mit den Händen, aber auf dem Tisch lagen

Draht, Schabeisen und Messer in Reichweite. Einige der Werkzeuge schienen eher zum Foltern geeignet als zur Bearbeitung von weichem Ton. Wahrscheinlich würde die Skulptur als gelungenes Werk betrachtet werden; ich war zu ungebildet, um sie beurteilen zu können. Ich starrte unsere aneinander verhafteten Körper an. Ein gespaltenes Ei, aus dem zwei Leiber hervorschmolzen. Max' Gesicht schob sich aus dem Ton. Das Lächeln meines Bruders schlängelte sich um die Mundwinkel. Seine Augen schienen auf den nächsten Moment, auf das Abenteuer zu warten. Mein eigenes Gesicht, mit scharf herausgearbeiteten Umrissen, hielt sich im Schatten, die Ecken sanken nach innen. Auch ich wartete. Vielleicht auf den nächsten Satz von Max, auf eine Darbietung. Das Atelier atmete leise. Süßlicher Gips stieg mir in die Nase. Ich wischte mir mit der gesunden Hand den Staub von den Schultern. Plötzlich fühlte ich mich müde.

»Gefällt es euch?«, fragte Robert. Sein Blick bettelte um Lob.

»Sehr gekonnt«, murmelte Max. »Sehen meine Beine tatsächlich so kurz aus?«

»Ist es jetzt fertig?«, fragte ich.

Robert streckte die Arme in die Höhe, dehnte sie. Ich hörte die Wirbel knacken. Er gähnte, die Augen immer noch auf die Skulptur gerichtet.

»Nein, aber es wird.«

Mich fror.

»Wir müssen uns anziehen.«

Hinter dem Wandschirm zogen wir unsere Turnerkleidung aus. Max knöpfte mir wortlos das Hemd zu. Ich sah ihm nicht in die Augen. Auch angezogen fühlte ich mich nackt. Robert bildete etwas in uns ab, etwas, wovon ich bisher nicht gewusst hatte, dass er es sah.

»Es wird gut. Ich muss nur die Textur besser herausarbeiten.«

Ich sah ihn aus den Augenwinkeln an und hätte beinahe geseufzt. Vermutlich begriff er nichts. Manchmal sind die Hände sensibler als die Augen.

Nachdem er posiert hatte, wollte Max ein heißes Bad, obwohl wir uns keinen Luxus hätten leisten können. Es war nicht leicht, eine ausreichend große Wanne zu finden, und in die öffentliche Sauna setzte Max keinen Fuß. Er fürchtete sich vor Männern, die von Schwarzgebranntem erhitzt waren, vor ihrer betrunkenen Neugier, vor den obszönen Kommentaren der Arbeiter. Max schrubbte unsere Haut mit einem Waschlappen, bis sie rot gefleckt war. Er wollte in der Wanne liegen, bis das zischend heiße Wasser sich grau färbte. Manchmal tauchte er unter und sah mich aus weit aufgerissenen Augen an, während Bläschen aus seiner Nase stiegen. Ich hasste es. Mein Bruder genoss es, mich zu ärgern. Mitunter blieb er mehr als eine Minute unter Wasser, obwohl seine Lungen nicht sehr kräftig waren. Schließlich tauchte er prustend auf, holte tief Luft und hustete. Mir war danach zumute, zu toben, ihn zu schütteln, ihm die Selbstzufriedenheit aus dem Gesicht zu schlagen. Da verzog er die Augen zu einem Lachen. Sein im Wasser weich gewordener Schnurrbart hing ihm schlaff über die Lippen. Ich konnte Max nie lange böse sein. Wenn ihm die nassen Haare ins Gesicht fielen, sah er rührend aus. Jung. Max war der einzige Mensch, der mich zum Lachen brachte.

»Ich ertrinke doch nicht«, sagte er bisweilen, wenn ich den Irrtum beging, ihn auszuschimpfen.

Zur Entschädigung pflegte er manchmal die Nägel an meiner gesunden Hand, schob die Nagelhaut mit einem kleinen hölzernen Spachtel vorsichtig zurück und verrieb nach Zitronenessenz riechende Creme auf den Geschwüren.

»Du hast eine Mädchenhand«, bemerkte er dabei oft.

»Und die andere sieht aus wie die vom Beelzebub.«

»Eigentlich …«, Max grinste, »… erinnert sie an eine Löwenzahnwurzel.«

»Gehen wir nachsehen, ob die Statue Fortschritte macht«, sagte ich. Ich schob die Tür zu Roberts Atelier auf und ließ Max den Vortritt. Er hatte das zwanghafte Bedürfnis, stets als erster durch die Tür zu gehen, die linke Seite voran. Angeblich konnte er so das Gleichgewicht besser halten. Ich erwartete, das gewohnte Chaos und darin den hochgradig konzentrierten Robert zu sehen, eine Blechtasse voll Rum und einen Schwall banalen Künstlerklatsch angeboten zu bekommen, doch ich wurde enttäuscht. Neben Robert saß ein transparentes Unterkleid auf dem Podest und kreischte auf. Rosa Kunstseide, teuer. Auch das Mädchen, das darin steckte, war nicht schlecht, durch den Stoff schimmerten die Umrisse ihres Körpers, die Wölbung des Bauchs, die Fältchen um den Nabel, die Rippenknochen. Am deutlichsten sah ich den Hintern des Mädchens. Nicht übel.

»Obwohl ich Modelle bevorzuge, auf denen man einen Kasten Bier abstellen kann. Gern auch zwei«, sagte Max im Nachhinein.

Der Hintern ragte nur so weit heraus, dass man das Wesen, das sich hinter dem Wandschirm in Sicherheit brachte, als Mädchen identifizieren konnte. Ich erinnerte mich an die junge Frau, die bei unserem ersten Besuch zur Tür hinaus geschlüpft war, an ihre schweren Ohrringe. Robert runzelte die Stirn, als er sich zu uns umwandte. Dann nickte er.

»Ihr.«

»Wir stören offenbar«, sagte ich und sah zum Wandschirm. Robert folgte meinem Blick.

»Ich habe eine Auftragsarbeit.«

»Meine Gratulation.«

»Ich bin mit eurer Skulptur nicht fertig geworden. Eigentlich habe ich das Gefühl, dass sich dieses Thema überlebt hat.«

»Ach?«

»Ich plane den Neuen Menschen. Adam und Eva neu. Die Kinder eines neuen Reiches.«

Wir setzten uns unaufgefordert auf den Diwan. Er sah aus wie gebraucht gekauft. Die am schlimmsten verschlissenen Stellen wurden von einem bestickten Schal barmherzig verdeckt. Das Atelier wirkte verändert, voller, duftender, weiblicher. Vielleicht lag es nur an der Sauberkeit. Werkzeuge und Utensilien hingen gereinigt und nach der Größe geordnet an den Wänden. Die Ecken waren blank poliert, Robert desgleichen. Auf dem Fest, bei dem wir uns kennenlernten, hatte er ein von Gipsstaub verfärbtes Samtjackett und ein legeres Halstuch mit Tabakflecken getragen. Jetzt war von seinem rötlichen Bart nicht die kleinste Stoppel mehr zu sehen, seine Haut glänzte weich wie die eines Backfischs. Ich beobachtete die Zehen, die sich hinter dem Wandschirm bewegten, und horchte auf das Rascheln des Seidenfutters.

»Wer ist das Fräulein Unterrock?«, fragte Max und nickte in die Richtung, in die ich blickte.

»Wer? Ach so, Iris.«

Robert zwinkerte uns zu. Die Geste passte nicht zu ihm, sie wirkte dümmlich.

»Die Frau eines Schuhhändlers. Mit dem Drang zu höheren Kreisen. Ungemein reich.«

»Finnin?«

»Russin, lebt seit zehn Jahren hier. Gute Knochen, nicht wahr? Dürfte allerdings gern ein bisschen üppiger sein. Nicht gerade der Kolchosentyp.«

Hinter dem Wandschirm schlüpften die Zehen in Schuhe. Ich überlegte, ob die Frau Roberts Tirade hören konnte.

Robert stach mit seinem Meißel in die Luft.

»Ihr Mann will ein Porträt. Stellt euch das vor! Wer malt denn heute noch Porträts? Soll er sich eine Porzellanhirtin kaufen. Ich modelliere Iris als Neuen Menschen.«

»Ihr sprecht von der Plastik, nicht wahr?«

Die Stimme war weich wie Watte. Wir drehten uns um. Robert lächelte, als wäre die Dame sein persönliches Verdienst. Die Schuhhändlersfrau trug einen gestärkten Leinenrock und eine Bluse, die das Schlüsselbein frei ließ. Während wir sie betrachteten, streifte sie die Handschuhe an. Ihre glänzenden Haare lagen eng am Kopf wie bei einem Jungen. Die Hutlosigkeit stand ihr gut. Ich stellte fest, dass der Eindruck, den ich anhand ihres Hinterteils gewonnen hatte, dem Gesamtbild ziemlich genau entsprach.

»Iris Ruusuvuori«, sagte sie und reichte uns die Hand.

»Madame«, säuselte Max.

Er griff nach ihrer Hand und hob sie an den Mund, so dass seine Lippen beinahe die Handschuhe berührten. Manchmal benahm Max sich idiotisch.

Die Frau hatte etwas Zerbrechliches, vielleicht lag es an ihrer Sprechweise, an der kinderweichen Aussprache, dem automatischen Illustriertenlächeln. Den einzigen unvollkommenen Zug in ihrem Gesicht bildete die hohe, spitze Nase. Als sie uns die Hand reichte, schob sie die Unterlippe leicht vor, starrte uns jedoch nicht an. Unter der Frisur blitzten große goldene, mit Perlen besetzte Ohrgehänge hervor, die in meinen Augen echt aussahen.

»Isaak«, sagte ich. Das Lächeln erreichte ihre Augen. Ein weiches, spielerisches Lächeln, das flüsterte, dass wir ein Geheimnis teilten. Iris' Hand verschmolz mit meiner. Ihre zarten Knochen wirkten zerbrechlich. Unter der Spitze spürte ich die Wärme ihrer Haut, eine Spur der ovalen Nägel und die Adern auf ihrem Handrücken.

»Max«, wiederholte sie. »Also Maxwell? Oder Maximilian?«

»Max«, sagte Max.

»Maximilian heißt er nur donnerstags«, fügte ich hinzu.

»Warum nur dann?«

»Weil es nicht sein Name ist.«

»Also Maxwell.«

»Zu britisch.«

»Max?«

»Auch das ist nicht sein Name.«

»Ich verstehe nicht.« Iris lachte in hohen Tönen, wie es bezaubernde Menschen tun, um ihre Verwirrung zu kaschieren. »Das muss gefeiert werden.« Sie legte den Kopf schräg. Die Geste brachte ihr Profil besser zur Geltung, gab ihr das Aussehen eines römischen Freudenmädchens. Max nickte mir zu. Er wusste gute Posen zu schätzen. Robert runzelte die Augenbrauen.

»Wir sind mitten in der Arbeit.«

Er wollte uns loswerden. Ich überlegte, wer von beiden das Verhältnis begonnen hatte. Vielleicht war die Frau gelangweilt.

»Gehen wir zu Ekberg. Da sind schrecklich viele alte Tanten, aber ich sterbe vor Hunger.«

Iris klopfte sich auf den Bauch, sie trug kein Korsett. »Ich brauche sofort einige Scones. Ich spüre förmlich, wie meine Rippen aus purer Frustration gegeneinanderschlagen.«

»Max und ich haben es eilig.« Ich wollte nicht vorgeführt werden. Zumindest nicht ohne Gage. Iris zog einen Schmollmund.

»Ich verstehe Sie durchaus, Madame«, sagte ich mit einer Verbeugung. »Es versüßt das Leben, die Verwandten des Ehemannes zu schockieren.« Iris starrte mich an, ihre Hand hielt mitten in der Bewegung inne.

»Tatsächlich, vielleicht verdient Ekberg keinen Skandal. Ich muss euch für den richtigen Moment aufsparen.«

»Aber ihr habt doch Zeit, hier etwas zu trinken«, mischte sich Robert ein, der sich plötzlich auf seine Gastgeberpflichten zu besinnen schien. Er berührte Iris flüchtig an der Schulter.

»Sei ein Engel und besorge uns etwas.«

Iris hob eine Augenbraue. Diese Geste musste sie lange vor dem Spiegel einstudiert haben. Sie heftete den Blick auf uns. Silberne Augen, dachte ich. Nur eine Spur heller, und sie wären farblos.

»Natürlich. Du kochst sicher Tee für uns.«

Es klang wie ein Zugeständnis, als wäre der Einkauf beim Bäcker, so alltäglich er uns erschien, etwas, das sie in ihrem ganzen Leben noch nie getan hatte. An der Tür winkte sie uns zu, ohne sich umzudrehen, überzeugt, dass wir ihr nachblickten. Und das taten wir.

Iris Ruusuvuori schob sich eine Karamelcremeschnitte zwischen die keilförmigen Zähne. Kleine Krumen setzten sich auf ihrem Hals ab. Sie sah aus wie eine Fliege. Ihre Finger brachen Brocken von den Marzipanrosen und den Schokoladehippen ab, die Nägel durchbohrten die Zuckerglasur, und mir schwindelte. Zum Essen hatte sie die Handschuhe ausgezogen. Die Fingernägel waren abgenagt und platt wie bei einem Kind. Sie ist hübsch, dachte ich, aber nichts Besonderes. Die rosa Schale der Bébé-Törtchen knackte im Mund wie Eis. Ich sah, dass Max in seiner Alexander-Schnitte stocherte, die Augen auf Iris geheftet. Als sie ihn anlächelte, wandte er den Blick ab. Ich mag sie nicht, dachte ich. Oder doch? Ich weiß nicht, was sie will. Sie ist freundlich, aber reiche Menschen sind launisch, das können sie sich leisten. Ich wartete, starrte Iris an und sah ihr beim Essen zu. Es schien sie nicht zu stören.

»Iris isst furchtbar viel«, sagte Robert.

»Ich bin hungrig.« Zum ersten Mal während des Essens

sprach sie. Ich begriff, dass ich ihre Stimme bereits vermisst hatte.

»Du bist immer hungrig.«

»Ich scheide den Zucker direkt durch die Haut aus.«

Ich überlegte, wie es sein mochte, die Innenseite ihrer baiserhaft zarten Handgelenke abzulecken, ihr blaue Flecke am Nacken zu saugen, nur um zu probieren, ob die Süße des Gebäcks in ihrem Blut zu schmecken war. Eine verwöhnte Göre, dachte ich. Alle beide. Ziehen einander auf. Sind unersättlich. Überzeugt, dass die Welt ihnen alles gibt, was sie wollen. Ich starrte Iris absichtlich auf den Mund und fragte mich, ob es mir gelingen würde, sie zum Erröten zu bringen.

»Sie sind nicht von hier?«, fragte Max, fügte ein verspätetes »Madame« an.

»Nein«, sagte Iris. »Ich wohne in Kaivopuisto. Am Bulevardi ist es so laut.«

»Aber Sie sind keine Finnin?«, beharrte Max.

»Aus Sankt Petersburg«, sagte Robert.

»Sie sind vor der Revolution geflohen?« Wieder sah ich sie an.

»Ich bin erst später gekommen«, sagte Iris. »Was spielt das für eine Rolle? Jetzt bin ich Finnin.«

»Max und ich sind Flüchtlinge.«

»Wovor flieht ihr?«, fragte Iris. Ich zuckte die Achseln.

»Ich glaube, hauptsächlich vor der Langeweile.«

»Manchmal hätte ich Lust, mich zu langweilen«, sagte Iris.

»Du?«, wunderte sich Robert. Iris stopfte sich das letzte Stück Kuchen in den Mund.

»Man muss alles ausprobieren.«

»Wirklich alles?«, fragte ich. Iris lutschte den Rest des Lippenrots von der Unterlippe. Ich stach die Gabel in mein Törtchen. Durch den Riss in der Glasur quoll weiße Füllung.

»Wer ist das da?«, erkundigte sich Max. Ich folgte seinem

Blick. An der Wand hing ein Kunstdruck, eine halbnackte Frau, die ihre beiden Kinder auf dem Schoß hielt. Die drei sitzen in einer Höhle. Die ersten Sonnenstrahlen fallen in das Versteck. Die Frau sieht erschrocken aus. Ihr Oberkörper ist entblößt, über den Beinen liegt ein schwarzer Umhang. Ihre Haare flattern im Wind. Auf dem Kopf trägt sie die Tiara einer Königin, in einer Hand hält sie einen Dolch. Die Kinder lehnen schlaff und rundlich wie kleine Ferkel an ihrer Brust.

»Von Delacroix«, erklärte Robert. »Ich habe das Original im Louvre gesehen.«

»Barum hat fie einen Dolf?«, fragte Max mit vollem Mund. Kuchenkrümel flogen über den Tisch. Ich warf einen Blick auf Iris, doch sie lächelte immer noch Robert an. Manche Frauen werden beim Lächeln nicht hübscher. Iris war immer am schönsten, wenn sie den Mund geschlossen hielt. Wenn sie sich den nächsten Satz zurechtlegte und aussah, als grüble sie über ein Geheimnis.

»Das ist Medea«, sagte Robert zu Iris.

»Wer?«, fragte sie.

»Eine Griechin. Auf dem Bild ist sie kurz davor, ihre Söhne zu töten.«

Iris erbebte. Ich dachte bei mir, dass sie in einer anderen Epoche durchaus fähig gewesen wäre, jemandem den Hals aufzuschlitzen, wenn ihr die Zeit zu lange würde. Doch jetzt war es ihre Pflicht, die Empfindsame zu spielen.

»Um sie zu essen?«, riet Max. »Die Kinder scheinen ordentlich Fleisch auf den Rippen zu haben.«

Ich betrachtete das Bild noch einmal. Die Haare des einen Kindes kräuseln sich in der morgendlichen Feuchtigkeit. Blut ist nirgendwo zu sehen. Vielleicht steht die Bluttat noch bevor. Die Kinder schlafen voller Vertrauen zu ihrer Mutter. Vielleicht wachen sie nicht einmal auf, wenn das Messer in ihren weichen Kinderbrustkorb dringt.

»Widerwärtig.« Iris rümpfte die Nase.

»Die alten Griechen waren ein blutrünstiger Haufen«, grinste Robert.

»Barbaren«, erklärte Iris.

»Barbaren sind immer diejenigen, die andere Sitten haben.«

»Oder diejenigen, denen es gelungen ist, vor uns zu leben«, meinte Max.

»Das ist eine Kunst, die man nicht unterschätzen sollte«, sagte ich.

»Leben?«

»Am Leben bleiben.«

»Ich habe eine Idee«, rief Iris.

Max hielt seine Tasse hoch und zog die Augenbrauen zusammen.

»Oh nein!« Robert lächelte.

»Wir nehmen das Auto und fahren zu uns aufs Land. Nach Porvoo.«

»Und die Arbeit?«, wandte Robert ein.

»Der Herbst flirtet noch«, sagte Iris. »Es wäre ein Verbrechen, so einen Tag zu vergeuden.«

»Es ist ein Verbrechen, die Arbeit zu vernachlässigen«, murmelte Robert.

»Ich fahre«, verkündete Iris.

»Wir kommen mit«, sagte ich.

»Ich war noch nie in Porvoo«, sagte Max. Ich warf ihm einen bösen Blick zu. Er sprach, als wäre ich schon einmal dort gewesen.

Iris fuhr gut, schnell und ohne Rücksicht auf die holprige Straße. Sie hatte das Verdeck geöffnet.

»Ich will spüren, dass ich mich bewege«, sagte sie. »Sonst könnte ich ebenso gut zu Fuß gehen.«

Der Wind schlug gegen die Wangen, verfing sich in unseren Schals und trieb uns Tränen in die Augen. Die Umgebung roch nach Herbst, und wir sogen den Geruch gierig ein. Die Gerste wogte und die Schwarzdrosseln flogen von den Äckern auf, wenn wir vorbeifuhren.

Außerhalb von Helsinki erstreckte sich Ödland. Die steinernen Häuser wichen Wäldern und mageren Weiden. Hier war die Armut sichtbar, die im Zentrum in der Sterilität der Cafés und Parks verschwand. Der matschige Boden roch nach Pissoir. Auf der Straße gingen grau gekleidete Menschen.

»Wohin wollen die?«

Robert winkte ab. Er streichelte Iris' Wange, eine Geste, die überflüssig wirkte. Iris schob seine Hand weg, ohne von der Straße aufzublicken, lächelte aber, als wolle sie ihre Reaktion abschwächen.

»Wer weiß. Streuner. Arbeitssuchende.«

Der Wagen passierte eine Frau mit schwarzem Kopftuch, die stehen blieb und uns nachblickte. Sie trug ihre gesamte Habe bei sich, in Bündeln, die ihr an der Taille hingen. Die Frau ging barfuß, die Schuhe hatte sie an den Schnürsenkeln zusammengebunden und um den Hals gehängt. Dieselbe praktische Sparsamkeit wie bei den Bauern in der Bretagne, dachte ich. Ich lächelte die Frau an und winkte ihr zu. Sie starrte zurück. Ich erschrak vor dem Hass, der in ihren Augen loderte. Die Alte öffnete den Mund. Die wenigen Zähne, die sie noch besaß, hingen beinahe heraus.

»Als hätte sie uns verflucht«, sagte Max und bekreuzigte sich im Schutz seines Mantels. Max bekannte sich zu keiner Religion, sicherte sich aber nach allen Seiten ab.

»Sie hat nur gebettelt.« Robert warf einen Blick auf Iris, die ihre Augen ausdruckslos über die Straße wandern ließ. Ihre Hände lagen schlaff auf dem Lenkrad.

»Auf den Straßen sind alle möglichen Leute unterwegs. Der

Krieg macht sich immer noch bemerkbar. Aus Russland wird allerlei Gesindel angeschwemmt, Bettler.«

»Wie war es in Russland, als du weggingst?«, fragte ich Iris.

»Zu lange her. Keine Erinnerung. Genauso. Anders. Andere Menschen, dieselbe Armut.«

»Iris' Familie ist unter dem ersten Regime verschwunden«, berichtete Robert im Plauderton.

Ich musterte die junge Frau.

»Ihr Bräutigam ebenfalls. Futsch.« Robert schwenkte den Arm über die Schulter.

Iris lächelte.

»Das ist lange her. Jakob hat mich aufgelesen. Wir haben geheiratet.«

Sie verringerte das Tempo. »Ich habe Durst. Lasst uns einen Moment anhalten. Sonst wird der Motor zu heiß.«

Iris hielt an einer verlassen wirkenden Apfelplantage. Wir stiegen aus und massierten uns die Gliedmaßen. Eine Schwarzdrossel sang. Ich wischte mir den Staub von der Hose. Iris füllte am Bach Wasser in eine Milchflasche und goss es in den Kühler. Robert ging zu einem Apfelbaum und trat gegen den Stamm. Ein paar unreife grüne Äpfel fielen herunter, dazu ein reifer, der vor unseren Füßen im Gras landete. Robert schnappte ihn, bevor wir uns nach ihm bücken konnten, und biss hinein. Klebriger Saft lief ihm aus den Mundwinkeln.

»Das nenne ich Leben.«

Max starrte in den Baum.

»Gute Kletteräste.«

Robert lachte auf, verstummte dann und blickte Max unsicher an.

»Ihr Burschen seht mir nicht wie Akrobaten aus.«

»Isaak klettert schneller als Saul.«

»Saul. Ist der aus der Bibel? Ich meine, aus eurer Bibel? Der jüdischen?«

Iris war hinter uns getreten und wischte sich Öl von den Händen.

»Typisch, Männer blasen sich immer nur auf.«

Sie legte in Taillenhöhe die Arme um den Baum, ihre braunen Schuhe verschwanden im Laub.

»Tu dir nicht weh!«, rief Robert.

Wie zur Antwort fielen uns drei Äpfel vor die Füße.

»Pass auf da oben. Hier stehen Leute.«

Es kicherte im Laub. Dann purzelten weitere Äpfel herunter. Iris' Gesicht kam zum Vorschein, die dunklen Haare hingen ihr in die Stirn. Sie stand im Gegenlicht. Iris lachte mit offenem Mund und strich sich die Haare hinter die Ohren.

»Genug?«

»Komm runter.«

Äpfel wurden aus der Krone geschleudert. Robert konnte ihnen nur mit Mühe ausweichen. Dann ließ Iris sich so leichtfüßig vom Baum fallen, wie sie hinaufgeklettert war. Sie zupfte ihren Rock zurecht und betrachtete ihre Waden, an denen die Rinde ein paar Kratzer hinterlassen hatte.

»Zum Glück habe ich heute früh keine Strümpfe angezogen.«

Wir stopften uns die Manteltaschen mit den schrumpligen sauren Äpfeln voll. Wenn man hineinbiss, platzte die dicke Schale auf und der Mund füllte sich mit aromatischem Saft. Iris zog den Unterrock aus, legte ihn auf den Boden und sammelte die Äpfel darauf. Ich erhaschte einen Blick auf ihre Oberschenkel. Sie waren weiß, oberhalb des Knies befand sich ein sichelförmiges Muttermal.

»Man muss für sein Abendessen sorgen.« Iris schwang den Beutel, den sie aus ihrem Unterrock gemacht hatte. Ihre Augen blitzten. Vielleicht hatte sie meinen stieren Blick bemerkt.

»Du bist eine echte Eva«, sagte Robert. Er stopfte einige wurmstichige Äpfel in Iris' Beutel.

»Die kann man nicht essen.«

Iris warf Roberts Äpfel fort. Sie sah mich an, die Augen zu Schlitzen verengt.

»Dieser Mann erkennt keinen verdorbenen …«

Robert warf einen Apfel nach ihr, der ihre Schulter knapp verfehlte. Sie ließ den Beutel fallen und ging mit ihren kleinen Fäusten auf ihn los. Lachend und kichernd wälzten sie sich im Gras. Iris' heller Rock bekam Flecken.

»Guck mal, was du angerichtet hast!«

»Ich kaufe dir einen neuen«, versprach Robert.

»Wir gehen ein bisschen spazieren«, sagte ich.

Den Acker säumte ein schlammiger Graben. Honiggras hüllte uns in seinen schweren Duft. In einiger Entfernung sprachen Iris und Robert leise miteinander. Ich spitzte die Ohren, um ihre Worte zu hören.

»Liebende«, sagte Max.

»Dieser Graben stinkt.«

»Du bist doch selbst auf dem Land aufgewachsen. Was hast du gegen den ehrlichen Geruch nach Scheiße?«

Ich zuckte die Achseln. Im Graben blubberte grüner Schlick. Ich hörte Iris in der Ferne seufzen.

»Wenn du mich in den Graben schubst, sind meine Schuhe hinüber.«

»Der Rain ist zu schmal für zwei.«

»Was ist das da?«

Ich blickte in die Richtung, in die Max zeigte. Am Rand des Grabens lag ein Zeitungsbündel, aus dem etwas Dunkles sickerte. Mein Bruder beugte sich so plötzlich vor, dass ich stolperte.

»Muss das sein?«

Max drehte das Paket in den Händen. Sein Blick war starr. Geschickt knüpfte er die Papierschnur auf, die das Bündel zusammenhielt. Der Klumpen war etwa so groß wie ein Barsch.

Ein Teil klebte fest an den Rändern des Papiers und sah aus wie die Innereien eines Fischs. Max stocherte mit einem Stöckchen darin herum, doch ich wandte mich ab. Iris und Robert kamen zu uns. Iris' Gesicht war gerötet, ihr Rock saß schief.

»Was ist das?«

Robert beugte sich über Max' Fund. Mein Bruder hielt ihm das Zeitungsbündel hin.

»Ein Fötus.«

»Davon habe ich schon einige gesehen«, sagte Robert. »Die findet man im Ödland.« Iris presste den Apfelbeutel an sich, sie sagte nichts.

»Wirft man sie einfach in den Wald?«, fragte Max.

»Die armen Leute«, sagte Robert.

»Ich habe Hunger«, maulte Iris. Robert warf das Bündel in den Graben und nahm Iris die Äpfel ab.

»Ich kann den Rest der Strecke fahren.«

Als wir vor dem Haus vorfuhren, stieg Robert aus und lief um den Wagen, um Iris die Tür aufzuhalten.

»Diese Sitze sind nicht für uns gemacht«, murmelte Max so leise, dass die anderen es nicht hörten. Wir schoben uns ächzend durch die Tür, mussten uns seitlich hinauszwängen und uns mit den Händen abstützen. Max' Gamaschen hinterließen dünne Schnitte im Lederbezug. Ich strich mit den Fingern darüber und betrachtete das Haus.

»Weiß«, sagte ich zu Max. »Warum wollen die Reichen immer weiße Villen? Was haben sie gegen Farben?«

»Vorsicht, das Gras ist nass«, warnte mein Bruder und hob einen Fuß. »Wenn ich nicht bald einen Drink bekomme, werfe ich irgendwem meinen Schuh an den Kopf. Hundert Francs in Saint-Germain-des-Prés, und nach einem einzigen Ausflug aufs Land kann ich ihnen Adieu sagen.«

Vor dem Tor stand ein Topf mit Herbstastern, die ein wenig Pflege gebraucht hätten. Die Veranda schmückten geschnitzte

Eichenblätter. Das Haus blickte aufs Meer und sah einsam aus. Iris klingelte, ging dann aber zur offenen Tür hinein. Drinnen war es dunkel, doch ich sah weiße Hüllen über den Möbeln. Die Villa lag bereits im Winterschlaf. Hier und da verrieten hellere Stellen auf dem Fußboden, dass einige Möbelstücke in die Stadt gebracht worden waren. Die Gespenster der Mittelschicht. Ich zuckte zusammen, als eine Gestalt auf uns zukam, doch das Weiß beschränkte sich auf die Schürze. Das Gesicht der Frau glänzte wächsern. Ihr schwarzes Seidenkleid raschelte bei jeder Bewegung. Eine Schwarzdrossel, dachte ich. Nur das Zwitschern fehlt.

»Wir schauen kurz vorbei, Saara.«

»Das Abendessen ist in zwei Stunden fertig.«

Die Frau musterte uns, und ihre Nasenflügel bebten. Sie ließ den Blick über Roberts fleckigen Kragen wandern, über Max' tadellos gestärktes Hemd, über unsere Körper. Ich schob die Krawatte zurecht und starrte die Frau an. Einen Moment lang glaubte ich ein Flackern in ihren Augen zu sehen, wie Gelächter. Dann blickte sie Iris an und wischte sich die Hände resolut an der Schürze ab.

»Es gibt nicht viel Vorräte. Wir hatten die Herrschaften nicht erwartet.«

»Ich bin sicher, dass Sie Ihr Bestes tun, Saara.« Iris leerte ihren Apfelbeutel auf dem Boden aus und strich sich durch die Haare. Die Früchte kullerten über das lackierte Holz, ein Teil schlug dumpf auf dem schwarz-roten Teppich auf. Die Haushälterin verzog keine Miene. Ich sah, dass ihr Blick auf Iris' hellrotem Unterrock verweilte.

»Apfelkuchen«, lachte Iris.

»Wie Sie wollen.« Als die Haushälterin ging, blickte ich ihr nach. Ich konnte sie mir auf jeder beliebigen Bühne vorstellen. Manches Filmstudio in Berlin würde für eine wie sie viel bezahlen. Von ihrem Gesicht schien alles Jugendliche abgefallen zu sein, obwohl sie vermutlich erst auf die vierzig zuging. Sie erinnerte an eine ausgepresste Orange. Die Haushälterin strahlte Würde aus, im Gegensatz zu der lebensfrohen Iris, zu meiner kindischen Iris.

Saara servierte uns das Abendessen auf der Veranda. Iris lächelte sie an.

»Setzen Sie sich doch zu uns.«

Saara ließ sich zu einem Kopfschütteln herab.

»Ein Abend wie damals in Sankt Petersburg, erinnerst du dich?«

»Ich weiß nicht, was Sie meinen, gnädige Frau.«

»Jakob hat bei Saara zur Miete gewohnt, das ist Jahre her.«

»Viele Jahre, gnädige Frau.«

»Sag das nicht«, lachte Iris. »Sonst hält man auch mich für alt.«

»Das ist kaum möglich, gnädige Frau.«

»Saara hängt sehr an meinem Mann. Mein Mann ist das Einzige, was Saaras Bruder ihr hinterlassen hat«, sagte Iris.

»Ja, gnädige Frau.«

»Saara weist mich in die Schranken.« Iris lächelte nur mit dem Mund. »Sie setzt sich nicht mit Gesindel an einen Tisch.«

Ich rührte in meiner Suppe. Robert lachte laut.

»In meinem Flachmann ist noch Whisky. Mögen Sie einen Schluck?« Saara zog sich mit raschelndem Rock zurück.

»Das Essen sieht gut aus«, sagte Max.

Wir löffelten Kürbissuppe, aßen kalten Braten und Zungenaufschnitt mit Mixed Pickles und in Cider gelierte Johannisbeeren. Der Teig des Apfelkuchens knirschte zwischen den Zähnen wie in unserer Kindheit. Robert goss uns aus seinem Flachmann Whisky ein, dessen Geschmack die Nuancen der Mahlzeit vom Gaumen brannte. Die Abendluft wurde kühler, vom Meer kroch Feuchtigkeit herauf. Ich hüllte mich in eine der Decken, die Saara gebracht hatte. Robert zündete sich eine billige Zigarre an, und Max schraubte seine Pfeife zusammen. Es war eine alte Bernsteinpfeife, mit silbernen Beschlägen verziert und reichlich mitgenommen. Iris betrachtete sie entzückt.

»Die muss ich haben«, rief sie. »Für Jakob, für meinen Mann.«

»Wozu braucht er denn eine alte Pfeife?«, fragte Robert.

»Dann lerne ich eben selbst rauchen. Sie ist so niedlich. Ich liebe sie«, sagte Iris und lächelte Max an.

»Dann gehört sie dir«, nickte Max. »Aber nicht umsonst.«

»Oh, ich bezahle sie.«

»Nicht mit Geld«, sagte Max. »Mit einer Geschichte.« Iris klatschte in die Hände.

»Ach, wie im Märchen! Was soll ich erzählen?«

»Das darfst du dir aussuchen.«

»Wie albern. Hier draußen ist es kalt«, murrte Robert. »Lasst uns hineingehen.«

»Geh du«, sagte Iris. »Mach ordentlich Feuer im Kamin. Saara geizt mit dem Holz.«

Robert runzelte die Stirn, stand aber nicht auf.

»Das ist Saaras Geschichte«, begann Iris. »Ein Teil ihrer Geschichte, die der Schwarzen Saara«, erklärte sie und kicherte. »Saara hatte einen Zwillingsbruder. Sie wurde als Hälfte eines Zwillingspaars geboren, so wie ihr. Oder nicht ganz wie ihr. Sie war natürlich nicht angewachsen.«

»Als Hälfte«, sagte Max. »So nennen wir die anderen.«

»Der Altersunterschied betrug drei Minuten. Saara wurde als Erste geboren. Um ihrem kleinen Bruder die Welt zu sichern, wie sie sagte. Sie ist dieser Typ: Bernhardiner, Beschützerin. Der Bruder war schön, so schön, dass Saara manchmal, wenn sie ihn betrachtete, vor Liebe der Atem stockte. Sie wusste, dass sie selbst alltäglich aussah, ein kleines Mädchen mit wirren Locken, die morgens mit Wasser gebändigt und fest geflochten werden mussten. Der Bruder hatte dunkelgraue Augen und kastanienbraunes Haar. Saara erzählte mir, dass sie sich als Kind oft ausgemalt hatte, wie sie ihren Bruder rettete. Wie sie ihn aus einem brennenden Haus trug, aus einem gekenterten Boot holte, mit Räubern verhandelte, die sie beide umzingelten. Saara und ihr Bruder David wohnten in den besseren Vierteln von Sankt Petersburg. Damals wurden die Juden nicht mehr in ihre eigenen Straßen gesperrt. Ihr Vater hatte irgendetwas mit der Armee zu tun. Ich glaube, er kümmerte sich um die Uniformen. Ankauf und Beschaffung. Saara und David wurden gleich gekleidet. Sie spielten mit demselben Spielzeug, bis das Kindermädchen sagte, wenn David zu viel Zeit mit einem Mädchen verbringe, werde er nicht stark genug, ein Junge brauche männlichere Spiele. David bekam ein eigenes Zimmer. Er schrie drei Tage lang, bis das Kindermädchen kapitulierte und die Geschwister wieder vereinte. Siebzehn Jahre lang waren sie unzertrennlich. Ich erzähle euch die Geschichte jetzt, als wäre ich selbst dabei gewesen. So ähnlich wie ein Schauspiel.

Saara wartete ungeduldig auf David. Sie wollten sich in einem Geschäft im Nachbarviertel fotografieren lassen. Ein richtiges Geburtstagsbild, denn in einem Monat wurden sie siebzehn. Die Fotografie sollte eine Überraschung für ihre Familie sein, sie hatten dafür gespart. Bald würden sie sich trennen. Nicht ganz, aber David würde auf die Universität gehen und Saara würde vielleicht heiraten. Sie würden nicht mehr sorglos dahinleben wie als Kinder. David war verspätet. Saara trat ungeduldig von einem Fuß auf den anderen. Sie trug zur Feier des Tages neue Schnürschuhe, in deren Glanz man sich spiegeln konnte. Als David schließlich erschien, riss sie den Mund auf.

›Ach, David‹, sagte sie und prustete vor Lachen. ›Wie siehst du denn aus?‹

David hatte ein schwarzes Kleid angezogen, von der gleichen Art wie Saaras. Wahrscheinlich aus ihrem Kleiderschrank. Auf dem Kopf trug er eine schwarze Baskenmütze.

›Das kannst du nicht machen‹, sagte Saara und wusste zugleich, dass David es tun konnte. Er hatte es sich vorgenommen. Sich als Mädchen fotografieren zu lassen. Die teure Aufnahme zu verderben. Und Saara würde ihn nicht umstimmen können. Aber der Tag wäre nicht vollkommen verdorben, wenn sie mitspielte. Wenn sie so tat, als ob.

Alles ging gut. Beinahe. Der Fotograf merkte nichts. David war das niedlichste Mädchen, das man sich vorstellen konnte. Sicherheitshalber spielte er die Schüchterne, sagte kein Wort, obwohl der Fotograf ihm zuzwinkerte und fragte, was die jungen Damen am Abend vorhätten. Saara wurde rot, aber David schlug nur die Hand vor den Mund, musterte den Fotografen und klimperte mit den Wimpern, was den Mann noch mehr in Fahrt brachte. Plötzlich klopfte es. Ein Mann kam herein, noch recht jung, schätzte Saara. Aber tadellos gekleidet, in Mantel und Zylinder. ›Seid ihr Saara und David?‹, fragte der Unbekannte und starrte Davids Kleid an. ›Man hat mich geschickt, euch nach Hause zu holen, das Dienstmädchen sagte, ihr wäret hier. Ihr habt Gäste zum Essen. Ich bin ein Geschäftspartner eures Vaters. Das heißt, eigentlich der Sohn seines Geschäftspartners. Mein Vater hat mich mitgenommen, damit ich Übung bekomme.‹ Der Fremde starrte Saara und David an. Ein Lachen hüpfte um seinen Mund. Saara merkte, dass sie stotterte, als sie ihm antwortete. David dagegen starrte den Fremden ungerührt an und bat ihn, für ein gemeinsames Bild zu posieren. Saara spürte einen seltsamen Schmerz in der Magengrube. David bettelte so lange, bis der Fremde nachgab und lachend nickte.

Ich habe die Fotografie einmal gesehen, über einem Bett.

Zwei Mädchen, so glaubte ich, und ein hochgewachsener Fremder, der nicht in die Kamera blickt.«

»Na und?«, fragte Max. »Warum erzählst du uns diese Geschichte?«

Iris hob die Schultern.

»Saara hatte einen Bruder. Ich wollte, dass ihr es wisst. Sonst nichts.«

Vor dem Schlafengehen spazierten wir an der Veranda vorbei, wo die Pfeife immer noch auf dem Tisch lag, in der feuchten Abendluft. Ich sah Max an. Er zuckte die Achseln.

»Der Wind bläst vom Meer. Es wird eine kalte Nacht«, sagte er.

»Der Herbst im Norden ist unangenehm.«

Max sah mich nicht an.

»Für unsere Glieder ist der Herbst überall unangenehm.«

»Hast du Heimweh nach Deutschland?«

»Gehen wir wieder ins Haus. Bei Feuchtigkeit schmerzt meine gebrochene Schulter.«

Vor dem Einschlafen hörte ich eine Bewegung auf dem Korridor. Ein gurrendes Lachen. An den Wänden unseres Zimmers rankten sich Rosen umeinander. Neben dem Nachttisch war auf der Tapete eine Mücke totgeschlagen worden. Ich berührte sie mit den Fingern, und sie fiel herunter, leicht wie die Wimpern einer Spinne. Die Mücke hatte sich vor ihrem vorzeitigen Ableben vollgesaugt. Der Blutfleck auf der Tapete hatte dieselbe Farbe wie die Rosen. Ich fuhr seine Umrisse nach.

»Sieht aus wie der afrikanische Kontinent«, gähnte Max. Ich kratzte den Stich an meiner Wade. In der Mitte der Schwellung war ein weißer Punkt. Da, wo der Sauger der Mücke die Haut durchbrochen hatte. Eine Tür schlug. Das Haus atmete die feuchte Herbstluft. Max gähnte und stieß mich an.

»Was ist?«

»Erinnerst du dich an das Labor? Erzähl mir davon.«

»Von Doktor Fehlgeburt? Du warst doch dabei.«

»Es waren einmal zwei Jungen, die …«, begann Max.

»Als wir neun waren, brachte die Tante uns zum Arzt«, fing ich an. »Wir hatten Ziegenpeter gehabt, waren schwer krank gewesen, und unsere Beine waren nur noch weiße Stangen. Doktor Fehlgeburt hatte seine Praxis in der Nähe des Zentralparks. An der Tür war ein spiegelblankes Messingschild angebracht, vor dem unsere Tante stehen blieb, um sich den Dutt zu richten. ›Ich habe euch erwartet‹, sagte Fehlgeburt und rüttelte Max so heftig an den Schultern, dass auch ich hin und her geschaukelt wurde. ›Sie können draußen warten‹, wandte er sich an die Tante. ›Gehen Sie.‹

Der Tisch des Arztes war so hoch, dass unsere Beine in der Luft baumelten. Auf einem Regal standen Gläser, die mit einer wabbeligen rosa Masse gefüllt waren. Eines der Gläser schien uns anzustarren. ›Ich habe letzte Woche eure werte Frau Mutter getroffen‹, sagte Fehlgeburt, während er unsere Muskeln befühlte. ›Trinkt das, es ist Kakao.‹ ›Unsere Mutter?‹, fragte Max und trank auch meine Portion. Der Arzt umwickelte uns mit Gipsverband. ›Bewegt euch nicht. Es dauert eine Stunde, bis die Form hart ist.‹ ›Mir tut die Brust weh. Der Verband ist zu eng‹, murmelte Max und ließ den Kopf hängen. ›Was hat Mutter gesagt?‹, rief ich. Im selben Moment stürmte unsere Tante herein, schrie gellend auf und beschimpfte den Arzt. Sie habe die Kinder zur Untersuchung gebracht. Warum verkleide er sie als Mumien? Max' Lippen färbten sich blau. Die Tante machte sich daran, die Gipsform zu zerschlagen. ›Aua‹, rief ich. ›Machen Sie die Form nicht kaputt‹, rief Doktor Fehlgeburt. ›Sie und ihre Form‹, schrie die Tante und fegte mit ihrem Regenschirm die Gläser vom Regal. Sie zerschellten in tausend Scherben.«

»Auf dem Heimweg hat die Tante uns Berliner gekauft«, sagte Max. Ihm fielen die Augen zu. Auf dem Dachboden lief ein Vogel herum. Ich blies die Öllampe aus.

Als ich am Morgen erwachte, erkannte ich das Bett nicht. Ich geriet in Panik, bis ich Max' Herzschlag spürte. Die Haare waren ihm über die Augen gefallen und zitterten im Rhythmus seiner Atemzüge.

»Wach auf.« Ich rüttelte Max. Er schlug schlaftrunken um sich und schmiegte sich dann an mich. Er roch nach Schweiß. Ich seufzte und kroch tiefer unter die Decke. Früher liebte ich diese Momente, wenn Max schlief. Dann konnte ich mir vorstellen, allein zu sein. Ein Mann in einem Körper.

Bei siamesischen Zwillingen sind Geheimnisse ein Luxus. Der andere ist die ganze Zeit da. Es ist Einsamkeit ohne Alleinsein. Eine physische Nähe, die über die Grenzen der Ehe hinausgeht. Wir lernten, die Augen zu schließen, uns abzuwenden, wenn der andere sprach. Während Max' Ehe hatten wir einen Vorhang über unser Bett gespannt, der es teilte und Max' Frau vorübergehend die Illusion schenkte, in einer Zweier- statt einer Dreierbeziehung zu leben. Ich erinnere mich an ihr Keuchen. An die klopfenden Herzen und die aus Rücksicht auf mich gedämpften Stimmen. Daran, wie ich mitunter versuchte, meine Erregung zu zügeln, wenn Max Testosteron für uns beide produzierte. Wie sich der Körper meines Bruders spannte, wenn er sich entlud.

Ich lag auf dem Rücken, starrte an die Decke und dachte an Iris. Iris beim Teetrinken. Iris beim Gehen, die geschmeidigen Bewegungen ihres korsettfreien Körpers. Iris im rosa Unterrock. Iris in spitzen Schnürschuhen. Wenn sie ging, bohrten die Schuhe Löcher in die Luft. Wie weiß ihr Bein in meiner Erinnerung war! Max röchelte im Schlaf. Ich presste mich fester gegen meine Hand. Das Blut schoss mir aus den Ohren in die Lenden, die glatt und geschlechtslos waren wie die einer Puppe. Ich strich mit den Fingerspitzen über die Narbe, zählte ihre Furchen, die dünne weiße Haut. Ich schloss die Augen. Meine Handfläche verwandelte sich in Iris' halb geöffneten Mund. In die winzigen Spalten zwischen ihren Zehen, von den Schuhen zusammengedrückt.

Strahlend hell brach der Morgen an. Die Laken dufteten angenehm nach Rosmarin und Lavendel, als wir uns aus dem Bett hievten. Ich warf Max einen Blick zu, doch mein Bruder gähnte nur. In der Waschschüssel schwappte lauwarmes Wasser, und auf dem Garderobentisch lag Rasierzeug.

»Mir platzt der Kopf«, sagte Max. Sein Gesicht sah grünlich aus.

Er nahm ein Stück Zeitungspapier und drehte sich geschickt eine Zigarette. Ich hielt mir den Rasierspiegel vor das Gesicht. Am Kinn entdeckte ich zwei kleine Härchen. Sie standen goldfarbig ab wie winzige Würmer. Ich zupfte sie mit der Pinzette aus. Das Wasser schoss mir in die Augen. Auf meiner Hand wand sich ein Haar, ein paar Millimeter lang. Ich drehte mein Kinn und spannte die Haut. Im scharfen Licht wirkte sie müde. Die Sonnenbräune, die wir uns während der Sommertournee geholt hatten, begann zu verblassen. Max zündete sich die Zigarette an.

»Willst du mich rasieren?«, fragte er.

Ich packte die Waschschüssel mit dem Fuß, hob sie näher heran und wischte das Messer am Handtuch ab.

»Es wäre leichter, wenn du dabei nicht rauchen würdest.«

Max blies mir den Rauch in die Augen. Ich zwinkerte eine Weile blind, bis der stechende Schmerz nachließ.

»Musste das sein?«

Max grinste und warf die Zigarette in die Waschschüssel. Ich nahm den Rasierpinsel und seifte ihn mit Schaum aus der Dose ein, die ich in den Zehen hielt. Ich musste den Pinsel weglegen, um das Rasiermesser zur Hand nehmen zu können, doch Max dachte nicht daran, mir zu helfen. Als Einarmiger bin ich daran gewöhnt, meine Füße zu benutzen, aber ich nehme dennoch gerne die Hilfe meines Bruders in Anspruch. Ich fuhr mit dem Messer über sein Kinn, umkreiste vorsichtig das Grübchen an der Kinnspitze. Max hat es von unserem Vater geerbt. Ich leider nicht.

»Soll ich auch den Schnurrbart beischneiden?«

»Nein. Mir ist schlecht.«

»Du hast mir auch einen Kater beschert. Du solltest weniger trinken.«

»Für eine Portion Rührei würde ich meine Seele verkaufen.« Max schnupperte.

»Welche? Meine oder deine?«

»Übrigens, das Mädchen.«

Ich säuberte das Messer am Handtuch und begann Max' Koteletten zu trimmen.

»Sie ist nicht echt.«

Das Messer rutschte ab.

»Au! Was machst du denn?«

»Du hast dich bewegt.«

Max nahm das Handtuch und presste es aufs Ohr.

»Lass mich mal sehen«, sagte ich. »Nur ein Kratzer.«

Max starrte auf den kleinen Blutfleck im Handtuch. Er wurde einen Tick blasser.

»Das Mädchen …«

»Sie heißt Iris.«

»Wenn es stimmt …«

»Du hast zu lange in der Manege gelebt. In der richtigen Welt haben die Menschen richtige Namen, nur einen Namen.«

»Schau dir ihre Grimassen an. Eine Schauspielerin.«

»Das sind alle Frauen.«

»All diese tiefen Blicke. Die Kletterei im Baum. Ich habe

gesehen, wie du sie angeguckt hast. Nimm dich in Acht. Die Frau ist eine Betrügerin.«

»Hör mal, so ein bürgerliches Mädchen kann nicht viel anrichten. Was glaubst du, was passieren könnte?«

Max schüttelte den Kopf.

»Kann sein, dass es am Whisky liegt, aber ich habe so eine Ahnung.«

»Das letzte Mal, als du eine Ahnung hattest, haben wir die Hälfte unserer Gage beim Beerenkorb verloren.«

»Das ist ja auch ein Spiel für Amateure. Ich wusste nicht einmal, dass man dabei betrügen kann.«

»Gehen wir nach draußen«, schlug ich vor. »Von der Zimmerluft bekomme ich Kopfschmerzen.«

Auf dem Rasen lag ein dünner Schleier. Raureif, der unter den Füßen knirschte. Max zog den Schal enger um sich und schlotterte. Ich lehnte mich zurück und füllte die Lunge mit Luft. Die Landschaft war versilbert. Die Blätter der Apfelbäume bebten, die Luft war schneidend. Auf den Beeten blühten noch ein paar Spätrosen.

»Schön«, meinte Max.

»Ja«, sagte ich und blickte aufs Meer.

Iris saß am Ende des Stegs und baumelte mit den Beinen. Sie hatte ein weites Kleid angezogen, das kaum über die Knie reichte und ihr das Aussehen eines plötzlich in die Höhe geschossenen Schulmädchens gab. Ihre Beine waren nackt. Sie reagierte nicht auf unsere Ankunft. Aus der Nähe entdeckte ich kleine Fältchen um ihre Augen. Die Augenbrauen waren zu einem unnatürlich hohen Bogen gezupft. Im Licht des Herbstmorgens wirkte Iris' Haut dünn wie Glas. In ihrer Hand blitzte eine silberne Flasche auf, die rasch in den Falten ihres Rocks verschwand, als wir näher kamen. An den Fußknöcheln sah ich dünnen Flaum. Offenbar rasierte Iris sich nicht die Beine, wie es die Pariserinnen taten.

»Ach, ihr seid es«, sagte Iris. »Ich hatte Angst, es wäre Saara.«

Sie schüttelte den Flachmann.

»Darf es ein Martini sein?«

»Ist es nicht ein wenig früh für Martinis?«

»Du hast recht.« Sie patschte mit dem Fuß auf das Wasser. »Deshalb trinke ich ja auch reinen Spiritus.«

Wir setzten uns auf den Steg.

»Ob es wohl wehgetan hat?«

»Was?«, fragte Max und spuckte ins Wasser.

»Die Frau hätte verbluten können. Oder ins Gefängnis kommen.«

Die Frage erschien mir ziemlich dumm. Ich sah Iris von unten herauf an. Um ihre Pupillen zogen sich silberne Ringe.

»Die Armut treibt manchen zu Verzweiflungstaten.«

Iris schüttelte den Flachmann.

»Der ist leer.«

Sie warf die Flasche in die Luft. Die Sonne fing sich in dem glänzenden Metall, der goldene Strich schnitt mir in die Augen. Draußen über dem Meer kreischten die Möwen. Iris' Arm war erstaunlich stark. Die Flasche fiel erst bei der Bake herunter.

»Schön«, sagte ich.

»Ich hasse die Natur«, entgegnete Iris. »Eine Landschaft, die nur aus einem Horizont besteht, der sich ins Leere öffnet, ist erschreckend. Auf dem Land sieht jeder Sonnenuntergang gleich aus. Ich hasse es, meine eigenen Gedanken zu hören.«

»Erzähl«, sagte ich.

»Was?«

»Wie du in dieses Land geraten bist. Du gehörst nicht hierher.«

»Doch«, widersprach Iris. »Hierher so gut wie anderswohin.«

»Na, dann erzähl mir, wie ihr Weihnachten gefeiert habt.«

»Ich bin Jüdin.«

»Pah«, sagte ich. »Du bist weniger jüdisch als ein Schimpanse. Und ich habe schon viele Schimpansen gesehen. Nicht einer hat eine Kippa getragen.«

»Am Weihnachtsmorgen standen wir früh auf, um den Tannenbaum zu holen …«, begann Iris. Es war eine lange, aber belanglose Geschichte über Ausflüge und vergoldetes Weihnachtspapier. Sie erzählte uns von ihrer Katze, die Glockenblume hieß, und davon, wie die ganze Familie sich im Frühjahr aufmachte, um die ersten Primeln zu sehen.

»Strahlende Kerzen am Baum«, meinte Max abfällig. »Etwas Dümmeres hättest du dir kaum ausdenken können.«

»An welcher Stelle habt ihr es erraten?«, fragte Iris. Sie legte sich lang ausgestreckt auf die Seite und ließ eine Hand ins Wasser hängen.

»Die Schlittenfahrt«, sagte Max. »Das war zu dick aufgetragen.«

»Wenn du dir unbedingt eine glückliche Kindheit erfinden musst, solltest du dir wenigstens etwas Stilvolleres ausdenken.«

Ein Lächeln bröckelte auf Iris' Lippen.

»Ihr wisst nichts von mir.«

»Na, na, mein Mädchen«, sagte Max. »Immerhin wissen wir eine gute Geschichte zu schätzen.«

»Es ist furchtbar anstrengend, sich ständig daran zu erinnern, dass man ein tragisches Schicksal besitzt«, grinste Iris. »Manchmal vergeht ein ganzer Vormittag, ohne dass ich daran denke. Dann fällt es mir plötzlich wieder ein. Ach, denke ich dann, wie anders wäre alles, wenn ich eine glückliche Kindheit gehabt hätte.«

»Das ist wahr«, nickte Max. »Leiden erfordert mehr Willenskraft als beispielsweise Ehebruch, Erkrankung oder früher Tod. All das kann man sozusagen in der Freizeit treiben. Leiden dagegen ist etwas für Fachleute.«

»Jung zu sterben, kann keine Freizeitbeschäftigung sein«, unterbrach ihn Iris.

»Stimmt«, nickte ich. »Aber hast du je von einem alten Meister gehört, der es getan hätte?«

»Ich habe Saara in St. Petersburg kennengelernt, im heutigen Leningrad. Habe ich euch das erzählt?«

»Ja.«

»Saara hat mich davor gewarnt, zu heiraten.«

»Warum?«

»Sie ist eigentlich ganz goldig. Aber sie hat Prinzipien.«

»Ich kannte einmal einen Mann, der auch welche hatte«, sagte ich.

»Wie ist es ihm ergangen?«, erkundigte sich Iris neugierig.

Ich zuckte die Achseln.

»Er hat als lebende Kanonenkugel beim Zirkus gearbeitet. Ist bei einem Fehlschuss umgekommen.«

»Ich würde gern einmal nach Amerika fahren«, sagte Iris.

»Die Menschen sind sich überall ziemlich gleich. Die meisten wollen ihre Ruhe haben. Arbeiten, eine Familie gründen, sich sicher fühlen.«

»Sicher«, lachte Iris. »Ja, das ist wichtig.«

Sie sprang auf und schüttelte ihre Schultern wie ein Hund.

»Gehen wir schwimmen.«

»Schwimmen«, schnaubte Max. »Das Wasser ist eiskalt.«

»Erfrischend«, sagte Iris. »Genau das brauchen wir nach diesen sentimentalen Ergüssen.«

Sie zog das Kleid über den Kopf und stand eine Weile reglos auf dem Steg. Ihre Unterkleider flatterten in der kleinen Brise vom Meer. Sie schien zu zögern.

»Sei nicht idiotisch«, sagte Max. »Du holst dir eine Lungenentzündung.«

Iris knüllte ihre Unterwäsche zusammen, warf sie auf ihr Kleid und lief ans Ende des Stegs. Sie sah klein aus, schutzlos. Ihre Glieder waren mager, die Schulterblätter standen vom Rücken ab wie Flügel. Ihre Brüste bewegten sich kaum, als sie lief. Zwischen ihren Beinen wuchs ein steifes Vlies, das als dunkler Schatten bis zum Nabel reichte. Iris sprang. Ihr Kopf verschwand im Wasser. Max atmete scharf ein. Der Moment schien ewig zu dauern.

»Wo ist sie?«, fragte ich.

»Verdammte Idiotin.«

Da tauchte Iris' Kopf auf. Sie schnappte nach Luft. Die Haare klebten ihr im Gesicht, sie schob sie zurück.

»Herrlich«, rief sie. »Kommt auch rein.«

»Uuh«, machte Max.

»Feiglinge«, rief Iris und schwamm auf dem Rücken in Richtung offene See. Ihr Hals zeichnete sich weiß auf dem schwarzen Wasser ab. Ich beobachtete, wie sie sich vom Ufer entfernte. Darin bin ich begabt: Menschen zu betrachten, die sich aus meinem und Max' Leben entfernen. Das ist mein Spezialtalent.

»Sie ist dein Typ«, sagte Max. Ich betrachtete Iris' schwarzen Kopf, der über das Wasser ragte. Ihr Lachen hallte von den Ufern wider.

Ich lasse mich gern von Menschen enttäuschen. Ich hasse Zuneigung. Zwar kann ich so sozial sein wie Max, doch ich bin immer froh, wenn ich eine neue Bekanntschaft wieder abschieben kann. Liebe oder Freundschaft zieht Enttäuschungen nach sich, eilig hinterlassene Zettel, peinliche Erinnerungen. Wenn man an einem Menschen einen Fehler entdeckt oder feststellt, dass er egoistisch und grausam ist, darf man sich das Recht zugestehen, sich zurückzuziehen. Ich bin erleichtert, wenn es mir gelingt, auf der Straße grußlos an einer Bekannten vorbeizugehen. Würden wir uns unterhalten, könnten wir Freunde werden, die sich gegenseitig Karten schicken. Sie würde mich zur Taufe ihrer Kinder einladen. Ich würde ihr von meiner Mutter erzählen, und sie würde mich verstehen, mitfühlend nicken. Ich würde Zuneigung für sie empfinden, mich nach ihr sehnen. Wenn ich ihr Bild in einem Zeitungsartikel über uns sähe, würde ich weinen. Ich würde über meine Naivität trauern. Lieber meide ich die Freundschaftsrituale, die Verlockung, mich zu verlieben. Verliebtheit erinnert an frühere Liebesbeziehungen, an die Schmerzen und Enttäuschungen, die sich mit ihnen verbinden. Ich gratuliere mir jedesmal, wenn es mir erspart bleibt, mich am Telefon zu melden. Wenn ich die widerwärtigsten Seiten der Menschen im Voraus kenne.

»Jetzt ist sie wieder verschwunden«, sagte Max. »Iris.«

Ich schrak auf. Der schwarze Kopf war nicht mehr zu sehen.

»Iris«, rief ich. »Iiiii-ris!«

Eine Möwe kreiste über uns. Aus dem Haus waren gedämpfte Geräusche zu hören. Sicher war Saara aufgewacht.

»Iiii-ris!«, schrie Max.

»Vielleicht hat sie einen Krampf?«

»Ach was«, sagte Max. »Sie macht sich einen Spaß mit uns.«

»Iiii-ris!«, rief ich und riss mir das Hemd vom Leib. Max knöpfte sich die Hose auf und holte tief Luft, als ihm das kalte Wasser auf die Haut schlug. Die Lungen schien zusammengepresst zu werden. Dann kam das Wohlgefühl. Die Schwerelosigkeit, die ich am Schwimmen liebe. Wir schwammen mit gleichmäßigen Zügen hinaus.

»Iiii-ris!«, schrie Max.

Bei der Klippe schwamm etwas Weißes. Wir hielten darauf zu, obwohl sich die Kälte bereits in den Muskeln bemerkbar machte. Es war eine Spierentonne.

»Das Untiefenzeichen«, keuchte Max. »Kehren wir um.«

»Iii-ris!«, rief ich. Die Kälte schwächte meine Stimme. Ich klammerte mich an einen Felsen, während Max Wasser trat.

In diesem Moment tauchte Iris auf. Sie lachte. Ihre Augen glänzten, ihre Lippen waren vor Kälte blau.

»Hab ich es also geschafft«, lachte sie.

»Iris«, sagte ich.

»Dummes Püppchen«, keuchte Max.

Iris drehte sich auf den Rücken und hielt sich mit Kraulbewegungen über Wasser. Ihre Brüste ragten wie kleine Inseln aus dem Meer.

»Ich wusste, dass ihr mich retten würdet.«

»Du hast uns einen Schrecken eingejagt«, keuchte ich.

»Entschuldigung.« Sie legte den Kopf schräg und küsste mich. Dann wandte sie sich ab und schwamm auf das Ufer zu. Ich lehnte mich an die Klippe. Die eisigen Lippen brannten immer noch auf meiner Haut. Vor mir tat sich ein Abgrund auf, der mich zu sich rief. Ich hatte das Gefühl, zu fallen.

Als wir den Steg erreichten, wickelte Robert Iris in seinen Mantel. Wir blieben an der Holztreppe stehen, denn ich wollte nicht, dass Robert unsere nackten Körper sah.

»Ihr Dummköpfe«, sagte Robert. »Was hat euch auf die verrückte Idee gebracht, Iris zum Schwimmen zu verleiten? Sie holt sich noch eine Lungenentzündung.«

»Hrrr«, schlotterte Iris.

»Wir bitten Saara, dir die Sauna zu heizen.«

»Nicht in die Sauna«, sagte Iris. »Widerlich.«

»Dann ins Bett. Unter die Decken. Wir müssen dich aufwärmen.«

»Weißt du was, Isaak«, sagte Iris, als sie bis zur Nasenspitze unter Decken begraben lag. »Mit dem Lügen ist es komisch. Es ist so leicht, damit anzufangen. Man lässt einfach etwas aus. Die Menschen sind freundlicher zu dir, wenn sie mit dir eine Geschichte verbinden, die sie wirklich gern hören. Ich tue den Menschen einen Gefallen. Ich bin für sie diejenige, als die sie mich sehen wollen. Am Ende lebt man ein erlogenes Leben. Als hätte es nie etwas anderes gegeben. Die Lüge wird zur Wahrheit, und es ist nicht mehr sicher, ob die wirkliche Iris je existiert hat.«

»Erzähl uns eine Geschichte. Eine wahre.«

»Ich hatte eine Fantasiefreundin«, sagte Iris. »Sie hieß Iris.«

»Wie sonst?«

»Iris Zwei saß auf der Fensterbank und sah so aus wie ich. Sie war nur besser gekleidet. Sie kam abends, wenn mir die Lider schon schwer wurden. Im Nebenbett atmete meine Tante geräuschvoll und knirschte im Schlaf mit den Zähnen. Das hielt mich wach. Meine Tante war eine starke Frau mit starken Zähnen. Nachdem sie den halben Tag zu jedem Kunden freundlich gewesen war, knirschte sie die ganze Nacht. Knirk. Knark. Ich träumte, ich wäre nicht größer als ein kleines Knackwürstchen. Klein-Iris, noch kleiner als die kleine Iris. Ich geriet zwischen die gewaltigen, malmenden Kiefer der Tante und sprang zwischen den großen, vom Tee gelb verfärbten Zähnen um mein Leben. Vielleicht war es die Angst vor diesem Traum, die mich wachhielt. Dann kam die andere Iris. Plötzlich klapperte das Fenster, und Iris saß da. Ihr Gesicht war herzförmig wie meins, ihr Haar eigenwillig glatt und schwarz. Aber die Fantasie-Iris hatte keine mageren, lehmverschmierten Stelzen. Ihre Beine waren mollig und schön wie die der Kinder auf dem Springbrunnen am Markt. Ihr Kleid war aus fabrikgewebtem Stoff, der auch noch für einen wehenden Volant gereicht hatte. ›Hallo‹, sagte die andere Iris und schwenkte die Beine. Sie trug rote Lackschuhe und an ihrer Schürze war eine Tasche.«

»Was habt ihr miteinander gemacht?«, fragte Max.

»Was tun Mädchen untereinander? Wir kicherten, teilten

Geheimnisse, übten uns im Küssen. Manchmal kletterten wir am Regenrohr entlang aufs Dach und betrachteten die schlafende Stadt. Die andere Iris klaute aus unserer Speisekammer Zwieback und manchmal sogar Wurstenden. Wir sammelten Mäuseköpfe aus den Fallen und ließen sie in der Sonne bleichen. Neben der Dachrinne war ein Loch, an das die Möwen nicht herankamen. Die andere Iris lehrte mich schießen. Ping. Mit der Zwille direkt auf die Fenster. Die Mäuseköpfe waren so leicht, dass sie die Fenster nicht zerschlugen. Sie knallten gegen die Scheiben, manchmal zerschellten sie oder wurden auf die Straße geschleudert. Manchmal blieben sie auf dem Fensterbrett liegen. Starrten aus ihren von brüchigen Knochen umrahmten Augenlöchern in die Luft. Wir lachten, wenn hinter den Fenstern das Licht anging und wütende Gesichter herausblickten. Wir lachten so sehr, dass wir beinahe vom Dach gefallen wären. Wir lachten, wenn wir sahen, wie die Menschen beim Anblick eines Mausschädels zusammenzuckten. ›Eine Katze‹, riefen sie gelegentlich jemand anderem im Zimmer zu. Oder einer ganzen Horde von anderen, denn die Mietwohnungen in der Milonska bestanden meist aus einem Zimmer, in dem die ganze Familie wohnte. Die Pritsche in der Kochnische war für die älteste Tochter reserviert. Oder für ihren jüngeren Bruder. In einigen Wohnungen trotzte man der ungesunden frischen Luft und schlief bei offenem Fenster. Es war eine Kunst für sich, den Mausschädel durch den Fensterspalt zu schießen. Das beste Ergebnis erzielten wir, wenn der Schädel eine schlafende Frau traf. Ach, das Gekreisch und Geheul! Ans Fenster stürmende nackte Leiber, die zuckten bei dem Versuch, die Überreste der Maus loszuwerden. In der Milonska schlief man nackt. Auf dicht nebeneinanderliegenden Matratzen, die tagsüber weggeräumt wurden. Wir brauchten uns auf dem Dach nicht einmal zu verstecken. Die

Nächte waren dunkel und wir waren klein. Schließlich verschwand die andere Iris.«

»Wohin ist sie gegangen?«

»Wahrscheinlich wurde ich ihr langweilig. Ich war zu groß geworden.«

Iris zog die Decke enger um sich.

»Ich hatte ein paar Leute eingeladen. Schrecklich. Gerade jetzt hätte ich eigentlich keine Kraft, sie zu sehen.«

»Bitte Robert, ihnen abzusagen. Das werden alle verstehen.«

»Ein Fest absagen? Das kann man nicht tun.«

»Es gibt viel Schwierigeres.«

Iris zog die Decke bis zur Nase hoch.

»Ihr bleibt doch zum Fest, nicht wahr?«

Max seufzte. Ich fasste Iris an der Hand.

»Keine Angst. Wir bleiben.«

Die Gäste trafen nach dem Mittagessen ein. Sie entstiegen blank polierten Automobilen. Iris schwebte in einem weißen Kleid umher. Sie machte Menschen miteinander bekannt, ließ Getränke einschenken und aus der Küche Cocktailhäppchen bringen, die alle wie auf Verabredung unbeachtet ließen. Max und ich hielten uns am Rand, wir standen auf der Veranda. Max rauchte so hastig, dass seine Finger von braunen Punkten übersät waren. Robert folgte Iris wie ein Schatten und führte ihre Anordnungen aus. Er spielte den Hausherrn im herrenlosen Haus.

»Wir könnten jetzt aufbrechen«, meinte Max.

»Nehmt doch ein Gurkenbrot«, sagte Iris, die gerade in dem Moment auf die Veranda kam. Ihre Wangen glühten. Die Niedergeschlagenheit, die sie am Vormittag befallen hatte, war verschwunden. Die Plisseefalten ihres Rocks schwangen bei jeder Bewegung. Auf ihrer Nase war kein bisschen natürlicher Glanz zu sehen, ihr Mund flammte wie ein Warndreieck. Die ondulierten Haare lagen wie angeklebt auf den Schläfen.

»Du siehst aus wie eine Ägypterin«, stellte Max fest. Das Urteil schien Iris zu gefallen. Die Türkise an ihren Ohrringen klirrten leise, als sie den Kopf drehte.

»Ihr könntet mir einen Tanz beibringen.« Sie lächelte, den Blick auf die Menge geheftet. »Etwas Orientalisches. Ich glaube, ich hätte mich am Hof des Pharaos wohlgefühlt. Nofretete, die Frau hatte Stil. Ein paar Sklavinnen würden meinem Kleid genau die richtige Nuance geben.«

Ich grinste.

»Du wärst genau die Richtige, um oben auf der Pyramide zu stehen und zu rufen: Kopf ab!«

Max kaute an dem Brot, das ihm in die Hand gedrückt worden war. Er schien uns nicht zuzuhören. Krümel fielen ihm aus dem Schnurrbart.

»Wer ist der Bursche im blauen Anzug?«

Iris blickte zu dem Mann hinüber. Er hatte ein langes, jungenhaftes Gesicht, einen locker geschnittenen Anzug und eine schlaffe Haltung. Glashelle glatte Haare umrahmten sein Gesicht. Der Mund war so klein, dass es ihm Schwierigkeiten bereiten musste, ihn zu benutzen. Er ging auf die dreißig zu, schaffte es aber, wie ein Schuljunge auszusehen. Iris zog eine Grimasse. Dann erhellte ein Lächeln ihr Gesicht.

»Eric!« Sie küsste die Luft um ihn herum. »Teurer Freund, wie schön, dass du kommen konntest.«

Eric lächelte Iris schüchtern an. Sie waren vermutlich gleichaltrig. Der Mann roch nach Tennis und Klavierstunden. Iris kam aus einem gänzlich anderen Stamm, einem anderen Erdteil. Der Unbekannte gehörte zu jenem gesunden finnischen Menschenschlag, der einige Jahre später die am Meer gelegene Mülldeponie Hietaniemi eroberte und seine Handtücher auf dem Sand ausbreitete, der den Abfall verdeckte. Gesunde, muskulöse Körper lagen nebeneinander, man trank Zitronenlimonade und warf den Möwen Brotstücke hin. So viel gesundes Fleisch, dass Badeanzüge wie unnötige Tugendhaftigkeit erschienen.

Iris reichte dem Mann nur bis zur Schulter, was sie sichtlich störte. Sie hielt sich einen Schritt von ihm entfernt, wie um Vergleiche zu vermeiden.

»Robert, bring rasch ein Glas für Eric.«

Robert eilte herbei. Auch die restliche Gesellschaft bemerkte den Mann. Eine begeisterte Schar umringte ihn. Man nahm ihm den Mantel ab und hängte ihn an die Garderobe, man drückte ihm ein Glas in die Hand, man klopfte ihm auf den Rücken und grüßte ihn.

»Wer ist er?«, fragte ich Iris.

»Egal«, sagte sie.

Sie schien ihre alte Ausstrahlung wiedergewonnen zu haben. Die kleinen, gemeinen Falten verschwanden von ihren Nasenflügeln.

»Robert, der Cocktail!«

In ihrer Stimme lag noch ein Rest der alten Schärfe, der jedoch in ihrem Lächeln ertrank.

»Heute wäre gutes Segelwetter«, sagte Eric. »Auf der Bucht könnte man mindestens fünfzehn Knoten erreichen.«

Die Schar der Eifrigen, die ihn umringte, nickte.

»Ach, die frische Luft«, sagte Iris voller Trauer. »Wenn meine Gesundheit besser wäre.«

Das wirkte. Einen Moment lang sah sie so zart und krank aus, dass Eric in Vergessenheit geriet. Die Gäste erkundigten sich besorgt nach ihrem Befinden. Man brachte ihr ein Glas Kognak, gab ihr Ratschläge und Instruktionen. Ein älterer Gentleman ließ sich dazu hinreißen, sein Fußliniment zu preisen. Seinen Worten nach garantierte es ein langes Leben und wirkte bei richtiger Anwendung auch gegen Hämorrhoiden.

»Iris, Liebes!«

Die Frau waberte vorwärts wie ein gigantisches Ei. Ihre Wangen blieben auch dann noch in Bewegung, als sie den Satz ausgesprochen hatte. Der Körper von Frau Ei war in eine grüne Abendrobe gehüllt, die den Blick auf ihre Arme freiließ. Auf die warmen, teigartigen Hände, die die unseren schüttelten.

»Hoppla«, sagte Frau Ei. »Jetzt geht der Ringelpietz richtig los.«

»Whisky«, ergänzte ihre Begleiterin, Frau Q. Iris flüsterte mir ins Ohr, die Dame habe zwei Ehemänner ins Grab gebracht und besitze einen *Ruf*. Ihr Körper wirkte immerhin ansehnlich. Um den Mund hatten sich Fältchen eingenistet, doch sie verstand es, die bessere Seite ihres Gesichts in den Vordergrund zu stellen. Unter ihren blau gefärbten Augenlidern hervor warf sie uns einen geübten Blick zu. Ich hatte den Verdacht, dass der *Ruf* vorgetäuscht war.

»Es war so wundervoll von dir, anzurufen, Iris. Im Opernkeller ist es heute so langweilig.«

»Wir wollen Whiskygrogs«, verkündete Frau Ei.

»Unbedingt«, sagte Iris. »Robert, sei ein Engel und mixe den Damen einen Drink.«

Frau Q (die mit dem Ruf) sah uns erneut an. Der Schwips sprühte ihr aus den Augen.

»Ihr seid zwei!«

»Oho«, sagte Max. »Ihre Beobachtungsgabe ist bewundernswert, gnädige Frau. Es ist freilich auch möglich, dass gnädige Frau beschwipst sind und uns doppelt sehen.«

Ich sah, dass Frau Q diese Möglichkeit in Betracht zog, doch dann schüttelte sie den Kopf.

»Nein, ihr seid zwei.« Triumphierend lieferte sie den Beweis: »Der eine hat keinen Schnurrbart.«

»Was haltet ihr von Iris?« Frau Eis Augen funkelten im Licht der Lampions. Ihr Kinn wogte in betrunkener Zufriedenheit. »Ist sie eine echte?«

»Eine echte was?«

»Bolschewikenspionin.« Frau Ei kicherte.

»Ich habe gesehen, wie Ruusuvuoris Auto vorfuhr. Damals, als das Mädchen gebracht wurde.«

Die Frau nickte. Max starrte fasziniert auf ihr dreifaches Kinn.

»Sie sah nicht so aus wie jetzt. Ihre Arme waren dünn wie Kaugummi. Sie sprach kaum etwas anderes als Russisch und dieses Gebrabbel der Juden.«

»Jiddisch?«

»Genau. Der Chauffeur sagte, das Mädchen habe allein auf dem Bahnsteig gestanden, mit zwei Koffern, die größer waren als das Kind selbst.«

»Das Kind?«

»Sie war sicher noch keine achtzehn. Es hätte mich nicht gewundert, wenn sie noch nicht einmal konfirmiert gewesen wäre. Ach nein, zur Konfirmation gehen die ja nicht. Diese Leute. Die haben über das Alter des Mädchens gelogen, die Verwandten. Um sie loszuwerden. Bestimmt war irgendein Beamter bestochen worden. Sicher mit Ruusuvuoris Geld, damit das Mädchen die nötigen Papiere und Reisegenehmigungen bekam.«

Als Max sich räusperte, trat ich ihm gegen den Knöchel. Ich wollte auch den Rest noch hören. Iris als Kindsbraut. Wie amüsant.

»Au, was soll …«

Die Frau hatte sich in Fahrt geredet.

»Sie hieß nicht Iris. Sie hieß …« Die Frau schien angestrengt nachzudenken. »Es war ein komplizierter Name, gut, dass sie ihn gegen einen eleganteren ausgetauscht hat. Makkonen, der Chauffeur, hat die Koffer ausgepackt, und wisst ihr was?« Frau Eis Schultern bebten im Mondlicht. »Die Koffer von dem Mädchen. Sie waren vollgepackt mit Illustrierten. Zum Teil älter als die Revolution. Ruusuvuori sagte, er habe den ganzen Stapel verbrannt. Fürchtete sich vor Krankheiten. Das Mädchen soll danach tagelang geweint haben. Wer weiß, was sie in dem Krempel gesehen hat.«

»Vielleicht wollte sie etwas aus ihrem früheren Leben aufbewahren?«

»Wer würde sich dahin zurücksehnen? In die Russenwirtschaft? Hunger hatte sie, das arme Kind. Bei Dinnereinladungen war ihr Teller als Erster leer. Noch den letzten Tropfen Bouillon hat sie mit einem Stück Brot aufgetunkt. Ein paarmal habe ich gesehen, wie sie die Konfektschale in ihre Handtasche leerte.«

»Unglaublich«, sagte Max und zwinkerte mir zu.

»Ich habe Jakob davon erzählt, und zu seiner Ehre muss ich sagen, dass er die Sache nicht auf sich beruhen ließ. Er bat Iris, ihm ihre Handtasche zu geben, und schüttete den Inhalt beim Aufbruch auf dem Tisch in der Eingangshalle aus. Ich bekam stellvertretend für das Mädchen rote Ohren, doch sie verzog keine Miene.«

Iris trat zu uns.

»Hier plaudert ihr also. Glaubt nichts, was euch das Ei erzählt. Sie ist die schlimmste Klatschbase der Stadt, nicht wahr, meine Liebe?«

»Jeder muss tun, wozu er begabt ist.«

»Amüsiert ihr euch gut?«, fragte Iris und ließ sich von Frau Ei Feuer geben.

»Blendend«, antwortete Max.

»Hervorragend«, sagte Iris. »Versucht nicht, mit dem Ei zu

flirten. Man hat ihr die Gebärmutter herausgeschnitten, und außerdem glaube ich, dass sie Lesbierin ist.«

»Ich …«, setzte Frau Ei an.

»Macht doch nichts«, sagte Iris. »Ich wäre es auch, wenn mir eine wunderschöne, reiche Frau begegnen würde. Das gehört zu den Dingen, die ich noch nie probiert habe.«

Sie blickte Frau Ei nachdenklich hinterdrein.

»Jemand sollte ihr sagen, dass Grün ihr nicht steht. Sie sieht aus wie ein Armeezelt. Das Ei veranstaltet die besten Feste in Helsinki, ist furchtbar reich und irgendwie mit Jakob verwandt. Ich glaube, sie ist in mich verliebt.« Grübelnd runzelte sie die Stirn. »Vielleicht will sie einen von euch heiraten? Oder in euer Theater investieren?«

»Wir haben sie gerade erst kennengelernt!«

»Man muss vorwärts streben«, sagte Iris. »Arm kann man auch im Alter noch sein.«

Das Fallobst im Garten verströmte Mostgeruch. Im Kopf rauschte die Trunkenheit.

»Ganz hervorragend und absolut echt«, erklang Roberts Stimme hinter den Apfelbäumen. Ich spitzte meine Lauscherohren. »Viel stilvoller als der Zwerg auf dem Fest der Holms.« Ich warf Max einen Blick zu und sah, dass sein Lächeln schal wurde. Er vermied es, mich anzusehen.

»Sie sehen sich nicht vollkommen ähnlich«, hörte ich Frau Ei klagend erwidern. »Und der Kleinere hat mir nicht erlaubt, seine Muskeln zu befühlen.«

»Alles kann man nicht haben«, sagte Robert. »Sie dürfen meine befühlen, wenn Sie wollen.«

»Hör mal …« Frau Ei dämpfte die Stimme. »Glaubst du, dass sie … Dass sie alles gemeinsam tun?«

»Das müssen sie ja«, stellte Robert fest. »Sie sind immer beide da. Essen und pinkeln nebeneinander, ich habe es gesehen.«

»Aber absolut alles …«

Robert schien nicht zu begreifen. Frau Ei räusperte sich. Ihre Stimme wurde noch tiefer, sie säuselte betrunken.

»Ich meine, waren sie je verheiratet? Wäre das nicht eine Art Ehebruch?«

»Aha.« Nun ging Robert ein Licht auf. »Meinen Sie … Glauben Sie, dass die beiden … Mit derselben Frau? Vielleicht spielen Sie gar mit dem Gedanken, es herauszufinden?«

»Nein!«, protestierte Frau Ei. »Ich frage ja nur.«

»Iris ist sehr froh, dass sie die beiden für einen Auftritt gewinnen konnte. Bisher haben sie es immer abgelehnt, bei Privatveranstaltungen aufzutreten. Für andere Dienstleistungen müssen Sie sicher extra bezahlen, gnädige Frau.«

Auf der Treppe fanden wir Iris in Gesellschaft von Eric. Ihr Blick war verschwommen. Vielleicht war sie betrunken.

»Du hast uns nicht erzählt, dass du uns engagieren willst«, sagte Max.

»Ich …«, begann sie. »Es war Robert … Darf ich bekanntmachen, Eric. Isaak und Max. Eric ist ein … Geschäftspartner meines Mannes.«

»Hör zu, du kannst ihnen mitteilen«, ich deutete mit dem Kopf zum Garten hinüber, »dass die Vorstellung um elf beginnt.«

»Ihr braucht das nicht zu tun«, seufzte Iris.

»Wirklich nicht«, sagte Max. »Wir haben nicht einmal Kostüme.« Dass ein Problem zu lösen war, schien Iris aufzumuntern.

»Auf dem Dachboden liegt alter Krempel herum, da wird sich schon etwas finden.«

»Diese Kleopatra ist so giftig, dass sie nicht einmal eine Schlange braucht«, murmelte Max, als wir uns umzogen.

Iris brachte uns ein Bündel Theaterkostüme. Reste eines Kostümfestes, das in der Villa irgendwann einmal gefeiert worden war, oder für Lebende Bilder gesammeltes Zubehör. Kronen aus Goldpapier, mit Folie und Kristallen benähte Samtumhänge, künstliche Blumen und Bonbonpapier.

»Der Kram ist unbrauchbar«, schimpfte Max. »Da könnten wir auch gleich nackt tanzen.«

»Warum nicht?«, sagte ich.

Max warf mir einen schrägen Blick zu. »Bist du sicher? Dieses Publikum wäre es nicht wert, Bruder.«

Es dämmerte, als wir nach unten zurückkehrten. Im Garten brannten Lampions. Ich schluckte, als ich die Augen der Zuschauer im spärlichen Licht glänzen sah. Die Gäste scharten sich zusammen. Ich hörte, wie Iris uns ansagte. Das Grammophon rauschte.

»Die Sensation dieses Sommers.« Das Stimmengewirr verstummte. »Max und Isaak Lang.« Eine Frau im Publikum kreischte vor Aufregung. Pikierte Unruhe. Iris' Kleid glühte im Dämmerlicht.

Unsere Haut war mit Korken geschwärzt und glänzte. Der Tand, den wir uns an den Gürtel gebunden hatten, klirrte bei jeder Bewegung. Die Herbstluft strich über die nackte Haut. Ich sah Max an und nickte. Er krümmte den Rücken, und ich beugte mich in die andere Richtung. Luft strömte in die Lungen. Als würden wir auffliegen. Ich drückte Max' Hand. Die Haare auf seiner Haut hatten sich aufgerichtet. Er drückte meine Finger und ließ los. Die Musik wurde lauter.

Der Tanz ließ den Körper zucken. Das Publikum verschmolz zu zwei Augen. Die Perlen glänzten. Die Nacht wurde schwarz. Vom Meer stieg Feuchtigkeit auf. Wir tanzten, ohne außer Atem zu geraten. Der Rhythmus floss hinab in die Lenden, durchdrang ein Organ nach dem anderen. Schob sich hinter das Brustbein. Der erste Schritt nach vorn, das Knie gekrümmt. Die Ketten kratzten mir die Haut auf. Max' Augen funkelten. Ich spürte, dass er schneller atmete. Der Rhythmus hatte ihn gepackt. Wir tanzten wie ein einziges Organ.

Beim Tanzen spüren wir keinen Schmerz. Dann gibt es nur jede einzelne Bewegung, jedes Beugen eines Gelenks. Wir hatten aus purem Trotz tanzen gelernt. Damals, als die Tante in der Stube das Tambourin schlug. Mit Hundetricks bringt man den Besitzer zum Laufen. Ich genoss jeden Blick, der sich auf uns richtete. Ich sah, dass einige Frauen die Augen abwandten, der Abscheu verwandelte sich in Entsetzen, die Furcht in Erregung. Die Augen streiften über meinen Arm, glitten zwischen die Beine, stellten Vergleiche an. Die Ausrufe verstummten. Ein Betrunkener versuchte mitzusingen, doch diejenigen, die neben ihm standen, stießen ihn mahnend an. Iris' Mund wurde zu einem dünnen Strich, doch sie wandte den Blick nicht ab. Nur ihr Kinn zitterte. Als halte sie die Tränen zurück.

Nach der Vorführung trieben wir uns am Ufer herum. Robert lehnte am Steg. Seine Augen glitzerten im Licht der Papierlaterne, die am Geländer hing. Er war betrunken. Er grüßte uns nicht, sondern redete, als hätten wir bereits ein längeres Gespräch geführt.

»Ein Monster«, lallte er.

»Wer?«

Ich dachte bei mir, dass man uns schon so oft als Monster bezeichnet hatte, dass wir am besten den Namen wechselten. Max und Isaak Monster, Schreckensstraße 3.

»Wer von uns beiden?«, fragte Max. Robert ging nicht darauf ein.

»Ruusuvuori«, zischte er. »Ein Monster«, fügte er hinzu, im Glauben, den Kern getroffen zu haben. »Er behandelt Iris hundsgemein. Ist wieder nicht hier. Das arme Mädchen ist ganz unglücklich.« Der letzte Satz war nur ein leises Fauchen, das um Bestätigung zu bitten schien, als wolle der Satz seine

Existenz nicht zugeben. »Sie hat ihre Kindheit in unseligen Verhältnissen verbracht, die Arme.« Robert sackte auf die Erde und ließ den Kopf hängen.

»Iris?«, fragte ich verwundert. Robert warf mir einen bösen Blick zu.

»Ihr Mann hat sie gezwungen, mir Modell zu stehen. Er wollte sie in Bronze gießen lassen. Das arme Kind war furchtbar nervös, ich musste ihr zwei Glas Whisky einflößen, bevor sie sich ein wenig entspannte. Es hat mindestens zwei Monate gedauert, bis ich sie überreden konnte, im Unterrock zu posieren. Sie hat sich aufgeführt, als würde ich versuchen, sie zu vergewaltigen.« Robert sah uns mit der verschlagenen Miene eines Betrunkenen an.

»Gehen wir hinein«, sagte ich.

»Ihr Körper ist dazu geschaffen, modelliert zu werden. Nur ihre Ohren mag ich nicht.«

»Sicher hört sie mit denen ganz gut.«

»Ich bin müde«, sagte Max. »Komm, wir schleichen uns davon.«

»Ich habe sie überredet, sich die Haare abzuschneiden. Als wir uns kennenlernten, trug sie die Haare zum Knoten gesteckt, wie ein Bauernmädchen. Offen reichten sie ihr bis fast zu den Knien. Jetzt sieht sie aus wie eine echte Pariserin.« Robert nickte selbstzufrieden. In Gedanken spielte er die Hauptrolle und genoss die Aufführung.

»Im Zirkus gab es einmal einen Elefanten, der malen konnte«, sagte ich.

Robert sah an mir vorbei.

»Ein unglaublich geschicktes Tier. Konnte sich selbst malen. Es fing beim Schwanz an und zeichnete eine feine Linie bis zum Rüssel. Dann skizzierte es die Beine. Jeder hätte auf dem Bild einen Elefanten erkannt.«

»Er vertrat die romantische Schule, der Elefant«, sagte Max.

»Robert ist Expressionist. Er glaubt, dass Gefühle sichtbar sein müssen.«

»Zum Schluss malte er eine Narzisse, die er im Rüssel hielt. Dafür gab der Dompteur ihm gelbe Farbe.«

»Iris«, begann Robert.

»Einmal sah ein Mann dem Elefanten völlig geräuschlos zu. Ohne jeden Laut. Dem Elefanten gefiel das nicht. Er war an Seufzer und Applaus gewöhnt. Aber der Mann stand nur da und kaute Popcorn. Mitten in der Vorstellung nahm der Elefant den Farbeimer und goss ihn über dem Mann aus. Da stand er nun, gelb triefend.«

»Das könnte man als Kunst bezeichnen«, sagte Max.

»Sein Besitzer verdiente mehr als Rodolfo, der haarlose Zwerg. Er hatte sogar einen eigenen Zirkuswagen.«

»Sie liebt mich«, sagte Robert. Wir kamen nicht dazu, ihm zu antworten, denn er schnarchte bereits. Wir ließen ihn schlafend am Steg zurück.

Zwei Wochen später erwartete uns im Hotel ein Telegramm. NOTFALL. HOLT MICH UM SECHS UHR. IRIS.

»Was zum Teufel«, sagte Max. »Wir gehen nicht hin.«

»Vielleicht ist etwas passiert. So kostbar ist unsere Zeit nicht.«

Iris öffnete uns selbst. Sie zog den Morgenmantel enger um sich, als wäre es im Vestibül kalt. Das feuchte Kleidungsstück klebte ihr am Körper, warmer Dampf umgab sie.

»Ich komme gerade aus der Badewanne.«

Zerstreut schob sie die Hände in die Haare, aus denen Wasser auf den Teppich tropfte. Feine Locken fielen ihr auf die Stirn. Ohne Lippenstift sah sie sehr jung aus. Iris klimperte mit den Wimpern und wischte sich Seifenschaum von den Augenbrauen. Ich bemerkte, dass sich ein Seifenbläschen auf ihre Haare setzte, und hatte Lust, es zu zerdrücken.

»Saara ist auf dem Land.«

»Du hast um Hilfe gebeten?«

»Ja. Ich stecke furchtbar in der Klemme.«

Ohne weitere Erklärungen wandte sie sich ab, während wir zurückblieben und uns aus den Mänteln schälten. Auf den roten Tapeten der Eingangshalle flogen Vögel. Die Tür war so breit, dass wir nicht seitlich zu gehen brauchten. Auf dem Fußboden schimmerten Iris' nasse Fußabdrücke. Ich setzte probeweise meine Füße hinein und brachte uns damit aus dem Takt.

»Was springst du so!«

Max war schon den zweiten Tag gereizt. Im Allgemeinen dauerten seine Stimmungstiefs nicht so lange. Ich machte mir allmählich Sorgen. Bald würde mein Bruder darauf drängen, nach Berlin zu reisen, nach Paris, ganz gleich, wohin. Er würde nicht länger auf die Visa warten wollen. Max kam nur in der Bewegung zur Ruhe.

Überall in der Wohnung brannte elektrisches Licht, obwohl Iris allein war. Im Salon roch es leicht nach Naphthalin. Hier und da waren Gläser zu sehen, gedankenlos auf den Mahagonikredenzen abgestellt und vergessen. Ich schob einen Kleiderhaufen vom Sofa und Max fiel nach mir seufzend auf das Polster.

»Diese Schuhe bringen mich noch um.«

Ich hob die Beine hoch und lehnte mich zurück, so weit die Lehne es zuließ. Max klopfte seine Taschen ab, suchte seinen Tabakbeutel.

»Irgendwo auf dem Tisch liegen Zigaretten«, rief Iris aus dem Nebenzimmer. Durch den Türspalt sah ich, dass sie sich mit dem Kopf nach unten die Haare trocknete. Max warf einen Blick auf den Tisch. Unter einem Bücherstapel hing ein einsamer Seidenstrumpf herab. Wir fanden eine halb geleerte Pralinenschachtel, ein Opernglas und ein kleines Stück Käse. Zigaretten waren nicht zu sehen.

»Ach nein, die sind ja hier«, sagte Iris, die hereingekommen war und die Dose vom Klavier nahm. Vorher hatte sie es geschafft, den Unterrock anzuziehen. Wenn sie sich bewegte, war der obere Rand ihrer Strümpfe zu sehen. Die Nähte zogen sich schnurgerade über ihre Waden. Mit ihren Strümpfen war Iris nicht unordentlich. Auf dem silbernen Deckel der Zigarettendose schimmerte ein Monogramm. Fremde Buchstaben. Vielleicht von irgendeinem Verwandten ihres Mannes.

»Gut, dass ihr die Pralinen gefunden habt. Ich hatte sie schon gesucht.«

Max gab ihr Feuer. Sie schwenkte den Arm. Das glühende Ende der Zigarette schnitt einen Bogen in der Luft.

»Schrecklich, ich hatte ganz vergessen, dass heute Mittwoch ist. Gestern haben wir in Janis Bude gefeiert. Furchtbar viele Studenten, natürlich. Um diese Zeit ist ja sonst niemand in der Stadt.«

»Hmm«, machte ich. Max spielte mit dem Feuerzeug. Iris nahm einen tiefen Zug und warf die Zigarette dann in den Kamin. Im Aschehaufen lagen bereits einige Kippen.

»Jedenfalls hatten wir nichts zu tun, Robert und ich. Also haben wir beschlossen, geschmuggelten Schnaps zu trinken.«

Iris' Geplauder kam nun aus einem anderen Zimmer. Max saß zurückgelehnt da, die Augen halb geschlossen, und rauchte. Irgendwo plätscherte Wasser.

»Hast du den Hahn zugedreht?«, rief ich Iris zu. Sie erschien an der Tür, in einem schwarzen Gebilde, das wie ein Sack aussah.

»Ich habe Robert angefleht, mich in den Hafen zu führen. Auf den deutschen Schiffen wird Kokain verkauft, sagt man …«

»Das Badewasser? Hast du den Wasserhahn zugedreht?«

»Ui«, flüsterte Iris. Dann lachte sie. »Würdet ihr? Bitte? Ich muss mich anziehen, sonst verspäten wir uns.«

Ich nickte.

Auf dem Fußboden im Bad schwappte Wasser. Max hob seine Lacklederschuhe, sah mich stirnrunzelnd an und begann sie aufzuschnüren. Ich drehte den Hahn zu. Die emaillierte Wanne war mit lauwarmem Wasser gefüllt. Als ich die Hand zurückzog, berührte mein Ärmel die Wasserfläche. Ich dachte an Iris, wie sie aus der Badewanne stieg und ihr das Wasser von den Schenkeln rann, sah sie in der Wanne liegen. Sah, wie sie die Augen schließt und auf den Boden der Wanne sinkt. Ihre Haare steigen nach oben, heften sich an ihr Gesicht. Aus ihrem Mund steigen Bläschen auf. Plötzlich reißt sie die Augen auf. Starrt Max und mich an. Ich stelle mir Iris' Körper vor. Ihre Knie ragen aus dem Wasser wie Inseln. Die Haut an den Zehen ist vom Bad runzlig wie bei einer Ertrunkenen.

Am Rand der Wanne klebte ein schwarzes Haar. Ich nahm es auf und wickelte es mir um den Finger. Dann nahm ich das Paket mit dem Badesalz zur Hand. Das Etikett zierte das Bild einer halbnackten Frau auf einer Blumenwiese. Die Haare reichten ihr bis zu den Knien, und sie lachte. Offenbar bereitete es ihr großes Vergnügen, durch eine Blumenwiese zu laufen. Ich öffnete die Schachtel und schnupperte, doch der Geruch war so stark, dass ich husten musste. Neben der Badewanne stand ein rosa gestrichener Hocker, darauf ein Aschenbecher. Iris rauchte im Bad. An den Zigaretten waren Lippenstiftspuren.

»Was für eine Frau schminkt sich die Lippen, bevor sie ein Bad nimmt?«, fragte Max.

Ich zuckte die Achseln.

»Gehen wir«, sagte Max. »Meine Füße werden nass.«

»Warum hast du auch die Schuhe ausgezogen.«

»Tut man das nicht immer, wenn man einen Harem betritt?«

Ich schubste ihn in die Seite, froh, dass er nicht mehr Trübsal blies.

Im Saal erwartete Iris uns fertig angekleidet. Ihre hohen Absätze hoben sie so weit an, dass wir ihr nur noch bis zur Nase reichten. Die Schuhe waren schwarz gepaspelt. Aus grünem Wildleder. Die Lippen hatte sie in der gleichen Farbe geschminkt, mit der man Bojen bemalt. Wenn auch nur ein Rettungsboot unterwegs war, würde Iris an diesem Abend jedenfalls nicht ertrinken.

»Du siehst hübsch aus«, sagte Max.

»Wirklich?«

»Großartig. Warum hast du uns hergerufen?«

»Und was findest du, Isaak?«

»Du bist schön.«

»Es war so schrecklich. Ich war heute ganz allein. Ich wusste gar nicht, was ich tun sollte, aber dann habe ich an euch gedacht. Ihr dürft mich zum Essen ausführen. Ich sterbe vor Hunger.«

»Du hast geschrieben, es ginge um eine Notlage«, sagte ich.

»Habe ich das? Dann habe ich es sicher so gemeint.«

»Und Robert?«

»Pah, Robert ist ein Idiot, er ist mit seiner Statue verheiratet. Wisst ihr was, ich habe einen schrecklichen Morgen hinter mir. Zum Glück seid ihr mir eingefallen. Einen Moment lang dachte ich schon daran, mich in der Badewanne zu ertränken.«

»Was ist denn passiert?«

»Ach, nichts. Kennt ihr das Gefühl, wenn sich ein eiserner Reifen um die Brust legt, der das Herz immer mehr zusammendrückt? Wenn alle Luft aus der Lunge entweicht und der Puls wild rast? In solchen Momenten ist man zu allem bereit, um den nächsten Tag noch zu erleben.«

»Was tust du dann?«

»Manchmal hilft es, wenn ich mir ein neues Kleid kaufe. Manchmal stehle ich etwas, nur eine Kleinigkeit, die niemand vermisst. Ich muss einfach nur für eine Weile spüren, dass ich interessant und liebenswert bin. Heute möchte ich essen.«

»Na gut«, sagte ich. »Aber wir entscheiden, wo.«

»Du hast da einen Puderfleck«, sagte Iris, beugte sich herunter und fasste mich am Kinn. Ihre Finger brannten auf meiner Haut. Ich dachte über eine möglichst schlagfertige Erwiderung nach, doch in diesem Moment fiel mir nichts ein. Vielleicht sollte ich mir angewöhnen, mein Notizbuch mitzunehmen. Iris drückte ihre Lippen auf meine. Ich spürte ihre Zungenspitze an meinen Zähnen. Ihr Mund war warm. Ich hörte, wie Max überrascht Luft holte. Sein Herz schlug heftig. Vielleicht war es aber auch meins.

»So«, sagte Iris. »Meine Erinnerung hat mich nicht getäuscht, es ist angenehm. Also, gehen wir.« Sie fasste mich am Ellbogen wie ein Mann. »Ich könnte einen ganzen Futtertrog leeren.«

Wir saßen in einem Privatsalon im Restaurant Kämp. Das Lokal war zu teuer für unseren Geldbeutel, aber immerhin blieben uns schiefe Blicke erspart. Max vertilgte sein Gericht. Zwischendurch funkelte er mich immer wieder böse an, als wolle er unterstreichen, wie dumm meine Einfälle waren.

»Du musst uns eine Geschichte erzählen«, sagte ich zu Iris. »Als Gegendienst für das Essen.«

»Nichts ist umsonst«, ergänzte Max, den Mund voll Kalbsbries.

»Über mich. Wahrscheinlich über mich. Bei Geschichten, deren Hauptfigur nicht interessant genug ist, langweile ich mich immer. Na gut. Das bin ich euch wohl schuldig.«

Ich goss ihr Glas voll.

»Meine Tante hatte ein Kleidergeschäft«, begann Iris und

nippte an ihrem Glas. »Für gebrauchte Kleider, Lumpen. *Die Nichte der Lumpenhändlerin*, wäre das nicht ein guter Titel für einen Roman?«

»Das ist kein schlechter Beruf«, sagte ich.

»Nein.« Iris überlegte. »Ich saß schon als kleines Mädchen im Geschäft meiner Tante. Ich spielte mit Knöpfen und bunten Flicken. Die Kunden gaben sich die Klinke in die Hand. Meine Tante begrüßte einige lächelnd, anderen nickte sie nur zu. Sie machte sich nicht die Mühe, ihr Hinterteil von dem Sessel zu lupfen, auf dem sie saß. Wisst ihr, wenn ich an meine Tante denke, dann denke ich an diesen Sessel. An meine Tante im schwarzen Kleid, in Schals gehüllt, den ausgefransten Saum eines Mantels flickend. Meine Tante hatte gute Augen. Sie brauchte keine Brille, sie hatte immer noch einen scharfen Blick, als ich sie zum letzten Mal sah. Sie machte mich sogar darauf aufmerksam, dass mein Kragen schief saß.

In das Geschäft meiner Tante kamen die Dienstmädchen, die anstelle von Lohn die abgelegten Kleider ihrer Herrin bekamen. Denn ein Dienstmädchen hatte ja keine Verwendung für Kostüme oder Samthüte. Doch es gab andere, die sich wie feine Damen kleiden wollten, obwohl sie gar nicht fein waren.« Iris' Augen lachten mich an.

Max gähnte. Er spähte zum Tanzsaal hinüber, zappelte mit den Beinen. Max war voller Unruhe.

»Im Geschäft meiner Tante verkehrten die Edelnutten von Sankt Petersburg. Meine Tante, sie war eigentlich nicht unfreundlich, aber es gibt eine Grenze zwischen einer ehrbaren Lumpenhändlerin und der Straße. Worin der Unterschied besteht? Dessen war ich nie ganz sicher. Mich schickte die Tante ins Hinterzimmer, wenn solche Kundinnen kamen. Ich beobachtete sie durch das Schlüsselloch. Immer noch höre ich das Rascheln ihrer kunstseidenen Röcke. Das Knacken, wenn sie ihre mit Blumen gemusterten chinesischen Sonnenschirme schlossen. Das einstudierte Lachen, das im selben Takt aufstieg wie der Atem. Meine Tante feilschte, die Huren klagten, schließlich wurde der Handel abgeschlossen, und beide waren zufrieden. Ich erinnere mich an den Geruch ihres Parfüms, Maiglöckchen, er schwebte noch stundenlang in dem dumpfen Raum. Ich dachte, wenn ich groß bin, werde ich auch so duften. Kein Schimmel mehr, keine gewendeten Kleider. Allerdings kleidete die Tante mich gut, wie eine Bürgerstochter. Von den Mädchen in der Milonska war ich das reinlichste. Ich träumte von neuen Kleidern. Von einer Zeit, in der ich nur Lackschuhe tragen und mir echte Perlmuttknöpfe an die Ärmel nähen würde. An eine Hure erinnere ich mich besonders gut. Ihr fehlten oben drei Zähne. Sie war hübsch, doch sie lächelte immer mit geschlossenem Mund.

›Wenn ich mich von Tjeda freikaufe, leiste ich mir Goldzähne‹, sagte sie oft zu meiner Tante. Tjeda war ihr ›Freund‹, ihr Zuhälter. Vielleicht hatte er ihr die Zähne ausgeschlagen.

›Dann würdest du dich nur zahnlos in irgendeinem Toreingang wiederfinden‹, entgegnete meine Tante. ›Hast du jemals eine Hure mit Goldzähnen gesehen?‹ Das Mädchen lächelte.

›Dann bleibe ich nicht mehr in Sankt Petersburg. Ich habe in Finnland einen Bräutigam. Dort ziehe ich hin.‹ Meine Tante seufzte.

›Mit Verrückten und Göttern soll man nicht streiten.‹ Das Mädchen warf einen Blick auf die Tür zum Hinterzimmer.

›Grüß die Kleine von mir. Ich habe eine Schwester in ihrem Alter.‹ Meine Tante starrte sie an.

›Nimmst du den Hut nun oder nicht? Oder sparst du für deine Aussteuer?‹

Einmal bekam ich von einem Kunden meiner Tante eine Puppe. Von einem Mann, der mit den besseren Familien Geschäfte machte. Ihr wisst schon, solche, die einen Namen haben, aber kein Geld. Feste, für die sie sich kleiden, Töchter, denen sie eine Aussteuer mitgeben müssen, aber keine Rubel. Diese Familien verkauften ihre Bettwäsche, alte Kleider, kauften und wendeten Röcke aus dem Geschäft meiner Tante. Ich erinnere mich nicht mehr an den Namen dieses Mannes. Seltsam. Jeremia, vielleicht hieß er Jeremia. Er hatte lachende Augen und trug den Mantel über die Schultern geworfen. Als wäre er ein Soldat auf Urlaub. Meine Tante mochte ihn nicht, obwohl er für ihre Geschäftstätigkeit unentbehrlich war. Geschäftstätigkeit? So sagt man doch, nicht wahr? Jeremia sprach immer von Geschäftstätigkeit.«

Ich nickte.

»Es war eine wunderschöne Puppe«, sagte Iris. »Sie hatte dunkle Haare, die man kämmen konnte und war fast heil, bis auf einen Sprung in der einen Wange. Ich habe sie geliebt. Ich habe auch Jeremia geliebt, weil er mir die Puppe schenkte.«

»Du warst ein Glückskind«, murmelte Max.

»Das Glückskind, die Nichte der Lumpenhändlerin«, sagte Iris. »Die Puppe hatte keine Kleider, nur einen aus Baumwollstoff genähten Körper. Irgendein anderes Mädchen hatte mit ihr gespielt, denn die Füllung quoll heraus. Aber der Kopf war aus richtigem Porzellan. Die Wangen glänzten wie Jasminblüten. Jeremia hielt sie hoch über meinen Kopf, und ich sprang, um sie berühren zu können. ›Was wollen Sie?‹, fragte meine Tante. ›Das Mädchen ist zu alt für Puppenspiele.‹ ›Nein, das bin ich nicht‹, sagte ich. Ich fürchtete, ich würde die Puppe doch nicht bekommen. Ihre Glasaugen starrten mich traurig an. Jeremia verbeugte sich vor meiner Tante, dann vor mir und legte mir die Puppe in die wartend ausgestreckten Arme. Ich verzog mich sofort hinter die Kleiderständer. Weit weg von der Tante und Jeremia, damit sie nicht auf die Idee kamen, mir den Schatz wieder abzunehmen. Ich hörte ihre erhobenen Stimmen, ihren Streit. Was sie sagten, verstand ich nicht, aber Jeremia ging und schlug die Tür hinter sich zu. Ich hatte Angst vor meiner Tante und hielt mich von ihr fern. Sie hatte keine Skrupel, kleine Mädchen, die ihr im Weg waren, an den Haaren zu ziepen. Ich erinnere mich, dass sie damals begonnen haben. Die seltsamen Jahre. Natürlich wusste ich, dass Krieg geführt wurde. Aber das war weit weg. Der Krieg reichte nicht bis in die Milonska. Dort waren die Menschen arm, ob Krieg herrschte oder nicht. Eigentlich hatte der Krieg für mich und meine Tante andere Auswirkungen. Mehr Kleider, die gewendet werden mussten. Mehr zu verkaufen. Immer mehr teure Mäntel blieben auf den Kleiderständern. Von den Schultertüchern wurden die spanischen Spitzen abgetrennt.«

Iris lächelte.

»Genug davon. An dieser Stelle wird die Geschichte unangenehm.«

»Erzähl weiter«, bat ich.

»Ach nein«, sagte Iris. »Lassen wir es. Ich höre mich an wie ein billiger Roman.«

Am nächsten Tag wollte Iris einkaufen gehen. Das Kaufhaus trug einen deutschen Namen, Stockmann, und war von Baugerüsten umgeben.

»Es wird himmlisch, wenn der achte Stock fertig ist. In der obersten Etage sollen ein Sodabrunnen und Rolltreppen eingebaut werden. Gehen wir in die Antikenabteilung. Dort habe ich neulich einen Wandschirm gesehen, so hässlich, dass ich ihn einfach kaufen muss.«

Wir folgten Iris, und allmählich wurde mir klar, dass ich es mit einer Künstlerin zu tun hatte. Drei Verkäuferinnen umschwirrten sie und holten Waren herbei: Spieldosen, Luftmatratzen, Tenniskleider, künstliche Kamelien und alberne Hüte.

»Du spielst doch gar nicht Tennis«, merkte ich an.

»Vielleicht fange ich damit an«, sagte Iris. »Außerdem passt Weiß zu meiner Haut.«

»Mir tut der Rücken weh«, klagte Max. Er trug den Vogelkäfig, den Iris gekauft hatte, unter dem Arm.

»Das macht Spaß«, sagte Iris. »Als wärt ihr meine Freundinnen oder so. Ich habe nie eine richtige Freundin gehabt. Aus irgendeinem Grund mögen die Frauen mich nicht.«

»Ich kann mir kaum vorstellen, warum«, murmelte Max.

»Ich glaube, es liegt an der Hormonausschüttung«, überlegte Iris. »Die meisten halbwegs netten Mädchen werden unerträglich, wenn sie Kinder bekommen, und die richtig lustigen Frauen sind Flintenweiber. Dann gibt es noch solche wie Frau Ei. Sie ist wohl meine beste Freundin, aber eine furchtbare Klatschbase. Von nun an könnt ihr meine Freundinnen sein. Isaak hat außerdem eine zartere Haut als die meisten Mädchen.« Nachdenklich kaute sie auf den Lippen. »Jetzt gehen wir zum Schneider, ihr braucht einen Smoking. Ich habe vier Karten fürs Ballett. Robert kommt auch mit.«

»Wir haben schon Anzüge«, wehrte ich ab. Ich wollte nicht halbnackt vor einem unbekannten Schneider stehen. Doch Iris war nicht umzustimmen. Eine Viertelstunde später maß ein Mann in einem weißen Kittel unsere Schulterbreite. Wir standen auf einem Podest in einem Raum, der durch einen Vorhang vom eigentlichen Kaufhaus abgetrennt war. Iris saß in einem Ledersessel und redete ununterbrochen. Das Maßband legte sich kalt an mein Bein.

»Ziert euch nicht«, sagte Iris. »Ich habe euch schon nackt gesehen.« Ich blickte den Schneider an, doch der war darauf konzentriert, an den Stecknadeln, die ihm aus dem Mund ragten, zu saugen. Unsere Kleidung erfordert Speziallösungen. Mein Hemd und mein Jackett müssen an der linken Seite offen sein, Max' an der rechten. Ich verwende nur den rechten Arm, Max beide, aber dennoch soll mein Anzug an beiden Schultern gleich gut sitzen. Obwohl sie unterschiedlich groß sind.

»Sie brauchen also einen Smoking?«, fragte der Schneider und gab seinem Gehilfen ein Zeichen.

»Zwei«, sagte Iris. »Und einen Reitanzug, einen Gesellschaftsanzug und einen Winteranzug aus dickerem Stoff. Und dann würden wir uns gern noch diese Hemden mit weichem Kragen ansehen. Ich glaube, steife Kragen kommen aus der Mode. Setzen Sie alles bei Ruusuvuori auf die Rechnung.«

»Nein, Iris«, sagte ich.

»Hört mal. Es ist ganz furchtbar, dass wir so viel Spaß haben, während der arme Robert in seinem Studio arbeiten muss. Wir müssen ihm etwas kaufen.«

»Was denn?«

»Ein Geschenk. Glaubt ihr, dass er sich über eine Kamera freuen würde?« Iris klatschte in die Hände. »Kaufen wir ihm eine Filmkamera. Er kann mit uns dreien einen Film drehen.« Sie legte die Hand auf die Stirn. »Eine Jungfrau in Nöten oder so etwas. Für die Rolle bin ich wie geschaffen. Ihr könnt einen schwarzen Umhang anziehen und mich rauben.«

»Hast du denn so viel Geld?«

»Ich nicht, aber Jakob.« Iris überlegte. »Vielleicht ist das zu viel. Ich darf den Jungen nicht verwöhnen. Aber trotzdem, wäre es nicht herrlich? Ein Wunder, dass ihr noch nichts in der Filmbranche getan habt. Ihr habt Schauspielergesichter.«

Die Verkäuferin bei Stockmann behauptete, das Kaufhaus führe keine Filmausrüstung, doch man könne sie bestellen, wenn die gnädige Frau warten wolle. Iris sagte, sie wolle nicht warten. Sie brauche die Kamera jetzt. Schließlich brachte man ihr eine schwarze Kiste, eine gebrauchte Acht-Millimeter-Kamera, die von der Bestellung einer ausländischen Gesellschaft, die Helsinki gefilmt hatte, übrig geblieben war. Die gnädige Frau könne sie bekommen. Iris war zufrieden. Sie strahlte. Sie verlangte, dass der koffergroße, dreißig Kilo schwere Kasten in

Goldpapier gepackt und von einem Botenjungen zum Boulevard getragen wurde.

Robert freute sich nicht über die Unterbrechung. Er fegte uns und den Botenjungen mit seinem Blick in die Dielenritzen.

»Ich kann nicht pausieren. Der Ton mag es nicht, wenn er trocknet.«

»Du musst es auspacken«, bettelte Iris und riss das Goldpapier ab. Wütend warf Robert einen nassen Lappen über die halbfertige Arbeit.

»Ich bin nicht deine Hure!«, schrie er. »Du kannst mich nicht mit Geschenken kaufen.«

»Wir können einen Film drehen!«, rief Iris. Wir traten einen Schritt zurück, zur Tür. Die beiden schienen uns nicht wahrzunehmen.

»Das ist etwas ganz anderes als eine blöde Ausstellung. Was meinst du, wofür die Leute sich mehr interessieren«, kreischte Iris. »Weißt du, wie viele Menschen den *Blauen Engel* gesehen haben? Wen interessieren tote Gipsköpfe!«

»Gib das Geschenk deinem Mann!«, rief Robert.

»Vielleicht tue ich das wirklich.«

»Du bist nichts weiter als eine verwöhnte Hure«, brüllte Robert. »Du bist so originell wie eine Weihnachtskarte.«

Iris nahm die Kamera aus dem Kasten. Sie musste sie mit beiden Händen tragen und schwankte unter dem Gewicht des Stativs.

»Scheißkerl!«, schrie sie und schleuderte die Kamera auf den Boden. Die Linse zersprang auf den Fliesen. Einen Moment lang war es still im Atelier. Dann nahm Robert seine Jacke und stürmte hinaus. Ich setzte mich neben Iris, die auf den Boden gesunken war. Sie lächelte gezwungen.

»Nun gut«, sagte sie und zündete sich mit zitternden Händen eine Zigarette an. »Ein Widerling mehr.«

»Es geht ihm gegen die Ehre. Er meint es nicht böse.«

»Im Zirkus gab es einmal einen Zwerg namens Rodolfo«, sagte Max. »Er wollte sich einen langen Bart wachsen lassen, um die Filzläuse seiner Frau darin aufzubewahren. Nur aus Rache, damit er jedem zeigen konnte, dass er eine betrügerische Frau hatte, die ihn mit den Filzläusen eines anderen Mannes infizierte. Das war nicht ganz leicht. In Rodolfos Familie vererbte sich der schwache Bartwuchs von einer Generation auf die andere. Rodolfo versuchte es mit allen möglichen Wunderseren, die ihm jedoch nur ein paar mickrige Härchen bescherten. Schließlich musste er aufgeben und sich von seiner Frau trennen, weil sie nun nicht nur über seine Fähigkeiten als Liebhaber, sondern auch über seinen nicht vorhandenen Bart spottete. Ein Jahr nach der Trennung geschah ein Wunder. Rodolfos Bart begann tatsächlich zu wachsen. Er wuchs und wuchs. Monatelang stutzte er ihn nicht. Ich weiß nicht, warum, vermutlich, weil er seiner ehemaligen Frau zeigen wollte, dass er doch recht gehabt hatte. Die Liebe ist eine merkwürdige Angelegenheit. Eines Tages, als Rodolfo seine Nummer als lebende Kanonenkugel vorführte, fing sein Bart Feuer. Er stand in hellen Flammen. Ein Mann aus dem Publikum rannte zu ihm und versuchte ihn zu retten, doch es war zu spät. Rodolfos Gesicht verbrannte ganz und gar. Er musste seine Karriere aufgeben, denn von da an fürchtete er sich vor Kanonen und Feuer.«

»Was soll das?«, fuhr ich Max an. »Eine dumme Geschichte.«

»Dumm war deine Mutter«, gab Max zurück.

»Erzählt davon«, bat Iris.

»Wovon?«

»Von eurer Geburt. Ihr müsst eure Mutter zerrissen haben.«

Begegnung im Gemischtwarenladen

1899

Vater hatte einen gestriegelten Schnurrbart und vorstehende Zähne. Seine Eltern, verarmt und aus ihrer gesellschaftlichen Schicht abgestiegen, hofften, dass er Jurist würde. Vater interessierte sich aber vornehmlich für die Bierkneipen der Universitätsstadt. Dann ging er eines Tages an einer Kunsthandlung vorbei und sah eine Fotografie. Sie zeigte eine nebelverhangene Waldlandschaft. Das Licht tanzte hinter den Bäumen, als warte dort ein Geheimnis. Etwas, wonach Vater immer gesucht hatte. Die Umrisse waren verschwommen wie auf einem impressionistischen Gemälde, so dass das Bild nur aus der Entfernung deutlicher wirkte. Aus der Nähe betrachtet, verdichtete es sich zu einer chaotischen schwarz-weißen Masse. Als stehe die Zeit still und der Mensch beherrsche die Wirklichkeit. Im Schaufenster des Geschäfts spiegelte sich Vaters Gesicht. Graublonde Koteletten rahmten seinen rundlichen Kopf ein. Die Wangen waren vor Erregung und von der kurz zuvor genossenen Mahlzeit gerötet. Die Augen lagen wie dunkle Striche über den feisten Wangen. Der Zylinder saß ein wenig schräg, sorglose Hände hatten fettige Fingerabdrücke auf ihm hinterlassen. Der Hut ließ Vater, der nicht besonders hochgewachsen war, größer aussehen. Die Manteltaschen waren vom Gewicht der sorglos hineingestopften Sachen ausgebeult. Das weiße Halstuch war à la Byron gebunden, es sollte nonchalant wirken. Vater stand lange vor dem Schaufenster. Er trat so nahe an die Scheibe, dass sich ein feuchter Fleck darauf bildete. In der kühlen Abendluft wurden die Finger klamm, doch Vater spürte es nicht, denn in seinem Kopf entstand ein Traum. Eine Wunschvorstellung, die das ungeliebte Studium verdrängte, eine Aufgabe, die sein Leben verändern würde. Vater wollte die Welt erstarren lassen. Sie in schwarzweiße Ausschnitte verwandeln, in Flächen auf Linsen und Glasplatten. Die Wirklichkeit in Träume aus Silberchlorid gießen. Am folgenden Tag versetzte Vater seine Uhr, eine goldene Taschenuhr, die er von seinen Eltern zum fünfzehnten Geburtstag bekommen hatte. Von dem Geld kaufte er seine erste Kamera.

Als er Mutter zum ersten Mal begegnete, hatte Vater bereits ein kleines Fotogeschäft in unserer Geburtsstadt. Manchmal versuche ich mir Mutter als junge Frau vorzustellen. Ihr einseitiges Lächeln und ihre Augen, die ich in Max' Gesicht wiederfinde. In seinen Augen mit den nahezu farblosen Wimpern. Max' Augen warteten ständig auf etwas. Auf gezuckerte Pflaumen, eine Wade, die sich unter einem Rock hervorschiebt, einen klaren Wintermorgen in einer geheizten Wohnung. Max' Augen lachten, verschlangen, kitzelten jeden, der ihm begegnete. Das Foto hatte Mutters Augen verdunkelt, das Lächeln war durch die lange Belichtungszeit erstarrt. Aber ihre Augen müssen gelacht, verzaubert haben.

Ich stelle mir vor, wie Mutter im Gemischtwarenladen hinter dem Ladentisch stand. In der Luft mischte sich der Geruch getrockneter Aprikosen mit dem des Majorans und dem Eau-de-Cologne, das ganz oben im Regal versteckt war. Mutter lehnte mit vorgeschobenen Hüften an der Verkaufstheke. Unter ihrer modisch eng geschnürten Taille schwang ein weiter Rock. Ihre drei Unterröcke raschelten, wenn ein leichter Luftzug hindurchfuhr. Im Regal hinter Mutter standen große Gläser mit Nussschokoladebrocken, in Papier gewickeltem Toffee und Pfefferminzdrops, die am Gaumen kleben blieben. Die

Pappschachteln enthielten Haaröl und Rattengift. In den Holzkisten neben der Tür verströmten Äpfel warmen Cidergeruch.

»Die Äpfel sind gerade frisch hereingekommen.«

Vater streifte die hübsche Verkäuferin mit einem Blick. Er steckte die Hände in die Manteltaschen, deren Futter verschlissen war. Auf der Straße war es windig, und er wollte sich eine Weile aufwärmen.

»Nehmen Sie sich einen mit, als Proviant«, sagte das Mädchen. »Auf Kosten des Hauses.«

Vater lächelte. Er betrachtete die Früchte mit ihrer gewachsten Schale. Glatt wie Mutters Haut.

»Eine Schachtel Pfefferminzpastillen.« Er legte das Geld auf den Tisch und zählte in Gedanken die Münzen, die ihm blieben. Das Fotogeschäft warf noch nicht viel ab. Doch er wollte das Mädchen erneut zum Lächeln bringen. Sehen, wie sich die Augen verengten.

»Brrr. Draußen ist es kalt.«

Mutter nickte. Sie langweilte sich. Bei dieser Kälte war niemand unterwegs. Vom langen Stehen schliefen ihr die Beine ein. Ihre Zimmergenossinnen Lotte und Malis verbrachten ihren freien Tag bei ihrer Familie, aßen gekochte Zunge, Erbsen, Pudding und Rosenkohl. Allerdings verabscheute Mutter wässrig gekochten Rosenkohl. Sie musste sich ein wenig recken, um die Schachtel aus dem Regal zu nehmen. Mutter teilte sich ein Zimmer mit drei anderen Ladengehilfinnen. Ohne die Mädchen hätte sie sich womöglich einsamer gefühlt in der Stadt, die nach Steinkohle roch. Was mag der da treiben, überlegte Mutter und sah Vater verstohlen an. Warum hatte sie ihn angelächelt. Nun würde sie ihn nicht loswerden. Gut sah er aus. Die Ärmel ausgefranst. Sicher ein Student. Aber mit denen hatte man dieselben Probleme wie mit anderen.

Vater sah sich um.

»Tee, Apfelsinen, Muttern, alles, was ein Passant benötigt. Die kleinen Dinge des Alltags. Das muss ich aufschreiben. Dahinter verbirgt sich bestimmt ein tiefsinniger Gedanke«, murmelte er. Die Öllampe flackerte, im Laden zog es. Es roch nach Lakritz. »Einen Stift? Haben Sie einen Stift?«

»Sie möchten einen Stift kaufen?«

»Nein, schreiben möchte ich.«

»Dafür sind Stifte da. Nicht, um sie in die Nase zu stecken.«

»Nein, ich möchte einen leihen.«

»Das hier ist kein Postkontor.«

»Ach, borgen Sie mir doch einen. Ich möchte den Gedanken nicht verlieren. Ich bin Künstler«, erklärte Vater und steckte sich eine Pastille in den Mund.

»Ein Dichter?«, fragte Mutter erschrocken. Noch schlimmer, als sie erwartet hatte. Und schreien würde ihr nicht helfen, denn bei diesem Wetter war niemand auf der Straße.

»Fotograf«, sagte Vater.

Vielleicht war Vater entzückt von der Atmosphäre der Reichhaltigkeit, die Mutter in dem Gemischtwarenladen umgab. Vielleicht waren es Mutters zierliche Hände und der aus dem hübschen Faltenkragen ragende, schlanke Hals, die ihn anzogen. Oder es waren nur die Pastillen, von denen er täglich zwei Schachteln lutschte, was dazu führte, dass ihm die Zähne ausfielen, bevor er dreißig war. Manchmal denke ich an Vaters künstliches Gebiss, das jede Nacht in einer Schüssel auf seinem Nachttisch lag, an seinen eingefallenen, leeren Mund. Was dachte Mutter, wenn sie ihren zahnlosen Mann küsste? Wurde die Zärtlichkeitsbezeugung dadurch intimer? Erinnerte sein Mund sie eher an ein Kind oder an einen Greis? Vielleicht verhindern Zähne wahre Nähe.

»Modell?« Mutter wölbte vor Verblüffung die Oberlippe. Vater errötete.

»Natürlich nichts Unschickliches. Kunst. Sie haben den Knochenbau einer Juno, gnädiges Fräulein.«

»Wie bitte?« Juno, das klang vornehm. Mutter würde die Mädchen im Wohnheim fragen, wer Juno war. Sie bedachte Vater mit einem gekonnten Augenaufschlag. Die Mädchen gingen gelegentlich ins Theater, saßen auf den billigen Rängen. Abends in ihrem Zimmer schauderten sie, wenn sie an die pulsierende Halsschlagader der Kameliendame dachten. An ihre Tapferkeit. So müsste das Leben sein: Liebe und Champagner, bis zum Schluss. Mutter sah den Mann an. Er war wohl doch nicht gefährlich. Sein Mantel wirkte abgetragen, war aber sicher teuer gewesen. Vielleicht war der Mann heimlich in sie verliebt und wagte erst heute, sie anzusprechen. Noch romantischer wäre es gewesen, wenn er ihr einen Brief geschrieben hätte. Vielleicht mit letzter Kraft auf dem Krankenlager. Romantisch, aber nicht besonders lustig. Ein Sterbender wärmt einen nicht lange. Der Mann war goldig, das konnte man nicht abstreiten. Mutter prägte sich seine Worte ein, um sie später vor den Mädchen wiederholen zu können. Probeweise klimperte sie noch einmal mit den Wimpern.

»Haben Sie Rauch in die Augen bekommen?«, fragte Vater. »Lassen Sie mich mal sehen.«

Er sprang über den Ladentisch und trat so nahe an Mutter heran, dass sie die Poren in seiner Haut erkennen konnte. Das Mutter-Mädchen erstarrte. Der Mann fasste sie um die Taille und setzte sie auf den Ladentisch. Das darf man als Leistung betrachten, denn Mutter war selbst als junges Mädchen kein Feentyp. Sie war so verblüfft, dass sie nicht einmal daran dachte, ihre Fußknöchel zu verhüllen. Ihre Beine baumelten über den Rand des Ladentischs und tasteten nach der Sicherheit des Fußbodens. Vater fasste Mutter am Kinn und runzelte die Stirn. Mutter starrte auf die nachlässig rasierten Wangen des Mannes und brachte kein Wort heraus. Die zupackende Art des Studenten hatte sie in ihren Bann gezogen. Vater streckte die Zunge aus dem Mund. Mutter dachte noch, dass sie Ähnlichkeit mit Kaltspeise hatte, doch bevor sie ausweichen konnte, hatte der junge Mann ihr die Zunge ins Auge geschoben.

»So«, sagte Vater zufrieden. »Jetzt ist es raus.«

Mutter starrte auf etwas Unsichtbares auf der Fingerspitze des Mannes. Sie bemerkte die Trauerränder unter den Nägeln. Die Fixierlösung verfärbte Vaters Hände dauerhaft, besprenkelte die gelbliche Haut mit Flecken.

»Es ist eine Wimper, mein Fräulein. Pusten Sie!«

Mutter pustete.

»Haben Sie daran gedacht, sich etwas zu wünschen?«

Mutter nickte wieder. Sie schien die Sprache verloren zu haben.

»Das muss gefeiert werden.«

Mutter stellte fest, dass sie nunmehr den Rücken des jungen Mannes anstarrte. Er hatte Mantel und Schal auf der Verkaufstheke ausgebreitet und war dabei, die Schränke des Gemischtwarenladens zu leeren.

»Bitte nicht«, erhob Mutter Einspruch. »Ich verliere meine Stelle.«

»Die Herrschaft der besitzenden Klasse muss gebrochen werden«, sagte der junge Mann und biss in einen Apfel. »Gibt es hier einen Flaschenöffner?«

Mutter merkte, dass sie nickte.

»Ihr Name?«

»Was?«

»Wie heißen Sie, mein Fräulein? Ich muss doch Junos wirklichen Namen kennen, der den Sterblichen geheim bleibt.« Mutter kicherte. Der Mann war nicht richtig im Kopf.

»Estelle.«

»Estelle? Das ist kein deutscher Name. Oder haben Sie je gehört, dass Siegfried eine Estelle gekannt hätte?«

»Siegfried?«

»Nein, wir müssen uns einen neuen Namen für das Fräulein ausdenken. Weg mit der unnatürlichen Fessel. Wir müssen das Fräulein befreien.«

»Ich will wirklich nicht befreit werden«, fauchte Mutter. »Und ich schwöre, dass ich mich nie mit einem Studenten getroffen habe, der Siegfried heißt.«

»Ihr Korsett verdirbt Ihren natürlichen Wuchs. Hat Juno ein Korsett getragen? Oder Kaiserin Theodora?«

»Lassen Sie mein Korsett in Ruhe!«

»Etwas Mütterliches vielleicht …« Vater kratzte sich die Stirn. »Lotte und die Kinder …«

»Wenn Lotte angedeutet hat, dass ich und …«

»Nein, Sie sind kein mütterlicher Typ. Göttinnen passen besser. Vielleicht an einem Waldsee?«

»Wenn Sie hier sind, um mir mit erlogenen Gerüchten zu kommen, können Sie gleich wieder gehen.«

»Mögen Sie Ingwerbier?«

»Ingwerbier? Ja.«

»Dann reichen Sie mir am besten noch eine Flasche. Diese hier ist bald leer.«

Nach einer halben Stunde hatte Mutter einen ganzen, mit Brandy getränkten Fruchtkuchen und ein Paket Datteln an den jungen Mann verfüttert. Vom Ingwerbier ganz zu schweigen. Vater besaß einen unersättlichen Appetit. Nach einer Stunde erklärte Mutter sich bereit, ihm für ein ehrgeiziges Olympia-Stillleben Modell zu stehen.

An den Ladentisch gelehnt saßen sie lange dort, unsere Eltern. Draußen wurden die Gaslaternen angezündet. Der erleuchtete Laden war weithin zu sehen. Schnee türmte sich auf. Die Schneeflocken waren groß und schwebten langsam herab.

Um die Laternen herum wurden sie vom Licht vergoldet. Drinnen im Laden wurde mit einem Plopp eine Flasche Ingwerbier geöffnet. Mutter wischte Kuchenkrümel vom Rock und lachte. Die Schläfenlocken fielen ihr ins Gesicht. Sie zupfte daran, wickelte sie um den Finger. Sie hörte zu, als Vater ihr von seinem Traum erzählte. Von dem Wunder, das geschah, wenn der Entwickler das Papier umspülte. Von den Formen, die sich langsam abzeichneten, den Gespenstern, die allmählich deutlicher hervortraten und zu Händen, Locken, Seidenkleidern wurden. Schließlich zog Vater seine Uhr aus der Westentasche. Sie war nur versilbert, die goldene war beim Pfandleiher geblieben, doch meine Mutter war beeindruckt.

»Ich komme zu spät zum Abendessen. Oh Gott, das wird zu Hause Ärger geben.«

Mutter stand auf, schüttelte ihren Rock aus und steckte die Haarnadeln fest.

»Ich muss das Geschäft schließen.«

»Ich muss einen Kutscher nehmen. Zu Fuß schaffe ich es nicht rechtzeitig ins Gartenviertel.«

»Ins Gartenviertel?«

»Ja. Nach Hause.«

»Wohnst du da?«

»Ja. Ich begreife nicht, wie man in dieser Steinhölle leben kann. Im Gartenviertel gibt es wenigstens Platz zum Atmen. Blumen, frische Luft, Familien.«

Mutter dachte an das kleine Zimmer, das sie sich mit den anderen Ladenmädchen teilte. An die Zehen, die trotz doppelter Wollsocken froren. An die dünne Eisschicht, die sich im Winter auf der Waschschüssel bildete. Sie sah den Studenten an. Er hatte angenehme, freundliche Augen. Zwar redete er viel Unsinn, doch er wirkte nett. Eigentlich brauchte ein Mann nicht intelligent zu sein. Sie fasste ihn am Kinn. Der

Mann erschrak ein wenig, zog sich aber nicht zurück. Mutter drückte ihre Lippen auf seine. Sie waren warm, aber trocken. Die Bartstoppeln kratzten. Mutter berührte mit der Zungenspitze vorsichtig Vaters Oberlippe. Da schien der Student endlich zu begreifen, was von ihm erwartet wurde. Er küsste Mutter neben dem Apfelsinenkorb, während die leeren Ingwerbierflaschen klirrend über den Fußboden rollten.

Unsere Tante erzählte, wir seien als blutiger Klumpen zur Welt gekommen. Ich hatte mich um Max gewunden, als hätte ich versucht, mir ein wenig Platz in der Gebärmutter zu erkämpfen. Ein zweiköpfiges Monster, das mit vier Beinen strampelte. Meine Zehen waren blau. Die Nabelschnur hatte sich um meinen Hals gewickelt, und die Hebamme musste mich rütteln, um mir den ersten Schrei zu entlocken. Sie schlug uns resolut auf den Hintern, doch es geschah nichts. Max' Glieder waren rundlich, meine nicht. Ich war blass und mager. Der verkümmerte Arm ragte zwischen uns auf wie eine Wurzel. Schlaff und blutbespritzt lagen wir auf dem Arm der Hebamme.

»Das überlebt nicht«, stellte die Hebamme fest. »Es ist auch besser so.«

»Das?«, fragte der Arzt, der erst jetzt eingetroffen war. Der Punsch, den Vater ihm anbot, interessierte ihn mehr als die Säuglinge. Bei einer Geburt konnte man so wenig tun. Das Kind blieb am Leben oder nicht. Und ein armer Mann konnte es sich nicht leisten, einen Punsch abzulehnen.

»Die«, sagte die Hebamme. »Oder was auch immer.«

Wenn Vater Geld gehabt hätte, einen anständigen Beruf oder wenigstens einen gepflegteren Wintermantel, wäre es vielleicht nicht zu der Ehe gekommen. Mutter hätte keine Gelegenheit gehabt, im Orangenblütenkranz und im eng geschnürten Puffärmelkleid zu posieren. Sie muss süß ausgesehen haben, empfindsam, sie war ja nicht einmal zwanzig, doch auf dem Hochzeitsfoto ist davon nichts zu erkennen. Tante sagte immer, Mutters Schönheit habe in den Farben gelegen, in den Bakelitaugen, dem hoch aufgesteckten blonden Haar. Vater versuchte es, er fotografierte Mutter von allen Seiten, im Abendkleid und mit Feigenblättern, doch er brachte nur Halbheiten zustande. Eine blasse Göttin, die auf die Kaffeepause zu warten schien. Vater macht auf dem Foto keine gute Figur. Sein Schnurrbart scheint fehl am Platz, der Kragen seines Smokings ist zu eng. Der Fotograf hätte Vater aus dem Hochzeitsbild herausschneiden sollen. Er wirkt überflüssig.

Ein anderer Mann hätte die Angelegenheit besser erledigt. Der Eingriff wurde in enggassigen Vierteln oder auf dem Land vorgenommen. Eine Stricknadel, in den ersten drei Monaten hineingeschoben, führte den Abgang herbei. Ich sah einmal, wie eins der Mädchen des Marinara-Theaters nach einer misslungenen Abtreibung verblutete. Das gehörte zum Leben. Die Risiken, der schnelle Aufbruch, das auf Metallbetten fließende Blut. Die Ladenmädchen kehrten aufs Land zurück und heirateten einen Bauern, oder sie schickten ihren schreienden Irrtum ins Kinderheim und traten eine neue Stelle an. Einige endeten in den mit Samt ausgeschlagenen Zimmern des Marinara-Theaters, andere in den Cafés, wo sie die Kunden mit professionellem Lächeln verführten.

»Irgendetwas muss Mutter doch an sich gehabt haben«, setzte ich der Tante zu. Ich war acht, und die Spannungen zwischen den Geschlechtern lösten ein angenehmes Kitzeln im Unterleib aus. Ich entlockte der Tante Fragmente über unsere Eltern. Immer wieder bat ich sie, von Mutter zu erzählen. Wie sie ging, wie sie aß, was sie als Kind gespielt hatte. Und die Tante erzählte. Die Geschichten wechselten, je nachdem, wie alt wir waren oder wie frech Max gewesen war. Mutter wurde umso braver und engelslockiger, je mehr Erziehung wir in den

Augen der Tante brauchten. Aus den Kindern einer so guten und bescheidenen Frau durften nicht solche Flegel werden. Je mehr Bierkrüge die Tante leerte, desto schriller wurden die Farben ihrer Geschichten. Sie schilderte uns, wie Mutter und sie selbst als kleine Mädchen durch die Gräben liefen, die nackten Füße von Schlamm überzogen. Wie Mutter ihrer Schwester mit der Schürze die Nase putzte. Wie sie die Arbeiter, die nach den zarten Mädchenkörpern greifen wollten, unflätig beschimpfte.

»Verpiss dich, du Eierkopf. Die sind nicht für dich.« Mutter zeigte auf ihren mageren Brustkorb. Unter dem Kleid zeichneten sich kaum sichtbare Hügel ab. Die Mädchen schlüpften zwischen den Händen hindurch. Rannten und kicherten. Zwei stelzbeinige Mädchen. Tante und Mutter. Mutter und Tante.

»Erzähl von Mutter«, drängte ich die Tante immer wieder. Ich wollte, dass sie von Mutters Schläfenlocken erzählte, von den Falten in ihren Augenwinkeln. Ich wollte hören, wie Mutter lernte, mit geradem Rücken am Tisch zu sitzen und mit Messer und Gabel zu essen. Sie lächelte keinen an, der nicht mindestens Pastor war, und machte sich nichts aus dem Spott der anderen Mädchen.

»Was bildet die sich ein.« »Feines Dämchen.« »Pfarrersliebchen.« »Verwöhnte Göre.«

Unter ihren langen Wimpern warf Mutter dem Dorfschullehrer Blicke zu. Sammelte mit ihren runder werdenden Hüften und ihrer Hartnäckigkeit gute Noten. Gut genug, um Empfehlungen zu bekommen. Damit und mit einem hübschen Gesicht konnte sie in der Stadt Verkäuferin werden.

»Eure Mutter«, seufzte die Tante. »Die hatte begriffen, dass man sich mit lehmigen Knien höchstens einen wandernden Feldscher, einen Aderlasser oder einen Schuster angeln kann. Und das heißt, dass man sein Lebtag den Schweiß von verschlissenen Kragen schabt. Eure Mutter, die wusste, was sie wollte. Sie hat sich eine gute Beute gekrallt.«

»Wer ist diese Frau? Woher kommt sie?«, fragte Vaters Vater.

»Eine Verkäuferin«, antwortete Großmutter. »Das habe ich dir doch erklärt. Ein kleines Ladenhäschen, ein Wunder, dass er sich nicht gleich eine Näherin ausgesucht hat.«

»Ich heirate«, sagte Vater. »Ihr solltet euch freuen.«

»Wie viel verlangt das Weibsstück?«, fragte Großmutter.

»Die Ehe ist eine von Gott gestiftete Institution«, entgegnete Vater. Er wusste ja, dass Estelle, unsere Mutter, ein Ladenmädchen war. Und dass seine Eltern seit jeher Vorurteile gegenüber Ladenmädchen hatten. Aber wenn sie Estelle kennenlernten, würden sie merken, wie speziell sie war. Wie würdig. Vater wollte etwas erschaffen. Sich mit schönen Dingen umgeben, zum Beispiel mit den japanischen Holzschnitten, die er in der Kunsthandlung gesehen hatte, und mit Estelle.

»Eine Familie …«, begann Vater. Er versuchte, die richtigen Worte zu finden. Worte, die seine Eltern umstimmten. Die ihnen zeigten, was er dachte. Gewiss, sie liebten ihn und wollten sein Bestes. Sie hatten ihm nie etwas verwehrt. Als Kind hatte er eine junge Katze bekommen, nachdem er lange genug gequengelt hatte. Aber seine Eltern hatten ihn nie wirklich verstanden. Als er mit vierzehn erklärt hatte, er werde davonlaufen und zur See fahren, hatte sein Vater nur gesagt: »Aha, aber iss nicht zu viele Kekse vor dem Abendessen, sonst hast du keinen Appetit, und heute gibt es Kabeljau.« Kabeljau! Die Eltern hätten seine Sensibilität erkennen müssen, seine Sehnsucht, seine Künstlerseele. Aber sie redeten von Kabeljau! Wie sehr sich Vater wünschte, dass Estelle bei ihm wäre. Estelle besänftigte ihn. Sie gab ihm das Gefühl, dass er intelligent war. Ein gefestigter junger Mann, vor dem eine ebenso gefestigte Zukunft lag. Er sehnte sich nach Estelles kühlen Händen, die ihm den vom Ammoniakdampf verursachten Schmerz von der Stirn strichen. Nach ihrer ruhigen Stimme, ihrem runden Madonnengesicht. Nein, seine Mutter irrte sich. Estelles Anziehungskraft war nicht billig, nicht kokett. Wie rot das Mädchen geworden war, als er um ihre Hand angehalten hatte! Sie hatte nicht damit gerechnet. Und Vater auch nicht, um ehrlich zu sein. Er war leicht betrunken gewesen, sie hatten gefeiert, weil einige seiner Fotografien für eine Ausstellung angenommen worden waren, und Portwein getrunken. Gutes Zeug. Nicht die billige Plörre, die er gewöhnlich kaufen musste. Estelles Wangen glühten rot. Sie trug ein dunkelviolettes Kleid, lächelte so nett, nickte eifrig, wenn Vater sprach. In diesem Moment hatte Vater Lust, sie zu heiraten. Warum nicht? Irgendwann musste man ja heiraten. Und dieses Mädchen war so süß, so gefühlvoll. Sogar ihre Wimpern waren zart und senkten sich wie gefaltet. Welch poetische Beobachtung! Vielleicht war er auch ein Dichter. Künstler und Dichter. Das war Estelles Verdienst. Er würde dieses wunderbare Wesen heiraten. Vater rief sich in Erinnerung, wie Estelle nackt aussah. Ihre schweren Arme, ihr königlicher Körper, die Brüste, die das einfache Kleid zur Geltung kommen ließ. Manchmal hob Vater Estelles Brüste abwechselnd an. Die darunterliegende Haut war rot und feucht von Schweiß. Mutter schwitzte stark. Im Juli umhüllte sie der warme Geruch wie eine dichte Wolke. Wenn Mutter sich auf Vater setzte, schlugen ihm ihre Brüste ins Gesicht. Tum. Tum. Tum. Prall wie Sandsäcke.

An einem Dienstag im Frühling kam Mutter-Estelle zum ersten Mal zum Tee. Sie trug ein raschelndes weißes Kleid, bis zum Hals zugeknöpft. Als sie aus der Kutsche stieg, liefen beide Dienstmädchen der Großmutter ans Fenster. Mutter richtete ihren Hut. Sie sah Vater an, der ihr den Arm reichte. Nur daran war zu merken, dass er aufgeregt war. Vaters Elternhaus lag an der Hauptstraße der Gartenstadt. Es hatte sieben Schlafzimmer, doch aufgrund der finanziellen Schwierigkeiten wurde ein Zimmer an Fremde vermietet. In den Komitees, deren führende Kraft Großmutter früher gewesen war, wurde sie ob dieses Abstiegs bemitleidet. Der Mieter wurde behandelt wie ein angesehener Gast, als wäre der monatlich entrichtete Mietzins nicht existent. Der arme Mann hatte kein Gespür für die Peinlichkeit der Situation. Er setzte sich an den Ess- und Kaffeetisch wie ein Hunne. Nahm zweimal Kuchen nach und rülpste hinter vorgehaltener Serviette. Wenn Großmutter versuchte, ihn in die Unterhaltung einzubeziehen, antwortete er nur mit einem Brummen. Er war Beamter bei der Postverwaltung und hatte keinerlei Interesse an der Verwendung blauer Farbe in den Werken der alten Meister.

Das Dienstmädchen öffnete mit starrem Gesicht. Mutter registrierte die vergoldeten Spiegel, den unter den Füßen nachgebenden, weichen Teppich (er war abgetreten, aber immerhin der erste Orientteppich, den Mutter zu Gesicht bekam), die seidenen Fransen an den Gardinen, den Silberteller, auf dem Visitenkarten lagen. Teilweise von Lübecker Kaufleuten, bei denen Großvater Schulden hatte, doch das wusste Mutter nicht. Dies war die Welt, in die sie wollte, das Haus, in das sie hätte geboren werden sollen. Als sie später der Tante von dem Besuch erzählte, konnte sie mühelos alle chinesischen Teller beschreiben, die im Saal die Wände schmückten. Das perlenbestickte Kissen auf dem Klavierhocker, die Tiefe des Knickses der Zofe. Das Gespräch dagegen rauschte an ihr vorbei. Sie erinnerte sich an den Mieter, der sie mit offenem Mund anstarrte, die Serviette in den Kragen gestopft. Sie erinnerte sich an den Kameeschmuck der Großmutter, der sich mit ihren Atemzügen hob und senkte, als ob das geschnitzte Frauenbildnis vor Kälte zitterte. Erst bei den Worten der Großmutter schrak sie auf.

»Du verstehst wohl, Kind, dass man dich hier nie akzeptieren wird.« Die Großmutter machte eine Armbewegung zu den Bücherregalen hin. »Das Gartenviertel ist eine Welt für sich.«

Mutters Mund wurde zu einem dünnen Strich. Dann lächelte sie, tupfte sich die Lippen ab und legte die Serviette, immer noch säuberlich gefaltet, auf die Knie. Die beiden Frauen starrten sich an. Vater hatte das Gefühl, von dem Gespräch ausgeschlossen zu sein, als säße er unter Wasser. Er hoffte, Estelle würde ihm später erklären, was sich abgespielt hatte.

Einen Monat später wurden Mutter und Vater getraut. Anfangs half Mutter im Fotogeschäft. Als das Geschäft Erfolge verzeichnete, blieb sie zu Hause, legte sich eine Nachmittagsmigräne und eine vorurteilslose Zofe zu. In den Gesprächen stieg Mutters Vater zum verarmten Gutsherrn auf, der Gemischtwarenhandel wurde vergessen, die bäuerliche Aussprache verschwand dank Französischunterricht. Natürlich vergaß man in Wahrheit nichts, man hörte nur auf, über Mutter zu reden. Fünf Monate nach der Hochzeit wurden wir geboren. Zwei schwarzhaarige Kriecher, die Mutter mit solcher Kraft herauspressen musste, dass die Hälfte ihrer Innereien mitgerissen wurden. »Irgendein grüner Schleim kam auch heraus«, erinnerte sich die Tante. »Ein Wunder, dass sie nicht verblutet ist.« Die Augen der Tante genossen die Erinnerung, und wir verstummten und dachten über die rundäugige Mutter auf den Fotos nach, mit altmodisch gewellten Haaren, im gestärkten schwarzen Kleid.

Mag sein, dass Mutters Entschlossenheit wirkungslos geblieben wäre, hätte Vaters Mutter im Jahr zuvor nicht eine Lähmung erlitten. Frau Großmutter hatte eines Nachts ihr Geschäft verrichtet und war dabei ausgeglitten. Der aus England eingeführte Porzellannachttopf ging in Stücke. Frau Großmutter lag bis zum Morgen da, umgeben von blauweißem Porzellan, Pisse und wer weiß, was noch. Ihr Mundwinkel zuckte, ihre Beine bewegten sich nicht. Der Arm war in einer Position eingeklemmt, die auf einer Ballettbühne graziös gewirkt hätte. Das weiße Nachthemd war bis zur Taille aufgerollt und entblößte die schlaffe Bauchdecke. Die krampfadrigen Waden, die in gefleckte Oberschenkel übergingen. So wurde sie gefunden. Die Dienstmädchen fürchteten sich so sehr vor Frau Großmutter, dass sie keinen Mucks von sich gaben.

Großmutters Körper erholte sich, doch die Erinnerung an ihre Hilflosigkeit und Scham blieb. Nach einem halben Jahr war sie bereits wieder auf den Beinen. Sie konnte gehen, die Arme ausbreiten. Doch für einen echten Krieg reichte es nicht mehr. Sie hatte nicht mehr die Kraft, sich gegen die sanfte Stimme und die in Handschuhe gehüllte Sittsamkeit von Mutter-Estelle zur Wehr zu setzen. Vaters Ehepläne wurden gebilligt. Es gab keinerlei Garantien für den Erfolg des Fotogeschäfts. Dazu brauchte man Geld, und der Geldmangel war das Problem. Ohne einen Pfennig konnte man nicht einmal reich heiraten. Großmutter war Realistin. Doch zu Besuchen ließ sie sich nicht herbei. Es war schon schlimm genug, dass sie den Mieter ertragen musste.

Das junge Paar bezog eine Zweizimmerwohnung über dem Fotogeschäft. Sie war nicht viel größer als das Zimmer, das Mutter sich mit den anderen Ladenmädchen geteilt hatte. Die Arbeitstage im Geschäft waren lang. Frei waren nur die Sonntage, die Vater nutzen wollte, um schöpferisch tätig zu sein. Das junge Paar wanderte zum Picknick an Waldseen und Bächen, über denen Nebel schwebte, den Vater in schwarzweiße Körner verwandeln wollte. Mutter folgte Vater, die Stellage für die Kamera auf den Armen, die Stiefeletten vom Lehm am Bachufer beschmutzt. Sie warf sich in ihrem weißen Musselin in das feuchte Gras und versuchte, seelenvoll dreinzuschauen, während Vater die Magnesiumlampe auf sie richtete. Vaters Fotoapparat forderte eine Belichtungszeit von annähernd zehn Minuten. Das ist eine lange Zeit, wenn man sensibel aussehen soll, ganz zu schweigen davon, dass Gras auf weißem Musselin bleibende Flecken hinterlässt. Der einzige Unterschied zu früher bestand darin, dass Mutter sich nun allein um den Haushalt kümmern musste, während sie sich früher mit den anderen Ladenmädchen beim Spülen abgewechselt hatte. Mutter hatte geglaubt, in einer anderen Umgebung zu landen, wo die Fransen der Seidenvorhänge leise rauschten. Ihr war ein silberner Teller für Visitenkarten versprochen worden. Kein Wunder, dass sie sich betrogen fühlte.

Auf dem Foto, das Max und ich aus der Kommodenschublade unserer Tante stahlen, ist Mutter schwanger. Das weitgeschnittene Kleid im griechischen Stil verhüllt die Wölbung ihres Bauchs, doch die bloßen Knöchel, die unter dem Rocksaum hervorlugen, sind dick geschwollen. Es ist eine von Vaters Freilichtaufnahmen. Im Hintergrund schimmert eine efeubewachsene Waldlichtung. Mutter lehnt sich an einen Baum. Sie hat das Gesicht von der Kamera abgewandt. Tante behauptete, Mutter sei nicht ganz nüchtern gewesen, als das Foto gemacht wurde. Vater hatte die Angewohnheit, vor dem Fotografieren zur Entspannung mindestens eine halbe Flasche Wein zu trinken, und Mutter kümmerte sich meist um den Rest. Meine Mutter, unsere Mutter, in einem dünnen Kleid, die Schwangerenbrüste vorstehend, lehnt sich an einen Baum, um ihren kleinen Schwips zu verbergen. An ihren Armen zeichnen sich die Muskeln ab, ein durch körperliche Arbeit verursachter Schönheitsfehler. Als Kind malte ich mir aus, dass diese Arme mich umschlingen, dass mein Kopf in der Schlüsselbeingrube Schutz sucht. Vater hebt das Blitzlicht. Seine junge Frau, gekleidet wie eine fleischgewordene Göttin. Der Anblick erregt und erschreckt ihn. Vielleicht hat er ein wenig Angst vor ihr. Vor seiner liebevollen Estelle mit den feuchten Augen, in denen eine unweibliche Willenskraft brannte. Vor der resignierten Estelle, dem ehemaligen Ladenmädchen. Meine Mutter, als Juno verkleidet. Meine Mutter Medea.

Einer Geschichte zufolge verkaufte Vater einen Abzug dieses Fotos an einen Süßwarenfabrikanten, der eine Gravüre davon anfertigen und auf seine Pralinenschachteln drucken ließ. Man sagte, Mutters Bild habe den Absatz dieser Marke verdreifacht, und der Fabrikant eröffnete neue Geschäfte, sogar in Prag und Wien. Zum Dank schickte er Mutter schachtelweise Kirschkonfekt und Schokoladendrops. Die Flut der Süßigkeiten förderte das vorzeitige Faulen der Zähne meines Vaters.

Als die Schwangerschaft weit genug fortgeschritten war, teilte Mutter Vater mit, sie werde die Arbeit im Fotogeschäft aufgeben. Keine langen Abende in der Dunkelkammer mehr, kein Reinemachen im Studio, nachdem die Kunden gegangen waren. Die Ammoniakdämpfe waren schädlich für das Baby. (Damals wurde nur einer von uns erwartet.) Mutter erhielt überraschend Unterstützung von Vaters Mutter, der plötzlich bewusst wurde, welche Möglichkeiten Enkelkinder boten. Großmutter sah bereits einen Matrosenanzug und den Neid der Nachbarn vor sich. Endlich wurde Mutter wieder zum Tee ins Gartenviertel, in das weiße Haus eingeladen. Diesmal wusste sie, was man von ihr erwartete. Niemand hätte sie für ein Mädchen vom Land gehalten. Handschuhe verdeckten die von der Fixierlösung in die Haut geätzten Flecken. Bis zur Niederkunft war sie die Stammmutter, wurde akzeptiert. Dann kamen wir.

Anfangs glaubte man, wir würden nicht überleben, erzählte die Tante. Darüber waren alle erleichtert. Doch dann öffnete Max die Augen, seine blauen, wimpernlosen Augen, und alle im Raum zuckten zusammen. Max schrie. Es war der Schrei eines lebendigen, gesunden Kindes, der bei jedem Anwesenden die uralten Instinkte weckte. Max' durchdringender Schrei weckte auch mich. Ich schnaufte leise, schrie wie zur Probe ein wenig, doch dann schmiegte ich mich an Max und vertraute darauf, dass mein Bruder an meiner Stelle alles tun würde, was man von einem Neugeborenen erwartete. Die Hebamme befreite uns von den Eihäuten und wickelte uns in ein Handtuch. Dann machte sie sich bereit, die Reste des Mutterkuchens entgegenzunehmen. Sie war praktisch veranlagt, deshalb konzentrierte sie sich darauf, das Wichtigste zu retten: unsere Frau Mutter. Für die Monster war später noch Zeit. Sie legte die Neugeborenen dem Arzt in die Arme.

Die Geburt betreute der Hausarzt der Familie, Thomas Fehlgeburt, ein richtiger Medizinalrat. Fehlgeburt war ein Saufkumpan unseres Vaters, ein Versager aus guter Familie. Beziehungen und schmeichlerische Reden hatten ihm den hohen Titel verschafft. Als Arzt taugte er nichts. Aber Medizinalrat Thomas Fehlgeburt war klug und ehrgeizig genug, um zu wissen, was er in den Armen hielt. Vorsichtig schlug er das Handtuch zurück und untersuchte uns. Max' Starren ließ ihn zusammenzucken. Siamesische Zwillinge. Zwei Jungen. An der Seite zusammengewachsen. Zwei Beinpaare. Max' Bein schlug aus, als der Doktor mich leicht in die Fußsohle kniff.

»Merkwürdig«, sagte der Medizinalrat. Er zwickte mich erneut. Max schrie auf. »Mit den Reflexen stimmt etwas nicht.« Der Arzt tastete mein Brustbein ab. »Vermutlich einige gemeinsame innere Organe. Aber zwei Lungen, zwei Herzen.« Er legte das Ohr auf Max' Brust, dann auf meine. »Zwei gesunde Herzen.« Das eine Kind hatte einen verkrüppelten Arm. Es sah überhaupt schwächlicher aus. Vielleicht würde es nicht durchkommen. Mit ihrem schwarzen Neugeborenenhaar wirkten die Kinder wie kleine Trolle. Aber was war das?

Erst jetzt merkte der Arzt, dass der Penis des einen Zwillings ganz normal zwischen den hellroten Hoden hervorragte, während bei dem anderen irgendetwas nicht stimmte. Ein Mädchen konnte es nicht sein, das war unmöglich. Der Doktor wusste, dass eineiige Zwillinge immer dasselbe Geschlecht haben. Wie interessant. »Darüber schreibe ich nach Berlin.«

Vielleicht hatte der Penis sich nur noch nicht gesenkt. Manchmal kamen die Geschlechtsorgane erst nach einigen Monaten zum Vorschein. Man kannte sogar Fälle, in denen einem Mädchen im Alter von fünfzehn Jahren plötzlich Haare am Kinn wuchsen und die Stimme rau wurde. Genauere gynäkologische Untersuchungen hatten erwiesen, dass die Hoden im Innern der Patientin verblieben waren, unterentwickelt zwar, aber dennoch eindeutig männliche Organe. Die bärtigen Frauen im Zirkus. Ja, die Wissenschaft vermochte viele Wunder zu erklären. Medizinalrat Fehlgeburt hob uns hoch, wobei er unsere Nacken mit dem Arm stützte.

»Es kann sich aber auch um eine Mutation handeln.«

Mutter lag in dem Zimmer über dem Fotogeschäft im Kindsbett und blutete. Wir hatten ihre Beckenmuskeln und den Damm zerrissen.

»Schnell, Herr Doktor!«, rief die Hebamme. »Sie blutet stark.«

»Man wird einen Artikel von mir veröffentlichen. Vielleicht auch mehrere.«

Das Gesicht des Medizinalrats Thomas Fehlgeburt leuchtete auf. Er würde das Kinderbündel in Geld verwandeln können, in weiche Pantoffeln und viele Gläser Madeira. Er erinnerte sich an den Operationssaal in Wien, während seines Studiums. An die in Gläsern konservierten zweiköpfigen Kälber, an das wasserköpfige Mädchen, das die Studenten zu Übungszwecken obduziert hatten. Mutter schrie. Im Zimmer roch es nach süßlichem Moschus und Blut. Die Dienstmagd beeilte sich, das Fenster zu öffnen, und der Sauerstoff, der hereinwehte, weckte den Medizinalrat aus seinen Träumen.

»Herr Doktor!«

Widerstrebend reichte der Arzt uns an die Dienstmagd weiter, die uns aus großen Augen anstarrte. Sie wusste, dass sie das Kind so bald wie möglich in das andere Zimmer hätte bringen müssen, damit der Vater es bewundern konnte. Aber was sollte sie mit diesem Wesen tun? Mit zwei Jungen, die eigentlich keine zwei Jungen waren? Baby-Max verzog den Mund. Unsere Augen waren geschlossen. Die Magd berührte vorsichtig meinen Arm, den mittleren, der wie eine verwelkte Blume aussah. Da riss ich die Augen auf. Das Mädchen wischte mir mit einem feuchten Tuch Blut von der Wange. Max quäkte und machte Saugbewegungen. Die Magd trug uns zum einzigen Tisch im Raum und legte uns darauf. Sie feuchtete ein Handtuch an, schwenkte die Spiritusflasche und säuberte die Wunden an der Nabelschnur, dann wusch sie uns. Max schrie erneut. Das weckte die Aufmerksamkeit des Medizinalrats. Er trat mit langen, zielstrebigen Schritten an den Tisch, dachte an Berlin. Vielleicht würde man ihn zu einer Konferenz einladen.

»Sie leben noch?«

»Gesunde Kinder«, sagte die Magd. »Lebendig wie nur was.« Sie stammte aus der Nähe von Bremen und sprach mit leichter Dialektfärbung. Über Hamburg wusste sie wenig, über Kinder dagegen alles. Sie hatte zwölf Geschwister. Da war es undenkbar, dass die Eltern alle bei sich behielten. Nur die vier jüngsten waren noch zu klein, um außer Haus zu arbeiten.

»Großartig«, seufzte der Medizinalrat. »Zur Zeit der Germanen hat man bei Zwillingsgeburten das jüngere Kind mit dem Schwert durchbohrt. Die Vorväter dieser Kinder haben das getan. Reines, deutsches Blut. Welch ein Wunder. Siamesische Zwillinge. Und sie leben. In meiner Jugend habe ich in Königsberg bei einer Operation an zwei Föten von fünf Monaten zugesehen. Wie faszinierend.«

»Sehr klein sind sie. Der eine noch kleiner als der andere, als ob sein Bruder ihm den Platz weggenommen hätte.«

»Ob sie wohl einen gemeinsamen Blutkreislauf haben? Ich habe von Experimenten an Kälbern gehört, bei denen man die Richtung der Venen verändert. Und die Reflexe! Die beiden reagieren wie ein einziges Kind.«

»Stirbt die Mutter?«

Medizinalrat Thomas Fehlgeburt war hellauf begeistert. Er brauchte nur noch die Zustimmung der Eltern des Jungen, der Jungen. Ausstellungen, Reden, womöglich eine Medaille der Kaiserlichen Akademie.

»Und Vater?«, fragte ich unsere Tante einmal. »Was hat er gesagt?«

Die Tante schüttelte den Kopf.

»Euer Herr Vater war zum Gentleman erzogen worden.« Sie verzog den Mund auf die gleiche Art, wie sie es tat, wenn sie beim Einkaufen das Wechselgeld nachzählte. »Neugeborene sind Frauensache. Ein Foto hat er von euch gemacht, als ihr so etwa zwei Wochen alt und kaum von einer Raupe zu unterscheiden wart.«

»Und Großmutter? Vaters Eltern?«

Das Gesicht der Tante legte sich in Falten. Ich sah, dass sie es nicht wusste. Über diesen Besuch hatte Mutter ihr nichts erzählt.

Ich stellte mir eine in schwarze Seide gehüllte Dame vor, unsere Großmutter, die sich Ammoniak unter die Nase tupft und klagt, ihr sei schwindlig.

»Wie geht es Ihnen.« »Herrliches Wetter.« »Die Pfingstrosenzeit ist bald vorbei.«

Mutter sah zu der Vase hin, die auf ihrem Nachttisch stand. Die hellroten Blüten der Pfingstrosen neigten sich zu der lackierten Tischplatte hinab. Einige Blütenblätter waren auf das Deckchen gefallen. Mutters Unterleib war mit Mullbinden bandagiert. Beim Umdrehen hatte sie Schmerzen, sie spürte, wie das Blut aus ihrem Leib tropfte. Aus Körperteilen, deren Namen der Großmutter nie zu Ohren gekommen waren. Medizinalrat Fehlgeburt hatte Mutter mit zwanzig Stichen genäht. Aber sie war gesund. Mutter lächelte fügsam und faltete die Hände im Schoß. Ihre mit Zitronenwasser gebleichten Hände. Sie lächelte. Fragte, wie sich das neue Dienstmädchen anschickte. Großmutter nickte und ließ sich zu einer gnädigen Bemerkung über die Farbe der Tapeten herab. Erkundigte sich vorsichtig nach Mutters Befinden. Der Name des Medizinalrats fiel. Wieder wurde gelächelt. »Sie können noch mehr Kinder bekommen«, hatte der Medizinalrat gesagt. Mutter schloss die Augen, erinnerte sich dann an ihren Besuch und riss sie wieder auf. Sie dachte an die beiden Säuglinge, die in der zu engen Wiege lagen. In der für ein Kind gemachten Wiege, die Vaters Eltern aus seinem alten Kinderzimmer im Gartenviertel gebracht hatten. Die Kinder hatten winzige Fäuste. Fünf Zehen an jedem ihrer vier Füße und zwanzig klitzekleine Zehennägel. Perfekte, runde Augen und Wimpern. Warum konnte nicht alles in Ordnung sein? Warum hatte Gott seine Arbeit nicht zu Ende geführt? Mutter fragte sich, ob sie noch lebten. Sie konnte sich ihre Atemzüge vorstellen, hörte das leise Schnaufen beinahe. In Gedanken sah sie ihre Stupsnasen, die unter der hellblauen Decke hervorlugten. Sobald die Gäste sich verabschiedet hatten, brachte die Dienstmagd ihr die Kinder. Gierig suchten sie ihre Brust. Saugten mit gespitzten Mündern, schnupperten an den milchwarmen Zitzen wie kleine Welpen.

»Kann man sie trennen?«, hatte Mutter den Medizinalrat

gefragt. »Können Sie normale Kinder aus ihnen machen? Solche wie alle anderen?«

»Trennen? Das hängt davon ab, welche Organe sie gemeinsam haben.« Der Medizinalrat schüttelte den Kopf. »Ich fürchte, es wird nicht möglich sein. Bisher ist es noch in keinem Fall gelungen.«

»Aber wie …« Mutter seufzte. Nach der Niederkunft war sie nicht mehr so stark wie früher. »Wie konnten sie gerade hier geboren werden?«

Im Gartenviertel werden keine siamesischen Zwillinge geboren. Im Gartenviertel kommt nichts zur Welt, was nicht die angemessene Anzahl Arme und Herzen aufweist. Nicht einmal in der oberen Etage des Fotogeschäfts werden Kinder geboren, die auf der Kabarettbühne enden.

»Papier«, sagte Mutter. »Ich möchte meiner Schwester schreiben.«

Hotel Torni

1932

In der Nacht werde ich davon wach, dass ich mal muss. Ich kneife im dunklen Zimmer die Augen zu und versuche, eine bequeme Stelle auf der Matratze zu finden. Die Blase drückt. Ich konzentriere mich darauf, an eine Wüste zu denken, einen endlosen Weg, ausgetrocknete Felder, an Sphingen, woran auch immer, um die warme Höhle unter der Decke nicht verlassen zu müssen. Doch am Ende habe ich nur noch mehr Durst, und der Harndrang lässt nicht nach. Ich rüttle Max wach. Verärgert reibt er sich die Augen.

Ich pinkle ins Wasserklosett des Hotels. Max lehnt mit geschlossenen Augen an der Wand und dehnt seine Kiefer. Ich drehe die Hähne auf, doch sie röcheln nur. Endlich schießt braunes Wasser heraus. Ich wasche mir die Hände über dem Waschbecken und trockne sie an meiner Schlafanzughose ab. Dann lasse ich Wasser in das Zahnputzglas laufen und rieche daran.

»Rost«, sage ich zu Max und trinke das Glas in einem Zug leer. Mein Bruder verzieht das Gesicht und nimmt mir das Glas weg.

»Am besten gleich desinfizieren«, meint er und füllt es zur Hälfte mit Whisky. »Der hat dieselbe Farbe, reizt aber weniger zum Husten.«

»Musst du auch mal?«, frage ich, während ich meine Pyjamahose zuknöpfe. Max schüttelt den Kopf und trinkt den Whisky aus.

»Denk an einen strömenden Fluss«, sage ich. »An weiße

Schaumkronen, die über die Steine rollen. An kaltes Wasser, das aufspritzt, wenn du darin watest.«

Max schluckt den letzten Whisky herunter und funkelt mich an.

»An Waschfrauen«, fahre ich fort. »Wie sie ihre Arme ins Wasser tauchen. Denk an das Wasser in den Waschzubern, an das Regenwasser, das in einem Eimer an der Hausecke aufgefangen wurde, weil die Tante sich damit die Haare waschen wollte.«

Max schiebt mich aus dem Weg und zieht die Hose herunter; er hat nie begriffen, wozu die Knöpfe da sind. Ich wende das Gesicht ab und lächle verstohlen. Es ist ein kleiner Sieg, in dieser Nacht kein zweites Mal aufstehen zu müssen, weil mein Bruder aufs Klo gehen will.

»Glaubst du an Liebesgeschichten?«, frage ich.

»In Büchern? Du weißt, wie schnell meine Augen ermüden.«

»Erinnerst du dich an Lise-Lotte?«

Max kriecht unter die Decke, ich ziehe ihn enger an mich.

»Erzähl mir noch einmal von ihr«, sagt er und schließt die Augen. »Es ist, als hätte ich einen Reifen um den Kopf, der sich mit jedem Atemzug enger spannt. Ich bin müde, kann aber nicht schlafen.«

»Wo sind die Tabletten, die der Arzt dagelassen hat?«

»Nicht die. Von denen bekomme ich seltsame Träume. Erzähl mir einfach die Geschichte.«

Seufzend gehorche ich.

»Ich kannte einmal ein Mädchen mit Elefantenbeinen. Sie hieß Lise-Lotte und stammte aus Alabama. Zierlich wie ein Püppchen, aber ihre Beine waren gigantisch, knotig und voller Auswüchse. Ihre Nägel wucherten gelb und dick wie Schildkrötenpanzer. Eine Hautkrankheit, sagte man. Oder Geschwülste. Die Haut an den Beinen war so dunkel, dass sie bläulich schimmerte. Der Vater des Mädchens war Schwede, daher ihr Name. Ihre Mutter war eine Mischung aus Schwarz und Cherokee, ihr Großvater ein griechischer Zigeuner.

Lise-Lotte sagte, sie sei drei Jahre gewesen, als sie die ersten Schritte machte. Die Wirtin ihrer Mutter brachte es ihr bei und adoptierte sie bald darauf. Lise-Lottes Mutter hatte einen Hang zum Alkohol, und der Vater hatte sich bald nach der Geburt seiner Tochter abgesetzt, wahrscheinlich nach Malmö. Das war ja zu erwarten. Die Vermieterin war geschäftstüchtig, sie begann, Lise-Lotte gegen Bezahlung vorzuführen. Bald genügte das den Leuten nicht mehr. Wer hat schon Lust, sich bis in alle Ewigkeit Beine anzusehen, nur weil sie unförmig sind. Da helfen auch keine Nahtstrümpfe. Und du darfst mir glauben, dass Lise-Lotte massenhaft Seidenstrümpfe verschliss. Die Strümpfe mussten natürlich eigens für sie angefertigt werden. Die Vermieterin lehrte Lise-Lotte tanzen, kleidete sie als Kabarettmädchen und reiste mit ihr von einem Variété zum anderen. Die Show war ein Erfolg. Die Leute drängten sich, um das tanzende Mädchen mit den Elefantenbeinen zu sehen. Nur den Can-Can tanzte Lise-Lotte nicht, dazu waren ihre Beine zu schwer. Allerdings sagt man, sie hätte noch in ihren letzten Jahren das Bein so hoch geworfen, dass sie einem Mann den Hut vom Kopf treten konnte. Das war auch eine ihrer Programmnummern. Das Publikum wurde aufgefordert, Münzen in einen Zylinder zu werfen. Dann setzte die Vermieterin oder eine dafür angeheuerte Schaustellerin den Hut umgekehrt auf den Kopf und Lise-Lotte trat dagegen, dass die Münzen klirrten.«

Max lacht auf, als hätte er die Geschichte nicht bereits hundert Mal gehört. Seine Hand sucht nach meiner. Ich erzähle weiter.

»Als Lise-Lotte fünfzehn war, starb die Vermieterin. Sie hatte das Mädchen testamentarisch ihrer Tochter und deren

Mann hinterlassen. Der Mann arbeitete als Luftballonverkäufer im Vergnügungspark. So hörte Lise-Lotte auf, durch das Land zu tingeln, und trat stattdessen regelmäßig auf dem Rummelplatz auf. Dadurch verringerten sich ihre Einnahmen natürlich. Dies wiederum ärgerte ihre neuen Besitzer, und sie beschlossen, ihren Profit zu steigern, indem sie die Dienste des Mädchens verkauften.«

»Es ist seltsam mit den Beinen«, sagt Max. »Manche sind völlig verrückt nach ihnen.«

»Die Sache kam dem Direktor des Vergnügungsparks zu Ohren. Er war ein Mann mit festen Prinzipien und lehnte Beziehungen zwischen den Rassen ab. Einer seiner Vorväter hatte den mexikanischen Zweig des Ku-Klux-Klan mitgegründet. Der Direktor beauftragte einen Anwalt, den Vertrag mit dem Ehepaar zu kündigen.

Der Anwalt erzählte später, als er Lise-Lotte zum ersten Mal sah, habe die Welt vorübergehend alle Farben verloren. Es war still, nur der Sand der Manege wirbelte im Wind. Lise-Lotte lächelte den Anwalt an, so dass er alle ihre weißen Zähne sah, und er musste sich auf seinen Atem konzentrieren, um wieder Luft zu bekommen. Nach fünf Minuten wusste der Anwalt, der in Boston eine Frau und drei Kinder hatte, dass er in Lise-Lotte verliebt war. Als er erfuhr, dass alle ihre Einnahmen – sie war damals über einundzwanzig – an die Tochter der Vermieterin flossen, war er erschüttert und erstattete Anzeige. Der Prozess dauerte drei Jahre, dann war Lise-Lotte ihre eigene Herrin. Der Anwalt hätte sie gern geheiratet, doch leider brachte seine erste Frau wenig Verständnis dafür auf.«

»Ehefrauen machen immer Probleme.«

»Also wurde der Anwalt Lise-Lottes Manager. Und einen fürsorglicheren Manager gab es in der ganzen Zirkuswelt nicht. Lise-Lotte blühte auf. Sie trug nun gut geschnittene Kleider mit langen Schlitzen, die ihre Waden betonten. Recht gewagt in jener Zeit. Aber die Leute kamen ja gerade, um ihre Beine zu sehen.«

»Ich erinnere mich an ihre Augen«, sagt Max. »Sie war wirklich ein lustiges Kind. Allerdings keine großartige Tänzerin. Sie ließ die Füße zu sehr schleifen.«

»Einmal war Lise-Lotte gebeten worden, beim Dinner des Gouverneurs irgendwo an der amerikanischen Ostküste aufzutreten. Vielleicht sogar in Boston, der Heimatstadt des Anwalts und Managers. Sie war ein wenig erkältet und wollte absagen, doch der Manager drängte sie, aufzutreten. ›Die Einladung ist eine große Ehre‹, sagte er. ›Sie fördert deine Karriere.‹ Er war zu der Auffassung gelangt, dass Lise-Lotte als Tanzkünstlerin nicht angemessen gewürdigt wurde. Ein Auftritt vor der besseren Gesellschaft konnte Wunder wirken. ›Wenn du mir versprichst, dass es nicht schneit‹, sagte Lise-Lotte. ›Der Himmel ist wolkenlos‹, beteuerte der Manager. Lise-Lotte konnte keine Schuhe tragen, deshalb war sie immer sehr besorgt um ihre Füße. Obwohl es aussah, als habe sie Elefantenhaut an den Beinen, verkühlte sie sich leicht. Zudem war sie aus Alabama, und dort schneit es nicht.

Die ersten Schneeflocken fielen, als Lise-Lotte ihr Abendkleid anzog, das ihr aus New York geschickt worden war. Es war nach der neuesten Mode geschnitten, mit breiten Pudelärmeln. Die Kammerzofe befestigte Schmetterlinge in Lise-Lottes Haaren. Sie waren aus Federn gemacht und schimmerten wie Perlen in ihrem schwarzen Haar. Lise-Lotte betrachtete die Schneeflocken, die herabschwebten wie die Federn in ihrem Haar. Sie dachte an den Gouverneur, an die Gäste, an ihre eigene Müdigkeit. Dann erinnerte sie sich an den Manager und lächelte.

›Ich ziehe lieber das rauchblaue Kleid an.‹

›Aber gnädiges Fräulein?‹

›Oscar mag das blaue besonders gern.‹ Oscar war der Name

des Managers. Unterdessen hatte der Schnee die Straßen zugeweht. Die Kutsche konnte nicht bis zum Haus des Gouverneurs fahren. Lise-Lotte ging einen ganzen Häuserblock zu Fuß. Am Ziel musste sie den Saum ihres Kleides trocknen, der im Schnee triefnass geworden war. Lise-Lotte ließ sich davon nicht beeindrucken. Die Gäste sagten, Fräulein Lise-Lotte sei bezaubernder als je zuvor. Sie lächelte die vornehmen Damen an, reichte Pianisten und preisgekrönten Malern die Hand, wechselte einige Worte mit einem Stahlfabrikanten. Sie verhielt sich taktvoll und höflich gegenüber der Frau ihres Managers und erkundigte sich nach ihren Kindern. Und wie sie tanzte! Sie bot Szenen aus *Schwanensee* und *Giselle* dar. Die Federschmetterlinge in ihrem Haar zitterten. Die riesigen Beine glitten lautlos über die Tanzfläche, und der kleine Körper bog sich leicht wie ein Seidenband.

Am nächsten Morgen erkrankte Lise-Lotte. Ihr Kleid war zu dünn gewesen, der Schnee zu kalt. Sie bekam eine Lungenentzündung und starb. Das Karolinische Institut in Schweden hätte 20 000 Dollar für ihre Leiche bezahlt, doch der Manager weigerte sich, sie zu verkaufen. Anstelle des üblichen Engels ließ er eine Seejungfrau auf Lise-Lottes Grab aufstellen. ›Lise-Lotte mochte Seejungfrauen‹, erklärte er. ›Sie hat gesagt, Seejungfrauen haben keine Beine, deshalb bewegen sie sich so leichtfüßig.‹«

»Ich bin mir nicht sicher, ob das eine Liebesgeschichte ist«, meint Max. »Auch wenn es für alle schlecht ausgeht.«

»Was dachtest du, als du Iris zum ersten Mal gesehen hast?«, frage ich ihn.

»Das weiß ich nicht mehr. Ich habe ihr nur auf die Beine gestarrt.«

»Erinnerst du dich daran, wie wir ihr 17 und 4 beigebracht haben?«

Kindheit

1900–

Wir rannten. Das Gras bog sich unter unseren Fersen, auf dem Weg wirbelten unsere nackten Füße den Sand hoch. Der Sommerabend breitete seine Schatten aus. Von einem nahegelegenen Acker flog eine Schar Kraniche auf, ich erinnere mich an ihr empörtes Trompeten. Max' Herz hämmerte. Zwischen den Bäumen lag bläuliches Zwielicht. Keuchend blieben wir stehen. Ich horchte auf Schritte. Max' Wangen glühten. Er folgte mir, als ich auf den Graben zeigte. Die Weidenröschen schwankten. Der Boden des Grabens war feucht, Schlick blubberte zwischen den Zehen. Wenn es geregnet hatte, rauschte und plätscherte das Wasser, füllte den Graben bis zum Rand und strömte in den Fluss. Doch nach dem trockenen Sommer war nur ein dünnes Rinnsal zurückgeblieben. Im Schlamm nisteten Fliegen. Früher im Jahr war auf dem grünlichen Schlick Froschlaich geschwommen. Max und ich hatten ihn in Gefäße gefüllt, mit Mehl gefüttert und beobachtet, wie er sich in Kaulquappen verwandelte. Die weitere Verwandlung der Kaulquappen in Frösche hatten wir nicht mehr sehen können, denn unsere Tante hatte die von den schwarzen Viechern eroberten Marmeladengläser gefunden und auf dem Misthaufen ausgeleert. Die Katze und die Möwen hatten sich um die zuckenden Jungfrösche gestritten.

Der Geruch zertretener Brennnesseln zog durch die Luft. Der Wind, der Großvaters Stimme herantrug, verschluckte den Anfang seines Rufs. Das Ende wurde vom Echo wiederholt. »Onster«, rief die Luft. »Ören«, wiederholten die Bäume.

»Issgeburt«, sagte der Fels. Die Kraniche flogen wie ein Schwert über den Acker, ihre Flügel klatschten.

»Krabbenköder«, wisperte Max. Er wagte noch nicht, laut zu sprechen, aus Angst, Großvater könnte uns hören.

»Luderfrüchte«, gab ich ebenso leise zurück. Max grinste. Das Lachen quoll ihm aus den Augen. Ich biss mir auf die Lippe.

»Ungs!«, rief Großvater. Auf dem Hof polterte es.

»Er tritt gegen die Blechtrommeln«, flüsterte Max.

Ich nickte. Die Weidenröschen bildeten eine Kuppel über uns. Zwischen den Blüten spähte der Himmel hindurch, vom Tag ermüdet.

»Stiefelsohlen.« Max stieß mich mit dem Ellbogen an.

»Hurensöhne«, sagte ich, und wir kicherten. Das Lachen stieg von den Zehen her nach oben. Es verbreitete sich in der Lunge, ließ den Nabel wackeln und schüttelte den ganzen Körper. Schließlich erstarb es, weil wir Luft holen mussten.

»Was ist eine Hure?«, fragte Max, als wir nicht mehr keuchten.

»Mutter«, sagte ich.

Das Haus stand weißgetüncht auf einem Hügel außerhalb des Dorfes. Von der Straße aus war es im Schatten der Linden kaum zu sehen. Rundherum erstreckte sich Ackerland, bis an den Fluss. Die meisten Felder des Hofs waren an Nachbarn verpachtet. Die Tante konnte nur einige bewirtschaften. Hinter dem Kuhstall baute sie Kartoffeln an, doch der Kohl wurde gekauft. Manchmal war auch von einem neuen Hauptgebäude die Rede – das alte war vor unserer Zeit abgebrannt –, doch dafür reichte das Geld nicht.

»Wenn man einen Sohn hätte …«, sagte Großvater bisweilen und sah die Tante an, die so unverschämt war, das falsche Geschlecht zu haben.

»Du hast doch die beiden«, erwiderte die Tante und nickte zu uns hinüber. Großvater würdigte sie keiner Antwort, er knisterte nur laut mit der Zeitung.

Das Nebengebäude, das jetzige Wohnhaus, war zweimal vergrößert worden. Dennoch bot es nicht viel Platz. Es gab eine Wohnküche und eine gute Stube, dazu je ein Schlafzimmer für Großvater und Tante. Wir schliefen zuerst in der Kammer der Tante, später in einem eigenen Zimmer, das Großvater an dem einen Ende des Hauses angebaut hatte. Es hatte früher als Holzschuppen gedient und roch an Sommerabenden immer noch nach Harz. Der Fußboden bestand aus grob gehobelten Brettern, an denen man sich Splitter einzog. Die Tante hatte einen schmalen Flickenteppich mit blauen Streifen gewebt. Max und ich wetteiferten darum, wer es schaffte, auf die Streifen zu treten, ohne die Zwischenräume zu berühren. Wer einen Streifen verfehlte, war »tot«. Wir versuchten beide, den anderen aus dem Gleichgewicht zu bringen. Meistens gewann Max. Er konnte mit zwei Armen schubsen.

Das Bett wurde in der Länge ausgezogen. Es war schmal, aber schmal waren unsere Körper auch. In den knapp zehn Jahren, in denen wir darin schliefen, drückten sich unsere Körper in der Matratze ab. Ich spüre immer noch das Heu, das mich durch den Bezug hindurch stach. Die unterste Matratze, die mit Rosshaar gefüllt war, wäre für die Haut angenehmer gewesen, aber Max behauptete, sie stinke. Er hatte einen empfindlichen Geruchssinn. Als Kind musste er sich einmal übergeben, als Großvater uns auf dem Plumpsklo eingesperrt hatte.

Die Laken gehörten zur Aussteuer unserer Tante. Die Faltstellen waren so scharf, dass man sich daran den Finger hätte schneiden können. Jedes Teil war sorgfältig mit dem Namen der Tante bestickt, Ada. Keine Initialen, nicht der Nachname des Großvaters. Nur Ada, denn der künftige Ehemann war noch unbekannt. Als wir ins Haus kamen, hatte unsere Tante die Hoffnung bereits aufgegeben, und so wurden die mit Mädchenträumen befrachteten Laken auf unser Bett gebreitet. Manchmal frage ich mich, ob sie sich auf Max und mich auswirkten. Wenn man einen Stein lange genug bei sich trägt, so glauben die Juden, geht ein Teil der Seele des Trägers in den Stein über. Vielleicht hatte unsere Tante etwas von sich auf diese Laken übertragen. All ihre Sehnsucht, die zahllosen jungfräulichen Erwartungen, mit denen sie am Webstuhl gesessen hatte, die Einsamkeit und die Träume vom Fortgehen. Als ich Max von diesem Gedanken erzählte, schnaubte er nur. »Ach was, wegen dieser Laken lebst du im Zölibat? Und was ist mit dem Jahr in Lucias Bett? Auf dem hat sich so viel menschliches Fleisch gewälzt, dass du deiner Theorie nach jetzt ein Bordell führen müsstest!« Die Aussteuerlaken der Tante waren aus blechhartem Leinen. Auf der Haut fühlten sie sich zugleich grob und sanft an. Wie viele Nächte lagen wir in diesem Bett und zählten die Astlöcher in der Zimmerdecke!

Als ich drei war, schwappte mir siedendheißes Wasser aus dem Waschzuber auf die Hand. Ich betrachtete die Haut und wunderte mich, dass etwas so Schönes wie Seifenwasser wehtun konnte. Als ich die Hand zur Faust ballte, rötete sich die Haut. Max schrie gellend auf. Seine Augen verengten sich vor Qual. Ich erinnere mich an die Schreckensrufe der Tante, die vom anderen Ende der Stube zu uns lief. Auf meiner Haut bildeten sich weiße Blasen. Die Tante wuselte um uns herum. Sie wusste nicht recht, wen sie trösten sollte. Mich, der die verbrannte Hand hochhielt, oder den schreienden Max. Schließlich nahm sie Max in die Arme. »Schhh«, flüsterte sie. »Alles wird wieder gut. Wir tun Salbe drauf.« Max schniefte in den Rock der Tante. Ich weiß noch, dass Max' Geheul mich erschreckte, dass ich den Arm um ihn legte. »Nicht weinen, Max. Die Tante tut Salbe drauf.«

Über dem Bett hatte Max eine Reklame für Kölnisch Wasser aufgehängt, die er aus einer Zeitung ausgeschnitten hatte. Darauf streckte eine Frau ihre nackten Arme zum Himmel. Zu ihren Füßen tummelten sich die Tiere des Paradieses. Ein Tiger rieb sich am Rock der Frau wie ein rolliger Kater. Zwei Affen stritten sich um die Ehre, die Schleppe der Frau halten zu dürfen. Ein Pfau und ein Fuchs posierten in schönstem Einvernehmen. Die Haare der Frau breiteten sich zu einem hellen Netz aus, wie es auf den Jugendstilbildern zu Beginn des Jahrhunderts üblich war. Ihr Kleid wurde auf einer Schulter von einer schlangenförmigen Spange gehalten. Der Stoff fiel in gleichmäßigen Falten über ihren Körper. Im Nachhinein scheint mir, dass die Ästhetik der Reklame an religiöse Flugblätter erinnerte. Doch auf Max machte sie Eindruck. Seiner Meinung nach hatte die Frau Ähnlichkeit mit unserer Mutter. Als Erwachsener behauptete er, es handle sich um die Kopie einer fotografischen Studie, die Vater von ihr gemacht hatte. Schwer zu sagen, ob er recht hat, denn wir sind unserer Mutter nur einige Male begegnet. Beim letzten Mal waren wir einundzwanzig. Der Weltkrieg war gerade zu Ende gegangen. Der Zirkus Europa hatte Pleite gemacht, und in Deutschland fiel die Mark in sich zusammen wie eine ausgebrannte Ruine. Mutter bot uns Tee an, aber Max und ich waren eher Kaffeemenschen.

Unsere Tante war einige Jahre älter als Mutter. Ihren Gesichtszügen fehlte Mutters symmetrische Schönheit. Doch sie steckte voller Leben, Eigensinn und Energie. Sie zog Gräben, pflügte und drosch. Großvater taugte allenfalls noch für die Stallarbeit. Alle schweren Arbeiten erledigte die Tante ganz allein. Es hieß, kein Mann könne so gut dränieren wie sie. Oft kam sie erst am Abend nach Hause, mit dampfender Haut, das schweißnasse Hemd am Körper klebend, erdige Streifen im Gesicht.

Vom Kochen hielt sie nicht viel. Apfelkuchen war das einzige Gericht, das ihr immer gelang. Ihr Problem war, dass sie nicht die Geduld hatte, zu warten, bis eine Speise gar wurde. Sie nahm den Brei roh vom Herd, schob den Brotteig in den Ofen, bevor er aufgegangen war, und schlug das Eiweiß nur halb steif. Max behauptet, seine eisenharten Bauchmuskeln habe er der Tante zu verdanken, denn er habe sie ständig anspannen müssen, um sich nicht zu übergeben. Das ist blanker Unsinn. Max aß alles, was man ihm hinstellte, und die Hälfte meiner Portion noch dazu. Als wir älter wurden, übernahm Großvater die Küchenarbeit. Der Wandel vollzog sich schleichend. Zuerst sagte Großvater, er werde Butterbrote machen. Schließlich wurden aus den Butterbroten gepökelte Lammkeulen, Omeletts und Marmelade. Die Tante seufzte erleichtert auf, denn sie brauchte sich nur noch um das Frühstück zu kümmern. Kaffee und Toast konnte man auch ohne besondere Begabung zubereiten. Was machte es schon, wenn das Brot auf einer Seite ein wenig verbrannt oder der Kaffee lau und dünn war.

Manchmal, bei den seltenen Gelegenheiten, wenn die Tante lachte, blitzte in ihren Augen das gewisse Etwas auf, dessentwegen Mutter als Schönheit galt. Beide waren kräftig gebaut. Tantes Figur sah aus, als habe man sie mit behandschuhten Händen aus Knetgummi geformt. Mutter wurde als üppig bezeichnet, Tante nur als groß. Wir hatten die Schmächtigkeit von Vaters Seite geerbt, ebenso die hellbraunen Locken. Max hat Mutters Augen, wasserhell glänzend und rund. Vielleicht fiel es der Tante deshalb so schwer, ihm irgendetwas zu verbieten.

Die Tante und der Großvater wurden aus zwei Gründen gewählt, uns aufzuziehen. Der Bauernhof war abgelegen, und die beiden führten kein reges gesellschaftliches Leben. Vater zahlte für unseren Unterhalt. Auf dem Land, so versprachen es die Erziehungsratgeber, würden wir zu gesunden, blühenden Knaben heranwachsen, vorausgesetzt natürlich, dass wir gegen die Überzeugung der Ärzte unseren zehnten Geburtstag überlebten.

Wir waren nicht ganz ein Jahr alt, als wir eintrafen, im Korb der Amme schaukelnd. Mutter trug ein weißes Sommerkleid, obwohl das Wetter noch kühl und sie kein junges Mädchen mehr war, erzählte unsere Tante. Mutter gab ihrer Schwester und ihrem Vater die Hand, umarmte sie aber nicht. Das war auch klüger, fügte die Tante hinzu, denn sie trugen noch die Stallkleidung.

»Das ist es?«, fragte die Tante und zeigte auf den Korb.

»Sie«, korrigierte Mutter. »Es sind zwei.«

Großvater zuckte mit den Schultern. Er sah seine jüngere Tochter von unten herauf an. »Du bist ein feines Dämchen geworden in der Stadt.«

»Sie essen schon ein wenig feste Nahrung.«

Die Tante steckte die Nase in den Ammenkorb und schnupperte. »Riecht nach Schnaps.«

»Branntwein beruhigt«, sagte die Amme. Tante starrte sie an.

»Nur ein bisschen, damit sie schlafen«, säuselte Mutter. »Geben Sie meiner Schwester den Korb, Berthe.« Die Frau schob den Korb hinüber, schüttelte den Kopf und starrte auf den Rock und die nackten Füße der Tante. Offenbar reichte ihrer Meinung nach selbst eine größere Portion Branntwein nicht aus, uns zu schützen.

»Warum soll man einer Kreatur, die nie zu einem nützlichen Wesen heranwächst, etwas beibringen?«

Großvater meinte es nicht böse. Er schenkte uns nicht mehr Aufmerksamkeit als einem Mastferkel. Er roch nach Moschus und war hochgewachsen. Sehnig, ohne wirklich muskulös zu wirken. Bei unserer Ankunft hatte die Arthrose ihr Zerstörungswerk bereits begonnen.

Man sagt, als die Vorfahren des Menschen sich auf zwei Beine erhoben, begann eine neue Epoche. Bei vier Beinen ist die Anstrengung noch größer. Max und ich lernten mit zwei Jahren laufen, deutlich später als normale deutsche Kinder. Die Tante hielt uns an den Händen und übte geduldig mit uns, ohne sich von Großvater beirren zu lassen.

»Vorsichtig!«

»Ihr bekommt kandierte Pflaumen.«

Max' Augen leuchteten auf. Für kandierte Pflaumen tat mein Bruder schon als Wickelkind alles. Wir stolperten, schwankten und fielen hin. Es schienen immer zu viele Arme und Beine da zu sein. Der sommerliche Hof roch nach Heu.

»Tänzer werden die nicht«, sagte Großvater, wich aber dem Blick der Tante aus.

Aus dem Fliederbusch flog eine Amsel auf. Ihr gelber Schnabel glänzte in der Sonne. Max war hingerissen.

»Ogel.«

»Eine Amsel«, sagte die Tante. »Eine wahre Plage. Wir müssen die Flinte laden, die Biester kommen immer gleich in Scharen.«

»Ogel«, wiederholte Max. Er lachte und purzelte im nächsten Moment auf den Hintern. Seine Augenlider flatterten, er überlegte, ob er losheulen oder am Daumen lutschen sollte. Ich löste das Dilemma, indem ich mir meine einzige Faust ganz in den Mund schob.

»Umpf«, machte ich. Max sprach damals bereits einige Worte, während ich mich weigerte, identifizierbare Laute von mir zu geben. Es erschien mir unnötig. Max genügte mir. Ich wusste auch ohne Worte, was er wollte, ob er mal musste, ob die Sicherheitsnadel an der Windel ihn stach. Es klingt lächerlich, aber in gewisser Weise hörte ich Max in meinem Kopf. Es hat Zeiten gegeben, in denen ich das Gefühl hatte, diese Fähigkeit verloren zu haben. Zeiten, in denen Max sein Inneres vor mir verschloss. Als er verheiratet war, manchmal, wenn wir uns stritten, oder wenn er sich sinnlos betrank. Und einmal in Helsinki, als ich mich verliebte.

Als Erwachsener habe ich Max' Stimme zweimal laut in meinem Kopf gehört. Das erste Mal, als wir am Trapez den Stratokow-Umschwung versuchten. Eine verhältnismäßig einfache Nummer, sofern man nicht zufällig ein siamesischer Zwilling ist, dessen Körper anders ausbalanciert werden muss. Wir traten damals im *Jupiter* auf, dem für sein künstlerisches Programm bekannten Prager Zirkus. Max und ich hatten ein halbes Jahr lang an unserer Nummer gearbeitet. Dem Publikum hätte es genügt, zwei Freaks zu sehen, die auf dem Seil hin und her gingen, aber wir wollten so viel leisten wie alle anderen. Wir trippelten in unseren mit Harz eingeriebenen Ballettschuhen seitwärts über das Seil und gaben vor, zu stolpern. Dann taten wir so, als ob das Seil brennend heiß wäre, und hoben im Hüpfschritt die Füße. Das Publikum brüllte vor Lachen. Im Hintergrund spielte das Orchester eine wilde, schnelle Musik mit zahlreichen Trommelwirbeln. Das Trapez ist ein berauschendes Gerät. Es weckt Gefühle. Das Publikum liebt Schwerelosigkeit. Die Vorstellung, zu schweben. Dieser Traum hat die Menschen dazu gebracht, Flugzeuge, Zeppeline und mit Seide bespannte Drachen zu bauen. Vom Trapez aus können selbst kleine Menschen wie wir die anderen von oben herab ansehen. Aber die Wahrheit ist: Wenn man hoch oben steht, kann einem das Publikum in die Nasenlöcher schauen.

Trügerische Selbstsicherheit hatte uns dazu bewogen, auf das Sprungnetz zu verzichten. Die Tricks waren einfach, Max und ich alte Hasen. Ein Netz würde den Effekt verderben. Graziös wie zwei Tiger trippelten wir über das Seil und lächelten das lärmende Publikum durch die Schminke an. Die Fallhöhe unter uns beachteten wir nicht. Sechs Meter sind genau die richtige Entfernung – auf diese Distanz sind die Augäpfel der Zuschauer im Zwielicht nicht zu sehen.

Max jonglierte mit seinen zwei Händen zuerst mit drei, dann mit fünf Bananen. Zum Schluss nahm er auch noch Apfelsinen dazu. Dann warf er die Früchte einzeln einem Affen zu, der über uns saß und so gekleidet war wie wir, in Fez und Bundhose. Die Parallele brachte das Publikum zum Lachen. Ich hasse Affen. Ich habe sie schon als Zehnjähriger gehasst, aber das Publikum liebt sie aus irgendeinem Grund. Dieses spezielle Exemplar war besonders bösartig. Statt die Früchte brav aufzufangen und Bananen zu futtern, bewarf das Tier mich mit den Apfelsinen. »Pong!« Eine Orange traf mich an der Stirn. Ich schwankte. Einen Moment lang starrte ich auf den Sand in der Manege. Das Zuschauermeer brüllte vor Lachen. Die nächste Apfelsine schlug mir ins Nackengrübchen. Mir wurde schwarz vor Augen. Ein Bein fuhr durch die Luft. Ich sah mich unten in der Manege liegen, den abgewinkelten Arm unter dem Kopf, neben mir Max als formloses Bündel. Da hörte ich die Stimme meines Bruders. Sie sprach tief hinter meinen Augen.

»Isaak«, sagte die Stimme, »halte beide Beine in die Luft.« Ich öffnete die Augen und schwankte. Das hätte genügt, uns zu Fall zu bringen, doch Max fing meine Bewegung auf. Die Zuschauer glaubten, mein Schwanken sei beabsichtigt gewesen, sie klatschten und sprangen von ihren Sitzen auf. Der Affe warf seinen Fez ins Publikum, hockte sich hin und fraß eine Banane mitsamt der Schale. Die Bravorufe liefen an mir ab. Ich wagte Max nicht anzusehen, doch ich spürte ihn immer noch in meinem Innern.

Die Tante hatte uns beigebracht, im Sitzen zu pinkeln. Sie fand es sauberer, aber Großvater war der Meinung, das sei eines Mannes unwürdig. Er sah sich unsere Hockerei eine ganze Weile kommentarlos an. Wir gingen abwechselnd auf den Topf; es verlangte Konzentration, sich zu bücken, während der andere sein Geschäft verrichtete. Es ist nicht leicht, das Gleichgewicht zu halten, wenn der andere presst. Schließlich brachte Großvater uns auf das Feld hinter dem Haus. Er hatte Weihnachtsplätzchen gebacken, und seine blaukarierte Schürze war mit Mehl bestäubt. Es war ein klarer Wintermorgen. Auf dem Acker lag dünner Raureif, der unter den Stiefeln knirschte. Die Krähen staksten über die kalte Erde.

»Jetzt«, sagte Großvater und knöpfte sich die Hose auf. Max und ich sahen uns an, wir begriffen nicht, worum es ging. »Wir können nicht ewig hier rumstehen«, fuhr Großvater uns an. »Holt sie raus.« Großvaters Pullermann war blaurot und verschrumpelt wie eine im Keller vergessene Rübe vom vorigen Jahr. Er hielt ihn in der Hand und zielte. »So!«, sagte er und pinkelte einen gelb leuchtenden Bogen. Der Frost biss mir in die Finger. Ich weiß nicht, was mich nervöser machte, Großvaters Anwesenheit oder die Sache selbst. Meine Finger zitterten. Max pinkelte auf meine Schuhe.

»Mit so einem kleinen Schniepel ist es gar nicht so leicht. Fasst ihn an der Wurzel an. Ihr könnt es. Nur Weiber pinkeln im Sitzen.«

Ich werde es nie vergessen, das Triumphgefühl, als der Urinstrahl im Bogen auf den Acker schoss. Er brannte eine Furche in den silbrigen Raureif. Einen Moment lang schimmerte das Prisma der Sonne in der Luft. Großvater lächelte, seine Augen verengten sich. Er klopfte mir auf den Rücken, wurde dann wieder ernst und wischte sich die Hand an der Schürze ab.

»Am besten übt ihr zuerst auf dem Acker. Eure Tante kriegt einen Anfall, wenn ihr den Teppich schmutzig macht.«

Als wir größer wurden, baute Großvater unterhalb des Hügels ein Plumpsklo mit einem Loch für zwei. Wir konnten nebeneinandersitzen, ohne uns zu verrenken. Nachts benutzten wir zwei Porzellantöpfe. In einem Winter schienen die Nachttöpfe sich zu bewegen. Jeden Morgen standen sie an einer anderen Stelle. Ein paarmal war die ganze Porzellanpracht umgekippt, und der Teppich war nass. Beim Wecken gab die Tante uns eine Ohrfeige. »So eine Schweinerei!«, rief sie. »Ich schufte mich ab, und was ist der Lohn? Ein nach Pisse stinkender Teppich und zwei undankbare Schmutzfinken.«

»Das ist bestimmt ein Gespenst«, meinte Max. »Ein Stinke-Schmutzfink-Gespenst.«

»Wir müssen es fangen«, sagte ich. »Heute Nacht bleiben wir wach und schnappen es.«

Zwei Nächte versuchten wir die Augen offen zu halten, aber nach Mitternacht schläferte das gleichmäßige Ticken der Uhr uns ein. Dann kam die Nacht, in der wir von Gepolter geweckt wurden. Ihm folgte Geraschel und das Trippeln kleiner Füße. Wir trauten uns nicht aus dem Bett. Ich klammerte mich an Max.

»Das Gespenst ist hier.« Max' Herz klopfte an meinem Ohr. Wieder polterte es. Die Schritte näherten sich. Es klang, als ob jemand etwas Großes über den Boden schleifte. Das Geräusch kam immer näher.

»Tante!«, schrie Max. »Tante!«

Eine weiß gekleidete Gestalt tauchte an der Tür auf. Max schrie noch gellender.

»Was soll der Unsinn«, schimpfte die Tante und hob die Öllampe hoch. Mit der Schlafmütze auf dem Kopf sah sie wie eine Hexe aus.

In der Ecke saß eine katzengroße Ratte und kaute an Max' Schuh. Im Licht der Augen funkelten ihre Augen rot. In der Wand klaffte ein faustgroßes Loch, wo die Ratte sich durchgebissen hatte. Der Nachttopf lag umgekippt in der Ecke. Die Tante und die Ratte starrten sich an. Dann sprang das Tier, vom Licht geblendet, auf die Tante zu und lief an ihrem Bein hoch. Die Klauen kratzten bei seiner verzweifelten Suche nach einem Fluchtweg. Die Tante packte den Besen und schlug ihn dem Tier auf den Kopf, so dass es gegen die Wand geschleudert wurde und von da direkt in den Nachttopf fiel. Die Tante hatte sich rasch erholt. Mit dem Besenstiel schlug sie so fest zu, dass der Topf zersprang. Aus dem Ohr der Ratte tropfte Blut. Sie bewegte sich nicht mehr.

»Der Teppich muss gewaschen werden«, sagte die Tante.

»Solche wie die sind gefährlich«, brummte Großvater, ohne uns anzusehen. »Normale Kinder werden bei ihren Missetaten erwischt. Die beiden gehen einfach als Witzbolde durch.«

Die Tante seufzte.

»Die Kinder sind doch brav.«

»Guck dir den Schwarzäugigen an«, murmelte Großvater. »Es steht ihm ins Gesicht geschrieben, dass er etwas ausheckt. Die beiden liegen faul im Gras und kauen Harz. Das hat nichts Gutes zu bedeuten.«

Für Großvaters Verhältnisse war das eine lange Rede. Im Allgemeinen begnügte er sich mit einem kurzen Brummen, das die Worte der Tante unterbrach. Max und ich lutschten im Schatten des Birnbaums an Grashalmen. Wir hatten den Abort geleert, und die Tante hatte uns dafür einen freien Nachmittag zugestanden. Großvaters Knurren fand keinen Widerhall. Man konnte ihn bis zu einer gewissen Grenze ärgern, ohne Prügel zu beziehen. Bis zu unserem zehnten Lebensjahr entwickelten ich und Max das Balancieren auf dieser Grenze zu einer Kunstform. Max hat irgendwann einmal gesagt, die ersten zehn Jahre hätten wir auf einem Trapez gelebt, danach in der Manege.

Im selben Sommer lernten wir, auf Bäume zu klettern, und bekamen unsere ersten Hosen. Ich erinnere mich, wie stolz ich auf die Hosen war. Sie gaben uns das Gefühl, erwachsen zu sein. Keine Kleinkinderkleidchen mehr für uns. Die arme Tante hatte viel zu flicken. Max und ich lernten, auf die Bewegungen des anderen zu reagieren, zu laufen, ohne über unsere Füße zu stolpern, im Fluss zu schwimmen, bis wir blaue Zehen hatten.

Den vorderen Teil des Hofs beherrschte der Kirschbaum. Er neigte sich zum Haus, als wolle er mit ihm plaudern. Die Krone strich ans Dach, die Äste warfen ein Schattenlabyrinth auf die verputzte Hauswand. Im Frühjahr war der Baum von Blüten überzuckert. Im Herbst füllte er sich mit fingerspitzengroßen Früchten, die selbst den Drosseln zu sauer waren. Großvater gab sich alle Mühe. Er kochte Marmelade, doch dabei kam nur ein schwarzes, saures Gelee heraus, von dem selbst Max nicht mehr als einen halben Teelöffel herunterbekam. Schließlich gab Großvater auf, doch die Verschwendung ärgerte ihn. Jedesmal, wenn er an dem Baum vorbeiging, schimpfte er vor sich hin. »Fällen sollte ich ihn.« »Nutzloser Parasit.« »Saugt nur den Garten aus.« Er machte seine Drohung aber nicht wahr.

Der unterste Ast des Baums zweigte in zwei Meter Höhe ab. Wir waren schon als Achtjährige kleinwüchsig, aber die Gehübungen und das Wegrennen vor dem Großvater hatten unsere Beine kräftig gemacht. Als Max hochsprang, bekam er den Ast zu fassen. Ich schwang mich mit seiner Hilfe hoch und packte mit der funktionierenden Hand zu. Da hingen wir nun am Ast wie ein dreiarmiger Pavian und strampelten mit den Beinen. In den Zehen prickelte Freiheit. Max lehnte sich zurück und schwang seine Beine auf den Ast. Die Bewegung war so kraftvoll, dass ich den Halt verlor. Die Rinde schrammte mir die Finger blutig. Einen Moment lang trug

Max unser beider Gewicht. Dann fielen wir, Max landete auf mir. Sekundenlang erschien mir das Gras farblos, und aus meiner Lunge wich alle Luft. Ich wollte Max nicht ansehen. Mir tat der Rücken weh, doch ich wagte nicht, ihn zu reiben. Ich fürchtete, Max würde mich wegen meiner Ungeschicklichkeit ausschimpfen. Schließlich schaute ich doch zu ihm hinüber. Er starrte den Ast an. Ich biss die Zähne zusammen.

»Der blöde Baum«, sagte ich.

»Du kannst es.«

»Ich hab keine Lust mehr. Gehen wir lieber schwimmen.« Max' Zuspruch ärgerte mich noch mehr als die Tatsache, dass er gemerkt hatte, wie tollpatschig ich war.

»Wir versuchen es noch einmal.«

Beim zweiten Mal schaffte ich es, die Beine um den Ast zu schlingen. Max spannte die Muskeln an und hob mich hoch. Wir saßen im Baum, wir waren tatsächlich hinaufgeklettert! Der Ast war ziemlich niedrig, aber immerhin. Ich lächelte Max an, er lächelte zurück.

Wie weit man von da oben sah! Der Acker erstreckte sich bis zum Fluss. Unter der Dachtraufe des Hauses nistete eine Schwalbe. Sie schoss durch die Luft, flog einmal ums Haus und kehrte in ihr Nest zurück. Ich stellte mir vor, wie die Jungen ihre Hälse reckten, und überlegte, wie es wäre, einen Vogel großzuziehen. Einen zahmen Vogel, der auf meiner Schulter sitzen würde.

»Das überleben sie nicht«, sagte Max. »Sie vermissen ihre Mutter.«

»Ich wäre besser als ihre Mutter.«

»Warum nisten sie nicht am Fluss?«, fragte Max und beugte sich vor. »Am Abhang sind noch mehr Nester.«

Ich kniff die Augen zusammen, um die Uferböschung zu erkennen. Ich wusste, dass sie dort war, voller Löcher, die die Vögel gegraben hatten. Als wir kleiner waren, hatte Max geglaubt, die Schwalben würden aus Schlamm geboren. Die Böschung entdeckte ich nicht, dafür aber die Klippe und den gemeinsamen Bootssteg des Dorfes.

»Guck mal«, flüsterte ich Max zu. »Da ist jemand bei der Wäsche.«

»Kann man von hier bis nach China sehen?«, fragte Max.

»Bei gutem Wetter vielleicht.«

»Und nach Berlin?«

»So weit nicht.«

Plötzlich waren auf der anderen Seite des Hofs die Schritte der Tante zu hören. Wir krümmten uns zusammen und zogen uns in den Schutz des Laubs zurück. Ich schloss die Augen. Der Wind raschelte in den Kirschbaumblättern. Ich spürte, wie Max' Atem meinen Brustkorb hob. Wenn man genau hinhörte, konnte man die Stimme des Flusses vernehmen. Hören, wie die Schwalben an der Uferböschung sich gegenseitig Befehle gaben. Was, wenn ich einschlafen und erst nach vielen Jahren erwachen würde, wie im Märchen? Vielleicht erst dann, wenn uns am Kinn ein langer grauer Bart gewachsen war, der sich um den Baum wickelte. Tante und Großvater hätten besorgt nach uns gesucht, sie hätten sich vergeblich gefragt, wo wir abgeblieben waren, und wären vielleicht sogar vor Gram gestorben. Wenn wir vom Baum stiegen, wäre das ganze Haus leer. Die Biedermeiermöbel der Tante lägen unter einer dicken Staubschicht. Max und ich würden durch die Zimmer streifen und alles anfassen. Wir würden die Speisekammer inspizieren, doch die Mäuse und die Nachbarn hätten sie schon vor Zeiten geleert. Ich drückte Max' Hand und riss die Augen auf. Das Haus sah genau so aus wie vor einer Minute. Max schlug mit den Beinen gegen den Baumstamm.

»Komm, wir gehen runter. Großvater hat bald das Essen fertig.«

»Eine kleine Weile noch«, bat ich.

Ich sog das Grün der Blätter ein. Dann starrte ich zum Fluss hinüber und versuchte mir alles genau einzuprägen: den Fluss, die Schwalben, die Sonne, die vom Dach des Kuhstalls zurückgeworfen wurde.

»Stell dir mal vor«, sagte ich zu Max, »stell dir vor, der Fluss würde steigen und das Wasser würde Großvaters Haus überspülen. Alle Felder wären unter den Wassermassen begraben. Die ganze Welt würde ertrinken. Nur wir blieben übrig.«

»Alle würden ertrinken?«, zweifelte Max.

»Ja. Wir müssten die Welt neu aufbauen, eine Kolonie gründen, eine neue Rasse.«

»Zu zweit können wir keine Kolonie gründen.«

»Na gut. Vielleicht hätten irgendwo anders noch ein paar Menschen überlebt, aber wir wären die Führer.«

»Ein Mädchen vielleicht?«

»Wir würden ein Boot bauen und segeln. Das Wasser wäre so hoch gestiegen, dass man nur von den höchsten Häusern die Dächer sehen könnte. Auf dem Wasser würden Vorräte schwimmen und Reisekisten, Schatullen voller Perlen und Rubine.«

»Wir wären reich.«

»Die Könige der Welt.«

Ich zwinkerte. Einen Moment lang glaubte ich tatsächlich zu sehen, wie das Wasser stieg, Großvaters Haus und den Kuhstall fortriss, bis ins Dorf, nach Hamburg und in noch fernere Städte strömte. Die Gischt sprühte in den Farben des Regenbogens, die Sonne brannte. Ich hörte die Schwalben gellend schreien, sah das Wasser rostbraun, die Frühjahrspfützen grau werden. Ich und Max saßen im Baum, zu zweit, eins. Vom Hausdach flogen Drosseln auf. Großvater schlug den Gong. Ich nahm seinen krummen Rücken und die hervorstehenden Schulterblätter wahr. Wie mager er aussah.

»Essen«, sagte Max und glitt, sich an den Ästen festhaltend, hinab.

In diesem Sommer kletterten Max und ich jeden Tag nach dem Mittagessen auf den Baum. Die Tante war zu beschäftigt, um uns zu vermissen, und Großvater zog sich nach dem Essen zum Mittagsschlaf zurück. Wir lernten, am Stamm hochzuklettern. Nach dem nächsten Ast zu greifen. Am schwierigsten war es, die Balance zu finden, das Körpergewicht gleichmäßig auf vier Beine und drei Arme zu verteilen. Aber irgendwann kletterten wir gewandter als normale Kinder. Wir schafften es bis in die Krone. Ein Ast schaukelte ganz nah am Hausdach, es schien ein Kinderspiel, auf das Dach zu springen. Über die Dachziegel zu laufen, uns an den Schornstein zu lehnen und das verlassene Storchennest zu untersuchen. Aber noch war das Dach ein fremder Kontinent für uns. Mit der Neugier eines Kolumbus dachten wir über die Möglichkeiten nach, die er bot, doch vorläufig genügte uns Mittelamerika, der Kirschbaum. Vom höchsten Ast aus konnten wir den ganzen Hof bis hin zum Fluss überblicken. Wir beobachteten, wie die Weiden sich zum Wasser neigten. Wie die Tante den Rocksaum hochschlug, wenn sie Wäsche wusch. Wie der Großvater auf der Suche nach seiner Pfeife durch die Gegend lief. Oben auf seinem Kopf blinkte eine kahle Stelle. Die Drosseln schenkten uns keine Aufmerksamkeit mehr. Sie ließen sich neben uns nieder und krächzten zwanglos.

Wir schleppten unsere Schätze auf den Baum. Sie lagen in einer Blechdose, in der früher Anisbonbons aufbewahrt worden waren. So oft wir sie öffneten, stieg uns intensiver Anisgeruch in die Nase. Auf dem Deckel lag ein nacktes Mädchen auf dem Rücken eines Zentaurs, das schönste Bild, das Max und ich uns vorstellen konnten. In der Dose verwahrten wir halb gerauchte Zigarren, die wir aus Großvaters Aschenbecher geklaut hatten, Streichhölzer und die einzige Ansichtskarte, die Mutter geschickt hatte. Darauf war ein Bild von zwei turtelnden Tauben. Die Ränder schmückte ein Blumenkranz. »Grüße aus Berlin«, stand auf der Rückseite. »Ich habe eine neue Theaterpelerine gekauft.« Die wenigen Worte warfen unzählige Fragen auf. Mit wem war Mutter in Berlin gewesen? Und wozu brauchte sie eine Pelerine? Warum genügte ein Wintermantel nicht? Ich malte mir aus, wie Mutter aus dem Automobil stieg und an ihrer Pelerine zupfte, die sie umhüllte wie eine Märchenfee. Mutter strich sich leicht über die Haare. Runzelte die Stirn, weil der Chauffeur ihr nicht schnell genug auf das Trittbrett half. Von irgendwoher wehte Musik heran. Vielleicht hatte die Vorstellung bereits begonnen. Manchmal erzählte ich Max Geschichten von Mutter. Mein Bruder kauerte sich bequem in die Astgabelung und zündete zwei Stumpen an, von denen er mir einen reichte. Ich blies den Rauch aus und fuhr fort.

»Auf der Straße liegen Blütenblätter.«

»Wie sind die da hingekommen?«, wollte Max wissen.

»Ein Rosenverkäufer hat dort im Vorbeigehen seinen Korb ausgeschüttelt. Die Rosenblätter heften sich an Mutters Schuhe. Sie klopft die Absätze vorsichtig an der Treppenstufe ab. Dann lächelt sie, denn sie hat jemanden gesehen.«

»Wen?«, fragte Max.

»Vater.«

»Wie sieht er aus?«

Ich überlegte, denn über Vaters Erscheinung hatte ich mir bisher keine Gedanken gemacht.

»Vater trägt einen kurzen schwarzen Pelz. An den Schläfen werden seine Haare grau. Wenn er lächelt, und wer würde Mutter nicht anlächeln, wenn er also lächelt, zittert die kleine Kerbe in seinem Kinn. Er geht ein wenig vorgebeugt, wie es Menschen tun, die tiefe, kluge Gedanken wälzen.«

»Wo hast du solche Menschen gesehen? Am Fluss beim Wäschewaschen etwa?«

»Wenn du mich andauernd unterbrichst, erzähle ich gar nichts mehr.«

»Na gut, behalt deine blöde Geschichte für dich.«

Eine Weile rauchten wir schweigend. Max blickte grimmig in die Ferne, zum Fluss hin. Ich zog so heftig an der Zigarre, dass ich mir die Finger verbrannte.

»Sag mal«, lenkte Max schließlich ein, »was für Schuhe hat Mutter an?«

»Grüne«, sagte ich. »Grün wie der Schlick am Fluss. Die Absätze machen bei jedem Schritt klipp.«

»Tante hat schwarze Schuhe«, sagte Max. »Schwarz wie ein Kessel, und ohne Absätze.«

»Sie ist ja auch nicht Mutter.«

»Aber sie kann Priem spucken.«

Ich dachte eine Weile darüber nach.

»Das kann Mutter auch. Einmal hat sie so kräftig gespuckt, dass ein Mann auf einem Auge blind wurde. Er muss für den Rest seines Lebens eine Augenklappe tragen wie ein Pirat und im Zug rechts sitzen.«

Oben im Baumstamm war eine Höhle, in der man die Blechdose verstecken konnte. Vorsichtshalber gaben wir uns Geheimnamen. Max hieß Nistende Schwalbe, ich Einarmiger Rabe.

»Raben haben keine Arme«, wandte Max ein, aber ich setzte mich durch. Wir verfassten Statuten für unseren Verein und versteckten sie in der Dose. Ich hätte das Ganze gern mit Blutsbrüderschaft besiegelt, doch das fand Max albern.

»Wir haben sowieso gemeinsames Blut.«

»Das gehört aber dazu. Die Indianer machen es auch so.«

»Die Indianer sind die anderen«, sagte Max. Für ihn gab es uns und die anderen. Die anderen, das waren die Tante und der Großvater, die Frau, die bei Großvater Butter kaufte, und alle Leute im Dorf. Vermutlich auch in der Welt, die das Dorf umgab, in Berlin und Hamburg, aber so weit waren wir nie gekommen. »Wir« umschloss eine einfache Welt. Ich und Max verstanden einander ohne Worte. Wir hatten erst mit drei Jahren sprechen gelernt. Bis dahin hatte die Tante uns für zurückgeblieben gehalten. Wozu hätten wir Sprache gebraucht? Wir verstanden die Antworten ohne Fragen. Als Kinder verband uns eine selbsterfundene Sprache, eine Anhäufung unterschiedlicher Laute. »Die Vogelsprache«, sagte Max. »Apachensprache«, sagte ich. Den Großvater irritierte unser unverständliches Geplapper. Obwohl wir auch ganz normales Norddeutsch sprechen konnten, wollte er nicht glauben, dass wir bei vollem Verstand waren. Vermutlich fürchtete er, dass wir ihn heimlich verspotteten. Und das taten wir auch. Wir legten Stirn an Stirn und kicherten. Auch heute, als Erwachsener, empfinde ich das Deutsche nicht als unsere Muttersprache. Es ist eine erlernte, fremde Sprache. Unsere Sprache ist die »Vogelsprache«. Alles andere: das Französische, das singende Ungarisch, das scharf knackende Englisch, das merkwürdige Finnisch, das Schwedische, das mir entfernt bekannt vorkommt wie ein alter Freund, all das sind fremde Dialekte. Als würde man die Gedanken im Kopf übersetzen, bevor man spricht. Wenn man dann den Mund aufmacht, weiß man, dass der Zuhörer nur eine vage Annäherung an den Sinn erhält. Meine Nähe zu Max schließt alle anderen aus.

Kein Versteck bleibt für immer verborgen. Eines Nachmittags saßen wir wieder im Baum. Max mampfte Pflaumen, die wir in der Küche stibitzt hatten, und baumelte mit den Beinen. Ich betrachtete den Himmel. Der Wolkenvorhang schien ganz nah, als könnte man die Hand hindurch schieben wie durch ein Spinnennetz. Bis Max den nächsten Pflaumenkern ausspuckte, war mir nicht bewusst gewesen, dass Großvater unter dem Baum stand. »Plopp«, machte der Kern, als er auf Großvaters Glatze landete. Wir erstarrten. Entsetzen stieg mir von den Zehen in den Bauch. Ich musste mich mit aller Kraft an den Ast klammern, um nicht herunterzufallen. Großvater stand mitten auf dem Hof und rieb sich den Kopf. Max' Augen glänzten vor Furcht oder vor Siegesfreude. Großvater blickte auf.

»Was macht ihr zwei da oben? Mit den Vögeln plappern?«

Max schluckte den Rest der Dörrpflaume herunter. Großvater wartete die Antwort nicht ab, sondern marschierte ins Haus. Max und ich atmeten geräuschvoll, wagten aber nicht, hinunterzuklettern. Als Großvater zurückkam, trug er eine Axt bei sich. Er hatte lange Arme. Der erste Schlag traf den Stamm in einem halben Meter Höhe. Der Baum zitterte, die Drosseln flogen auf.

»Schädlinge«, hörte ich Großvater murmeln.

Ich und Max klammerten uns an den Baumstamm. Beim nächsten Hieb fiel eine Handvoll unreife Kirschen ab, die auf dem Rasen landeten und wieder hochsprangen wie Gummibälle. Max schossen Tränen in die Augen, ich schlug die Zähne in die Unterlippe. Großvater keuchte. Er knöpfte die obersten Hemdknöpfe auf und hielt sich die Brust, ohne die Axt aus der Hand zu legen. Die Vögel versammelten sich in Scharen am Himmel. Großvaters Brust war von grauem Vlies bedeckt, über dem ein silbernes Kreuz hing. Sein Gesicht war rot, sein Atem ging pfeifend.

»Was tust du da, in deinem Alter?« Die Tante eilte herbei. Sie starrte den Großvater und die Axt an, warf dann einen Blick auf uns im Baum. Es sah aus, als ob sie lächelte. »Bier«, sagte sie. »Es ist ein heißer Tag.«

Sie wischte sich die Hand an der Schürze ab und ging ins Haus. Großvater hob die Axt. Ein Schweißbächlein lief ihm über die Stirn, und unter den Achseln hatten sich dunkle

Flecken gebildet. Ich roch seinen Atem bis nach oben. Großvater glaubte nämlich, Knoblauchkauen schütze vor dem bösen Blick. Beim dritten Schlag löste sich ein Span vom Baum. Großvater grinste. Dabei spannten sich seine Wangen so straff, dass sein Kopf wie ein Totenschädel aussah, an dem nur noch einige Streifen Fleisch hängen. Der Baum schwankte im Rhythmus der Hiebe. Die Muskeln an Großvaters mageren Armen schwollen, der Baum bebte, unsere Finger gruben sich in die Rinde. Wir trauten uns nicht, uns zu bewegen oder zu schreien, denn wir glaubten, jedes Geräusch würde Großvaters Wut weiter anheizen. Da kam die Tante mit einer Kanne Bier zurück. Großvater trank in großen Zügen, sein Adamsapfel hüpfte bei jedem Schluck. Vorsichtig streckte die Tante eine Hand nach der Axt aus. Großvater ließ los. Die Tante hielt die Axt mit ausgestrecktem Arm, ohne zum Baum aufzublicken.

»Du solltest dich ein bisschen ausruhen.« Großvater sah die Tante grimmig an, sagte aber nichts. Betont würdevoll knöpfte er sich das Hemd zu. Der Kragen war schweißgelb.

Am nächsten Morgen hockte nur noch der Baumstumpf da. Die Äste waren an der Stallecke zum Trocknen aufgehäuft, der Stamm war in sägegerechte Stücke zerteilt. Das frische Holz roch süßlich. Ich ließ die Hand über die dichten Jahresringe gleiten. Kirschbaumholz ist hart. Beinahe unverwüstlich. Es lässt sich nur langsam bearbeiten. Die Tante war in der Stube beschäftigt. Durch das offene Fenster hörte ich sie vor sich hinsingen.

Später tischlerte Großvater aus dem Kirschbaum eine Kommode für die Tante. Er fuhr bis in die Stadt, um die Beschläge und das Schloss zu besorgen. Ich glaube nicht, dass die Tante je zuvor etwas besessen hatte, das sie abschließen konnte. In der unteren Schublade verwahrte sie den Rest ihrer Aussteuer, mit breiten Ananasspitzen verzierte Laken, so fein, dass selbst ein Bischof nicht würdig gewesen wäre, darauf zu schlafen. An die obere Schublade schraubte Großvater ein Schloss, das Max und ich nicht aufbekamen, obwohl wir mit einem Nagel darin herumstocherten.

Der schwarze Tag

1928

Iris lag rücklings auf dem Teppich und rauchte eine Zigarette. Vom Kronleuchter der Wohnung in Kaivopuisto hingen Seidentücher. Iris hatte in ihrem Speisezimmer ein Zelt errichtet. Der schwere Eichentisch war auf den Dachboden gebracht worden, und das Zimmer sah aus wie die Wohnung eines verrückten Beduinen. Als wäre das Zelt von einem absinthtrunkenen Illustrator des frühen 19. Jahrhunderts gezeichnet worden. Auf den Messingtischen standen Schalen mit weichem, mit Puderzucker bestäubtem Konfekt, auf dem Fußboden lagen malvenfarbige, hellrote und gelbe Kissen, und mittendrin lag Iris, einen weißen Turban auf dem Kopf.

»Jakob hat neue Schallplatten geschickt«, seufzte sie. »Wie elend lang ein Tag doch sein kann.«

Max wühlte in dem Stapel neben dem Grammophon und stieß bei jeder Entdeckung einen entzückten Ruf aus.

»Du hast Blue Spring!«

»Leg es auf.«

Die Nadel kratzte über die Schellackplatte. Jazzmusik strömte in den Raum. Iris seufzte.

»Komm«, sagte ich. »Wir bringen dir bei, wie die Mädchen im Cabaret tanzen.«

»Ich habe Kopfschmerzen«, stöhnte Iris. »Lasst mich in Ruhe sterben.« Sie zog den chinesischen Morgenmantel enger um sich und hob die Beine, so dass ihre Strümpfe zu sehen waren.

»Der Fächer ist wichtig«, sagte ich und schlug das mit Federn besetzte Ungetüm auf.

»Und der Hut. Er vergrößert, und Größe ist auf der Bühne wichtig.« Max lüpfte seinen Zylinder.

Iris stützte sich auf den Ellbogen. Wir verbeugten uns und schmissen die Beine in die Luft.

»Habt ihr je mit einer Partnerin getanzt?«

»Nein«, entgegnete Max. »Zwei schaffen Symmetrie. Ein Dritter ist überzählig.«

»Probieren wir es«, bat Iris. »Bringt mir eine von euren Nummern bei.«

Ich fasste sie um die Taille und drückte ihren Rücken gerade.

»Das Gesicht ist der wichtigste Körperteil. Die Beine müssen so funktionieren, wie das Gesicht es verspricht. Und mach die Achseln weich. Stell dir vor, du würdest Apfelsinen darunter tragen.«

»Ich bin ziemlich gut, nicht wahr? Könnte ich Tänzerin werden?«

»Wie gesagt, die Nummer erfordert zwei Tänzer«, sagte Max. »Aber du warst nicht übel.«

»Habt ihr manchmal schwarze Tage?«, fragte Iris und ließ sich wieder auf die Kissen fallen.

»Ja, ab und zu sind wir niedergeschlagen.«

»Ach, davon rede ich nicht. Ich meine einen richtig schwarzen Tag. Einen Sintfluttag, an dem man ganz allein auf der Welt ist und das Atmen weh tut. Wo man nicht unter der Decke hervorkriechen kann und der Weg zum Laden an der Ecke einem vorkommt wie eine Polarexpedition.«

»Nein, ich glaube nicht.«

»Ich erinnere mich an meinen ersten solchen Tag. Damals hatte ich gerade eine Stelle als Laufmädchen im Kontor einer Zeitung bekommen. Ich hatte in Papier gewickelte belegte

Brote und Bierflaschen unter den Arm geklemmt und lief keuchend an der Newa entlang, voller Angst, mich zu verspäten und ausgeschimpft zu werden. Die Leute im Kontor, der Direktor vor allem, wollten ihr Mittagessen pünktlich einnehmen. Als ich um die Ecke bog, stieß ich gegen etwas Weiches. Ich fiel hin, landete auf dem Rücken, hörte etwas klirren und verwünschte mein Pech. Flüssigkeit lief mir über die Brust. Ich riss die Augen auf. ›Hallo, Schöne‹, sagte ein Unbekannter. ›Jeremia‹, rief ich. Er zog die Augenbrauen hoch und rieb sich den Kopf. ›Du hast mir eine Puppe geschenkt, als ich drei war.‹ Jeremia trug einen teuren Mantel, an den Schläfen war er leicht ergraut. Seine Augen blickten leer, aber er lächelte. Er half mir auf und klopfte mir den Schmutz von den Kleidern, und die ganze Zeit plapperte ich über alltägliches Zeug, die Tante, den Laden und die zerbrochenen Flaschen. Ich redete stur weiter, obwohl ich merkte, dass er mich nicht erkannte. Jeremia strich sein Halstuch glatt, stellte fest, dass es fleckenlos geblieben war, und musterte mich prüfend. ›Tee, zum freudigen Wiedersehen unter alten Bekannten gehört Tee.‹ Ich wehrte ab und sagte, ich müsse dringend ins Büro, man warte auf die Brote, doch Jeremias Überredungskünste, sein Hinweis auf meine nasse Bluse und die Angst vor Schelte ließen mich nachgeben.

Das Café war bildschön mit seinen roten Tapeten und goldenen Leisten. Ich fühlte mich beinahe wie im Innern eines Fabergé-Eis. Die Bedienung musterte abschätzig meine nasse Bluse und lächelte Jeremia an.

›Hör mal‹, sagte Jeremia und stürzte seinen Wodka in einem Zug herunter, ›es ist Verschwendung, dass Mädchen wie du langweilige Arbeiten verrichten. Wie alt bist du? Fünfzehn?‹

›Büroarbeit macht Spaß‹, entgegnete ich. ›Letzte Woche hat man mir gesagt, ich solle Maschinenschreiben lernen.‹

›Was du brauchst, ist ein anständiges Kleid. Ein Kleid, das an den richtigen Stellen eng anliegt und an anderen weit fällt.

Du brauchst einen Ehemann, oder einen Mann, der dir gewisse Dinge bieten kann.‹

›Versuchst du mich zu verführen?‹ Bei diesen Worten lächelte ich, denn eigentlich sah Jeremia gut aus. Er trug maßgeschneiderte Kleidung, und seine Nase war so markant, dass man ihn am liebsten stets von der Seite angesehen hätte. Offenbar hatte ich ihn verzaubert, als ich von meinem Werdegang erzählt hatte.

›Ich spreche nicht von mir‹, wehrte Jeremia ab. ›Ich bin nicht so verrückt, zu heiraten. Es geht um Geschäftliches.‹

›Nein, danke‹, rief ich und rümpfte die Nase. ›Ich habe im Laden meiner Tante genug Huren gesehen.‹

›Jetzt bin ich beleidigt‹, sagte Jeremia. ›Wie kannst du nur annehmen, dass ich einem Mädchen wie dir etwas so Hässliches vorschlagen würde.‹ Ich nippte vorsichtig an meinem Glas und gab mir alle Mühe, wie eine Frau von Welt zu wirken. Vielleicht wollte er mich zum Abendessen einladen. Die Mädchen aus dem Kontor speisten abends manchmal mit älteren Herren und tuschelten auf der Toilette darüber. Es wäre aufregend, beiläufig einen Freund zu erwähnen, der einen teuren Mantel besaß.

›Ich spreche von einem simplen Auftrag‹, erklärte Jeremia. ›Ich brauche eine gut gekleidete Frau, die Vertrauen erweckt. Ich würde dich als meine Nichte vorstellen.‹

›Ich muss gehen‹, sagte ich.

In der Woche darauf wurde ich in das Zimmer des Direktors gerufen. Ich glaubte, es ginge um den Unterricht im Maschineschreiben, und lächelte, als ich eintrat.

›Du bist mit einem älteren Herrn in einem Café gesehen worden‹, begann der Direktor. ›Sicher hat es sich um einen Verwandten gehandelt, aber wir müssen an den Ruf unseres Unternehmens denken. Wir möchten, dass unsere Laufmädchen so untadelig sind wie die Firma.‹

›Mein Cousin‹, stammelte ich.

›Ja‹, sagte der Direktor. ›Ich wusste, dass du ein anständiges Mädchen bist. Du hast das Gesicht eines anständigen Mädchens.‹ Er lächelte freundlich und ging um den Tisch herum zu mir. ›Ein so hübsches Mädchen wie du kann es weit bringen‹, sagte er und legte eine Hand auf mein Bein. ›Du scheinst mir ein verständnisvolles Püppchen zu sein.‹ Ich erstarrte, meine Glieder schienen zu schmelzen. Ich wollte wegrennen, aber die Beine gehorchten mir nicht. Die Finger des Direktors glitten unter meine Röcke, sein Lächeln wurde breiter. Er fasste mich am Kopf und strich mir über die Haare. Ich überlegte, ob das Interesse des Direktors mir nützlich sein könnte. Einige der Büromädchen bekamen Geschenke, Schokolade, Empfehlungen und Handschuhe. Mutter wäre sicher stolz auf mich, wenn sie mich in Gesellschaft eines vornehmen Herrn sehen würde. Andererseits war der Direktor schon alt, bestimmt mindestens dreißig, er keuchte und schwitzte im Nacken. Er hatte inzwischen meinen Zopf aufgeflochten, so dass die Haare offen über die Schultern fielen, und versuchte ungelenk, meine Weste aufzuknöpfen. Plötzlich packte er mich an den Haaren und zog mich zu Boden, so dass ich auf die Knie fiel und mit der Schläfe gegen die Tischkante schlug. Mir wurde schwindlig. Das Gesicht des Direktors war rot, als er seine Hose aufknöpfte. Die Unterhose hatte einen Fleck am Taillenband. Ich versuchte mir die schmerzende Schläfe zu reiben, aber der Mann drückte meinen Kopf zwischen seine Beine. Da biss ich zu. Ich spürte einen warmen, metallischen Geschmack im Mund. Auf meine Bluse tropfte Blut.

Auf dem Heimweg überlegte ich, wie ich der Tante meine Kündigung erklären sollte. Ich ging durch Seitenstraßen und blieb immer wieder stehen, um die Schaufenster anzusehen. Am besten gefiel mir eins, in dem ein großes Haus ganz aus Marzipan stand. Der Konditor hatte es mit einem Garten von Geleefrüchten umgeben und eine kleine Puppenfamilie hineingesetzt. Ich hauchte die Scheibe an und schrieb meine Initialen auf die beschlagene Fläche, bis eine Frau im Laden mich anbrüllte und ich weglaufen musste.

Ich roch den Bratenduft schon im Treppenhaus. Die Tante lächelte mich von der Tür aus an. Hinter ihr stand Jeremia. ›Dein Freund hat einen sehr guten Lendenbraten mitgebracht‹, sagte die Tante. ›Zieh dich vor dem Essen um.‹ Jeremia trug denselben Anzug wie bei unserer letzten Begegnung. Er zwinkerte mir hinter dem Rücken der Tante zu, als ich den Mantel ausziehen wollte. Da passierte es. Ich spürte, wie die Luft aus meinem Körper entwich. Mein Herz pochte zum Zerspringen, obwohl ich den Kragen lockerte. Ich setzte mich auf einen Stuhl. ›Du hast den Mantel noch an‹, sagte die Tante. Irgendetwas presste mir die Brust zusammen. Ich öffnete den Mund, brachte aber kein Wort heraus. Das war das erste Mal. Der erste schwarze Tag.«

»Du bist nicht ganz richtig im Kopf«, meinte Max. »Genauer gesagt, du bist richtiggehend verrückt.«

»Einmal hatte ich so einen Anfall beim Autofahren. Ich musste am Straßenrand anhalten. Jakob war dabei und hat sich fürchterlich aufgeregt, weil der Blinker an einer Hecke entlangstreifte. Er hat mich zum Arzt geschleppt. Puh, das war ein schrecklicher alter Kerl. Einer von Jakobs Bekannten. Er wollte mich vaginal untersuchen.«

Iris zupfte am Gürtel ihres Morgenmantels. Sie wirkte reserviert, als bereue sie, zu viel erzählt zu haben. So war sie. Sie konnte einem die intimsten Geständnisse machen und dann indigniert die Augenbrauen hochziehen, wenn man sie nach ihrer Lieblingsfarbe fragte. Iris sehnte sich mit kindlichem Eifer nach jemandem, dem sie ihre Sünden beichten konnte, der an den richtigen Stellen lachte, doch sie hasste dauerhafte Nähe. Sie war nicht der Typ, der Weihnachtskarten verschickt.

»Wie wäre es, wenn wir eine Party feiern?«, fragte sie. »Ein richtig schreckliches Fest, bei dem die einen Gäste sich streiten, die anderen so heftig weinen, dass ihre Wimperntusche verläuft, und irgendwer mir einen Martini ins Gesicht schüttet. Eine Skandalparty. Und wenn jemand vom Balkon springen würde, das wäre die Krönung.«

»Du hast einen vulgären Geschmack«, sagte Max. »Demnächst kommst du noch auf die Idee, ein paar Huren zu bestellen.«

»Kennt ihr welche?«, begeisterte sich Iris. »Wie herrlich. Damit könnte ich Frau Ei schockieren. Sie spielt die Bohemienne, aber in Wahrheit ist sie furchtbar konventionell.«

»Du willst also eine Hure, nur um sie vorzuführen? Das ist eine Geringschätzung ihres Berufs. Als würde man einen Flugzeugingenieur engagieren, damit er seine Uniform präsentiert«, sagte Max.

»Wir müssen übrigens Frau Ei und Robert einladen. Die beiden hassen sich.«

»Keine Party«, sagte ich. »Wie wäre es, wenn wir einfach nur ins Kino gehen und auf dem Markt Bratkartoffeln holen? Wir könnten zur Abwechslung etwas ganz Gewöhnliches tun. Etwas, das die richtigen Menschen machen. Warum muss immer alles ein Spektakel sein?«

»Ach was.« Iris winkte ab. »Bringt mich nach Kallio. Ich möchte eine Hure kaufen.«

»Für dich selbst?«, fragte Max.

»Was weiß ich«, sagte Iris. »Ich habe noch nie eine gekauft. Vielleicht will ich pokern.« Sie hob ein Bein hoch und betrachtete den Widerschein des Lichts auf dem kunstseidenen Strumpf. »Habt ihr es schon mal mit einer Hure getrieben? Nicht, dass es mich etwas anginge. Mein Interesse ist rein volkskundlich.«

»Warum willst du das wissen?«, fragte ich stirnrunzelnd.

»Ja«, sagte Max.

»Wie ist es? Besser?«

»Solche Fragen beantwortet ein Gentleman nicht«, sagte Max.

»Es ist also besser. Wusste ich es doch.«

»Diese Unterhaltung ist absurd«, murrte ich. »Lasst uns lieber Schallplatten hören.«

»Sagt mal«, fiel mir Iris ins Wort, »wie zieht man sich an, wenn man zu den Huren geht? Ist das marineblaue Kleid gut genug, oder muss man sich aufdonnern wie zum Konzert?«

Iris lenkte den Ford. Max saß zwischen uns, doch ich spürte Iris' Bewegungen, wenn sie die Lenkstange drehte. Sie kaute auf den Lippen und überprüfte immer wieder im Rückspiegel, ob ihr Hut richtig saß. Vor dem Aufbruch hatte sie sich dreimal umgezogen und sich schließlich für einen hellen, maskulin geschnittenen Anzug mit Krawatte entschieden, weil er so »nach Marlene« aussah. Die grauen Wolken verwandelten sich in Nieselregen, der sich glitzernd auf die Windschutzscheibe legte.

»Iris, das ist idiotisch. Fahren wir nach Hause, Platten hören.«

»Nach Hause, in wessen Zuhause? Als ich das letzte Mal nachgesehen habe, stand immer noch mein Name an der Tür. Der Name meines Mannes. R-U-U-S-U-V-U-O-R-I.«

Ich kniff die Lippen zusammen und starrte nach vorn. Iris fuhr mit hoher Geschwindigkeit über die Brücke, die das Stadtzentrum mit dem Arbeiterviertel Kallio verband. Die Leuchtreklamen blieben zurück. Der Regen übersäte die Pfützen wie mit kleinen Pusteln. Iris hielt vor einer Leichenhalle und stieg aus, bedeutete uns aber, im Wagen zu bleiben. Ich vermutete jedenfalls, dass es sich um eine Leichenhalle handelte, denn an der Wand hing ein Schild mit einem lateinischen Text, in dem das Wort *morte* vorkam. Den Rest verstand ich nicht. In unserer Zirkusausbildung war lateinische Grammatik nicht vorgekommen. Iris kehrte schon bald mit einer Papiertüte zurück, die sie mir auf den Schoß warf.

»Bedient euch«, sagte sie. »Ein Jagdtrunk.«

Ich nahm die Flasche heraus und legte sie sofort wieder zurück. Unten in der Tüte lagen Geldscheine, über tausend Mark.

»Ich kannte mich mit den Preisen nicht aus«, erklärte Iris. »Deshalb habe ich so viel eingesteckt, wie ich für ein Paar Schuhe ausgeben müsste.«

Lachend beugte sie sich über Max hinweg, um die Tüte zu nehmen. Sie entkorkte die Flasche mit den Zähnen, trank einen großen Schluck und reichte sie an Max weiter.

»Ich habe nachgedacht«, sagte sie.

»Gott sei Dank«, seufzte ich.

»Ich will keine schmutzige. Und keine, die ärmlich wirkt. Vielleicht eine, die so aussieht wie Marlene im *Blauen Engel*. Erfahren, aber mütterlich.«

»Jung oder alt?«, fragte Max.

»Kein Mädchen«, entgegnete Iris.

Sie verlangsamte die Fahrt, als sie auf dem Bürgersteig eine Frau im schwarzen Ulster entdeckte. Die Frau drehte sich um und verzog die rot geschminkten Lippen zu einem Lächeln, das gefror, als sie Iris am Steuer sah.

»Die nicht«, meinte Iris und gab Gas. Das Mädchen blieb stehen, die Augen auf die Lichter des Ford geheftet. Bei den nächsten fand Iris immer wieder einen Grund zur Ablehnung. Zu alt, hässlicher Mantel, vermutlich tuberkulös.

»Fahren wir zurück«, schlug ich vor.

»Wartet«, sagte Iris. »Da ist noch eine.«

Die Auserkorene mochte etwa vierzig sein. Quer über ihr

Kinn zog sich eine weiße Narbe, aber im Übrigen hatte sie ein gefälliges Gesicht. Sie trug keinen Hut, auf den dunklen Haaren schimmerten Regentropfen.

»Setz dich auf die Rückbank«, sagte Iris. »Ich möchte zuerst mit dir reden.«

Die Frau warf einen misstrauischen Blick auf mich und Max, dann auf Iris.

»Für drei kostet es extra, Zuschauen verdoppelt den Preis, und gezahlt wird im Voraus.«

»In Ordnung«, sagte Iris. »Aber zuerst möchte ich ein paar Fragen stellen.«

»Ich hab 'nen Schein«, schnauzte die Frau sie an. »Seit fünfzehn Jahren.«

»Ich wusste gleich, dass wir es mit einer Künstlerin zu tun haben«, sagte Max. »Keine Aufregung. Die Dame zahlt gut.«

Iris stieg aus, damit die Frau sich auf die Rückbank setzen konnte. Der Regen trommelte auf das Verdeck.

»Woher kommt die Narbe?«, fragte Iris.

»Das zu erzählen, kostet extra.«

»Warum?«

»Meistens wollen die Freier die Geschichte hören und sich dabei einen runterholen«, erklärte die Frau. »Am Vögeln sind sie danach nicht mehr unbedingt interessiert. Ich will mir mein Geschäft nicht verderben.«

»Sehr vernünftig«, nickte Iris und gab der Frau einen Geldschein.

»Mein Stiefvater«, sagte die Frau. »Der hatte Spaß an Messern.«

»Machst du es gern?«, fragte Iris.

Die Frau zuckte die Schultern.

»Immer noch besser als den ganzen Tag zu nähen.«

»Fühlst du dich nicht ausgebeutet? Hast du keine Angst? Empfindest du dich als Frauenrechtlerin?«

Die Frau schüttelte den Kopf. Sie starrte mich und Max an, als wolle sie von uns erfahren, ob Iris gefährlich sei.

»Hast du ein Zimmer?«, fragte Iris.

Die Frau wurde munter. Nun fühlte sie sich wieder obenauf.

»Gleich nebenan, Schätzchen. Kommt ihr alle drei mit, oder bin ich ein Geschenk für einen der beiden Herren?«

»Würdest du uns alle drei nehmen? Stört dich das nicht? Suchst du dir deine Kunden aus? Willst du sie?«

Die Hure starrte Iris mit offenem Mund an. Iris hielt ihr die Flasche hin, nachdem sie selbst daraus getrunken hatte.

»Wen von uns würdest du wählen?«

Die Frau drehte den Kopf hin und her. Sah zuerst Max an, dann mich.

»Das ist kein fauler Trick. Du darfst dir einen von uns aussuchen und kriegst dein Geld in jedem Fall«, sagte Iris. »Ich möchte, dass du die Wahl triffst.« Sie zog ein Bündel Geldscheine aus der Tüte. Die Augen der Frau blitzten gierig auf.

»Den«, sagte sie und zeigte auf mich. Iris lachte.

»Isaak. Du würdest Isaak nehmen.«

»Ich will ins Hotel«, murrte ich.

»Nicht doch, Isaak«, tadelte Iris. »Die Dame ist verrückt nach dir, da kannst du nicht einfach verschwinden.«

»Das ist albern.«

»Schieben wir nun eine Nummer oder nicht?«, drängte die Hure. »Ich vergeude hier meine Zeit.«

Ich schüttelte den Kopf. Iris stieg aus und machte der Frau Platz, stopfte ihr ein paar Geldscheine in den Muff.

»Du hast die falsche Wahl getroffen, Mäuschen.« Sie fasste die Frau am Kinn und küsste sie zuerst auf den Mund, dann auf die Narbe. Als wir wegfuhren, blieb die Hure an der Straßenecke stehen. Sie umklammerte den Muff mit Iris' Geld.

Auf dem Land

1908

Großvaters Haus war das verfallene Nebengebäude des ehemaligen Bauernhofs. Das Hauptgebäude war lange vor unserer Zeit abgebrannt und ragte wie ein finsteres Skelett aus dem Boden. Ein Teil der Schmalseite stand noch aufrecht, allen Blicken offen wie ein Puppenhaus. Großvater benutzte es als Lager für allen möglichen Kram, der keinen besonderen Wert besaß, den er aber auch nicht wegwerfen wollte. Die Tante verbot uns, dort zu spielen. Das taten wir auch nicht oft. Aber ab und zu wühlten wir in den Kisten. Sie enthielten hauptsächlich Teppichflicken, Brennholz und ähnlich langweiliges Zeug. Wenn wir Glück hatten, entdeckten wir in der Asche einen von der Hitze gekrümmten Nagel oder einen zusammengeschrumpften Kupferbrocken. Das verbrannte Haus war interessant, aber es wäre noch spannender gewesen, wenn bei dem Feuer jemand ums Leben gekommen wäre. Dann hätten wir unter den verkohlten Balken einen grinsenden Totenschädel finden können oder verkrampfte Finger, die einen Rubinring umklammerten. Die einzige Tote, die wir kannten, war eine alte Frau, die früher oft gekommen war, um der Tante Garn zu verkaufen. Sie war zu Hause gestorben. Alles Interessante auf der Welt passierte den Erwachsenen.

»Erzähl uns von dem Feuer«, setzten wir der Tante zu. Wir lebten in der Hoffnung, auch dieses Ereignis sei eine der spannenden Erwachsenengeschichten. Die Tante trocknete sich die Hände an der Schürze ab. Sie war dabei, die große Kupferschüssel zu spülen, in der Krapfen ausgebacken wurden.

Krapfen waren eine feine Sache, wenn Großvater sie machte. Tantes Krapfen waren matschige Teigballen, die am Gaumen kleben blieben. Nicht einmal Max aß sie.

»Wollt ihr nun Apfelkrapfen oder nicht?«

»Nein«, sagte Max.

»Ja«, sagte ich. »Wer hat das Haus angezündet?«

»Geht da nicht hin«, mahnte die Tante, wie schon so oft. »Der ganze Mist kann jederzeit einstürzen. Euer Großvater will die Ruine nicht abreißen lassen. Dabei könnten wir die Stelle gut für einen Schweinestall nutzen. Aber es hat eben nicht jeder Sinn fürs Geschäft, leider.«

»Wieso ist es abgebrannt?«

»Niemand hat es angezündet. Eine Kerze war schuld. Ein Talglicht, das ins Stroh gefallen ist.«

»In der Nacht?«, fragte Max.

»Eure Mutter hat sehr um das Haus getrauert. Sie hat es geliebt, obwohl es so ungemütlich war. Ihr Zimmer war in dem Teil, der stehen geblieben ist. Es hatte eine hellblaue Tapete mit weißen Tupfen. ›Das ist, als würde man beim Einschlafen den Schneeflocken zugucken‹, hat sie manchmal gesagt. So war eure Mutter als junges Mädchen. Hat ab und zu unsinniges Zeug geredet.«

»Ist die Tapete noch zu sehen?«, fragte Max und sprang so stürmisch auf, dass ich mit dem Fuß gegen das Tischbein stieß.

»Nein. Die Bruchbude ist hinüber.«

Mutters Zimmer war nicht aufzufinden. Das Feuer hatte die Wände geschwärzt und die Tapeten samt Kleister verzehrt. Dennoch versuchten wir es. Wir kletterten auf das Dach der Ruine, spähten durch die Lücken zwischen den Balken. Wir durchsuchten die Packkisten, obwohl wir wussten, dass sie wer weiß woher kamen und nur in der Ruine abgestellt worden waren, weil man keinen anderen Platz für sie hatte. Als Mutter fortging, hatte sie ihre paar Habseligkeiten mitgenommen: ihre Tagebücher und den Tand, den sie von ihrem ersten Lohn gekauft hatte. »Eure Mutter hat notfalls gehungert, damit sie sich irgendwelche Klunker kaufen konnte.« Die Tante seufzte. »Erst im Laden ist sie ein bisschen molliger geworden. Vorher war sie mager wie ein Kranich im Flaschenhals.«

Wir fanden Schätze: eine henkellose Teetasse, einen kleinen Schädel, der meiner Meinung nach einer Katze gehört hatte, während Max auf eine Ratte tippte, eine Bindfadenrolle und einen Haufen verkohlte Klumpen, in denen man sehen konnte, was man wollte. Die Suche in der Ruine verlor bald ihren Reiz. Von nun an verbrachten wir unsere freie Zeit am Fluss, lutschten braune Bonbons und ließen die Füße ins Wasser hängen. Manchmal nahmen wir eine Angel mit. Nur zum Schein, denn Max hasste Fische. Er fand, sie hätten einen toten Blick. »Wie kann man einem Lebewesen trauen, von dem man immer nur ein Auge sieht?«

Das Tollste fanden wir erst später. Der Regen überraschte uns am Fluss. Wir liefen durch den raschelnden Farn auf den Hof. Max rann das Wasser aus den Ohren. Er kniff die Augen zusammen, um sie vor dem Regen zu schützen. Der Hof lag verlassen da. Die Tante hatte im Dorf etwas zu erledigen, deshalb wollten wir nicht ins Haus gehen, wo Großvater auf uns wartete. Wenn die Tante nicht da war, dachte er sich in Sekundenschnelle eine nützliche Beschäftigung für uns aus, meist etwas Unangenehmes: das schwarze Fett aus dem Ofen kratzen oder die Dielenbretter mit Schmierseife schrubben.

»Komm, wir spielen im alten Haus. Das Obergeschoss ist unsere Kajüte, und von da lassen wir uns an einem Seil herunter und rufen ›Hii-ou‹.«

»Warum Hii-ou?«

»Das rufen Seeräuber nun mal.«

»Aha«, sagte Max. In solchen Dingen verließ er sich auf mich.

Wir kletterten in das Obergeschoss, um unsere Kajüte zu inspizieren. Die Idee mit dem Seil erschien mir plötzlich gar nicht mehr so gut, obwohl sie von mir stammte. Würde das Seil unser Gewicht tragen? Was, wenn es uns aus den Händen glitt? In der Ruine lagen womöglich Nägel herum. Und wenn die Tante davon erführe!

Die Kiste lehnte an einem alten Medizinschrank in einer dunklen Ecke. Ich wischte mir ein Spinnennetz vom Kopf. Der Regen trommelte auf das Blechdach.

»Zugenagelt«, sagte Max.

»Da drin kann ein Rattennest sein.«

Max zog die Hand zurück.

»Glaubst du?«

»Feigling.«

Ich schob mich vor Max und fing an, die Bretter von der Kiste zu reißen. Mit einer Hand war es schwierig.

»Lass mich mal«, sagte Max.

Wir benutzten das erste losgerissene Brett als Hebel und stemmten den Deckel auf. Als er endlich nachgab, warf uns der Schwung auf den Rücken.

»Plääh«, machte Max. »Bloß Bücher.«

»Bücher!«, sagte ich.

Ich nahm das oberste in die Hand. Die Feuchtigkeit, die in die Kiste gedrungen war, hatte Stockflecken darauf hinterlassen. Ich streichelte das weiche Einbandleder. Als ich das Buch aufschlug, stieg eine Staubwolke auf. Schimmel und Druckerschwärze, ein Geruch, den ich bald innig lieben würde.

Max hüstelte.

»Das stinkt.«

Ich blickte auf das Titelblatt.

»*Jane Eyre*«, las ich. »Ob das was taugt?«

Max nahm das nächste Buch heraus.

»G-R-O-S-E-W-A-R-T«, buchstabierte er.

»*Große Erwartungen*«, korrigierte ich.

»Hab ich doch gesagt.«

So kamen wir an unsere ersten Romane. *Oliver Twist*, *Der Prinz und der Bettelknabe*, *Der geheime Garten*. Die Kiste war voller Schätze. Da wir den Kirschbaum verloren hatten, zogen wir uns zum Lesen in die Ruine des alten Hauses zurück. Wir polsterten den Boden mit Teppichflicken, lagen auf dem Bauch, aßen aus dem Keller stibitzte Winteräpfel und lasen. Zuerst beide, dann nur ich. Nach der ersten Begeisterung fand Max die Bücher ermüdend. Er rauchte seine geklaute Pfeife oder bastelte irgendetwas aus dem herumliegenden Kram, während ich schmökerte. Manchmal las ich laut vor, dann schmiegte Max sich an mich und hörte zu.

Am besten gefielen uns Geschichten von Waisen. Solche, in denen der verschollene Vater am Ende aus Indien zurückkehrt und sein Kind aus misslicher Lage befreit. Max und ich betrachteten uns als Waisen, obwohl wir genau wussten, dass unsere Eltern in Hamburg lebten. Manchmal dachten wir, es handle sich um ein Missverständnis. Vielleicht wurde Mutter erpresst. Vielleicht war sie, ohne es zu wissen, Thronerbin, und deshalb mussten wir in ländlicher Abgeschiedenheit aufwachsen wie in *Der Mann mit der eisernen Maske*. Ins Haus, in unser Zimmer, wagten wir die Bücher nicht mitzunehmen. Aber die Geschichten trugen wir mit uns. Vor dem Einschlafen schmiegten wir uns aneinander, und ich begann: »Es waren einmal zwei Brüder, die waren ganz allein auf der Welt …« Max war ein dankbarer Zuhörer. Er erhob nur selten Einwände und fragte nach, wenn ich vergaß, die Freude der aus der Gefangenschaft befreiten Mutter der beiden Brüder zu schildern. Je zahlreicher die wundersamen Errettungen vor dem Tod, die klaffenden Schluchten, diebischen Onkel und treu wartenden Geliebten, desto mehr genoss Max die Geschichten. Ich erinnere mich an den Atem meines Bruders, der tiefer und gleichmäßiger wurde, wenn er langsam einschlief. An seine kalten Zehen an meiner Wade, wenn ich von zwei im Dschungel ausgesetzten Waisenjungen erzählte, die in Wahrheit Lord Greystones Söhne waren. Immer wieder lasen wir Bücher über im Tower eingesperrte kleine Prinzen, über Castor und Pollux, Romulus und Remus. Aber in keinem einzigen Buch fanden wir Helden von unserer Art. In allen Büchern und Märchen hatten die Kinder zwei Arme, zwei Beine und ein Herz. Das irritierte uns, es kam uns vor, als hätten die Schriftsteller sich nicht angestrengt. Natürlich wussten wir, dass es eine Welt außerhalb von Großvaters Hof gab. Städte und Dörfer, in denen solche Kinder wohnten. Langweilige, zweiarmige Kinder, die Mutter und Vater hatten. Bestimmt war ihr Leben furchtbar. Manchmal, wenn wir abends im Bett lagen, sprachen wir über diese Kinder. »Die anderen«, wie Max sagte. Wie wäre es, ohne Max' Hände zu leben, die mir beim Frühstück das geröstete Brot reichten? Ohne den Atem des Bruders einzuschlafen, über irgendetwas zu lachen, ohne dass der eigene Bauch bereits vom Lachen des Bruders wackelte?

Das Rätsel der Bücher wurde durch eine beiläufige Bemerkung unserer Tante gelöst.

»Weiß der Himmel, wohin die Kiste mit den Büchern geraten ist. Ganz ungelesen, was die wohl gekostet haben.«

Max und ich sahen uns an.

»Euer Vater hat ein großes Postpaket mit in Leder gebundenen Schinken geschickt, als ihr drei wart. Was das wohl sollte! Was fangen Dreijährige mit Büchern an, wenn selbst Siebenjährige sich nichts aus ihnen machen. Ich hatte keinen Nutzen von dem Zeug, aber in einem Regal würden sie schon prächtig aussehen.«

Ich drückte Max unter dem Tisch die Hand.

»Aber was soll's, euer Großvater erträgt ihren Anblick nicht. Er ist damals wütend geworden und hat sie auf dem ganzen Hof verstreut. Ich habe sie dann wieder aufgesammelt, aber das Schweinsleder hatte vom Gras hässliche Flecken bekommen.«

Max machte mit der freien Hand ein Geheimzeichen. »Reden wir in der Bastille«, bedeutete es. Bastille war der Name, den wir dem abgebrannten Haus gegeben hatten, unserem Versteck. Meine Wangen glühten. Ich hatte es gewusst. Mutter wollte, dass wir lasen, deshalb hatte sie Vater dazu bewegt, uns Bücher zu schicken. Vielleicht wartete sie nur darauf, uns zu sich zu rufen, damit wir über die Bücher sprechen konnten. Wir mussten jedes einzelne genau lesen, uns Notizen machen. »Was für bezaubernde Söhne ich habe«, würde Mutter sagen. »Ihr müsst sofort zu mir nach Hamburg ziehen. Ihr dürft am Fußende meines Bettes schlafen.«

Wir lagen in einer Felssenke an der Biegung des Flusses, am sonnenwarmen Abhang. Die Farnblätter neigten sich über das Wasser. Der Fluss atmete träge. Max hatte die Augen geschlossen und zuckte nicht einmal zusammen, wenn die Schwalben neben uns mit gellenden Schreien aufflatterten. Wir lagen zu nahe bei ihren Nestern.

»Heiß«, sagte ich. »Gehen wir schwimmen.«

»Mmmh«, brummte Max. Er drehte sich ein wenig, damit die Sonne seinen nackten Bauch traf. Ich betrachtete die Lichtflecken auf seiner Haut. Seine Beine waren bis zu den Knien braungebrannt.

Max hatte einen runden, tiefen Bauchnabel, in den der Finger bis zum ersten Gelenk passte. Rundherum spannten sich straffe Knabenmuskeln, die noch einen Rest kindlicher Weichheit besaßen. Ich sah Max gern an. Wir hatten beide magere, knochige Stelzbeine, zu lange Haare und Sommersprossen auf der Nase. Aber Max war der Teil von uns, der mir am besten gefiel. Seine Zehen waren etwas länger als meine. Seine

Augen dunkler. In der Leistengegend wuchs ihm weißer Flaum. Doch davon abgesehen war Max mein Ebenbild. Eine Spiegelung, die man sieht, wenn man ein halbdunkles Zimmer betritt. Nicht ganz Ich, aber merkwürdig ähnlich.

Einmal zeichnete Max mit Kohle einen Strich auf die Stelle, an der wir zusammengewachsen waren.

»Hier bin ich«, sagte er. »Und da bist du.« Da er nicht an den Rücken heranreichte, wollte er später die Tante um Hilfe bitten. Die Kohle fühlte sich rau an. Die Grenze verlief unter meinem verkrüppelten Arm von den Rippen bis zu der Stelle zwischen den Beinen. Wütend schlug ich Max gegen die Brust. Ich rieb die schwarzen Kohlenstriche so heftig ab, dass ich Max' Haut aufkratzte.

»Gierschlund!«, schrie ich und versuchte, Max die Finger in die Augen zu stechen. »Dieb! Räuber!« Als Max mir den Arm auf den Rücken drehte, spuckte ich ihm ins Gesicht. Schließlich musste ich kapitulieren, als Max auf mir lag. Aber zum Sprechen konnte er mich nicht zwingen. Ich blieb drei Tage stumm. Selbst mit der Tante sprach ich nicht, obwohl sie mir gut zuredete. Endlich gab Max klein bei und entschuldigte sich.

»Wir trennen uns nie«, gelobte er.

»Schwörst du es?«

»Bei was?«

Ich überlegte. Ich wollte etwas Feierliches, etwas Richtiges. Etwas Feineres als die Schwüre in den Abenteuerromanen.

»Bei deinem Arm.«

Max funkelte mich an. Ich presste die Lippen zu einem dünnen Strich zusammen.

»Na gut.«

Ich umarmte Max nicht. Als ich neben ihm auf dem Schwimmfels lag, schwappte mir die Liebe in die Zehen. Ich schob meinen Mund ganz dicht an Max' Ohr und pustete.

Am Ufer wuchsen einige Eichen, deren Stämme von Efeu bedeckt waren. Ihre Wurzeln ragten wie Greifer aus dem feuchten, weichen Boden. Die Farne bildeten einen dicken, raschelnden Teppich, der die Knöchel streichelte. Wenn wir den Hügel hinunterliefen, mussten wir aufpassen, damit wir uns die Zehen nicht an den Steinen stießen. In den Vertiefungen im Fels wuchsen sternförmige Blumen, an deren Namen ich mich nicht mehr erinnere. Wenn es geregnet hatte, sammelte sich in ihnen Tau. Die Wassertropfen schimmerten wie Perlen in den Blütenköpfchen. Wie konnte ich nur den Namen der Blume vergessen.

Wenn wir durch den Fluss wateten, setzten sich Blutegel an den Waden fest. Schwarze Würmer, die sich erst entfernen ließen, wenn sie sich vollgesogen hatten. Man musste sie vorsichtig ablösen, damit sie nicht zerplatzten. Auf der Haut blieben einige Blutstropfen und ein weißer Ring zurück. Einmal sammelten ich und Max die prallen Egel in eine Dose und warfen sie auf den felsigen Abhang. Sie zerplatzten und verspritzten dabei eine schwarze, halb geronnene Flüssigkeit. Wir sahen den Möwen zu, die sich auf die Überreste der Egel stürzten.

»Beinahe, als würden sie uns verschlingen«, sagte Max. »Zwillingswurst.«

Die Tante erzählte uns von einem schüchternen Jungen, der in der Unterhose zum Schwimmen gegangen war, weil er sich vor den anderen nicht nackt zeigen wollte. In der Woche darauf hatte er Fieber bekommen. Er magerte ab. Auf seinen Wangen brannten rote Flecken, während die Handgelenke weiß und schmal wurden. Der Arzt riet der Mutter, dem kranken Jungen Fleischbrühe und Eigelb zu geben, aber nichts half. Nicht einmal das widerliche Getränk, das die Großmutter des Kranken aus zwei Wochen lang abgehangenen Hähnen kochte. Der Junge konnte sich nicht auf den Beinen halten. Stand er auf, um sein Bedürfnis zu verrichten, wurden ihm die Knie weich. Wenn niemand bei ihm war und ihn stützte, sank er ohnmächtig zu Boden. Das Fieber stieg so hoch, dass seine Mutter ihn mit Eiswasser abreiben musste. Doch im Sommer war gehacktes Eis schwer zu bekommen. Nur wenige hatten noch unter Sägemehl vergrabenen Kellerschnee übrig. Der Junge schrie in seiner Eiswasserpfütze. Durch das Fieber und die Bäder klebte die weiße Leinenkleidung an seinem Leib, doch er weigerte sich, sie abzulegen. Als die Mutter ihm schließlich die nasse Unterhose ausziehen wollte, merkte sie, dass der Stoff ausgebeult war und sich darunter etwas wand. Ein schwarzes Wesen bewegte sich zwischen den Beinen des Jungen. In der Unterhose hatten sich mehr als zehn weißgestreifte Egel eingenistet. Der größte hatte sich am Penis festgesogen und war so groß wie zwei Männerdaumen. Die Mutter behauptete, in ihrem ganzen Leben noch kein so riesiges männliches Glied gesehen zu haben. Der Schwanz des Jungen, ständig von Blut durchströmt, befand sich in Dauererektion. Die Tante erzählte, dass sich die Egel erst lösen ließen, als man sie mit Petroleum bestrich. Der Junge blieb unverheiratet. Die Tante behauptete, keine Frau habe ihm die Befriedigung verschaffen können, die ihm die Egel gegeben hatten. Man sah ihn am Flussufer entlanggehen und vor sich hin murmeln. »So sind die Männer«, sagte die Tante. »Sie nehmen sogar Krankheiten in Kauf, um sich zu befriedigen.«

Einen ganzen Monat lang wagte ich mich nicht in den Fluss. Schließlich zog Max mich mit Gewalt ins Wasser. Vor dem Schlafengehen untersuchte ich jedesmal meinen Unterleib, obwohl wir nackt schwammen. Ich hätte auch Max inspiziert, doch er behauptete, meine Finger kitzelten ihn.

Die Farben der Veilchen changierten zwischen Dunkelblau und Violett. Ein ganzes Bündel saß auf dem Hut, sie blühten üppiger als auf dem Blumenbeet des Pastors. Der Hut selbst schien aus Filz genäht, was freilich nicht mit Sicherheit festzustellen war, da er überall von Schleifen, Bändern und dunkelgrauem Schleier bedeckt war. Max bemerkte ihn als Erster.

»Was ist das?« Er zeigte auf das Fenster des Postkontors. Unsere Tante hatte uns mitgenommen. Sie wollte in den Kolonialwarenladen, weil Großvater Kaffee brauchte, und wir hofften auf Rosinenschnecken. Sie warf im Vorbeigehen einen Blick auf das Fenster, blieb stehen und starrte den Hut an. Mich interessierten die Seidenblumen nicht. Der Kragen meines Sonntagsanzugs kratzte, und vom Laufen taten mir die Beine weh. Ich ermüdete schneller als Max.

»Die sind nicht echt.«

Die Modistin hatte die Pracht mit einem übernatürlich großen, purpurroten Schmetterling gekrönt, der die Blumen mit seinen Federflügeln umarmte. Die Tante seufzte.

Der Hut war zu den Briefmarken und Papierwaren ins Fenster gestellt worden. Er lugte zwischen Porzellanhunden hervor, umgeben von einem Hofstaat aus blauen Heften, Glückwunschkarten und einigen Abenteuerromanen. Die Tante drückte meine Hand so fest, dass die Finger weiß wurden. Ihr Gesicht spiegelte sich im Schaufenster. Das Kopftuch, der schwarze Ausgehrock, die von der Sonne gegerbte Haut. Max und ich trugen Matrosenanzüge, die durch Auftrennen einiger Nähte passend gemacht worden waren. Der neue Anzug bereitete Max Sorgen. Er drehte sich hin und her und betrachtete sein Spiegelbild. Zu Ehren des Ausflugs ins Dorf waren unsere Haare glatt gekämmt. Ich spürte den Kamm noch auf der Kopfhaut. Die Tante hatte uns eingeschärft, brav und leise zu sein. Kein unnötiges Aufsehen zu erregen. »Wer weiß, auf welche dummen Ideen die Leute kommen. Es soll keiner sagen können, wir wüssten uns nicht zu benehmen.« Vor dem Aufbruch hatte sie uns noch braune Bonbons gegeben. Max hatte seins sofort gegessen, während ich meins vorsorglich in die Tasche gesteckt hatte, denn man wusste ja nie, was alles passieren konnte. Die braunen Bonbons waren hart, aber wenn man sie zerbiss, füllte sich der Mund mit einer herrlichen, nach Zitrone schmeckenden Masse. Die braunen waren definitiv besser als die roten und die grünen, darüber waren Max und ich uns einig. Manche mochten die farbigen Bonbons wegen ihrer äußerlichen Pracht vorziehen, aber sie zergingen einfach nicht so auf der Zunge wie die braunen.

Nun schien die Tante ihren eigenen Ratschlag vergessen zu haben, denn sie starrte mit offenem Mund in das Schaufenster. Ich stupste sie an. Neben der Tür prangte ein Topf mit Samtrosen. Die Klingel schnarrte, als die Tante die Poststelle betrat und uns mit sich zog. Max stolperte über den Fußabtreter.

»Was ist das?«, fragte die Tante das Postfräulein und zeigte auf das Fenster. Ihre Finger waren vom Wäschewaschen aufgeschürft. Die Postangestellte rümpfte die Nase. Sie wusste, dass die Schwester der Tante, unsere Mutter, als feine Dame in der Stadt lebte. Aber ein Postfräulein war immerhin ein Postfräulein und somit etwas Besseres als eine unverheiratete Bauerntochter, die kaum über einer Magd stand. Zudem trennten die starken Arme, die gebräunte Haut und der weitausgreifende Gang die Tante von der heiligen Gemeinschaft alles Weiblichen. Die Tante war eine Kuriosität, eine Frau, die Männerarbeit verrichtete, weder als Mann noch als Frau mustergültig, schwer einzuordnen.

»Ein Hut.«

»Na, das sieht ja wohl jeder.«

Das Postfräulein sah die Tante unfreundlich an.

»Der ist aus Versehen gekommen.«

»Aus Versehen?«

»Ein Handelshaus in Hamburg hat eine Partie Hüte geschickt. Ich habe sie weiß Gott nicht bestellt.«

»Warum steht er dann im Fenster?«

Das Postfräulein spitzte die Lippen.

»Im Fenster, ja. Warum nicht? Weshalb sollte ich die Hüte auf meine Kosten zurückschicken? Ich habe sie nicht bestellt.«

Die Endgültigkeit dieser Antwort stachelte das Postfräulein an. Spöttisch blickte sie die Tante an, während sie uns geflissentlich übersah. Ungewöhnliches muss man an seinen Platz verweisen, schien das ganze Dorf zu denken.

»Wollen Sie ihn kaufen?«

»Ich?« Wieder warf die Tante einen Blick auf den Hut. Er war mit einem purpurroten Samtband geschmückt. Die Veilchen schaukelten auf der Krempe, als wollten sie grüßen. Die Tante schluckte.

»Es wäre doch hübsch, das Ding aufzusetzen, wenn Sie Pferdedung schaufeln.« Das Postfräulein lachte. Sie sagte Dung, nicht Scheiße wie die normalen Menschen. An solchen Dingen erkannte man ein Fräulein. Fräuleins waren diejenigen, die Hüte trugen. Die anderen banden sich ein Tuch um den Kopf. Im ganzen Dorf gab es nur einige Frauen, die Hüte trugen. Und die Tante gehörte nicht dazu.

»Warum sollte ich nicht ebenso gut einen Hut brauchen wie andere auch?«, fragte die Tante.

»Oh, natürlich«, meinte das Postfräulein. »Wollen Sie ihn beim Waschen tragen?«

»In der Stadt«, gab die Tante zurück.

Nun lächelte das Postfräulein nicht mehr.

»In der Stadt?«

»In Hamburg«, erklärte die Tante. »Meine Schwester hat mich eingeladen, sie eine Woche lang zu besuchen. Sie möchte, dass ich ihr Haus sehe. Es ist aus gekalktem Backstein.«

»Der Hut ist ziemlich teuer«, fiel dem Postfräulein ein.

»Mein Nadelgeld wird schon reichen. In der Stadt muss man auf seine Garderobe achten.«

»Nach Hamburg also.«

»Meine Schwester hat zuerst einen Urlaub in Baden vorgeschlagen, aber das habe ich abgelehnt. Frische Luft bekomme ich hier genug.«

»Nach dem Hut haben sich schon viele erkundigt«, sagte das Postfräulein und holte die Pracht aus dem Schaufenster. Einen Moment lang schwiegen die beiden Frauen und betrachteten die Schleifen.

»Aber Sie legen ihn für mich zurück, nicht wahr?«

»Mal sehen«, sagte das Postfräulein. »Geschäft ist Geschäft.«

»Dann drücke ich mir die Daumen.«

»Möchtet ihr Jungen etwas Süßes?«, fragte das Postfräulein und setzte ein gekünsteltes Lächeln auf, wie man es rotwangigen Babys schenkt. Max streckte die Hand nach der funkelnden Glasschale aus, in der harte Pfefferminzdrops aneinander klebten, doch die Tante zog ihn am Jackenkragen zurück.

»Nein, danke«, sagte sie. »Das verdirbt ihnen nur den Appetit. Heute Abend gibt es Braten.«

Max machte große Augen.

»Braten?«

Die Tante trat mir auf den Fuß.

»Au!«

»Ich habe dir doch gesagt, du sollst dich nicht so ungeschickt anstellen.«

»Warum hast du ihn nicht sofort gekauft?«, fragte Max auf dem Heimweg.

»Sei still.«

»Dürfen wir mitkommen, wenn du Mutter besuchst?«, wollte ich wissen.

Die Tante biss sich auf die Lippen. Sie zog uns hinter sich her. Max und ich mussten laufen, um mit ihr Schritt zu halten.

»Bekommen wir das Stück neben dem Knochen? Von dem Braten?«

»Das nimmt Großvater, Blödmann.«

»Selber blöd!«

Der Wind trieb der Tante Tränen in die Augen.

»Es gibt keinen Braten.«

»Du hast es aber gesagt«, beharrte Max.

»Keinen Braten, nicht im Haus, nicht im Dorf.«

Die Tante schlug die Hände vor das Gesicht.

»Keinen Braten, keine Veilchenhüte, nicht mal ein kleines Stück purpurroten Samt.«

Ich zupfte die Tante vorsichtig am Rocksaum. Sie trug immer drei Röcke übereinander. Vielleicht fürchtete sie, die Röcke würden verschwinden, wenn sie sie nicht anhatte.

»Dann essen wir eben Brei.«

Die Tante schneuzte sich mit der Hand und wischte sie am obersten Rock ab.

»Nein, das tun wir nicht!«

Zu Hause angekommen, zog sie sich mit Großvater in die Kammer zurück. Seine Stimme war nicht zu hören, ihre klang schrill. Als sie in die Stube zurückkehrte, schlug sie die Tür hinter sich zu. Ihre Augen waren vom Weinen geschwollen wie Austern. Zwei Tage später band sie sich das bessere Dorfkopftuch um.

»Jetzt fahren wir in die Stadt.«

»Zu Mutter!«, jubelte ich.

»Kriegen wir diesmal Pfefferminzdrops?«, erkundigte sich Max.

»Nicht nach Hamburg«, sagte die Tante. »Nur in die Nachbarstadt.«

»Warum?«, fragte ich.

Die Tante lächelte. »Es wird euch Spaß machen. Ich bringe euch zum Fotografen.«

»Kommt Mutter auch?«

»Hört ihr mir überhaupt nicht zu? Eure Mutter ist in Hamburg.«

»Ich bleibe zu Hause«, erklärte ich.

»Na gut«, sagte die Tante und hob uns auf ihre Schulter. Wir strampelten und schrien, doch sie ging bereits mit langen Schritten los.

Auf dem ganzen Weg vom Bahnhof hielt die Tante mich fest an der Hand. Ab und zu zupfte sie an ihrem Kopftuch. Unter den anderen Arm hatte sie ihre Handtasche geklemmt, ein Trumm aus Kunstleder, so groß, dass man einen Säugling darin hätte verstecken können. Die Tante zuckte zusammen, wenn eine Straßenbahn vorbeifuhr, und blieb immer wieder stehen, um in die Schaufenster zu stieren. Zum ersten Mal bemerkte ich ihre Wollstrümpfe, die über ihren Schnürschuhen aufblitzten, wenn sie vorsichtige Schritte machte. Ihre Fingerspitzen waren kalt und feucht.

»Ihr braucht keine Angst zu haben«, sagte sie.

»Ich habe keine Angst«, sagte Max. Er blieb immer wieder stehen. Starrte den Federhut einer vorbeigehenden Frau an, bewunderte die Stuckfassaden der Häuser, verdrehte den Kopf, um die Uniformen der Soldaten zu sehen. Er zog mich zu jedem Hund, den er entdeckte, vergrub die Hand in seinem Fell und ließ sich die Finger ablecken. Max wünschte sich damals ein Haustier, irgendeins, am liebsten aber einen Hund. Einen großen, schwarzen Hund, der am Fußende unseres Bettes schlafen sollte. »Wenn Großvater böse ist, beißt der Hund ihn in die Nase.« Die Tante scheuchte die Köter weg. Ich stand stocksteif da, wenn wieder ein Hund Max begrüßte, und kniff die Augen zu.

Die Menschen kamen uns zu nahe. Manche schienen uns absichtlich anzurempeln. Ellbögen stießen an unsere Nasen. Handtaschen streiften unsere Wangen. Koksrauch stieg uns in die Nase. Aus der Kanalisation dampfte warme Luft. Das Kopfsteinpflaster drückte sich durch die dünnen Ledersohlen. Unendlich viele Gesichter. Fremde Erwachsene, die die Stirn runzelten, sich näher herandrängten und uns im Vorbeigehen kniffen. Ein Dienstmädchen ließ den Korb fallen und starrte uns mit offenem Mund an. Sie hatte ein schlaffes, sommersprossiges Kinn, und unter ihrem Kopftuch hingen die Haare herab. Max lächelte sie an, aber die Tante zog uns weiter. Ich blickte mich um und sah das Mädchen immer noch an der Straßenecke stehen. Die Kartoffeln aus ihrem Korb rollten auf die Bürgersteigkante zu. Sie hüpften über das Pflaster. Plopp, plopp, sie sprangen hoch, schlugen gegen die Hufe eines vorbeitrabenden Pferdes und blieben auf dem Streusand liegen. Ich überlegte, was die Dienstmagd wohl von ihrer Herrin zu hören bekam, wenn sie die dezimierten Einkäufe anbrachte. Max hechelte beinahe, als die Tante endlich Halt machte.

Das Fotogeschäft befand sich in der Nähe des Zentralparks. Auf einer Seidendecke im Fenster lag ein goldgerahmtes Foto des Kaisers. Im Hintergrund waren Aufnahmen ausgestellt, mollige Kinder, Verlobte, einige beliebte Schauspielerinnen in koketter Pose. Das Seidentuch war verschlissen, die Fotos sahen nicht mehr neu aus. Die Tante zog ihr Kopftuch gerade und fixierte widerspenstige Haarsträhnen mit Spucke. Sie spiegelte sich in der Tür des Geschäfts, verzog den Mund und stieß die Tür auf. Im Geschäft brannte schwaches Licht. Der Mann hinter dem Ladentisch war in das Gespräch mit einem Kunden vertieft. Bei unserem Eintritt sah keiner der beiden auf. Die Schuhe des Kunden glänzten im Schein der Lampe. In den Hosenaufschlägen hatte sich Staub gesammelt.

»Chrrm«, machte die Tante.

Der Mann mit den Aufschlägen hielt sich ein Vergrößerungsglas vor die Nase und betrachtete die Fotos aus der Nähe.

»Qualitätsware«, sagte der Fotograf.

»Chrrm«, widerholte die Tante.

Die Männer schraken auf. Die Bilder verschwanden unter dem Ladentisch, doch ich erhaschte einen Blick auf schwarzweiße Pobacken. Die Tante hatte sie offenbar ebenfalls gesehen. Sie runzelte die Stirn. Ihr Kinn zitterte.

»Ah.« Der Fotograf lächelte sie an. »Die Dame möchte ein Lichtbild zur Erinnerung an den Besuch in der Stadt.« Er musterte ihre Kleidung. »Wir haben Hüte und Tücher. Zur Dekoration. Die allerneueste Mode. Gnädige Frau werden begeistert sein.«

»Öh …«

»Federn, direkt aus Paris.«

»Ich …«

»Fächer aus Tokio. Sie können wählen, vor welchem Hintergrund Sie fotografiert werden möchten. Wir haben die Wunder des antiken Athen, den Eiffelturm, die Viktoriafälle. Alles künstlerische Werke. Von meinem Cousin gemalt. Mütterlicherseits. Vaters Seite ist völlig untalentiert.«

»Ich möchte …«

»Und dann noch mein Favorit: der Garten Eden. Stolze Pfauen unter herrlichen Obstbäumen. Die Seerosen haben sich gerade geöffnet. Man kann geradezu die Grillen hören und den Jasmin riechen. Gnädige Frau, bei diesem Anblick wird jeder Mann gläubig.«

»Eden interessiert mich nicht.«

»Oh, diese Antwort stimmt Gott traurig. Aber vielleicht wollten Sie sagen«, der Fotograf zwinkerte dem anderen Kunden zu, »dass der Garten erst durch Ihre Anwesenheit zum Paradies wird.«

»Ich …«

»Die Requisiten kosten allerdings extra.« Der Blick des Mannes verweilte auf dem obersten Rock der Tante, auf den verschlissenen Handschuhen, den Schnürschuhen. Die Tante straffte sich.

»Ich habe nicht die Absicht, zu bezahlen.«

»Sie wollen nicht bezahlen? Gnädige Frau?«

»Ich dachte, Sie würden zahlen.«

Der Fotograf lachte auf. Er warf dem anderen Mann einen Blick zu.

»Die Modelle, die wir suchen, sehen ein wenig anders aus.«

Der Kunde lächelte.

»Aber wenn Sie vielleicht ein Foto für Ihren Mann möchten … wir haben auch Vormittagskleidung.«

»Vormittagskleidung!«, schnaubte die Tante. »Vormittags arbeite ich.«

»Zweifellos erfolgreich«, meinte der Fotograf.

»Ich bin nicht hier, um mich fotografieren zu lassen«, sagte die Tante. Sie schob mich und Max vor sich. »Um die beiden geht es.«

Das Lächeln des Mannes erlosch. Der Kunde trat einen Schritt zurück. Die Tante straffte den Rücken und schubste uns nach vorn. Ich stolperte, aber Max half mir nicht. Er war zu sehr damit beschäftigt, die getäfelten Wände zu bewundern.

»Zwillinge.«

»Siamesische«, sagte die Tante. Ich hörte die Bezeichnung zum ersten Mal.

»Hamburger«, korrigierte Max. »Wir sind in Hamburg geboren.«

Die Tante schenkte ihm keine Aufmerksamkeit.

»Man hat mir gesagt, dass Sie zahlen.«

Der Mann kam auf uns zu. Er roch nach Kampfer und Zitrone.

»Hallo, Jungs.« Er beugte sich zu uns herunter, nah an mein Gesicht. Max rümpfte die Nase.

»Wollt ihr Filmstars werden?« Seine Mundwinkel lächelten, aber in seinen Augen blitzte etwas auf, was ich nicht zu deuten wusste. Dann zwinkerte er uns zu.

Max bleckte die Zähne. Ich umklammerte Tantes Hand.

»Zahlen Sie im Voraus?«, fragte die Tante. Sie räusperte sich und zog uns an sich. Max stieß ihre Hand weg.

»Das kommt auf die Bilder an«, sagte der Mann. Er richtete sich auf. »Das Geschäft ist geschlossen«, wandte er sich an den Kunden. »Kommen Sie morgen wieder.« Nachdem der Kunde gegangen war, ließ er die Jalousie vor der Tür herunter und bedeutete der Tante, ihm zu folgen. Dabei redete er pausenlos weiter. »Die Verbindungsstelle muss echt aussehen. Jungen im Matrosenanzug sind nicht viel wert. Sind die beiden schon einmal zur Schau gestellt worden? Ich habe einen Freund, der …«

»Nackt?«, fragte die Tante. »Mein Vater zieht sich nicht einmal zum Baden nackt aus.«

»Für Fotos von Ihrem Vater zahle ich auch nichts. Waren Sie schon einmal im Kuriositätenkabinett? Ein feines Etablissement, erstklassige Darbietungen. Drei Mark pro Vorstellung, mit Anfassen fünf. Ein gutes Geschäft.«

»Im Matrosenanzug, das genügt«, sagte die Tante.

»Das wirkt sich natürlich auf den Preis aus.« Der Fotograf starrte auf Tantes Handschuhe. Sie waren am Daumen geflickt. Die Tante versteckte die Hand in den Falten ihres Sonntagsrocks.

»Nur ein Foto. Ich brauche Geld.«

»Haben die beiden Missbildungen? Geschwülste? Ein Mädchen, das ich fotografiert habe, hatte einen zweiten Kopf.«

»Nein.«

»Wie Sie wollen.« Der Mann biss sich auf die Lippen. »Wir

könnten etwas ausprobieren. Mit einem Puppenkopf. Das würde Stimmung ins Bild bringen.«

»Nein.«

Wir wurden vor einem Hintergrund abgelichtet, der das Forum in Rom zeigte. Max hielt sich an einer weißen Gipssäule fest. Ich hatte ein Spielzeugschiff in der Hand, dessen rote Segel später auf dem Foto schwarz aussahen. Ich versuchte meinen Stummelarm zu verbergen, doch der Mann bemerkte ihn.

»Was hast du denn da? Machen wir mal eine Aufnahme ohne Jacke«, sagte er. Er hatte Knoblauchwurst gegessen. Auf der Krawatte waren Senfflecken. Ich wandte das Gesicht ab, um seinen Atem nicht zu riechen, aber er fasste mich am Kinn.

»Hmmm. Schaut mal schön in die Kamera. Das gefällt euch doch? Nicht wahr? Genau das wollt ihr beiden Hübschen.«

»Warum darf Isaak nach vorn?«, fragte Max.

»Damit man den Arm sieht. Streck ihn vor! So ist es gut.«

Wie glücklich Max war! Er strahlte. Genau so etwas mochte er. Federn, fremde Orte, Spannung. Nichts hätte ihn aus dem Studio vertreiben können.

»Darf ich auch fotografieren?«, fragte er.

»Eine Kamera ist kein Spielzeug.«

»Mein Vater ist Fotograf.«

»Gewiss doch.«

»Es stimmt aber! Der beste Fotograf der Welt.«

»Haltet den Mund und zieht die Sachen an, die der Onkel euch gibt«, mahnte die Tante.

»Ich friere«, klagte ich.

»Es dauert nur einen kleinen Moment. So ähnlich wie beim Arzt. Fotos für die Wissenschaft, nicht wahr, gnädige Frau?«

Mein Herz klopfte wie wild, in meinen Ohren rauschte es. Der Magnesiumblitz blendete mich. Wie durch einen Nebel sah ich die Tante am Rand des Zimmers stehen und mit schweißigen Fingern an ihren Handschuhen zupfen. Der Fotograf strich sich den Schnurrbart. Mit jeder Aufnahme wurde sein Lächeln breiter. Die Kulissen tanzten auf meiner Netzhaut. Die Säulen des Forums wurden gegen eine Wüstenlandschaft ausgetauscht, auf den gemalten Herrenhof folgte eine Blumenwiese.

»Tante, mir ist schlecht.«

»Das Kind ist müde«, sagte die Tante.

»Nur noch ein paar Aufnahmen. Konzentriert euch, ihr Monstren, eure Mutter wartet.«

»Tante«, korrigierte die Tante. »Ich bin ihre Tante.«

Der Mann lachte auf.

»Wie Sie wollen.«

Zum Schluss legte der Fotograf das Geld auf den Tisch. Die Tante zählte es mit angefeuchteten Fingern nach und steckte es in ihre Handtasche.

»Möchten Sie Ihre Adresse hinterlassen?«

»Nein.«

»Aber Ihren Namen müssen Sie auf die Quittung setzen.«

Die Tante unterschrieb mit runden Buchstaben. Der Mann warf einen Blick auf das Papier.

»Wir könnten einen Vertrag über künftige Aufnahmen machen.«

»Die hier reichen«, sagte die Tante. »Weitere gibt es nicht.«

»Das ist Vergeudung. Solche Kinder zu verstecken. Ich habe Freunde … Wenn ich denen Ihren Namen geben dürfte?«

»Ich treibe keinen Handel mit den Kindern«, erklärte die Tante. Sie umklammerte ihre Handtasche und starrte den Mann an.

»Monstermutter«, sagte er. Er nahm die Hand vom Ladentisch und sah uns an. »Schade. Eine solche Goldgrube.«

»Was hat er damit gemeint?«, fragte Max auf der Straße. »Wer hat eine Goldgrube? Irgendein Seeräuber?«

»Möchtet ihr eine Wurst?«, schlug die Tante vor. »Wie wäre es, wenn wir feiern? Wir kaufen für jeden ein Würstchen.«

»Wurst!« Max freute sich. »Mit ganz viel Senf?«

»Sodawasser bekommt ihr auch«, versprach die Tante.

Sie führte uns an eine Straßenecke, wo ein Mann mit Wollmütze in einer Bude Essen verkaufte. Die Wurst war so heiß, dass man sie nur mit Handschuhen anfassen konnte. Über die Pelle liefen Risse. Die Enden waren schwarz verkohlt.

»Na«, sagte die Tante. »Ist das nicht fein?«

Der Senf lief mir über die Handschuhe. In meinem Bauch brodelte es. Max schlang seine Wurst herunter. Seine Nase glänzte vor Fett. Vorsichtig biss ich in mein Würstchen. Ich dachte an die Miene des Fotografen, an seine Finger, die meinen Arm aus den Hautfalten zupften.

»Kommen wir noch einmal her?«, fragte Max. »Darf ich dann mit der Straßenbahn fahren und auf dem Foto vorn stehen?«

Ich übergab mich auf das Straßenpflaster. Ein Spuckefaden hing mir auf den Bauch. Das Erbrochene war sämig, mit unverdauten Fleischstückchen durchsetzt.

»Isaak, was ist denn?« Die Tante kniete vor mir.

»Krieg ich den Rest von deiner Wurst?«, fragte Max.

Die Tante setzte den Veilchenhut nie auf. Er lag in seiner Schachtel in der Kirschbaumkommode. Einmal sah ich, wie sie ihn herausholte. Max und ich gingen an ihrer Schlafkammer vorbei und sahen ihr Bild im Spiegel. Die Tante wirkte schutzlos, jung. Der Kontrast zur Alltagstante war so frappierend, dass wir innehielten. Max atmete tief ein. Wir hatten das Gefühl, etwas Verbotenes mitzuerleben. Es war schwer zu verstehen. Wir sahen die Tante jeden Tag. Wieso war sie plötzlich so verändert? Vielleicht lag es an der Spiegelung. Die Tante im Spiegel war eine Negativtante. Gleichartig, aber irgendwie falsch. Als begegnete man auf der Straße dem älteren Bruder eines Freundes. Dieser sähe so aus wie der Freund, wäre aber ein Fremder. Ich habe bisweilen darüber nachgedacht. Ich und Max lernen die Menschen gleichzeitig kennen, gemeinsam. Wäre der Eindruck anders, wenn ein Fremder nur einem von uns begegnen würde? Und welchem? Würde jemand, der zuerst Max kennenlernte, erwarten, dass ich ihm gleiche? Würde er mich um Max' willen mögen wollen, oder würde er sagen, Max' Bruder sei merkwürdig? So wie es ist, denkt man uns nicht einzeln. Nur wenige sind fähig, uns von der Einheit zu trennen, die unsere Körper bilden.

Die Spiegelbildtante bürstete sich die Haare, mit rhythmischen, gleichmäßigen Strichen, als vollziehe sie ein Ritual. Die Maschinentante. Eins-zwei-drei-Strich. Die Bürste fuhr über die Haare. Der Dutt, zu dem die Tante ihre Haare tagsüber aufsteckte, hatte die Strähnen zu Locken gedreht. Schließlich legte sie die Bürste weg und stand von ihrem Eisenbett auf, das unter ihren Bewegungen wackelte. In der Decke hatte sich eine Vertiefung in Form ihres Hinterteils eingedrückt. Die Tante trat an ihre Kirschbaumkommode, steckte den Schlüssel ins Schloss und öffnete die Schublade. Dann streichelte sie die blaue Hutschachtel. Sie trug sie zum Bett, setzte sich wieder hin und zog langsam die Bänder auf. Der Hut sah genauso aus wie an jenem Tag im Schaufenster. Das Seidenpapier raschelte. Die Tante hob den Hut mit ausgestreckten Armen hoch und ließ die Bänder herunterfallen, setzte ihn auf und drehte den Kopf hin und her. »Ja, Herr Major.« Sie lächelte ihren unsichtbaren Besucher an. »Ihre Einladung freut mich sehr.«

Helsinki

1932

Max klatscht sich aus der Halbliterflasche Kölnisch Wasser ins Gesicht, zieht den Kamm ein paarmal durch die Haare und spitzt vor dem Spiegel die Lippen.

»Ich müsste mir den Schnurrbart färben lassen, der Ansatz ist grau«, sagt er.

Ich blicke von dem Bündel Fotos auf, damit er sieht, dass ich die Augen verdrehe. Mit gefärbtem Kopf- und Barthaar sieht Max alt aus, seine Haare sitzen wie ein schwarzer Helm auf der speckweißen Haut.

»Wozu schleppst du diesen Kram mit dir herum?«, fragt er und nimmt mir das oberste Foto weg. Am unteren Rand steht der Aufdruck: *Siamesische Zwillinge aus Deutschland 1909*. Unsere Namen sind nicht genannt. Die untere Kante ziert eine goldene Blättergirlande. Max' Augen sind schwarz, unsere Haare sind mit Großvaters Rasiermesser kurz geschoren. Tante bezeichnete diesen Stil als Sommerfrisur und behauptete, die halte das Ungeziefer fern. Ich erinnere mich noch an den Karbolgeruch in Läusewintern, an die frostkalte Decke und an die hartnäckig schrubbenden Hände der Tante.

»Ich mochte die Cowboy-Ausstattung«, brummt Max und wirft das Foto auf den Boden. »Im Ernst, bestellen wir einen Barbier, ich brauche eine kleine Aufmunterung.«

»Ich hasse es, von Fremden berührt zu werden.«

Max lacht und pfeift ein paar Takte einer populären Filmmusik. Ich zügle meinen Drang, ihn mit irgendetwas zu bewerfen, und hebe das Foto auf.

Auf dem Bild blicke ich an der Kamera vorbei, lächle jemanden an, der unsichtbar bleibt. Wahrscheinlich die Tante. Max hält eine Spielzeugpistole in der Hand, deren Lauf direkt auf die Linse gerichtet ist, und lacht mit weit geöffnetem Mund. Ich höre zwei Geräusche: das Klacken der Spielzeugpistole, die Max abdrückt, und das Klicken der Kamera. Ich sehe die Augen des Fotografen. Die Linse der Kamera, die unser Bild seitenverkehrt widerspiegelt. »Mehr«, sagt der Fotograf. »Hebt das Hemd ein bisschen an.« »Genau so.« »Ich zeige es euch.« »Noch ein Foto.« »Wollen wir mal eine Aufnahme ohne Hemd machen? Mmh? Was meint ihr?« »Als wäret ihr richtige Rothäute.« »Geht ein bisschen nach links. Du da. Ein Stückchen weiter nach links.« Seine Hände fühlen sich kalt an. Sie knöpfen die karierten Hemden auf. »Lauft ihr zu Hause nicht auch nackig herum? Ich weiß doch, wie es auf dem Land zugeht.« Auf die Stoffwand im Hintergrund ist eine Sandwüste gemalt. Blauer Dunst streift die am Horizont aufragenden Berge. In der Wüste wachsen Kakteen. Vögel sind nicht zu sehen.

Ich kaufte das Foto vor einigen Jahren im Foyer eines Kuriositätenkabinetts. Angeboten wurden auch Aufnahmen von dem wundersamen Rodolfo, der herrlichen Sabrina, dem Wolfskind aus Ontario und dem Schildkrötenjungen. Teils echt, teils gefälscht, es ist leicht, Illusionen zu erzeugen. Ein wenig Leim, ein wenig bemaltes Blech, Schminke, die richtige Beleuchtung. Auf den Fotos verwandelten sich Straßenjungen in Wunderwesen, Mägde in Nymphen. In denselben Kulissen, vor denen die Kusine vom Land sich in Federhüte und bestickte Rüschen hüllte, entstanden im Dschungel Afrikas entdeckte Kannibalen, so echt wie die im Hintergrund schimmernden Berge Edens. Ich lernte die Zaubertricks lieben, ich beobachtete, wie sich ein Mädchen mit zierlichen Waden in ein einbeiniges Wesen, ein rundliches Baby in einen über und über behaarten Säugling verwandelte. Das Normale bekam eine Bedeutung. Wir alle wurden gleichwertig. Gleichermaßen seltsam, gleichermaßen verrenkt. Wehmütig sah ich zu, wenn die Schminke abgewaschen wurde. Der Alltag kehrt zurück. Aus dem Engel wurde wieder ein Ladenmädchen. Die magische Welt löste sich auf. Nur ich und Max behielten unsere Maske.

Der Verrat

1910

Max hustete. Seine Haut war heiß. Ich zog die Decke bis zur Nase hoch und versuchte, eine Stelle auf der Matratze zu finden, wo das Heu nicht piekte. Der Schlafanzug klebte mir auf der Haut. Ich fror. Mein Hals schwoll dermaßen an, dass man den Körperteil darüber nicht als menschlichen Kopf erkannt hätte, wenn darin nicht zwei schwarze Punkte gewesen wären, die jeden böse anblickten, erzählte die Tante später. Mein Atem ging schwer. Meine Hoden schwollen an. Als Max sie vorsichtig befühlte, schrie ich auf.

Die Tante legte uns Eisbeutel um den Hals. Zwei Beutel drehte sie lange in den Händen.

»Legt euch die zwischen die Beine.«

»Warum?«, fragte Max.

»Tut, was ich euch sage.« Der Hals der Tante war flammend rot. Max knöpfte sich die Schlafanzughose auf.

»Legt sie selbst dahin«, fuhr die Tante uns an.

Das Eis brannte. Das Zimmer verschwand, ebenso die Umrisse meines Körpers. Vermutlich schlief ich ein. Ich kam zu mir, als die Tante mir die Decke wegzog. Max setzte sich auf und krümmte sich vor Husten.

»Raus aus dem Bett!«, kommandierte die Tante.

»Mmmm?«, murmelte Max.

»Auf die Knie, ihr Blagen.«

Die Tante packte Max am Arm und riss uns auf den Teppich. Im Fallen schlug ich mit der Schläfe gegen die Bettkante. Ich kniff die Augen zusammen, konnte aber keine Umrisse erkennen. Da, wo das Gesicht der Tante sein musste, sah ich etwas Rotes, Glühendes. Ich streckte die Hand danach aus. Die Tante sank neben uns auf den Boden und schloss die Augen. Sie glich einer Pfingstrose. Ich kicherte bei diesem Gedanken, und die Tante gab mir eine Ohrfeige.

»Jetzt wird gebetet.«

Die Tante schniefte und begann ihre Litanei. Sie dankte Gott dafür, dass er uns in seiner Gnade den Mumps gegeben hatte, zur Strafe für unsere Sünden. Sie bat ihn, er möge seine Diener gnädig anschauen und uns außerdem noch Karies, Polio, diverse Geschwüre und – wenn der Schöpfer besonders barmherzig sei – die Pest zukommen lassen. Je mehr Eiterbeulen, Pickel und Organverluste uns zuteil würden, desto dankbarer wolle sie dem Herrn sein. Denn sie wisse, dass nur schwerste Qualen uns erretten würden vor der Hölle, den Kalvinisten und Orten, an denen nicht einmal Würmer verbrannten.

»Amen«, sagte sie, schluckte, stand auf und schüttelte den Rock aus. Sie zupfte an ihrer Schürze, als wolle sie sich die Hände daran abtrocknen wie nach dem Spülen. »Jetzt sollte es nur noch eine Woche dauern, bis ihr wieder gesund seid. Dann könnt ihr beim Fensterputz helfen.«

Das Fieber stieg. Das Zimmer versank im Nebel. Irgendwo in der Ferne hörte ich Wasser tropfen. Ich ballte die Hand zur Faust und öffnete sie wieder. Ich spürte jeden einzelnen Faden im Laken, meine Finger brannten. Die Muster der Tapete wuchsen und bewegten sich. Max schien sich von mir zu entfernen. Ich klammerte mich an ihn, spürte, wie seine Poren bebten.

Die Tante wusch uns mit Spiritus ab und wechselte die Eisbeutel. Schließlich gingen bei Max die Schwellungen zurück, und seine Haut wurde kühler. Aber auf meinen Wangen brannten rote Flecken, und ich starrte blicklos in die Dunkelheit. Im Fieberwahn rief ich nach Isaak. Man sagte mir, dass ich Isaak sei und dass Max neben mir liege, aber ich begriff es nicht. »Isaak«, schrie ich und behauptete, Isaak habe sich am Fluss verirrt und ich müsse ihn suchen. Max schien taub geworden zu sein, er lag reglos neben mir. »Isaak ist ertrunken!«, rief ich, und die Tante weinte und rüttelte mich.

Ein Arzt wurde gerufen. Ich schrie aus voller Kehle, als er das Zimmer betrat. Der Arzt schüttelte den Kopf. Er sagte, das Fieber habe mein Rückenmark befallen.

»Und Max?«, fragte die Tante. Der Arzt gab keine Antwort.

»Eine Operation könnte helfen«, sagte er schließlich.

»Sie wollen sie trennen?«

»Nein. Zu gefährlich. Wir müssen die Infektion in den Hoden aufhalten.«

Ich hörte Max in meinem Kopf sprechen.

»Isaak«, sagte die Stimme. »Jetzt sind wir eins.«

»Max?«, fragte ich.

Ich schüttelte meinen Bruder. Er röchelte im Schlaf.

»Du darfst mich nicht verlassen«, fügte die Stimme hinzu. Im selben Moment spürte ich einen schneidenden Schmerz in der Schläfe. Ich fasste mir an den Kopf und schrie.

Die Tante schrak auf. »Was ist passiert? Ist das Fieber gestiegen?«

Max hatte meinen Kopf verlassen. Ich betrachtete ihn. Er schien gleichmäßig zu atmen. Die Tante fühlte meinen Puls.

»Gott sei Dank. Das Fieber sinkt«, murmelte sie.

Von der Genesungszeit weiß ich nur noch, dass wir erneut das Gehen lernen mussten. Mein Gleichgewichtssinn war verschwunden. Ich stolperte und klammerte mich an Max. Auch er war abgemagert. Wir beide waren erbärmliche Dünnbeine geworden. Wir schwankten über den Hof wie Buttermilch im Strumpf. Doch allmählich kehrten unsere Kräfte zurück. Die Tante glaubte, das sei dem Gebet zu verdanken.

Es kann sein, dass meine Erinnerungen an den Kometen sich allein aus dem speisen, was ich später in Zeitungen und Büchern darüber las. Großvater hatte eine Zeitung abonniert, die wir jedoch nicht anfassen durften. Er breitete sie jeden Morgen auf dem Frühstückstisch aus. Die Zeitung wies ihn als Angehörigen einer besseren Familie aus, und er spielte gern den gebildeten Mann. Von dem Kometen hörte ich zum ersten Mal beim Frühstück. Max spielte mit der Brotrinde. Weder Hunger noch Drohungen konnten ihn dazu bewegen, sie zu essen. Ich wartete gerade auf den passenden Moment, Max die Rinde wegzuschnappen, als Großvater rasselnd hustete. Das war seine Art zu lachen.

»In Amerika vernageln sie die Fenster mit Brettern.«

»Warum denn?«

»Wegen einem Kometen. Sie glauben, dass sein Schweif über den ganzen Kontinent hinwegfegen wird. Die Menschen fürchten sich vor Zyanidgasen«, sagte Großvater. »Im Schweif des Kometen sind Gifte, die alle töten, die er trifft.« Er schien zufrieden mit dem, was er gelesen hatte. Als sei der Tod, den der Komet säte, sein Verdienst.

»Kommt er auch hierher?«, fragte die Tante.

»Sterben wir alle?« Solche Fragen stellte Max häufig. Großvater sah ihn böse an.

»Kalvinistische Propaganda.« Großvater gab an allem den Kalvinisten die Schuld, an Missernten, Sittenlosigkeit und apokalyptischen Drohungen. Ich weiß nicht, woher er seine theologischen Ausgangspunkte hatte. In unserer Gegend wohnten nur Lutheraner.

»Wird die ganze Welt zerstört?«

»Hauptsache, es passiert nicht vor dem Waschtag«, sagte die Tante. »Bei uns stirbt man nicht in schmutziger Unterwäsche. Und wenn du dein Brot nicht aufisst, Max, dann spiel um Himmelswillen nicht damit. Gib es deinem Bruder.«

Ungeachtet der Theorie unseres Großvaters glaubten viele im Dorf an den bevorstehenden Weltuntergang. Man sagte, der Komet sei eine Strafe für die Sünden. Ich war erst zehn Jahre alt, aber ich wusste bereits, dass ziemlich vieles eine Folge von Sünden war. Totgeborene Kälber, Zahnschmerzen, zusammengewachsene Kinder.

»Es wäre zu erwarten«, meinte die Tante. »Aber die Sache mit dem Kometen klingt zu gut, um wahr zu sein.«

»Welche Sünden hat die Tante begangen?«, fragte Max.

Man erzählte sich, dass im Dorf allerlei Fremde auftauchten. Fliegende Händler, Zigeuner, Wahrsagerinnen. Ein Mann verkaufte dem Vernehmen nach von seinem Pferdewagen ein Elixier, das vor den Giftgasen des Kometen schützte.

»Gefärbtes Wasser«, meinte Großvater. »Im besten Fall.«

Max entdeckte den Mann als Erster. Wir spielten unter der Vortreppe, als zwei Hosenaufschläge mit Nadelstreifen sichtbar wurden.

»Was hat der an den Füßen?« Mein Bruder starrte wie gebannt auf die Schuhe des Ankömmlings und streckte die Hand nach seinen Knöcheln aus.

»Nicht!« Ich schlug Max auf die Finger. Die Gamaschen strahlten weiß in der Sonne. Ihr Besitzer blieb über uns auf der Treppe stehen. Er trat unruhig von einem Fuß auf den anderen, ohne die unter ihm spielenden Kinder zu bemerken.

»Ist das ein Straßenräuber?«, wisperte Max.

»Dummkopf, Straßenräuber tragen keine feinen Anzüge. Die würden ja ganz fleckig vom Blut, wenn sie die Leute umbringen.«

Der Ankömmling war schon an der Kleidung als Fremder zu erkennen. Im Dorf hätte man über seine Ausstaffierung gelacht. Der Schlips schwelgte in Zyklamrot und Orange. Der Schnurrbart war zu harten Rollen aufgezwirbelt, in denen man Stifte hätte tragen können. Den Hut hatte er tief in die Stirn gezogen, an der Krempe waren Fingerspuren zu sehen. Der Mann klopfte an die Tür. Im Dorf klopfte man nie. Ohne auf eine Antwort zu warten, ging der Fremde ins Haus.

»Stellen wir uns unter das Fenster und lauschen?«, schlug Max vor.

»Warten wir erstmal«, sagte ich.

Nach zwei Minuten kam Nadelstreif rückwärts und Entschuldigungen murmelnd wieder heraus. Auf der Treppe kam er ins Stolpern. Großvater stieß ihm den Finger gegen die Weste und krakeelte. Von unserem Versteck aus sah ich, dass sein Finger schmutzig war. Er würde auf dem feinen Anzug Flecken hinterlassen. Großvaters Gesicht glühte, seine Halsadern waren angeschwollen.

»Marktschreier haben in diesem Haus nichts zu suchen!«, brüllte Großvater. Dann schloss er die Tür. Kurz darauf kam die Tante auf den Hof. Sie trug kein Tuch auf dem Kopf. Am Kragen standen zwei Knöpfe offen.

»Sie müssen entschuldigen«, sagte sie. »Mein Vater mag keine Besucher.« Sie wischte sich die Hände an der Schürze ab. Der Mann lächelte.

»Ich habe Ihnen ja gesagt, wir sehen uns wieder.«

»Sie!«

»Es freut mich, dass die gnädige Frau mich nicht ganz vergessen hat.«

»Fräulein«, stellte die Tante richtig und wurde rot. Einen Moment lang schien der Mann uns direkt anzublicken, doch dann sprach er weiter.

»Ich wäre daran interessiert, die Zusammenarbeit, die wir im Fotogeschäft begonnen haben, fortzusetzen.«

Er holte etwas aus der Brusttasche und reichte es der Tante. Sie nahm das Bild und drehte es so, dass es die Sonne nicht reflektierte. Sie lächelte leicht.

»Die Kinder!«

»Sie sind ein Wunder und sollten nicht hier verborgen bleiben. Das ist eine ebensolche Verschwendung wie ein Fräulein von Ihrer Klasse im Kuhstall.«

»Gehen Sie. Mein Vater könnte Sie hören. Es war nur das eine Mal.«

»Denken Sie an die Wissenschaft, mein Fräulein. Eine intelligente Frau wie Sie …«

»Die Kinder sind nicht zu verkaufen.«

»Wer spricht denn hier von Verkaufen? Ich bin Geschäftsmann, kein Sklavenhändler. Ich spreche von einem Vertrag. Einem Geschäftsvertrag.«

Die Tante wischte sich die Finger an der Schürze ab.

»Sie haben gehört, was mein Vater gesagt hat.«

»Ich gehe.« Der Mann verbeugte sich. »Als Ihr demütigster Sklave.«

Das amüsierte die Tante. Ihre Augen verengten sich beim Lachen. Der Mann schlug die Hacken zusammen und fasste nach der Hand der Tante, doch sie entzog sie ihm, bevor seine Lippen sie berührten. Sie steckte die Hände in die Schürzentasche, wich jedoch nicht zurück.

»Na sowas!«

»Denken Sie darüber nach.«

»Verziehen Sie sich.«

Vom Weg aus winkte der Mann unserer Tante zu.

»Ich komme wieder!«, rief er. Ich wusste nicht, ob es eine Schmeichelei oder eine Drohung sein sollte. In meinen Ohren klang es nach beidem. Als der Mann verschwunden war, stieß die Tante einen langen, knurrenden Seufzer aus.

»Kommt raus da«, sagte sie, ohne unter die Treppe zu schauen. »Die Gefahr ist vorbei.«

Max und ich krochen hervor.

»Was wollte der?«, fragte Max.

»Wahrscheinlich den Mond und den ganzen Himmel dazu«, sagte die Tante. »Was die Menschen eben wollen, Unmögliches.«

»Wollte er den Kometen kaufen? Wusste er nicht, dass man den nicht kaufen kann?« Die Tante gab keine Antwort. Sie rieb sich die Hand an der Schürze und starrte auf den Weg. Der Mann war nicht mehr zu sehen.

Die Nacht, in der der Komet kommen sollte, brach an. Ich und Max durften weit über unsere Schlafenszeit aufbleiben. Wir hielten uns an Tantes Rocksaum fest, als wir ans Flussufer gingen. Auch Großvater war dort, mager und durchsichtig, auf seinen Stock gestützt. Die Tante gab mir und Max Pflaumen, damit wir still und brav blieben. Ich lutschte nachdenklich an der Frucht und betrachtete die Menschen, die sich am Ufer versammelt hatten. Es war Nacht, doch der Himmel glühte wie am Tag. In den Weidenbüschen waren Schatten zu sehen. Es roch nach Erlenhäcksel und Feuchtigkeit. Ich fror an den Zehen. Beim Weggehen hatte ich meine Strümpfe nicht angezogen, denn sie lagen im Flickkorb. Mein Bruder hatte seine Strümpfe an. Seine Kleider wurden nicht so schnell löchrig wie meine. Die Tante kleidete uns im gleichen Stil, aber wir sahen nicht gleich aus. Meine Hosen zerknitterten, sobald ich sie anzog. Auf meinen Schlips tropfte Sauce. Bei Max blieb sogar der Scheitel den ganzen Tag akkurat. Die Krankheit hatte mich geschwächt. Seither hatte ich mich nicht mehr im selben Tempo entwickelt wie Max. Beim Laufen musste ich immer wieder stehen bleiben und mir die Seite halten, mein Herz klopfte zum Zerspringen. Ach, wie inbrünstig wünschte ich mir, Max zu sein. Der Stärkere, derjenige, der zwei Arme besaß und die Tante zum Lächeln brachte. Nachdem mein Bruder mich einige Male vernichtend besiegt hatte, machte es ihm keinen Spaß mehr, mit mir zu kämpfen. Im Streit boxte er mich gelegentlich in die Rippen oder packte mich am Nacken und schüttelte mich. Ich vergalt es ihm mit Spott oder anhaltendem Schweigen. Das letztere Mittel zeigte die beste Wirkung. Max ertrug meine Stummheit nicht. Manchmal machte ich den Mund einen ganzen Nachmittag lang nicht auf. Ich setzte mich aufs Bett und weigerte mich, aufzustehen, so sehr Max auch zog. Er schubste mich in die Seite, kitzelte mich, zog Grimassen, aber ich sprach nicht. Ich wandte mich von ihm ab, starrte an die Decke. Max ertrug die Ablehnung nicht. Er musste nachgeben und sich entschuldigen.

Max starrte an den Himmel. Der Pflaumensaft, der ihm aus den Mundwinkeln lief, sah im Dämmerlicht wie Blut aus.

»Fällt er uns auf den Kopf?«

»Er ist Tausende und Abertausende von Kilometern entfernt. So ähnlich wie die Sterne.«

»Hat Gott ihn für uns angezündet?«

Ich seufzte. Mein Bruder war manchmal richtig kindisch.

»Mit uns hat das nichts zu tun. Es ist nur ein Haufen Steine und Eis.«

Max sah mich an. Damals befand er sich in seiner göttlichen Phase. Er wollte an Vorzeichen und Omen glauben.

»Wieso schmilzt er dann nicht?«

Ich sagte nichts. Mir war klar geworden, dass Schweigen die beste Antwort ist, wenn man die richtige nicht weiß. Kupferfarbene Glut fuhr über den Himmel. Der Schweif des Kometen folgte dem Stern wie ein Nebelstreifen.

»Wie Schaum«, sagte Max. »Vielleicht baden die Engel.«

Er fasste mich an der Hand. Seine Finger waren kalt.

»Gibt es Doppelschwanzkometen?«, fragte er.

»Natürlich«, antwortete ich. »Alles Gute auf der Welt gibt es zweifach.«

»Isaak und Max! Kommt mal her.« Die Tante stand an der Uferböschung, die Hände manierlich auf der Schürze gekreuzt. Sie hatte ihr neues Kopftuch umgebunden, unter dem sich eine einsame Locke hervorstahl. Die Tante war hübsch. Vielleicht kleidete sie das Licht des Kometen. Neben ihr stand der fahrende Händler, der Nadelstreifenbursche.

»Das ist Jeremia«, stellte die Tante ihn vor. »Erinnert ihr euch?« Ihre Stimme klang weich, wie immer, wenn sie mit Menschen sprach, von denen sie wusste, dass sie zur besseren Gesellschaft gehörten. Anders als die normale Alltagsstimme, mit der sie mir und Max befahl, den Mund zu halten und keine Kekskrümel im Bett zu verstreuen. Jeremia starrte uns an. Ich lutschte an dem Pflaumenrest und erwiderte seinen Blick. Seine Augen waren dunkel, als reiche die Pupille bis ans Augenweiß.

»Ich habe Hunger«, sagte Max. Jeremia interessierte ihn nicht.

»Du hast beim Abendessen zweimal nachgenommen«, wies die Tante ihn zurecht. Jeremia berührte flüchtig ihr Handgelenk. Vielleicht würde er die Tante heiraten und uns alle nach Berlin mitnehmen. Die Tante wäre so reich, dass sie morgens Pantoffeln mit Federquasten tragen und ihr Marmeladenbrot auch noch mit Käse belegen würde.

»Suchen wir mal euren Großvater«, sagte die Tante und lächelte Jeremia an.

Jeremia blieb stehen und sah uns nach. Etwas in seinem Blick ließ mich den Pflaumenkern verschlucken. Ich hustete so sehr, dass Max mir auf den Rücken klopfen musste.

Helsinki

1932

Iris kam auf mich zu. Mit nackten Beinen und leichten Schritten. Das Kleid klebte ihr an der Haut. Es war aus der gleichen plissierten Seide wie ihre Robe damals bei dem Fest. Der Pelz auf ihren Schultern war tropfnass. Erst nach einer Weile erkannte ich, dass es kein Pelz war, sondern Wasserpflanzen, die sie umrankten. Ihre Augenlöcher starrten mich an. Sie legte den Kopf schräg. Ich hatte vergessen, wie schmal ihre Oberlippe war.

»Mir ist kalt.«

»Das habe ich nicht gewollt, Iris«, sagte ich.

Iris fröstelte. Wasser troff aus ihren Haaren.

»Es war ein Versehen.«

Iris machte einen Schritt auf mich zu. Wieder öffnete sie den Mund. Bläschen strömten heraus. Ich betrachtete die Luft in ihnen.

Die feuchten Laken wecken mich. Aus der Wärmflasche ist Wasser ausgelaufen. Ich versuche, mich aus der Pfütze zu winden, aber Max stemmt sich im Schlaf dagegen. Schließlich finde ich eine erträgliche Stelle auf der Decke und schließe die Augen. Ich friere. Durch das Fenster dringen die Geräusche der Straße. Es wird bald Morgen. Die Stadt erwacht.

Ich balle meine gesunde Hand zur Faust und öffne sie wieder. Vorsichtig streichle ich meinen verkümmerten Arm. Bei Feuchtigkeit schmerzt er. Ich habe schon früh gelernt, den schlechteren Arm mit Kleidern und Schulterpolstern zu verdecken. Seine Faust ist klein wie die eines Kindes. Die Finger sind beweglich, haben aber keine Nägel. Max hat zwei richtige Arme. Seine Schultern sind breiter und kräftiger als meine, und er hat die Gesichtszüge von Mutters Familie geerbt. Man kann sein Gesicht als schön bezeichnen, wenn man dieses Wort auf Launen der Natur von unserer Art anwenden will. Seine Nase ist schmal und gerade, seine Backenknochen sind hoch und markant, aber auf den Wangen bleibt Raum für zwei Grübchen. Früher hat mein Bruder viel gelacht.

Aus irgendeinem Grund graben sich die Gerüche aus der Jugend tief in die Haut ein, ein bestimmtes Parfüm kann einen um Jahre zurückversetzen. Ein zerbröselter Keks unter dem Bett weckt die Erinnerung an den einen besonderen Tag, an dem Graupelschauer waagrecht durch die Luft schossen. Mitunter bin ich mir nicht mehr sicher. Ich sehe Dinge, an die ich mich unmöglich erinnern kann. Ich rieche das Blut in unserem Geburtszimmer, Mutters Schweiß in dem Moment, als sie Vater verführte, die Wärme der Tante, als sie uns zum ersten Mal an sich drückte. Alle diese Geschichten habe ich mir oft genug selbst erzählt. Sie sind wahr geworden.

Ich bin an meiner linken Seite mit meinem Bruder verwachsen. Unsere Wirbelsäulen vereinen sich an der Hüfte. Wir haben insgesamt drei Lungenflügel, zwei Herzen, eine Leber, drei Nieren, anderthalb Penisse. Wir gehen und wir tanzen. Ob wir zwei Seelen haben oder nur eine, weiß ich nicht. Max würde wahrscheinlich sagen, für eine Karriere im Geschäftsleben sei schon eine Seele hinderlich genug.

Max und ich haben keine richtige Schule besucht. Die für unsere Entwicklung notwendigen Brocken haben wir aus Romanen und bei der Tigerdompteuse im Zirkus aufgeschnappt. Unsere Fähigkeiten reichen ohne Weiteres für Tarot-Karten und kleinere Tricks. Mein Wissen oder meine Bildung scheint nicht auszureichen, um aus meinen Geschichten tiefschürfende Studien über die menschliche Natur oder moralisch erhebende Lehrstücke zu machen. Ich fürchte, auch unsere Namen sind Blendwerk, wie die Pailletten unserer Tanzkleidung, die aufgemalten Schnurrbärte und die mit Schminke gefärbte Haut. Max und Isaak, Isaak und Max. Wir wurden mit dreizehn Jahren umgetauft. Der jüdische Name deutete an, dass wir über ein uraltes Geheimwissen verfügten. Später traten wir als Osman und Kemal auf. Manchmal frage ich mich, was Madame Maxim dazu brachte, mich gerade als Isaak zu sehen. Isaak, Abrahams Sohn, den sein Vater hinzugeben bereit ist, als Gott es fordert. Isaak, das Brandopfer. Isaak, der Stammvater einer neuen Rasse. Isaak, das einzige Kind.

Am nächsten Morgen überrede ich Max zu einem Spaziergang. Es gibt viele Dinge, an die ich mich erinnern möchte. Zum ersten Mal seit langer Zeit fühle ich mich jung. Obwohl meine Stimme nicht besonders gut ist, habe ich heute früh gesungen, während ich Max rasiert habe. Ich weiß nicht, ob ich wirklich geglaubt habe, die Zeit würde dieser Stadt nichts anhaben. Das Zentrum wirkt größer als früher. Ich suche verzweifelt nach vertrauten Landmarken: Ruusuvuoris Schuhgeschäft, die Eisbahn, unser Hotel.

»Ich bin kaputt«, jammert Max, als wir den Kaivopuisto-Park erreichen. Er stützt sich auf seinen Stock und wirft mir einen bösen Blick zu.

»Frische Luft macht dich gesund.«

Max sieht mich lange an, dann schüttelt er den Kopf.

»Du bist auf deine alten Tage zum Optimisten geworden.«

»Ich habe an Iris gedacht«, sagte ich.

»Was für eine Art, seine letzten Tage zu verbringen. Wenn ich dazu fähig wäre, würde ich doch ein wenig mehr Aktivität entwickeln. Die Krankenschwester ist gar nicht übel.«

Ich lächle Max an, freue mich, dass er sich selbst wieder

ähnlicher ist. Seit seiner Erkrankung wird er immer stiller. Verschläft den größten Teil des Tages.

»Erinnerst du dich an die Geschichte von der blinden Wahrsagerin, die Madame Maxim uns erzählt hat, als wir klein waren?«

»Hat sie uns Märchen erzählt?«

»Es geschah an der Küste der Normandie, in einem dieser Badeorte. Erinnerst du dich? Lange weiße Sandstrände. Casinos, Mädchen mit weißen Hüten.«

»Das war vor dem Krieg«, sagt Max und schließt die Augen. »Der Krieg hat alles verändert. Gottseidank wird unsere Generation keinen zweiten erleben.«

»Die Feriensaison näherte sich dem Ende, einige Zelte des Jahrmarkts waren bereits abgebaut, die Urlauber kehrten in die Städte zurück. Der Badeort mit seinen Tanzsälen und den kleinen Hotelzimmern, in denen Spitzengardinen an den Fenstern hingen, verwandelte sich allmählich in eine Geisterstadt. Die bunten Schilder, die für Hummerrestaurants warben, schaukelten im Wind.«

»Deshalb will ich immer rechtzeitig abreisen«, sagt Max. »Es gibt nichts Traurigeres als einen Platz, von dem der Zirkus gerade fortgezogen ist und auf dem die stinkenden Ausscheidungen der Elefanten, zerplatzte Luftballons und die Kotze betrunkener Zuschauer zurückgeblieben sind.«

»Zu der Jahrmarktstruppe gehörte eine blinde Frau, die gemeinsam mit ihrer Tochter auftrat. Jedenfalls gab sie das Mädchen als ihre Tochter aus. Die Alte las die Zukunft aus den Karten und war gemein zu dem Mädchen, wie ein richtiger Teufel. Einmal hielt sie die Hand des Mädchens auf den heißen Herd, bis sich auf der Handfläche Blasen bildeten. Das Mädchen erzählte Madame Maxim einmal, die Mutter sei nicht wirklich blind, sondern tue nur so. Eine Blinde, die genaue Beobachtungen über ihre Kunden machen konnte, ohne sie zu sehen, war beeindruckender als eine normale Wahrsagerin. Eines Tages hatte das Mädchen genug. Sie gab der Mutter Rohspiritus zu trinken, so dass diese wirklich erblindete, und verschwand mit sämtlichen Ersparnissen. Stell dir die Situation vor: Die Alte erwacht und ist tatsächlich blind. Ihr Leben lang hat sie die Blinde gespielt, und nun kann sie wirklich nicht sehen. Das Mädchen floh in einem Boot, doch plötzlich brach ein Sturm los. Ein heftiger Herbststurm, der die ganze Küste heimsuchte. Die Ruder fielen ins Wasser, und das Mädchen stand hilflos im Boot.«

»Warum ist sie nicht zu Land davongelaufen?«, fragt Max. »Die Geschichte hinkt.«

»Der Sturm übertönte die Rufe des Mädchens, sie stand im Boot und fuchtelte mit den Armen. Sie sah jemanden am Ufer, nahm ihr rotes Kopftuch ab und schwenkte es. Die Rettung war nah. Das Mädchen winkte, doch die Silhouette am Ufer regte sich nicht. Plötzlich zuckte ein Blitz auf, und das Mädchen erkannte die Gestalt. Es war ihre alte Mutter, die das Mädchen nicht sehen konnte.«

»Wie soll die Mutter es denn geschafft haben, ans Ufer zu gehen, wenn sie blind war?«

»Ach, das ist doch unwesentlich.«

»Fühlst du dich immer noch schuldig? Wegen Iris?«, fragt Max.

»Ich habe das Gefühl, ihr etwas zu schulden. Deshalb wollte ich zurückkommen.«

Max seufzt. Er vermeidet es, mich anzusehen. Wir wissen beide, dass wir wegen seiner Krankheit hierher zurückgekehrt sind. Max geht es von Tag zu Tag schlechter. Er konnte nicht mehr auftreten, wollte aber auch nicht von mitleidigen Zirkuskollegen umgeben sein, die uns aus unserer Glanzzeit kennen. Wie streunende Hunde kriechen wir in den entlegensten Winkel, um zu sterben.

»Richtige Huren sind angenehmer«, murmelt Max. »Denen stellt man keinen Wechsel aus.«

»In ihrer Wohnung hat man uns nicht verraten wollen, wo sie sich aufhält«, sage ich. »Sie war jedenfalls nicht dort, das habe ich an der Stimme des Mädchens gehört. Wir müssen auf Frau Ei warten.«

Iris

1928

Im Haus des Schutzkorps wurde getanzt. Vom Dach hingen Fichtengirlanden und an den Türen leuchteten Pechfackeln. Die Blicke der Menschen brannten in unseren Nacken, als wir eintraten. Iris kam uns entgegen, langsam, damit sie jeder sah. Ihr schwarzgestreiftes Kleid ließ die Schlüsselbeine frei. Ihre Brüste hoben sich in der Hitze, die von der Menschenmasse ausging. Sie dehnte den Rücken und legte den Kopf zurück. Die Pose eines Filmstars, dabei war sie nur die Frau eines Kaufmanns.

»Was ist mit deiner Nase passiert?«, fragte Max.

Iris klopfte auf ihre verkleinerte Nase und zwinkerte uns zu.

»Gefällt sie euch?«

»Nein«, sagte ich.

Iris lachte so herzhaft, dass ihr Tee mit Schuss überschwappte. Sie fluchte auf Französisch, wie es damals Mode war. Ich hatte gehört, dass das Gerücht umlief, sie stamme aus Mitteleuropa. Ihre Wangen glühten, die Furche zwischen ihren Brüsten glänzte.

»Tee!«, schnaubte Max. »Ich vermisse Paris. Dort schmeckt die Heuchelei nicht nach Branntwein.«

»Tanzen wir«, sagte Iris und nahm mich an der Hand. »Isaak soll führen. Mit ihm bleibe ich besser im Takt als mit dir, Max.« Ich folgte ihr auf die Tanzfläche. Die schwarzen Musiker spielten ein Lied von einem Mädchen mit seidigem Haar, das von seinem Geliebten mehr will als nur einen einzigen Kuss. Plötzlich wechselte das Orchester zu einem schnellen Charleston über, und Iris lachte. Sie lehnte sich mit der Wange zwischen mich und Max. Ich konnte jede einzelne Sommersprosse auf ihrer Nase sehen.

»So sind die Männer«, sagte Iris, als wir stehen blieben und nach Luft schnappten. Ich brauchte eine Weile, um zu begreifen, dass sie von Robert sprach. »Sie können immer nur an eine Sache auf einmal denken. Und dabei geht es viel zu selten um das, woran sie in den Romanen denken. In der Regel sprechen sie nur über ihre Arbeit und über sich, was meist ein und dasselbe ist.« Sie legte den Kopf schräg. »Na ja, manche mögen auch Autos oder Fußball.«

»Aha, du hast also genug von Herrn Erhaben?«, warf Max ein. »Ich hatte mich schon gefragt, wie lange es dauern würde.«

Iris ließ ihre Tasse fallen.

»Hups«, lachte sie. »Habt ihr das gesehen? Ich brauche eine neue. Holt ihr sie mir?«

»Gehen wir in den Garten«, schlug ich vor. Ich schaute in den Saal und lächelte den Leuten zu, die uns nachstarrten.

Garten war ein schönes Wort für den schneebedeckten Hinterhof. Max bot Iris seinen Mantel an, doch sie schüttelte den Kopf. In einiger Entfernung standen mehrere Männer beieinander, die einen Flachmann kreisen ließen.

»Habe ich euch schon erzählt, wie ich Jakob kennengelernt habe?«

»Du wolltest heiraten?«

Iris lachte. Sie sah aus den Augenwinkeln zu den Männern hinüber. Einige trugen eine Uniform mit Abzeichen, die ich nicht kannte.

»Es war in den Jahren, als selbst die Minister nichts zu essen hatten. Und auch die Minister wurden nicht alt. Ich weiß nicht, wer damals an der Regierung war. Jeder, der die Möglichkeit hatte, ging weg. Zu Verwandten aufs Land oder nach Amerika, wenn man das Glück hatte, ein Visum zu bekommen. Außer in der Milonska. In der Milonska wurde man geboren, von dort ging man nicht weg. Sie hatte ihre Würde, diese Straße. Meine Straße.«

»Ich glaube, ich sehe da hinten einen Bekannten vom Zirkus«, sagte Max.

»Eines Tages, als ich nach Hause kam, war niemand da. Sämtliche Sachen lagen auf dem Hof verstreut. Von der Straße waren Stimmen zu hören. Ich rannte. Ihr könnt euch nicht vorstellen, wie ich rannte.

Eine Woche zuvor hatte ich im Fluss die Leiche einer Frau gesehen, von der Taille abwärts nackt. In den Oberschenkel war ein Wort geschnitten, von dem die Tante nicht wusste, dass ich es kannte. Weiche, weiße Hände. Eine weiße, teure Leinenbluse.

Drei Tage lang hockte ich in einem Keller und traute mich nicht hinaus. Als das Wasser stieg, zog ich die Schuhe aus, band sie mir um den Hals und raffte den Rock hoch. Aus Angst, das Wasser würde so hoch steigen, dass ich ertrank, wagte ich nicht zu schlafen. Ich konnte meine Zehen im Wasser nicht erkennen. Ich vermied es, daran zu denken, was das Wasser mit sich führte. Rattenkadaver, die Cholera. Am letzten Tag war ich so schwach vor Hunger, dass ich sogar für eine tote Ratte dankbar gewesen wäre. Aber meine Furcht war zu groß. Ich traute mich nicht aus dem Keller. Die Soldaten marschierten auf den Straßen. Ich hörte eine Frau gellend schreien. Kein normaler Schrei, eher wie die Schweine auf dem Land, wenn man ihnen den Hals aufschlitzt. Habt ihr das je gehört? Ein Geräusch, das den ganzen Körper in Alarmzustand versetzt. So plötzlich, wie der Schrei begonnen hatte, brach er ab. Eine lange Zeit war es so still, dass ich eine Amsel im Garten hörte. Als hätte sich der Frühling heimlich in die Stadt geschlichen, als hätte es die Soldaten nie gegeben.

Anfangs hatte ich ständig Hunger. Eine säuerliche Flüssigkeit stieg mir in den Mund, ich hatte Magenkrämpfe, ich schrak auf, wenn mir aus der Erinnerung Düfte in die Nase stiegen. Meine Glieder wurden schläfrig. Bald hatte ich keine Kraft mehr, mich zu fürchten, vor Geräuschen zu erschrecken. Ich suchte mir eine möglichst trockene Stelle auf einer Kiste und rollte mich darauf zusammen.

Aus lauter Schwäche blieb ich im Keller sitzen, obwohl mir das Wasser bereits bis zur Taille reichte. Ich lehnte mich an eine Kiste und betrachtete die vorbeischwimmenden Sachen. Buchseiten, Kettfäden für Teppiche, eine kleine Holzpuppe. Dinge, die so wichtig waren, dass man sie nicht hatte wegwerfen wollen. Stattdessen hatte man sie dort unten gelagert. In stillen Kisten, auf Stapeln, die man einmal im Jahr umschichtete, wenn man Zeit hatte. Die ehemaligen Besitzer des Hauses liebten diese Sachen, und ihre Liebe war größer als die Furcht vor der Brandgefahr, die sie darstellten. Und sie hatten recht behalten. Draußen brannte es, doch im Keller wogte das Wasser.

Der Hunger trieb mich dazu, in den Kisten zu wühlen. Ich holte Kleidung aus vergangenen Zeiten hervor: steife Kragen, Abendcapes, mit Spitzen besetzte Schlafanzüge. Nach Naphthalin und Sepia riechende Lumpen, aus deren Falten der Lavendelduft längst vergangener Tanzabende aufstieg. Die besser erhaltenen Sachen legte ich beiseite, um sie gegen ein Stück Blutwurst oder Käse eintauschen zu können: die geklöppelten Handschuhe eines längst erwachsenen Mädchens, Tanzschuhe aus Seide. Der eine Schuh hatte an der Spitze Schimmelflecken, doch die würde man mit Lack übertünchen können.

Ganz unten in der Kiste lag ein Hochzeitskleid. Ein Modell vom Ende des vorigen Jahrhunderts, mit enger Taille. Der

Kragen reichte bis ans Kinn, das Oberteil war mit Glasperlen bestickt. Ich achtete darauf, dass das Wasser den Saum nicht schwärzte. Vielleicht hatte das Kleid der Mutter der Familie gehört, die es, in Seidenpapier gewickelt, für ihre Tochter aufbewahrt hatte. Ich packte es zuoberst in mein Bündel.

Schließlich verließ ich den Keller. Der Hunger war stärker geworden als die Angst. Auf der Straße schlug mir Helligkeit entgegen. Ich zwinkerte mir die Blendung aus den Augen. Der Wind trug mir Rauch in die Nase. Ich lauschte, ob die Amsel noch da war. Alles war still. Unter der Dachrinne blühte Löwenzahn.

Der Bursche war jung. Vielleicht in meinem Alter. Ein Siebzehnjähriger mit kindlichem Gesicht, so ähnlich hatte auch ich noch vor einigen Monaten ausgesehen. Unter seinen Augen lagen Schatten, unter der Nase wuchs dünner Flaum. Erst als ich das Band an seinem Arm sah, erkannte ich ihn als Soldaten. Er bedeutete mir, mich schneller zu bewegen. Ich versuchte zu laufen, doch meine Füße waren träge. Das Licht verwischte alle Umrisse. Der Junge rief mir etwas zu. Er packte mich an der Weste und zog mich an sich. Mein Bündel fiel herab, ich war nicht schnell genug. Der Junge sprach einen nördlichen Dialekt, den ich nicht verstand. Als ich den Kopf schüttelte, wiederholte er seinen Satz, langsamer. Wieder schüttelte ich den Kopf. Er zeigte auf meine Schuhe.

›Nein‹, sagte ich. ›Die brauche ich.‹

Der Junge lachte. Er schien sich darüber zu freuen, dass ich endlich sprach, und ließ eine Flut von Worten los, aus der ich nur ›andere‹ und ›Schuhe‹ aufschnappte.

›Hier sind keine anderen‹, sagte ich. ›Nur ich. Die Schuhe gehören mir.‹

Der Junge lächelte. Einer seiner Schneidezähne war abgebrochen. Er küsste mich auf den Hals, dachte wahrscheinlich, das gehöre dazu. Mit einer Hand schnürte er sich die Hose auf. Da, wo er herkam, wusste man offenbar nichts von Gürteln oder Hosenträgern. Er war so ungeschickt, dass ich selbst meinen Rock heben musste. Er biss mich in die Grübchen am Schlüsselbein, seine Hände betatschten meine Brust. Ich dachte an gebratenes Huhn. Wenn ich essen dürfte, was ich wollte, dachte ich, würde ich Huhn wählen, dazu Bier und gehackte Essiggurken und Johannisbeergelee. Weißes, mehlbestäubtes Brot. Himbeersaft, Birnenkompott und Schlagsahne. Schokolade, Kartoffelpüree, ein großes Stück Käse und Feigen, Fleischsuppe, auf der Fettaugen und gehackte Petersilie schwimmen. Leberpastete auf Roggenbrot, Zwiebelsuppe mit Teigkruste. Ich überlegte, wie viel ich für das Brautkleid herausschlagen konnte. Statt es im Ganzen zu verkaufen, würde ich die Spitze und die Perlen abtrennen und die Seide stückweise anbieten. Dann bekäme ich mehr dafür.

Der Soldat packte meine Schamhaare und zog. Ich schrie vor Schmerz, und er schlug mich ins Gesicht. Es war kein harter Schlag, eher ein Klaps, mit dem man bockiges Kind bestraft. Der Junge vermied es, mir in die Augen zu sehen. Ich half ihm, indem ich die Hüften vorschob. Der Junge rieb sein Glied. Er spuckte in die Hand und massierte die Spitze seines Schwanzes. Sie war blaurot. In Papier gebratenes Lammkotelett und butterglänzende Kartoffeln. Frischer, brüchiger Käse und Pelmeni. Pilzsauce, mit Schmand angerührt. Kleine Würstchen, Heringe mit Wacholderbeeren, Salzgurken. Das Straßenpflaster rieb mir die Wange wund, aber ich wagte nicht, den Kopf zu drehen. Wird er mich danach umbringen? Vielleicht mag er mich. Vielleicht gibt es in seiner Straße keine Mädchen wie mich. Ob er mir wohl Essen gibt, Brot? Während der Junge stöhnte, wuchs meine Verwirrung. So ging das also? Ich spürte keine Scham, keinen Genuss, nichts, wovon in den Büchern die Rede war. Ich dachte, vielleicht sei ich als unmoralische Frau zur Welt gekommen.

Der Junge wurde nervös. Er stammelte etwas in seinem Dialekt. Ich nickte, als hätte ich verstanden, warf mir das Bündel über den Rücken und eilte in die Richtung, in die er gezeigt hatte. Da hörte ich einen Ruf hinter mir, der Junge rannte mir nach. Er wirbelte mich herum und drückte mir einen schmatzenden Kuss auf die Nase. Dann winkte er und lief in die entgegengesetzte Richtung. Wie ein Bräutigam, der zur Arbeit geht.

Ich rannte. Rannte durch die Straßen von Sankt Petersburg. In schlappenden Schuhen. Das Bündel auf der Schulter hüpfend. Als ich schließlich stehen blieb, spürte ich einen stechenden Schmerz in der Seite. Ich würgte, doch mein Magen hatte nichts mehr herzugeben. In der Dachrinne gurrte eine verirrte Taube. Ich hob einen Stein auf und zielte, aber der Hunger hatte meinen Arm geschwächt. Der Vogel flog auf. Eine bläuliche Feder löste sich und schwebte langsam herab. In einer Toreinfahrt zog ich meine Röcke aus und legte das Brautkleid an. Das Hungern hatte meine Taille schmaler gemacht, ich brauchte kein Korsett. In einem Fenster betrachtete ich mich. Ich sah aus wie ein Gespenst aus dem neunzehnten Jahrhundert. Eine Braut mit Sommersprossen auf der Nase. Es war durchaus möglich, dass man mich wegen dieses Kleides hängte. Aber vielleicht war es besser, ganz in Weiß zu sterben. Ich ließ die Lumpen an der Straßenecke liegen.

Dann stieß ich gegen etwas Weiches. Ich klammerte mich an den glatten Stoff. Einen Moment lang glaubte ich, den Flügel einer Elster berührt zu haben. Erst dann merkte ich, dass das Glatte unter meiner Hand eine seidene Weste war.«

Iris zuckte zusammen und unterbrach ihre Erzählung, als ein Lastwagen auf den Hof fuhr, auf dessen Ladefläche Männer saßen. In die Frostluft mischten sich Zigarettenqualm, Rufe und das Klirren von Flaschen. Ich rückte näher an Max heran, der die Männer anstarrte.

»Gehen wir hinein«, sagte ich. »Die Blume in deinem Haar ist schon erfroren.«

Iris strich sich über die Haare und betrachtete verwundert die Treibhausorchidee. Ich überlegte, wie lange wir draußen gestanden hatten. Im Haus war immer noch Tanzmusik zu hören. Iris reichte mir die Blüte und ging uns voran. Die Uniformierten pfiffen ihr nach. Ich heftete den Blick auf den Schnee.

»Russenweib«, rief jemand. Iris reagierte nicht darauf. Auf der Orchidee hatte sich Reif gebildet, die Blütenblätter waren nach innen eingerollt. Ich steckte sie in die Tasche, wo ich sie Jahre später wiederfand, ein verschrumpelter, brüchiger Klumpen. Den Anzug hatte ich nicht oft getragen.

Weihnachten rückte näher. Über dem Park lag eine dünne Schneedecke, auf den Straßen wurde Sand gestreut. Robert öffnete uns die Tür. Er hatte Metallstaub auf den Knien, sein Gesicht war rot, seine Augen tränten. Der Kragen seines Hemdes wirkte schmutzig.

»Die ersten Tonmodelle sind fertig.«

Robert wohnte damals in seinem Atelier, überall standen leere Suppendosen und Punschflaschen herum. Als Max die Nase rümpfte, hob ich mahnend die Augenbrauen. Ich wischte den Diwan sauber und wir setzten uns.

»Hast du in letzter Zeit überhaupt etwas gegessen?«, fragte ich.

Robert gab keine Antwort, sondern zog ein Laken von einem großen Gebilde aus schwarz bemaltem Gips.

»Das ist nur ein Entwurf«, sagte er.

Ich kniff die Augen zusammen. Einen Moment lang hatte ich den Eindruck, dass sich die Türen bewegten. Auf den zweiten Blick erkannte ich menschliche Körper. Umeinander geschlungene, nebeneinanderliegende Muskeln. Aus irgendeinem Grund graute mir.

»Ich werde es in Bronze gießen.«

Alle Reliefs stellten Ereignisse aus der Schöpfungsgeschichte dar. Roberts Eva hatte Iris' Gesicht und Körper, nur die über die Schultern hängenden Haare waren länger. Die sich windende Frau war nackt.

»Iris.« Max legte den Kopf schräg, als könne er so besser sehen.

»Ob das wohl für die Ausstellung im Salon angenommen wird?«, fragte ich.

»Wenn nicht in Helsinki, dann in Paris. Nach dem Bronzeguss könnte ich Blattgold auflegen. Ghiberti hat bei seinen Türen mit Vergoldung gearbeitet. Der Vater war Goldschmied, wusstet ihr das?«

»Wessen Vater?«, fragte Max. »Iris'?«

Robert runzelte die Stirn, ich sah, dass er nicht zuhörte.

»Das ist das Beste, wozu ich jemals fähig sein werde«, sagte er. Dreiundzwanzig, dachte ich. Er ist höchstens dreiundzwanzig. Die meisten Männer in seinem Alter können gerade erst laufen. Erst ab dreißig beginnen sie etwas zu taugen.

»Sie ist ein Prachtstück, nicht wahr? Die Brüste habe ich allerdings ein wenig verbessert. Sie ist ja nicht mehr ganz jung. Und wenn sie weiterhin so viel trinkt, ist sie in ein paar Jahren eine ziemliche Scharteke.«

»Wirst du den Guss in Finnland machen lassen?«, fragte ich.

»Ich versuche mich selbst daran. Ich gieße das Relief in Teilen, die ich später zusammenfüge.«

»In die Fresse sollte man ihn schlagen«, murmelte Max, aber so leise, dass nur ich es hörte.

»Ich fange an, sobald ich einen brauchbaren Gehilfen finde.« Als ich Roberts rotgeränderte Augen betrachtete, kam mir der Gedanke, dass er womöglich betrunken war. Ich hasste ihn, ich hasste Iris und überlegte, weshalb die Natur Widerlinge wie Robert gedeihen ließ. Die ganze Skulptur wirkte prahlerisch.

»Triffst du dich noch mit ihr?«, fragte ich und ärgerte mich, sobald ich den Satz ausgesprochen hatte.

»Mit Iris? Nein. Ich habe zu viel zu tun.«

»Sie hat dich verlassen?«

Plötzlich fiel mir das Atmen wieder leichter. Eigentlich war Robert doch kein schlechter Kerl, ein wenig dumm, aber ehrlich.

»Hat sie jemanden?«, fragte ich. »Neben ihrem Ehemann, meine ich.«

»Ach, Gerüchte. Nur Gerüchte. Und Iris hat einmal gesagt …«

»Was hat sie gesagt?«

»Sie bringt sich doch ständig in Schwierigkeiten. Gefällt euch die Skulptur? Bisher habe ich sie noch keinem gezeigt.«

»Hat sie mit dir über ihren Mann gesprochen?«, wollte ich wissen.

Robert grinste.

»Geredet haben wir kaum miteinander, ihr versteht schon. Iris ist ein heißes Kätzchen. Aber mir scheint, ihr seid der Typ.«

»Welcher?«

»Der Typ Mann, mit dem die Frauen plaudern. Das soll kein Vorwurf sein. Sicher könnt ihr nur so bei einer Frau landen. Indem ihr das sensible Kerlchen spielt.«

Ich hatte Gerüchte über Iris' neuestes Schoßtier gehört, doch erst in der Pause im Theater sah ich die beiden zusammen. Iris prunkte in rosa Chiffon. Alles um sie herum schwebte. Der Mann trug die Uniform des Schutzkorps und war einige Zentimeter kleiner als Iris. Er musterte uns von Kopf bis Fuß und schnaubte.

»Henrik, mein Lieber, ich brauche etwas zu trinken«, flötete Iris und streifte die Hand des Mannes. Beim Weggehen warf er uns einen verächtlichen Blick zu und murmelte etwas vor sich hin. »…schaum«, schnappte ich auf.

»Was hat er gesagt?«, fragte Max.

»Er ist herrlich«, seufzte Iris. »So primitiv. Ich glaube, er kann nicht einmal lesen. Ich war restlos erschöpft von Roberts Gerede über irgendwelche Italiener, die immerhin so viel Anstand besaßen, vor fünfhundert Jahren zu sterben.«

»Gratuliere«, sagte ich.

»Letzte Nacht hat Henrik am Pokertisch darauf gewettet, dass er auf fünfhundert Meter eine Ente trifft. Seine Kameraden haben ihn mit seinen Schießkünsten aufgezogen, und er wäre beinahe sofort mit der Flinte losgezogen. Als ich nach der Jagdsaison fragte, haben alle gelacht. Heute früh sind wir dann an die Bucht gefahren. Henrik hatte seinen Hund dabei, ein widerliches schwarzes Viech, das mich mit seinen dunklen Augen böse ansah. Es war ganz still. Ich zitterte, als der Schuss die Luft zerriss. Die toten Enten waren ekelhaft. Sie stanken. Henrik lachte, weil ich das Gesicht verzog, als er sie mir vor die Nase hielt. Dann packte er mich an den Haaren, zwang meine Beine auseinander und drang in mich ein. Der Hund wurde wild. Er heulte neben uns, während Henrik mich an einen Baum gelehnt vögelte.« Iris biss sich auf die Lippen und starrte mich an.

»Wegen mir brauchst du nicht aufzuhören«, sagte Max. »Mit den Details könntest du etwas offenherziger sein. Und wenn du ein wenig lauter sprichst, brauchen sich die beiden alten Damen da drüben nicht den Hals zu verrenken.«

»Und dein Mann?«, fragte ich.

»Genau das brauche ich jetzt. Henrik hat nicht einmal gemerkt, dass ich mir an der Baumrinde die Wange aufgescheuert habe. Es ist himmlisch, nicht über Gefühle sprechen oder

Liebe schwören zu müssen. Ein Mann, der nicht voller sentimentalem Müll steckt, ist ein Juwel.«

»Sei nur vorsichtig.«

»Pah«, schnaubte Iris. Dann kicherte sie. »Stellt euch vor, bald darauf überraschte uns eine Gruppe von Schülern, die mit Ferngläsern Vögel beobachten wollten. Wenn sie ein paar Minuten früher gekommen wären, hätten sie uns mit heruntergelassener Hose erwischt.«

Eines Abends, als Max und ich aus unserem Theater zurückkehrten, sahen wir auf einer Bank im Kaisaniemi-Park eine Gestalt sitzen, die uns bekannt vorkam. In den Gebäuden des Botanischen Gartens brannte Licht, aber der Park wirkte verlassen. Die Ulmen reckten sich zum schwarzblauen Himmel. Der Schnee stob in kleinen Wirbeln auf.

»Iris?«, fragte ich.

Sie trug ihren weißen Pelzmantel. Von weitem glich sie einem kleinen Schneemann.

»Ach, ihr«, sagte sie und schluchzte.

Sie hatte einen blauen Fleck über dem Auge, daneben einige Tropfen Blut. Vorsichtig berührte ich die Stelle.

»Alles ist bestens«, erklärte Iris und lächelte. »Ich warte auf den Kutscher, der mich zu Frau Eis Fest bringen soll. Angeblich sind alle dort.« Sie hielt sich die Brust. »Geht mal ein Stück zur Seite«, sagte sie und erbrach sich.

»Iih, was für ein Widerling. Ich hätte erkennen müssen, wie Henrik ist. Jemand, der in seiner Uniform schlafen will, ist nicht normal.«

»Hat er dich geschlagen?«

»Er ist weggelaufen. Mit der entsetzlichen Frau Q. Sie wollen eine Schule gründen, in der gesunde Lebensweise gelehrt wird. Die Q hat Geld. Sie bräuchte gar keinen Mann. Sie kann so hässlich sein, wie sie will.«

»Möchtest du Wasser?«

Sie schüttelte den Kopf.

»Fühlt mir den Puls. Rast er?«

Ich umfasste ihr Handgelenk, und sie schloss die Augen.

»Es geht in ein paar Minuten vorbei. Der Arzt hat mir Tabletten gegeben. Würdet ihr bitte nachsehen, ob sie in der Handtasche sind?«

Ich nahm die kleine silberne Tasche und leerte sie auf meinem Schoß aus. Zwei Lippenstifthülsen, Pfefferminzdrops, ein Zigarettenetui, zwei Zeitungsausschnitte, einer davon eine Reklame für eine Enthaarungscreme, eine vergoldete Pillendose, eine Fingerpuppe und eine Rolle Geldscheine. Iris nahm die Fingerpuppe in die Hand.

»Ist die nicht niedlich? Ich habe sie bei einem Fest gestohlen, als ich auf der Suche nach der Toilette versehentlich im Kinderzimmer landete. Ich habe nie eine Fingerpuppe gehabt.«

Sie steckte sich die Puppe auf den Finger und lächelte. Ich reichte ihr zwei Tabletten, die sie mit einem Schluck aus ihrer Taschenflasche herunterspülte.

»Was sind das für Tabletten?«, erkundigte sich Max.

»Keine Ahnung«, sagte Iris. »Wollt ihr eine?«

Ich schüttelte den Kopf.

»Nehmt wenigstens das Zigarettenetui. Es ist aus Gold. Ich habe es von irgendwem im Club bekommen. Ich rauche nicht mehr, aber es ist schön.«

Ich nahm das Etui in die Hand. Auf dem Deckel prangten ein Monogramm aus blauen Steinen und das kaiserliche Wappen.«

»Ein wertvolles Stück«, meinte ich. »Das können wir nicht annehmen.«

»Was soll's«, sagte Iris. »Wenn ich wieder mit dem Rauchen anfange, klaue ich ein anderes.«

»Geht es dir besser?«, fragte ich, und sie nickte.

»Bleibt eine Weile hier sitzen. Ich erzähle euch den Rest der Geschichte, wie ich in Sankt Petersburg mit Jakob zusammenstieß.«

»Mit Jakob?«

»Als ich die Augen aufschlug, lag ich in einem Bett«, setzte Iris ihre Erzählung fort. »Die Decke war geflickt, aber die Laken waren sauber. Sie dufteten ganz leicht nach Rosmarin. Über der Tür hing ein gerahmtes Foto. Zwei Mädchen in schwarzen Kleidern hielten sich an der Hand. Das eine schien auf seinem Zopf zu kauen. Hinter den Mädchen war ein Mann zu sehen, der das Gesicht abwandte. Auf dem Kopf hatte er eine Mütze, die viel zu klein aussah. Juden, dachte ich.

Als ich das nächste Mal erwachte, saß er an meinem Bett. Jakob, der Träger der Weste, gegen die ich geprallt war. Ich sah ihn nicht an, ich hatte nur Augen für das Tablett. Ein Teller Brei, Tee und Himbeermarmelade. Erst nachdem ich den Tellerrand abgeleckt hatte, erinnerte ich mich an Großmutters Worte über die Tischmanieren feiner Damen. Dann drehte sich mir der Magen um, ich erbrach den Brei auf die Decke. Jakob nahm ein Handtuch und wischte mir das Erbrochene vom Kinn. Er streichelte mir den Kopf und legte die Arme um mich. Pustete mir auf die Stirn. Holte ein sauberes Taschentuch aus der Westentasche und putzte mir die Nase. Es war aus weißem Leinen, mit einem Monogramm in feiner Stickerei. Ich überlegte, wie viel man dafür bekommen würde. Natürlich ohne Breiflecken. Jakob roch nach Zimtschnecken und sang, um mich zu beruhigen. Ich erkannte die Worte nicht. Die Vokale waren lang und schaukelnd.«

»Hunger«, sagte Max. »Die Erfahrung fehlt mir.«

»Hattest du keine Angst?«, fragte ich. »Der Mann hätte dir etwas antun können.«

»Eine rührselige Geschichte«, meinte Max. »Die verkaufen

sich recht gut. Man kann versuchen, geistreich zu sein, aber eine anständige Schnulze ist durch nichts zu übertreffen.«

»Als ich das nächste Mal aus dem Schlaf erwachte, konnte ich schon besser essen. Jakob saß am Bett und redete die ganze Zeit. Ich war nie zuvor einem Mann begegnet, der so viel zu sagen hatte. Seine Sätze füllten die Kommoden an der Wand. Ich nickte an den Stellen, die ich für die richtigen hielt, suchte nach Fallen, die mir gestellt wurden. Dabei dachte ich an nichts anderes als an die nächste Mahlzeit. Jakob sprach gut Russisch, mit einem ganz leichten Akzent. Er erzählte mir von seiner Kindheit, von seiner Mutter, die im Winter gestorben war. Von der Italienreise, die er als junger Mann unternommen hatte. Davon, wie er als Student Goethe bewundert hatte und die Hütte finden wollte, in der dieser sein Gedicht vom Wanderer geschrieben hatte. Das schien mir ein müßiger Zeitvertreib zu sein. Erwachsene Männer lesen keine Gedichte, sagte ich, und Jakob erwiderte, seine Mutter sei derselben Meinung gewesen.

Als er mir ein Glas Wein reichte, trank ich es in einem Zug leer. Ich nahm mir nicht einmal die Zeit, den Geschmack auf der Zunge zu kosten. Es war der erste Wein meines Lebens.

›So schnell kann nicht einmal mein Onkel trinken‹, sagte Jakob. Ich hatte ein Nachthemd an, mit Bändern am Kragen. Wer es mir angezogen hatte, wusste ich nicht. Ich wusste auch nicht, wo das Kleid war, von dem ich wochenlang leben wollte.

›Du warst auf dem Weg zu deiner Hochzeit‹, sagte Jakob.

Es war eine Feststellung. Er stellte mir keine Fragen, und deshalb verspürte ich das Bedürfnis, ihm etwas zu erzählen. Eigentlich tat ich es nicht aus Berechnung, um mir die nächste Mahlzeit zu sichern. Vielleicht war mir der Wein zu Kopf gestiegen. Mir lag wohl daran, ihm die Geschichte zu erzählen, die er verdient hatte. Jakob wünschte sich, ein Held zu sein, er wollte nicht irgendwen gerettet haben. Ihn dürstete danach, auf den Plan zu treten wie eine Romanfigur. In glänzender Seidenweste. Mit akkurat gebürstetem Schnurrbart. Er malte sich aus, wie er die Geschichte von der ohnmächtig auf der Straße liegenden Braut erzählte, von einem Mädchen in Not. Also berichtete ich ihm von meiner Hochzeit. Zu Ehren des Fotos an der Wand machte ich uns zu Juden. Zu verweltlichten, denn ich wusste ja so gut wie nichts über das Judentum. Ich erzählte von meiner Familie, die in der Revolution umgekommen war. Ich war in der Obhut meiner Tante zurückgeblieben. Meinen Bräutigam hatte ich von Kind an gekannt. Er hatte mit meinem Bruder Tennis gespielt. Wir hatten in aller Eile geheiratet, nur die Trauzeugen waren dabei gewesen. Wir wollten gemeinsam fliehen. In Frankreich wurden wir von entfernten Verwandten erwartet. Vielleicht würde ich dort Kinder unterrichten können. Lehrerin war in meinen Augen ein erhabener Beruf, ich hoffte, dass er Jakob gefiel. Ich hatte das Hochzeitskleid meiner Mutter angezogen. Die Tante hatte von der Myrte auf dem Fensterbrett einige Zweige abgebrochen und sie mir in die Haare gesteckt. Dabei hatte ich in ihren Augen Tränen gesehen. Sie würde uns nicht begleiten, denn sie war zu krank, um zu reisen. Ich sah, dass Jakob mich anblickte. Seine Augen schimmerten.

In der Mitte der Geschichte war ich selbst gerührt. Ich erzählte von meinem Mann, der nicht gekommen war, von einem Revolutionär, der mich ins Gesicht schlug, so dass meine Lippe aufplatzte. Von der Tante, die sich schützend vor mich warf und zu Boden sank, eine Kugel in der Brust. Wegen der Tochter einer Lumpenhändlerin hätte Jakob nicht geweint. Er wollte eine bürgerliche Heldin. Ein Mädchen, das sich in unglücklicher Liebe verzehrte, eine Jungfrau, der die Erfüllung versagt geblieben war. Ein paar Fragen hätten mich als Lügnerin entlarvt, aber Jakob wollte nichts sehen. Er wünschte sich eine romantische Geschichte, und er bekam sie. Damals wusste ich nicht, dass meine Geschichte Bestand haben musste. Ich wusste nicht, dass ich meinen Retter heiraten würde. Ich dachte nicht weiter als bis zur nächsten Mahlzeit. Es spielte keine Rolle. Eine Geschichte ist so gut wie die andere.«

»Dieses Märchen ist ein wenig problematisch. Ich kann mich nicht entscheiden, wer der Held ist«, meinte Max.

»Bäh«, sagte Iris. »Gehen wir lieber auf das Fest. Sonst erzählt das Ei herum, ich wäre passé.« Sie nahm einen Lippenstift aus ihrer Tasche und zog sich die Lippen nach, tadellos, ohne in den Spiegel zu schauen. Zuerst die Unterlippe, dann den Amorbogen, zum Schluss rieb sie die Lippen aneinander.

»Ein Pfefferminzbonbon?«

Ich schüttelte den Kopf.

»An denen erkennt man den Profi«, sagte Iris. »Amateure denken erst am nächsten Morgen an ihren Mundgeruch.«

An die Decke des Theatersaals waren ferkelrunde Cherubim gemalt. So fett, dass sie niemals das Erwachsenenalter erreichen könnten. Mit rotem Plüsch bezogene Sessel umrahmten die Bühne wie ein einheitliches Gefolge. Der Schweiß lief mir den Rücken herunter. Nachdem wir den ganzen Winter über dieselbe Nummer gezeigt hatten, wollte Max eine neue Choreographie einstudieren. Wir hatten in der letzten Nacht nicht geschlafen, waren auf einem Fest gelandet, und ich merkte, dass ich die Schritte durcheinanderbrachte.

»Was ist los mit dir?«, schimpfte Max und fächerte sich mit den Straußenfedern Luft zu. Sein Kajal war verschmiert, und in der Schminke zeigten sich dünne Risse.

»Mmm?« Ich hob die Wasserkelle an den Mund und trank in gierigen Schlucken.

»Geht es um das Mädchen?«

»Ich will nicht über sie reden.«

»Eine fürchterliche Elster, aber amüsant. Sie interessiert sich für dich.«

»Sie ist bestimmt nicht gut im Bett, falls du daran denkst. Schöne Frauen geben sich keine Mühe.«

»Ach, lass das. Deine Versuche, ordinär zu sein, sind kläglich. Ich weiß, dass du sie magst. Du hast keinen einzigen Witz über sie gemacht, und abends streichelst du das Zigarettenetui. Letzte Nacht hast du im Schlaf gesprochen.«

Max' Augen flehten. Zum ersten Mal gab es etwas, das ich ihm gegenüber nicht in Worte kleiden konnte. Ich wusste nicht, was ich für Iris empfand oder empfinden wollte. Wenn ich mit Max sprach, würde alles aufs Tapet kommen. Zwischen uns wuchs eine schmale Kluft, eine mit blassblauer Kreide gezogene Grenze. Ich wusste, dass ich Max die ganze Geschichte erzählen könnte, wenn ich mir einen Ruck gäbe. Er würde Grimassen schneiden, zuhören und das Ganze mit einem Lachen abtun, mich letztlich aber doch verstehen. Ich war daran gewöhnt, alles mit ihm zu teilen, den kleinsten Schnupfen, die Verzweiflung durchwachter Nächte, die Einsamkeit eines geteilten Körpers. Wir besprachen jede physische Einzelheit von Max' Liebhaberinnen, jeden Seufzer, jede Narbe, jeden Zoll ihrer Haut. Das bekräftigte das Gefühl des gemeinsamen Fleisches, der geteilten Erfahrungen.

Ich wischte mir mit dem Taschentuch den Schweiß von der Stirn. Die Schminke hinterließ Flecken. Lautlos fluchend stopfte ich das schmutzige Tuch in die Tasche. Max sah mich immer noch erwartungsvoll an.

»Iris …«, begann ich. »Iris hat gesagt, sie würde sich heute Abend die Aufführung ansehen. Vielleicht bringt sie auch ihren Mann mit, er ist in der Stadt.«

»Dann müssen wir weiter proben«, sagte Max. »Es ist eiskalt hier. Ich verstehe nicht, warum der Saal nicht ordentlich geheizt wird.«

Der Moment war vorüber. Um mein Gesicht zu verbergen, bückte ich mich und zog meine Gamaschen gerade. In meiner Brust bewegte sich etwas, und ich spürte einen pochenden Schmerz. Wie eine längst verheilte Bruchstelle, die sich nach Jahren bemerkbar macht.

Madame Maxim

1911

Max hatte Schnürschuhe an, vom Eiergeld gekauft. Er hatte sich an meine Schulter gelehnt und schlief. Über den Acker zogen Dunstschwaden, der Tag erwachte. Ich zupfte an meinen neuen Wollhandschuhen. Sie hatten ein Loch am Daumen, das die Tante vergessen hatte, zu stopfen. Ich fror. Die Tante hatte uns zu früh geweckt.

»Ich hole dich auf dem Rückweg ab«, sagte Jeremia. Er küsste die Tante, doch sie drehte den Kopf, und seine Lippen trafen ihre Nase. In der Ferne rauschte der Bach, die Eberesche raschelte im Wind. Sie zeigte gerade ihre ersten Blattknospen. Der Frühling spross auf.

»Müssen wir wirklich?«, fragte die Tante und zurrte ihr Kopftuch fest.

»Willst du die Kinder lieber bei dem Verrückten lassen? Der schläft doch praktisch mit der Axt im Bett«, knurrte Jeremia.

Die Tante wandte sich ab und schaute auf den Acker. Eine Krähe hüpfte von einer Furche zur anderen. Sie drehte den Kopf suchend hin und her. Ich schob mich näher an Max heran. Er wimmerte im Schlaf.

»Wir brauchen Geld. Das Geschäft stockt, wir müssen anderswo neu anfangen.«

Die Tante zupfte nicht vorhandene Haare von ihrem Kopftuch. Die Krähe flog heiser rufend auf. Krähe, Lügnervogel. Eierdieb. Ich überlegte, ob es mir gelingen würde, einen Stein nach ihr zu werfen. Einmal hatte ich hinter dem Haus eine Bachstelze mit einem Stein getroffen. Sie war reglos auf dem

Pflaster liegen geblieben. Ich hatte sie an meine Wange gepresst und auf ihren Bauch geatmet. »Mach sie wieder normal«, hatte mein Bruder gebeten. Ich hatte die Bachstelze geschüttelt, ihr Bein hatte schief und kraftlos heruntergehangen. »Mach sie heil«, hatte Max gefordert. Ich hatte den Vogel auf der Hand gewiegt. »Sie ist jetzt so ähnlich wie mein Arm. Für immer kaputt.«

Als wir in Jeremias Karren saßen, spitzte Max im Schlaf die Lippen. Ich überlegte, ob er sich wohl noch an den Vogel erinnerte. Mitunter vergaß er schnell. Selbst von Mutter waren ihm nur die blauen Steine an ihren Ohren im Gedächtnis geblieben. Gut möglich, dass er auch diese Erinnerung nur aus meinen Erzählungen hatte.

»Achte darauf, dass sie nicht frieren. Der größere hat eine schwache Brust. Er sieht aus, als wäre er der Stärkere von beiden, aber er bekommt ganz leicht Husten.«

Ich erinnere mich, dass ich beleidigt war, weil die Tante sich um Max mehr Sorgen machte als um mich. Dann schlief ich ein. Als ich aufschreckte, war es bereits Vormittag. Der Karren rumpelte. Ich stützte mich auf den Ellbogen und richtete mich langsam auf. Max schlief. Jeremia hielt die Zügel und grinste mich an.

»Aha, unser Siebenschläfer ist endlich wach. Dein Bruder und ich hatten am frühen Morgen schon ein interessantes Plauderstündchen.«

»Wo ist die Tante?«

»Die seht ihr später wieder. Zuerst lernt ihr einen Freund von mir kennen. Seid höflich zu ihm. Wir haben geschäftliche Pläne.«

»Ich will zur Tante!« Nun war auch Max wieder aufgewacht und strampelte sich hoch. Als der Karren schwankte, wurde ich gegen ihn geworfen und schlug schmerzhaft mit dem Ellbogen auf. Mir schossen Tränen in die Augen. Jeremia lachte.

»Zappelt nicht so herum. Ich habe eurer Tante versprochen, euch heil ans Ziel zu bringen.«

Der Zirkusdirektor hatte riesige Hände. Er presste Max' Arm und starrte uns in die Augen. Zuerst Max, dann mir. Anschließend kniete er sich vor uns hin und zog Max' Jacke hoch. Als Max zurückwich, wurde der Griff des Direktors noch fester. Der Mann hatte einen schmalen, mit dem Rasiermesser getrimmten Schnurrbart, schwarz, mit ein paar grauen Haaren durchsetzt. »Ich habe schon viele Schwindler gesehen.«

»Die beiden sind echt.«

Der Direktor warf Jeremia einen Blick zu.

»Keine Sorge, du bekommst dein Geld.«

Die Hand des Mannes befühlte unsere miteinander verwobenen Muskeln. Ich spürte, wie Max' Haut kühl wurde.

»Ich muss den Arm des anderen sehen.«

Ich zog den Ärmel hoch. Mir war schlecht. Der Direktor ließ uns los und lächelte mich an.

»Wie alt seid ihr?«

»Dreizehn«, piepste Max.

Das war gelogen. Wir waren noch nicht einmal elf und klein für unser Alter, die Gesichter weicher Kinderteig, der Blick hell, die Körper mädchenhaft zart. Auf Max' Nase saßen Sommersprossen. Aber der Direktor sah in uns nicht die Waisenkinder. Für zwei Straßenjungen oder eine geistig zurückgebliebene Missgeburt hätte er kein Mitleid aufgebracht. Deutschland war voll von armen Waisen, von Straßenjungen, die darum kämpften, beim Zirkus unterzukommen. Auf den Landgütern arbeiteten Zehnjährige vom Morgengrauen bis zum Abend. Die katholischen Waisenhäuser verschifften Kinder als Arbeitskräfte nach Amerika. In den Bordellen lächelten Dreizehnjährige, deren Gebärmutter die Syphilis zu einem roten Schleier zerfressen hatte. Auf seine Art war der Direktor des Zirkus Europa ein Idealist. Er rettete, was in seinen Augen rettenswert war. Uns.

»Ihr wollt also zum Zirkus?«, fragte der Direktor mit der Stimme, die Erwachsene in Gegenwart von Kindern zu benutzen pflegen. Ich starrte ihn an. Harmlos, dachte ich. Zu grell gefärbte Kleider. Ein locker gebundener Schlips. Hände und Füße schienen aus größeren Teilen geformt als der Rest des Körpers. Sein Kopf lief nach oben spitz zu. Die dünnen Haare wirkten wie gerupft. Er roch nach Backpulver. Bis dahin hatte ich nicht gewusst, dass Backpulver riecht.

»Mmmhh?«, brummte er fragend, als wir ihn nur stumm anstierten. »Läuse? Krankheiten? Ein Krebsjunge hatte ein Lungenödem und war nach drei Wochen tot. Für eine Leiche zahle ich weniger. Zum Preis für die beiden bekäme man zwei fette Ferkel.«

Ich überlegte, was passieren würde, wenn ich behauptete, wir hätten die Tollwut. Dürfte ich dann zurück zur Tante? Ich spürte, dass Max' Atem sich beschleunigte. Seine Augen sprühten vor Begeisterung. An einen Zirkus verschachert zu werden, war für ihn das Zweitbeste nach Sahnetoffees.

Ich betrachtete Jeremia. Er schwitzte, obwohl es gar nicht heiß war. Sein Kragen war schmutzig.

»Sie haben gesagt, Sie zahlen bar. Ich hatte Unkosten.«

»Und die Eltern?«

»Die beiden sind Waisen. Machen Sie mit ihnen, was Sie wollen. Ihre Tante ist heilfroh, dass sie die Jungen los ist.«

Ich starrte Jeremia in die Augen und stellte befriedigt fest, dass er den Blick abwandte.

»Wir können behaupten, ihr seid zehn«, sagte der Direktor zu mir. Dann sah er Max an. »Vielleicht sogar erst acht. Ihr seid schon recht.«

Er nickte unserem Begleiter zu.

»Du bekommst dein Geld vom Kassenwart. In dem Wagen neben dem großen Zelt.«

»Na, dann tschüss, Jungs. Ich richte eurer Tante Grüße aus.«

Noch bevor Jeremia sich umdrehen konnte, stürzte Max sich auf ihn, sprang ihm vor die Brust, trat ihn und zerkratzte ihm mit seinen stumpfen Nägeln das Gesicht. Der Direktor war ein starker Mann, doch er musste einen Zirkusarbeiter zu Hilfe rufen, um Jeremia von uns zu befreien. Als der Mann uns hochhob, erstarrte Max. Seine Miene wurde ausdruckslos, und seine Arme hingen schlaff herab. Jeremias Gesicht war von kleinen Kratzern bedeckt. Dann sah ich es: Der Schnurrbart. Max hatte ihn zur Hälfte ausgerissen. Der halbe Schnurrbart ragte in die Höhe. Er sah aus wie ein schwarz gefärbtes Garnbündel.

»Ihr kleinen Missgeburten! Euch werde ich es zeigen.« Vorsichtig befühlte Jeremia seine Oberlippe. Seine vorquellenden Augen verliehen ihm das Aussehen eines Wassermolchs. Er wollte sich auf mich und Max werfen, doch der Zirkusarbeiter packte ihn am Gürtel.

»Schluss jetzt!«, sagte der Direktor.

Jeremia spuckte aus. Wischte sich die Hände an der Hose ab. An den Knöcheln waren blutige Kratzer zu sehen.

»Ich bin hier derjenige, der ein Risiko eingeht«, fuhr der Direktor fort. »Ich weiß nicht einmal, ob sie etwas taugen. Und sie durchzufüttern ist auch nicht umsonst.«

Nachdem Jeremia hinter den Zelten verschwunden war, seufzte der Direktor.

»Das war das letzte Mal, dass ihr euch so aufführt, ist das klar? Dergleichen ist schlecht für das Geschäft.« Er nickte dem Arbeiter zu.

»Geh nur. Es sind bloß Kinder.«

»Wie kleine Bengel haben die aber nicht gekämpft. Raubtiere sind das.«

»Seid ihr Raubtiere?«, fragte der Direktor.

Ich schüttelte den Kopf. Max murmelte: »Nein.«

»Was?«

»Nein, Herr Direktor.«

»Du hast es gehört«, sagte der Direktor zu dem Arbeiter. »Mach dir keine Sorgen. Ich übergebe sie der Maxim, die kennt sich mit beißenden Geschöpfen aus.«

Der Arbeiter sah uns an. Er pulte an seinen Zähnen herum, zwischen denen etwas Gelbes steckte. Ich überlegte, was er zum Frühstück gegessen hatte. Mir knurrte der Magen.

»Ihr habt dem Kerl ganz schön zugesetzt, hahah.«

Er wischte die gelbe Schmiere an der Hose ab und trottete davon.

»Ihr braucht etwas zu essen«, seufzte der Direktor. »Wahrscheinlich futtert ihr so viel, wie ihr wiegt.« Er holte tief Luft und rief: »Madame Maxim!«

Der Ruf schallte über den mit Sand bestreuten Platz.

»Madame Maxim!«

Mit langen Schritten eilte eine Frau auf uns zu. Als Erstes fielen mir ihre starken Oberschenkel in der engen Reithose auf. Sie verengten sich nach unten hin, bis zu den schwellenden Waden. Die spitzen Stiefel traten energisch auf den Sand.

»Das«, sagte der Direktor, »ist Madame Rufus oder Madame Maxim. Je nach Laune.«

»Eine großartige Frau braucht mehrere Namen.« Madames Oberkörper war in einen weiten Pullover gehüllt. Ihre Hände waren groß und voller Warzen. Auf dem Kopf saß eine Pilotenmütze, unter der sich schweißnasse rote Locken ringelten. Ich glaube, ich hatte nie etwas Schöneres gesehen.

»Madame ist Tigerdompteuse.«

»Und zwar eine hervorragende.« Die Frau prahlte nicht, sondern stellte einfach eine allgemein bekannte Tatsache fest.

»Unsere hervorragende Tigerdompteuse besorgt euch jetzt etwas zu essen.«

»Wie heißt ihr?«

Max murmelte etwas. Es ist schwierig zu sprechen, wenn einem der Kinnladen bis auf den Bauch hängt.

»Hmm«, meinte Madame. »Die Namen taugen nichts. Für mich seid ihr Isaak und Max. Ich hatte einmal Löwenjunge, die so hießen.«

Sie ging uns voran. Wir mussten laufen, um Schritt zu halten.

»Nun kommt schon. Die Köchin ist verrückt nach mir. Ich kann ihr bestimmt Speck für euch abschwatzen.« Sie musterte uns abschätzend. »Ihr braucht weiß Gott Fleisch auf die Rippen.«

»Was ist aus denen geworden?«, fragte Max. »Aus den Löwen?«

Madame sah uns aus den Augenwinkeln an.

»Die Bürokratie … Sie sind auf der Festtafel irgendeines kaiserlichen Beamten gelandet.«

Madame presste die Lippen zusammen. Um ihren Mund lag ein Dickicht aus Falten.

»Wie alt sind Sie, Madame?«, fragte Max.

»Neunundzwanzig. Jedes Jahr.«

Der Zirkus hatte seine Zelte auf einem freien Feld vor der Stadt aufgeschlagen. Der Sand staubte im Wind. Es roch nach Dünger von den Äckern. Auf den ersten Blick wollten die Zelte kein Ende nehmen. Rotweißer Segelstoff, mit grellen Bildern bemalte Wohnwagen. Einige Arbeiter gingen an uns vorbei, streckten ihre Glieder, ohne uns eines Blicks zu würdigen. Ich betrachtete die sich entfernenden Overalls und schnupperte nach dem Kaffeegeruch, der in der Luft hing. Es war Nachmittag. Die Tante hatte sich wohl jetzt schon ins

Haus zurückgezogen, um das Essen zu kochen. Sie würde sich die Finger an der Schürze abwischen, nachdem sie die große Bratpfanne abgetrocknet hatte. Die Pfanne war schwer, die Tante hatte uns oft gebeten, ihr beim Tragen zu helfen. Ich überlegte, ob sie es wohl allein schaffen würde. Wer hackte ihr jetzt das Holz für den Kochherd? Plötzlich sehnte ich mich nach Großvaters Garten. Nach dem nassen Gras und dem Dunst, der von der Flussbiegung aufstieg, nach den ersten Krokussen, die am Hügel aufblühten. Nach dem Lachen der Frauen, die vom Waschen kamen. Ich wollte auf einem frisch gewaschenen Laken erwachen, ans Ufer laufen, so schnell, dass ich Seitenstechen bekam, mir den Bauch mit Pflaumen vollstopfen.

In den ersten Nächten wachte ich auf und wusste nicht, wo ich war. Max schlief fest. Ich blinzelte. Die Wände des Wagens rochen nach Leder, Schweiß und Pferdemist. Ich starrte an die Decke. Im Halbdunkel schienen die Astlöcher Muster zu bilden.

»Tante«, wisperte ich. Max schnaufte im Schlaf.

»Psst«, zischte jemand. Im Zwielicht zeichneten sich die Schatten menschlicher Körper an den Wänden ab. Die Anwesenheit der anderen war deutlicher an der Wärme der Schlafenden zu spüren als mit bloßem Auge wahrzunehmen. Eine Weile überlegte ich, ob es mir gelingen würde, lautlos aufzustehen und Max zu wecken. Wie weit würden wir kommen, bevor die anderen wach wurden? Ich krümmte die Zehen. Sie steckten in neuen Socken, die ich von der Wirtschafterin bekommen hatte. Meine Glieder waren schwer, doch ich fand keinen Schlaf. Ich dachte über die Strecke nach, die wir in Jeremias Karren zurückgelegt hatten. Würde ich den Weg nach Hause finden? Ich erinnerte mich an eine Wiese, auf der Sonnenblumen wuchsen. An eine grün gestrichene Scheune mit einem seltsam geformten Fenster. An der Strecke lagen

Bauernhöfe. Dort könnten wir übernachten, würden vielleicht auch etwas zu essen bekommen. Bestimmt sehnte die Tante sich nach uns. War voller Reue. Dann dachte ich an das Geld, das für uns bezahlt worden war. Vielleicht wäre die Tante gar nicht erfreut über unsere Rückkehr. Ich dachte an Jeremias Karren und an die Arbeiter, die bei unserem Anblick die Mütze tiefer zogen und uns den Rücken zukehrten. Nein, es gab keinen Ort, wohin wir gehen konnten. Durch einen Spalt an der Wagentür war ein Streifen des nächtlichen Himmels zu sehen. Die Heuschrecken zirpten. Weiter weg bewegte sich etwas. Ich schniefte. Da hörte ich das Brüllen. Ich stupste Max an.

»Mmm?«, brummte mein Bruder.

»Der Tiger.«

Max zuckte zusammen.

»Ein Tiger? Wo?«

»Madames Tiger. Er hat gebrüllt.«

»Ach, der Tiger. Gut.« Max schloss die Augen. »Sag ihm, er soll mir ein Stück Kirschtorte übrig lassen.«

»Wir können nicht weglaufen. Der Weg ist zu weit.«

»Aha«, murmelte Max. Er bewegte sich ein wenig und zog den Sack, der uns als Decke diente, höher. »Dann kann ich ja schlafen.«

Während mein Bruder wieder einschlief, dachte ich nach. Gründlich und angestrengt. Aber schließlich wurden die Gedanken zu schwer. Der Nachtwind säuselte. Ich sank in den Schlaf.

Der Zirkus Europa, unser erster Zirkus, war seines Namens nicht würdig. Im Zelt gab es zwar eintausendfünfhundert Sitzplätze, aber durch den Kontinent tingelten größere und beeindruckendere Trupps. Die Tage glitten vorbei. Wir schlossen Bekanntschaft mit Rodolfo, dem manisch-depressiven

Zwerg. Das war vor seiner kurzen Ehe mit dem Showgirl Carmen. Die Hochzeit war ein gesellschaftliches Ereignis. Carmen, eine annähernd hundert Kilo schwere Tänzerin, trug Rodolfo auf einem Silbertablett ins Ehebett, während die Gäste Hurra riefen. Blitzlichter flammten auf, denn die europäischen Journalisten wollten ihren Anteil an dem glanzvollen Ereignis. Doch das kam später. Damals arbeitete Rodolfo noch als lebende Kanonenkugel im Zirkus Europa. Ein Mädchen im Federnkostüm schoss ihn Abend für Abend auf einen Haufen weiche Kissen. Das Publikum jubelte, wahrscheinlich nicht nur über Rodolfos Leistung, sondern auch über die von den Federn kaum verhüllte Nacktheit des Mädchens.

Tiere gab es im Zirkus nur wenige. Einen Schimpansen namens Bruno, einige Pferde und Madames Tiger. Auf Bruno stießen wir gleich am ersten Morgen. Er flanierte in einem fleckigen Smoking vor dem Zelt. Als er uns bemerkte, stellte er sich auf die Zehenspitzen und fletschte die Zähne. Er hatte helles Zahnfleisch. Ich wich einen Schritt zurück, während Max stehen blieb und das Wesen anstarrte. Bruno hüpfte ein paarmal hoch, hob ein Stück Holz auf und warf es nach uns. Max sprang beiseite, doch ich duckte mich nicht schnell genug. Der Ast traf mich im Gesicht. Als ich meine Schläfe betastete, blieben ein paar Tropfen Blut auf meiner Hand zurück. Der Schimpanse freute sich über seinen Treffer. Er hob die Arme über den Kopf und ließ den Unterleib kreisen.

»Kümmert euch nicht um ihn.« Ich blickte mich um. Ein Arbeiter namens Heinz stand hinter uns. »Bruno hält euch für Schimpansen.« Heinz steckte die Hände in die Taschen. »Für Menschen seid ihr in seinen Augen zu klein. Er glaubt, ihr wollt ihm sein Revier streitig machen.«

Bruno hatte den Kopf schräggelegt und betrachtete uns. Der weiße Smoking schlotterte ihm am Leib. Das Tier kratzte sich den Hals.

»Bleibt einfach stehen. Lächelt nicht. Eigentlich ist er ein großer Faulpelz.«

Ich betrachtete Heinz, den der Affe zu langweilen schien. Erst später wurde mir klar, dass Heinz den größten Teil der Welt als langweilig empfand. Er war ein Vertreter des unermesslichen Abschaums, der sich im Umkreis der Zirkusse sammelt und den ich im Lauf der Jahre kennenlernte. Eine Armee von Ausreißern, Säufern, ehemaligen Knastbrüdern. Es sind auch einige dumme Romantiker darunter, aber die bleiben nicht lange. Nur die bleiben, die keine Alternative haben. Es gab nichts, was Heinz besonders interessierte. Soweit ich wusste, hatte er irgendwo eine Frau gehabt, vielleicht auch Kinder. Er hatte einige Vorstrafen wegen kleinerer Gaunereien und Kneipenschlägereien, aber meist trank er einfach nur. Er hatte schlaffe Wangen und eine vorstehende Unterlippe. Zu jener Zeit war sein Körper noch muskulös, man sah an seinen Schultern, dass er beim Auf- und Abbau des Zirkuszeltes kräftig anpackte. Nur am Hals und an den Wangen hing die Haut schlaff herab. Nicht einmal der Krieg, der einige Jahre später ausbrach, riss Heinz aus seiner Lethargie. Ich hörte später, er sei in Afrika gewesen, habe sogar einen Orden bekommen. Männer wie Heinz geben gute Soldaten ab, ihre Eigeninitiative reicht nur so weit, eine Sardinendose zu öffnen. Manchmal stelle ich ihn mir in Uniform vor, unter dem Moskitonetz liegend, die Schnapsflasche in Reichweite. Auf dem Gesicht derselbe leere Ausdruck wie damals. Man sagt, so sei der Krieg. Warten, dass etwas passiert. Das konnte Heinz gut. An jenem Tag kratzte er sich am Haaransatz. Am Kinn hatte er einen Dreitagebart, seine Augen waren gerötet.

»Ein Affe«, schnaubte er. »Ich hasse Affen.« Er richtete seine Fischaugen mit den grau wirkenden Glaskörpern auf uns. Im einen Auge war eine geplatzte Ader zu erkennen.

Nach dem kurzen Ausbruch schien er seine Energie für den ganzen Tag verbraucht zu haben und schlurfte davon. Bruno ließ die Arme über die Erde schleifen. Ich hatte den Eindruck, dass er nach einem möglichst großen Stein suchte, den er mir und Max an die Stirn werfen konnte. Sein Zahnfleisch war geschwollen und glänzte, die Zähne ragten wie Knöpfe daraus hervor. Ein Stein flog knapp an meinem Ohr vorbei. Dann hörte ich einen dumpfen Laut und drehte mich so hastig um, dass ich Max anrempelte. Madame Maxim stand hinter uns und hielt den Stein in der behandschuhten Hand. Sie betrachtete ihn leicht verwundert und ließ ihn dann so beiläufig fallen, als klopfe sie sich den Staub von der Hose ab.

»Geh nach Hause, Bruno«, sagte Madame. »Na, habt ihr euer Quartier gefunden?«

Ich nickte, ohne den Affen aus den Augen zu lassen. Bruno pinkelte vor dem Zelt. Er schien uns vergessen zu haben und konzentrierte sich darauf, in den Ohren zu bohren.

»Habt ihr Heinz gesehen?«, fragte Madame. »Ungefähr so groß, trägt eine Latzhose.«

»Der ist dahin gegangen.« Max zeigte die Richtung an. Madame lächelte und machte ein paar Schritte, drehte sich dann aber um.

»Glaubt ihr … war er … nüchtern?«

»Er hat sich auf den Beinen gehalten«, sagte Max. Madame nickte. Max' Trunkenheitsklassifizierung schien sie zu überzeugen. Sie warf die Haare zurück und setzte dem Mann mit langen Schritten nach. Bruno drehte sich zum Zelt hin. Unter der Smokingjacke blitzte sein roter Hintern hervor.

Die Tigerkäfige zogen Max und mich magisch an. Wir trieben uns häufig in ihrer Nähe herum, angeblich, um zu fegen oder andere Haushaltsarbeiten zu verrichten. Die Wirtschafterin hatte uns als Erstes Besen in die Hand gedrückt. Nur Stars wie

Madame Maxim hatten das Privileg, bis mittags zu schlafen und in ihrem Wohnwagen zu faulenzen, solange sie wollten. Wir durften noch nicht auftreten. Schon einen Tag nach unserer Ankunft hatte der Direktor unsere Existenz vergessen. Also erledigten wir dies und jenes. Halfen der Wirtschafterin. Sahen uns heimlich die Aufführungen an und träumten. Der schäbige kleine Zirkus verwandelte sich während der Vorstellung in ein Paradies. Pailletten glitzerten im Licht der Manege, Mädchen mit schwarzen Augenbrauen standen auf dem Rücken galoppierender Pferde, im Publikum lachten Kinder. Aber wunderbarer als alles andere waren Madame Maxim und ihre Raubkatzen.

Am deutlichsten erinnere ich mich an den Geruch der Tiger, an das faulende Fleisch, mit dem sie gefüttert wurden, und an das Fett in ihrem Fell. Tagsüber lagen sie meist schläfrig im Stroh. Jeder im eigenen Käfig. Nur ihre Augen folgten unseren Bewegungen. Madame fütterte ihre Tiger selbst. Gelegentlich erlaubte sie uns, ihr dabei zu helfen. Unsere Begeisterung amüsierte sie. Die Tiger fraßen alle drei Tage ein Pferd, doch vor einem Auftritt bekamen sie mehr.

»Eine hungrige Katze kann man nicht in die Manege lassen«, erklärte Madame. Sie trug einen lockeren Arbeitsanzug. Es war ein heißer Tag, und zwischen ihren Brüsten schimmerte ein Schweißtropfen. Die Haare hatte sie zu einem losen Knoten gekämmt.

»Eine hungrige Katze gehorcht keinem, nicht einmal mir.« Sie schüttelte die Fliegen von einem Fleischbrocken ab. »Die kleinen Teufel schaffen es im Nu, ihre Eier in dem Kadaver abzulegen.«

Ich betrachtete die Überreste des Pferdes. Der Geruch schlug mir auf den Magen. An einigen der Brocken hingen noch Haare. Fliegen saßen in dichten schwarzen Trauben auf dem Fleisch. Ich fasste Max an der Hand. Das schien Madame zu amüsieren, sie lachte. Max zog seine Hand hastig zurück.

»Sei kein Baby.«

»Es ist schwer, Fleisch zu bekommen«, sagte Madame. »Sogar Pferdefleisch. Aber die beiden mögen Pferde. Nicht war, Schätzchen?«

Der eine Tiger fixierte das Fleischstück, bis Madame es durch die Luke warf. Das Tier im Nachbarkäfig heulte auf und presste sich an das Gitter. Seine Zähne blinkten. Madame warf mir einen Blick zu.

»Die Tiger mögen sich nicht. In freier Wildbahn jagen sie allein. Manchmal greifen sie sich sogar während der Vorstellung an.«

»Wie heißen sie?«

»Michael und Gabriel«, grinste Madame. »Ich halte mich an die Bibel.«

Ich starrte auf die Katze, die den Fleischbrocken zerfetzte.

»Das ist Michael«, erklärte Madame. »Ein Weibchen. Wie alle meine Tiger. Weibchen sind leichter zu bändigen. Mit Männchen hat man nur Ärger, sie reißen sich gegenseitig in Stücke und sind eifersüchtig.«

»Aber Michael ist ein Jungenname.«

Madame öffnete die Tür zum zweiten Käfig. Warf das Fleisch hinein und zog sich zurück. Der Tiger verfolgte ihre Bewegungen, schlug seine Tatze in den Brocken und ließ sie darauf liegen. Sein Schwanz peitschte hin und her, während er abwechselnd uns und das Fleisch ansah.

»Mabel Stark trägt einen weißen Anzug, wenn sie mit ihren Tigern ringt. Wisst ihr, weshalb?«

Ich starrte in die goldgelben Augen der Raubkatze. Ihre Schnurrbarthaare zitterten.

»Damit man das Sperma ihres Lieblingstigers Rajah nicht sieht.«

Ich spürte, dass ich rot wurde. Max' Hals glühte. Der Tiger, der Michael hieß, brüllte. Zwischen seinen Zähnen hingen blutige Fleischfetzen.

»Habt ihr gestern meinen Auftritt gesehen?«, fragte Madame und wischte sich die blutverschmierten Hände an ihrer Latzhose ab. Ich und Max hatten durch eine Ritze im Vorhang jeden Auftritt von Madame verfolgt.

»Hat es euch gefallen?«

Ich wurde erneut rot und stammelte irgendetwas Dummes. Max scharrte mit dem Fuß im Sand. Ich dachte an Madame, wie sie in die Manege schritt, im schwarzen Lederanzug und mit hautengen, geknöpften Handschuhen. An das rote Haar, das ihr unter der Pilotenkappe über die Schultern fiel. An die Raubkatzen, die ihre Käfige verließen. An die sausende Peitsche. Das Sägemehl, das unter den Tigerpfoten aufwirbelte. An die Frau, die auf den Tigern ritt, die mit leiser, samtweicher Stimme auf sie einredete. Die großen Tiere setzten ihre Pfoten manierlich nebeneinander und legten ihren riesigen Kopf schräg. Sie schnurrten. Madame brachte sie dazu, durch einen Reifen zu springen und auf den Hinterpfoten durch die ganze Manege zu laufen. Ich betrachtete ihre scharfen Pupillen. Die Tiger blinzelten nie. Ihre Schnurrbarthaare zitterten im Gleichtakt mit Madames Atem. Das Publikum schrie auf und stöhnte im Wechsel. Für die Dauer des Auftritts wurde ein Schutzgitter heruntergelassen. Die Katzen schenkten dem Publikum keinerlei Aufmerksamkeit. Sie bewegten sich langsam, den Blick auf die Dompteuse geheftet.

Madame sah uns an.

»Es geht um Erotik. Deshalb haben die Tiger Männernamen. Die Zuschauer wollen sich ausmalen, wie ich mit diesen Katzen Liebe mache. Habt ihr das Stöhnen gehört? Jeden Abend hoffen sie, dass ich den Auftritt überlebe, oder auch, dass ich in Stücke gerissen werde.«

Sie nickte zu den Käfigen hin.

»Deshalb mag ich Tiger. Ich habe auch Löwen gehabt. Aber Tiger sind unberechenbar.«

»Was ist mit denen passiert?«, fragte ich.

»Mit wem?«

»Mit den Löwen. Nach denen Sie uns genannt haben. Max und Isaak.« Ich ließ mir die Namen über die Zunge rollen. Max und Isaak. Fremde Laute. Isaak, das war ich. Ich überlegte, wie ein Mann mit dem Namen Isaak aussehen würde. Ein erwachsener Mann. Vielleicht so groß wie Madame.

»Der Löwe Isaak. War er groß?«

Madame lachte auf.

»Groß … Im Vergleich zu dir sind alle afrikanischen Löwen groß. Aber als ich Max und Isaak zum ersten Mal sah, waren sie noch kleiner als ihr. Ich habe sie aus der Gosse geholt, buchstäblich. Damals wusste ich noch nichts von Katzen. Ich war von zu Hause durchgebrannt, mit einem Mann, der mein Vater hätte sein können, wenn er in den 1870er Jahren auch nur ein Jahr lang nüchtern genug gewesen wäre, um im Bett etwas zustande zu bringen. Dieser Hermann und ich waren auf dem Weg nach Frankfurt. Hermann hatte dort Verwandte, bei denen er sich noch nichts gepumpt hatte. Wir saßen im Zug, ich strich die Fransen meines Kopftuchs glatt – für die Reise hatte ich mir mein bestes Tuch umgebunden – und wünschte mir, Hermann würde nicht so laut schnarchen. Insgeheim dachte ich, dass er vielleicht doch nicht so hinreißend war, wie ich ein paar Monate zuvor geglaubt hatte. Plötzlich wackelte der Zug heftig. Koffer fielen von der Gepäckablage. Auf dem Boden schwammen Porzellanscherben in einer weißen Flüssigkeit; durch die Erschütterung war die Milchkanne, die eine alte Frau bei sich hatte, zersprungen.

Der Zug stand still, aber Hermann schnarchte immer noch. Die Leute spähten aus den Fenstern. Ich stieß die Waggontür auf und sprang hinaus. Zu beiden Seiten der Bahnstrecke lag Ackerland. Meine Stiefeletten versanken halb im Schlamm.

Einer der Güterwagen war umgekippt und lag seitlich im Graben, von Menschen umringt. Plötzlich ertönte lautes Brüllen. Die Menge wich einen Schritt zurück. Ich setzte die Ellbogen ein und drängte nach vorn. Aus dem umgestürzten Wagen kam eine Männerstimme. »Packt sie! Holt ein Gewehr!«

»Was?«, fragte Max. »Was war in dem Waggon?«

»Ist das nicht klar? Ich dachte, ich hätte es schon gesagt. In dem Güterwagen wurde die Attraktion eines kleinen Jahrmarkts transportiert, eine Löwin. Als der Wagen umkippte, wurde das Tier im Käfig eingeklemmt, und einige Jahrmarktsarbeiter versuchten es zu befreien. Das erschrockene und verletzte Tier setzte sich zur Wehr. Als ich ankam, war der Kampf fast beendet. Ich sah, wie ein zehnjähriger Junge ein Gewehr zu dem Waggon brachte. Als die Menschen den Schuss hörten, zuckten sie zusammen und betrachteten ihre Hände, als hätten sie vergessen, warum sie dort standen. Ein zweiter Schuss fiel, dann ein dritter. Ich schob mich in den Wagen. Drinnen roch es nach Blut. Drei Männer standen auf dem schräg abfallenden Boden, reglos. Die Leiche der Löwin lag eingeklemmt zwischen Packkisten und einem Eisengitter. Ein mageres Tier mit vorstehenden Rippen und löchrigem Fell. Über den Rücken zogen sich einige alte Narben. Man sah, dass es Hunger gelitten hatte und geschlagen worden war. Es starrte mich aus weit aufgerissenen Augen an, die langsam den Glanz verloren. Es sah aus, als lege sich ein grauer Schatten darüber. Ein pockennarbiger Mann hockte weinend neben der Löwin. Er hatte das Gewehr fallen gelassen und sich den Kopf des toten Tiers auf den Schoß gelegt. Er streichelte ihn, was allerdings eher nach einer Misshandlung aussah als nach einem letzten Gruß. Da hörte ich hinter mir ein Fiepen. Hinter einer Kiste in der Ecke hockten zwei Junge. Sie waren so groß wie Jagdhunde, hatten aber Welpengesichter. Der Blutgeruch und die Abwesenheit ihrer Mutter hatte sie verschreckt. Sie klangen wie kleine Ferkel, wie neugeborene Säuglinge, deren Bedürfnisse leicht zu verstehen sind. Ich hielt ihnen die offene Hand hin. »Schhh, alles ist gut.« Meine Stimme beruhigte sie. Das kleinere schnupperte an meiner Hand und leckte sie dann ab. Zuerst war ich überrascht, doch dann begriff ich, dass meine Hände nach Milch rochen, weil ich im Zug die zerbrochene Kanne berührt hatte. Die Zunge des Löwenbabys war rau wie bei einem Kalb. Es legte den Kopf schräg, um auch meine Finger ablecken zu können. Ich kraulte es am Hals. Das Tier saugte an meinen Fingern und schloss die Augen. Es schmiegte sich an meine Hand. Später nannte ich es Max.

Der pockennarbige Mann brachte mir das Grundwissen über Raubkatzen bei. Er hieß Oliver Crom und war ein Katzenmann, wie man damals sagte. Der tote Löwe hatte ihm gehört. Letzten Endes war ich dann diejenige, die mit den beiden Katzen auftrat, mit Isaak und Max. Selbst Oliver musste zugeben, dass eine Frau mit Großkatzen einen besseren Effekt erzielt als ein Ire.« Madame lachte. »Das Publikum ist ja jeden Abend enttäuscht, wenn der Ire nicht verspeist wird.«

»Aber wieso wurden Isaak und Max aufgegessen?«, wollte ich wissen. »Wie kann jemand einen Löwen essen?«

Eigentlich meinte ich: Wie kann man jemanden aufessen, der Isaak heißt?

»Ach«, sagte Madame Maxim. »Das ist der traurige Teil der Geschichte. Den wollt ihr nicht hören.« Sie klopfte suchend ihre Taschen ab, zog eine Pfeife aus der Hosentasche und schraubte Kopf und Mundstück zusammen. Ich und Max protestierten leise. Doch, wir wollten die Geschichte hören.

»Katzen sind anders als Menschen. Sie wachsen einem ans Herz«, sagte Madame. Sie machte eine Pause und sah uns aus ihren schwarzen Pupillen an, die sich im Licht verengten. »Ihr wart sicher noch nie auf dem Balkan. Diese Geschichte trug sich in Bulgarien zu, während der türkischen Besatzung.« Madame spuckte dreimal über die Schulter. »Jetzt sind diese Teufel weg. Gott weiß, wie sehr ich die Türkei hasse. Aber der Balkan ist schön. Vor allem die ländlichen Gegenden. Dunkelviolette Auberginen, so groß wie neugeborene Kinder. Paprikaschoten, Tomatenbeete, Kürbisse, Melonen, Gurken, die an Ranken auf der Erde wachsen. Wenn man durch dieses Land fährt, hat man den Eindruck, Sankt Petrus wäre gerade vorbeigegangen. Verlässt man den Wagen und holt tief Luft, spürt man das Sausen im Bauch. Der Wind weht vom Schwarzen Meer. Über das Feld führt ein uralter römischer Aquädukt.« Madame schloss die Augen und wiegte den Oberkörper. Ich sah, dass sie an einen fernen Ort dachte.

»Im Land herrschte Krieg, aber wir hatten deutsche Pässe. An der Grenze hätte es keine Probleme geben sollen. Damals war ich noch nicht beim Zirkus Europa, sondern bei einem winzigen Jahrmarkt. Ich war jung, nur ein kleines Blümchen. So zart, dass die Wirtschafterin mir zum Frühstücksbrei Kognak aufdrängte und mir Sahne über den Schinken goss. Es fehlte nicht viel und der Wind hätte mich umgeweht, wenn ich morgens zum Pinkeln ging.« Madame lachte dröhnend. Ich betrachtete ihren Körper. Als zarte Blume konnte ich sie mir nicht vorstellen. Sie sah eher aus, als würde sie den Struwwelpeter aus dem Märchen zwischen zwei Brötchenhälften verspeisen. »Mein zweiter Mann, der Löwendompteur, von dem ich euch erzählt habe, erwies sich als Schuft. Das Opium, das die Löwen ruhigstellen sollte, rauchte er selbst. Allerdings hätte ich den armen Tieren dieses Zeug auch gar nicht gegeben. Opium und Fußtritte machen Löwen unberechenbar. Dann gehorchen sie nicht aus Anhänglichkeit, sondern aus Furcht, und warten auf die Gelegenheit zurückzuschlagen.

Katzen …« Madames Stimme wurde weich. »Sie wirken sanft, aber ich habe gesehen, wie sie angreifen. Sie haben ein gutes Gedächtnis, und sie können warten.«

Ich warf einen Blick auf die Tiger. Aus den Käfigen drang träges Schmatzen, gelegentlich unterbrochen durch ein scharfes Knacken. Ich dachte an die Pferdeknochen, die dicker als unsere Oberschenkel waren, und schüttelte mich. Madame betrachtete uns und schob sich die Pfeife in den Mundwinkel.

»Guckt mal.« Sie rollte den Ärmel hoch. Ich starrte auf ihren Arm und verspürte Übelkeit. Quer über den Bizeps verliefen drei rot gekerbte Linien. Sie bissen sich in den Muskel und vertieften sich zu Klüften, die das Fleisch aufrissen. Die umgebende Haut war weiß und dick. Teils bildete sie tiefe Falten, die beinahe bläulich aussahen. Madame winkelte den Arm an.

»Der Arzt war ein fähiger Mann. Sonst wäre mir der Arm amputiert worden und ich hätte nur noch dazu getaugt, die Käfige zu putzen. Ihr hättet den Arm damals sehen sollen. Er hing in Fetzen, die Knochen lagen bloß. Zuerst hatte ich gar nicht begriffen, dass Max mich gekratzt hatte. Ich spürte keinen Schmerz. Es floss kein Blut. Ich hörte den Aufschrei des Publikums und sah, dass eine Frau in der ersten Reihe ohnmächtig wurde. Der Schmerz setzte erst später ein. Der Arzt, der mich zusammengeflickt hat, sagte, so ginge es den Männern im Krieg. Im Kopf ist ein Selbstschutz eingebaut.«

»Und der Löwe Max hat dich so zugerichtet?«, fragte Max.

»Er war nicht der Einzige«, antwortete Madame. Sie legte den Kopf schräg und zog den Ärmel herunter, knöpfte die Manschette jedoch nicht zu, so dass der Ärmel locker herunterhing. »Wartet nur, bis ihr den Rest seht. Ich bin geflickt wie ein kanadischer Quilt. Vom Bauch bis zu den Füßen.« Sie zwinkerte uns zu, und Max wurde rot, als trage er die Schuld an den Narben.

»Wie gesagt, wir hätten die Grenzformalitäten problemlos

hinter uns bringen sollen, aber mein lieber Ehemann hatte beschlossen, sich durch ein kleines Schmuggelgeschäft eine Extraeinnahme zu verschaffen. Er hatte bündelweise verbotene Druckwerke im Löwenkäfig versteckt, im Vertrauen darauf, dass kaum ein Zollbeamter so wagemutig wäre, den Käfig genauer zu untersuchen. Doch er hatte sich getäuscht. An der Grenze wurden wir von einer türkischen Truppenabteilung umzingelt. Man befahl uns, aus den Wagen zu kommen. Während der Hauptmann in unseren Pässen blätterte, beteuerte der Direktor, wir seien harmlose, arme Künstler auf der Rückreise nach Deutschland. Wenn die ehrenwerten Soldaten es wünschten, könnten wir zu ihrer Unterhaltung eine kleine Vorstellung geben. Als Geschenk schwer arbeitender armer Leute an andere arbeitsame Menschen. Die Sprüche des Direktors interessierten den Hauptmann nicht. Unsere Koffer wurden in den Sand geworfen, die Kleider und sonstigen Sachen durchwühlt. Ein Soldat spießte meine Unaussprechlichen auf sein Bajonett und schwenkte sie wie eine Fahne. Sie waren ganz neu, aus weißem Musselin. Sie bekamen pulvergeschwärzte Löcher, aber ich wagte nicht, hinzulaufen und sie zu retten. Über Soldaten erzählte man sich allerlei, ganz besonders über die türkischen.« Madame sog die Backen ein und spuckte aus. Der vom Tabak gefärbte Schleim schimmerte im Sonnenlicht in allen Regenbogenfarben. Madame konnte weiter spucken als die Tante. Eine bewundernswerte Leistung.

»Oliver war vom Opium benebelt«, fuhr Madame fort. »Seine Augen waren verquollen, er lachte und quatschte die Soldaten an wie ein Kind. Sie stießen ihn zu Boden, und da lag er und zappelte mit den Beinen wie eine Küchenschabe, die man auf den Rücken gedreht hat. Wie eine Schabe sah Oliver eigentlich immer aus, in seiner braunen Lederjacke. Leder ist das einzige Material, das den Krallen der Katzen standhält. Auf seine Kleidung verstand sich der Mann, auf Tiere nicht.

Er glaubte, sie würden zahm, wenn man die Peitsche bei sich trägt und sie von klein auf weichklopft. Wie bei frechen Bengels, pflegte er zu sagen. Bei Kindern mag das wirken, da kenne ich mich nicht aus. Aber bei Katzen nicht.«

Als Madame ihre Pfeife am Tigerkäfig ausklopfte, hob Michael den Kopf von seiner Beute und knurrte. Ich zuckte zusammen.

»Katzen muss man respektieren«, sagte Madame. »Das hat auch Oliver schließlich gelernt, nur konnte er von diesem Wissen nicht mehr lange zehren.« Sie zog eine Grimasse.

»Was geschah dann?«, fragte ich. Ihre Miene gefiel mir nicht, aber ich wollte wissen, wie es dem ersten Isaak ergangen war.

»Als die Soldaten den Löwenwagen erreichten, erschraken sie. Die Katzen brüllten. Die vielen Menschen machten Max nervös. Er war an das Zirkuspublikum gewöhnt, aber bei den Vorstellungen drängten sich die Menschenmassen irgendwo hinter den gleißenden Lichtern. Er roch mich, aber es behagte ihm nicht, dass die anderen in sein Revier eindrangen. Er bewegte sich unruhig und zuckend.

›Fasst sie!‹, befahl der Hauptmann zackig, rückte aber nicht von der Tür ab.

›Max und Isaak hassen laute Stimmen. Lärm schlägt ihnen auf den Magen.‹

Ich öffnete den Käfig und sprach leise auf die Katzen ein. Dann packte ich Max am Hals und führte ihn an der Leine hinaus, die Hand in seinem Nackenfell. Er brüllte auf. ›Habt keine Angst‹, flüsterte ich und ließ die beiden Katzen eng an meiner Seite gehen. Die Soldaten wichen vor mir zurück.«

»Alle hatten Angst vor den Löwen«, seufzte Max.

»Ja, aber das hat nichts geholfen. Im Löwenwagen wurden Bündel von pornografischen Heftchen gefunden, in die Lücke zwischen dem Käfig und dem Wagenrand gestopft. Der

Hauptmann befahl, die Tiere zu erschießen. Ich hörte die Schüsse wie durch einen Nebel und kam erst in einem türkischen Gefängnis wieder zu mir. Es gelang dem Direktor, uns freizukaufen, aber meine Löwen sah ich nicht wieder. Der Hauptmann ließ sie bei einem Gastmahl als Braten servieren. Die Soldaten mussten sich mit den Zirkuspferden begnügen. Oliver starb später, als er im Drogenrausch im Löwenkäfig einschlief. Das war ihre Rache. Katzen muss man respektieren.« Madame warf einen Blick auf die Käfige. »So ist das manchmal. Man liebt etwas, und dann verliert man es. Merkt euch das. Nicht einmal auf die Unsterblichkeit der Katzen ist Verlass.« Sie blinzelte. »Na, wann fangt ihr denn an?«

»Womit?«

»Auf den Händen zu gehen.«

Max sah mich an.

»Steppen, Bocksprung, egal was. Ich meine, wann fangt ihr an, aufzutreten?«

Ich schüttelte den Kopf.

»Davon hat uns keiner was gesagt.«

»Seid nicht traurig. Man hat euch nicht aufgenommen, um die Latrinen zu säubern.«

»Ich möchte reiten«, sagte Max. Seine Augen glänzten.

Madame musterte unsere Körper.

»Reiten?«

»Auf dem Rücken eines Pferdes stehen. Im goldenen Anzug«, schwärmte Max.

»Kunstreiter beginnen meist in jüngeren Jahren«, sagte Madame. »Wir werden sehen, was man sich für euch einfallen lässt.«

Max hörte ihr nicht zu.

»Das Pferd würde über die Bahn galoppieren.«

»Durch die Manege«, korrigierte Madame.

»Ich würde auf seinem Rücken stehen und ein Bein nach

hinten strecken. Die Zuschauer würden schneller atmen. Das ganze Publikum würde mich beneiden.«

»Du würdest runterfallen.«

»Max der Große. Fall nicht runter, Max, würde das Publikum rufen. Ich würde mit einem Salto herunterspringen und auf den Füßen landen.«

»Uns beide könnte das Pferd nicht tragen«, fuhr ich ihn an. Madame legte den Kopf schräg und musterte mich. Ihre goldfarbenen Augen lächelten.

»Was möchtest du, Isaak?«

»Ich? Eigentlich nichts. Zurück nach Hause, vielleicht.«

»Nach Hause. Ja«, sagte Madame. »Aber bei den Vorführungen, was würdest du da gern tun?«

»Ist mir egal. Irgendwas Leichtes.«

Madame starrte mich an.

»Etwas Leichtes? Bist du dir sicher?«

Ich betrachtete die fressenden Tiger.

»Vielleicht Tiere pflegen. Oder das Essen kochen. Ich kann schon gut Kartoffeln schälen.«

»Möchtest du nicht tanzen? Auf dem Trapez balancieren, hoch oben im Zelt? Ein glitzerndes Gewand tragen? Berühmt werden?«

Ich dachte darüber nach.

»Wie berühmt?«

»So berühmt wie Sarah Bernhardt.«

»Wer?«

»Schon gut. Aber möchtest du nicht reich werden?«

»Reich?«

»Berühmte Menschen werden reich.«

»Mutter könnte kommen und uns zuschauen?«

»Sie könnte in der ersten Reihe sitzen.«

»Na ja, dann vielleicht«, gab ich nach. »Aber nur ein bisschen berühmt. Meinetwegen an drei Tagen pro Woche.«

Madame lächelte mich an.

»Das nenne ich Ehrgeiz.«

Vorläufig bekamen wir im Zirkus Europa nur Essen. Es war nichts Besonderes, aber wir durften essen, so viel wir wollten. Wir nahmen geschwind zu. Unsere Haare glänzten. Unsere Muskeln festigten sich. Max ging aufrechter.

Vielleicht hatte Madame mit dem Direktor gesprochen. Nach dem nächsten Mittagessen sah er uns prüfend an. In seinem Schnurrbart hingen Krümel. Ich überlegte, ob er seinen Bart selbst stutzte oder ob das jemand anders für ihn tat. Vielleicht Madame Maxim. Es dauerte bestimmt lange, sich einen solchen Schnurrbart stehen zu lassen. Ich beschloss, dass ich so einen Bart wollte, wenn ich groß war, und dazu eine Ehefrau, die Madame Maxim ähnelte.

»Ihr Jungs!«, rief der Direktor.

Max und ich standen auf. Die Bank schlug mir schmerzhaft gegen das Knie, doch ich wagte nicht, es zu reiben.

»Kommt. Ich will euch etwas zeigen.« Der Direktor stand auf und ging los. Ich sah Max verblüfft an. Wir mussten laufen, um mit dem großen Mann Schritt zu halten, und keuchten schwer, als er endlich vor einem Wagen stehen blieb und ein Schlüsselbund aus der Tasche nahm.

»Das ist ein Gepäckwagen. Mit Kram, der bei den Aufführungen nicht gebraucht wird. Hier hat sich einfach allerlei angesammelt.«

Durch den Türspalt fiel Tageslicht in den Wagen und ließ Hunderte ordentlich aufgereihte Weckgläser glitzern. Nach dem Staub zu urteilen, waren einige seit langem nicht mehr angefasst worden. Auf anderen sah man fettige Fingerabdrücke.

»Ist das ein Vorratswagen? Warum steht er so weit weg von der Küche?«

Der Direktor lachte.

»Nein, das meiste ist nicht zum Essen gedacht.«

Ich blinzelte, damit sich meine Augen an das Halbdunkel gewöhnten. Kein Essen, dachte ich. Auf dem oberen Regalbrett liegt offenbar Spielzeug. Puppenköpfe, Theatermasken, Zirkuskostüme. Max röchelte. Ich folgte seinem Blick. Aus einem der Gläser starrten wimpernlose kleine Augen. Die Nase fehlte. An ihrer Stelle saßen zwei Löcher in dem flachen Gesicht. Die Haut war so dünn, dass die Adern durchschienen. Die Hände, wenn man sie als solche bezeichnen konnte, drückten sich an das Glas. Es schienen zu viele zu sein.

»Ein Baby. Lebt es?«

Ich trat einen Schritt vor, Max streckte die Hand aus. Der Direktor nahm das Glas und kippte es leicht zur Seite.

»Das wurde einer toten Elsässerin aus dem Bauch geschnitten. Die dummen, ungebildeten Dorfbewohner wollten es mit der Mutter begraben.«

Der Direktor stellte das Glas zurück und nahm einen Gegenstand aus dem Regal, den ich für eine Maske gehalten hatte.

»Das ist ein Schädel. Mit zwei Mündern. Stellt euch den Mann vor, dem dieser Kopf gehört hat. Mit dem einen Mund konnte er frühstücken und mit dem anderen zu Mittag essen!« Der Direktor zwinkerte uns zu, und Max lachte pflichtschuldig. »Bei unseren früheren Tourneen war ein Teil meiner Sammlung zu besichtigen. Das hier ist das Haus der Wunder. So habe ich es über die Tür schreiben lassen. Früher wurde Anderssein als Segen Gottes empfunden. Heute definiert die Medizin des zwanzigsten Jahrhunderts Anderssein als Krankheit. Man behauptet, Abweichungen seien nur eine Folge der Drüsensekretion. Pling! Gib einem Zwerg Drüsenhormone, und er wächst zu einem wahren Achill heran.«

Max starrte die auf Stöcke gespießten Schrumpfköpfe an. »Sind die echt?«

Der Direktor grinste. Vermutlich, um seinen goldenen Eckzahn zur Geltung zu bringen.

»Was ist echt?«

Er nahm einen faustgroßen Kopf in die Hand und betrachtete ihn mit gefurchter Stirn. »Letzten Endes ist es nur eine Frage des Glaubens. Was wahr sein könnte, ist ebenso wichtig wie die Wahrheit.«

Er strich sich über den Schnurrbart.

»Ich habe euch aus einem bestimmten Grund hergebracht. Damit ihr immer daran denkt, dass ihr ein Wunder seid.«

Ich starrte die Gläserreihen an. Die Augen des Embryos starrten zurück.

»Ihr werdet tanzen lernen.«

»Tanzen?« Ich ließ den Blick über unsere Körper wandern, musterte anschließend den Direktor. Vielleicht war er betrunken.

»Ja. Ihr fangt morgen an. Unsere nächste Station ist Lübeck. Ihr habt ein paar Tage Zeit, etwas einzustudieren. Ehrlich gesagt, das dortige Publikum stellt keine hohen Ansprüche.«

Wir wuchsen. Max schneller als ich. Wie bei einer Vogelscheuche ragten seine Arme steif aus den zu kurzen Jackenärmeln. Die Proportionen unserer Körper stimmten nicht mehr. Es war, als müssten wir jeden Tag aufs Neue das Gehen lernen. Wir gehörten nicht mehr zu unserem Körper, unsere Muskeln waren nicht unsere Muskeln, sondern hatten ihren eigenen Willen. Allein schaffte ich es nicht einmal mehr, mir die Schuhe zuzubinden. Ich verließ mich mehr und mehr auf Max. Er übernahm die Funktion meiner Glieder, er beherrschte seine neuartige Körperhälfte besser. Mein Bruder reagierte zunehmend gereizt. Beim Zähneputzen wandte er sich von mir ab. Das Schrecklichste war, dass in seinem Körper Veränderungen vorgingen, an denen ich keinen Anteil hatte. Seine Stimme bebte, seine Augen schweiften umher. Statt Zirkusnummern einzuüben, hätte er sich lieber an die Wagentreppe gelehnt und die Reisemädchen betrachtet. Diese Mädchen gehörten nicht zur eigentlichen Truppe, doch die Zirkusbesucher, die Lichter und der Schnaps lockten sie an. Sie sahen aus wie gewöhnliche Bauernmädchen: hoffnungsvolle Kuhgesichter, Kopftücher und hochgereckte Pferdehintern, die unter den Röcken wackelten.

Max war von den Reisemädchen fasziniert. Wir wagten nicht, sie anzusprechen, aber wir postierten uns in der Nähe ihrer üblichen Wege. Ich pulte an den Zehen, während Max eine Papirossa zwischen den Zähnen hielt, obwohl er nur selten rauchte.

Die Reisemädchen bemerkten uns kaum. Sie gingen so nah an uns vorbei, dass ich den käsigen Geruch ihrer Haut wahrnahm. Ihre Röcke streiften unsere Beine. Manchmal sah uns eine von ihnen kurz an, kicherte oder wandte den Blick ab. Die Dreistigkeit der Pariser Huren, ihre schlagfertigen Bonmots und selbstbewussten Dekolletés, aus denen die Brüste sich hervordrängten wie junge Hunde – all das fehlte den Reisemädchen. Die meisten malten sich nicht einmal an. Aber trotz ihrer alltäglichen Kleidung besaßen sie in unseren Knabenaugen einen erotischen Glanz, der vor allem Max fesselte.

Sie wussten, wie man es anstellt. Unter ihren Röcken trugen sie all das, was unsere Neugier erregte. Bewegliche, dampfende weibliche Organe, behaarte Achseln, orangenhäutige Oberschenkel, wie Max und ich sie einmal kurz zu Gesicht bekommen hatten, als unsere Tante sich zum Pinkeln hinhockte.

Auf dem Land hatten wir eine kalbende Kuh gesehen, doch von dem, was zwischen erwachsenen Menschen vor sich ging, hatten wir im Jahr 1913 nur eine vage Vorstellung. Die Zirkusleute schliefen eng beieinander, und mitunter wurden wir von Stöhnen und leisen, unterdrückten Schreien geweckt, sahen aber bestenfalls nur Schatten, die sich bewegten.

An Sommerabenden schleppten wir unsere Decken ins

Freie und schliefen in der Nähe der abgeschirrten Pferde. Ihr Geruch gab uns Sicherheit, und das Zirpen der Heuschrecken in den Himbeersträuchern versprach Freiheit. Keine brummigen Arbeiter, keine in der Nacht zur Latrine stapfenden Beine, kein Husten, Kratzen, röchelndes Schnarchen. Nur wir und die Sommernacht.

In einer dieser Nächte schrak ich auf. Max schwitzte. Er zuckte im Schlaf. Im selben Moment spürte ich ein Zittern in den Lenden. Eine heiße Welle erfasste meine Zehen. Max bebte. Mein Herz wurde überschwemmt, es drohte zu ertrinken. Aus den Kammern wurde eiligst Blut gepumpt. Das Herz schwamm. An meinem Oberschenkel lief etwas Klebriges herab. Ich keuchte, schloss die Augen, wollte um Hilfe rufen, brachte aber nur ein leises Röcheln heraus, das von weit her an meine Ohren drang, wie durch eine Glaswand. Eine Weile war alles still. Die Brandung wogte. Ich hörte die Heuschrecken zirpen. Dann erschrak ich.

»Max, du blutest!«

Ich packte die Decke und versuchte, die Blutung zu stoppen. Max zuckte zusammen.

»Isaak«, keuchte er. »Nicht, Isaak.«

»Du bist krank.«

Ich zog die Decke weg und tastete ihn vorsichtig ab. Der Penis lag auf seinem Bauch wie eine Schnecke in ihrer Schleimspur. »Soll ich Madame rufen?«

Max zog die Decke über sich und wandte den Blick ab. »Ich bin nicht krank. Ich habe schlecht geträumt.«

»Ich auch. Von den Tigern.«

»Na?«

Madame stand auf der Treppe und trocknete ihre Haare an der Sonne. Das Licht zauberte Schattierungen von gebranntem Gold darauf, so dass ihr Kopf in Flammen zu stehen schien. Die feuchten Locken hatten ihren Hals benässt. Am Kinn schimmerte ein einzelner Tropfen. Sie wischte ihn ab, als sie uns sah. Ihr Gesicht war blank. Ich schüttelte den Kopf.

»Wart ihr in dem neuen Lokal? Habt ihr nach Heinz gefragt?«

»Niemand hat ihn gesehen.«

»Schon der dritte Tag«, murmelte Madame.

»Dem geht bald das Geld aus«, sagte Max.

Einen Moment lang fürchtete ich, Madame würde in Tränen ausbrechen. Doch stattdessen wühlte sie in ihren Taschen, zog die Pfeife heraus und stopfte sie wortlos. Die silbernen Beschläge funkelten in der Sonne. Wir wussten nicht, wie wir das Gespräch fortsetzen sollten. Madames Wagen glänzte. Er war frisch gestrichen und mit dem Bild eines springenden Panthers geschmückt. Er hob sich mit gespannten Muskeln von dem gelben Hintergrund ab. Der Maler hatte das Tier mit offenem Maul dargestellt, die Zunge streifte die Erde. Es kam mir vor, als ob das Viech uns auslachte. Madame riss ein Streichholz an und musterte uns.

»Ich hatte auch einmal einen Panther.«

»Was ist aus ihm geworden?«, platzte Max heraus.

Madame lächelte. »Er wurde zu zahm.«

Sie saugte am Bernsteinmundstück ihrer Pfeife. »Man muss sehr genau sein mit ihnen. Mit den Katzen. Wenn man sie zu sehr verhätschelt, verwandeln sie sich in Menschen. Aber eine Katze muss eine Katze bleiben. Sonst will sie keiner sehen.«

»Ist er gestorben?« Max rieb sich die Haut über der Oberlippe, wo er sich einen Schnurrbart stehen lassen wollte. Bisher hatte er es nur zu einem dünnen Flaum gebracht, obwohl er die Stelle eifrig mit Vaseline einrieb. Ich starrte auf Madames Lacklederstiefel. Die Absätze hätten den Brustkorb eines Mannes durchbohren können, sofern er keinen schweren Harnisch trug.

»Ich dummes Weib«, sagte Madame. »Ich bin in einen Säufer verschossen, der sich für nichts anderes interessiert als für Schnaps und meine Einnahmen.«

»Sagen Sie das nicht.«

Ich streckte die Hand nach ihr aus, zog sie jedoch rasch zurück und wurde rot.

»Wie alt seid ihr?« Madame legte den Kopf schräg. Aus ihrer Pfeife stieg ein Rauchwölkchen auf. Ich spürte, wie Max' Herzschlag aussetzte. »Achtzehn«, log er. Madame lachte, doch es klang nicht boshaft, sondern eigentlich ziemlich anheimelnd.

»Achtzehn, soso«, sagte sie. »Mögt ihr Mädchen?«

Ich brachte kein Wort über die Lippen, aber Max grinste und behauptete, wir hätten in jeder Stadt eine Braut. Das gefiel Madame.

»Gleich zwei Bräute oder eine gemeinsame?«, erkundigte sie sich. »Ihr seid doch Manns genug für mehrere Frauen, wären vier pro Stadt nicht die passende Menge?«

»Hättet ihr Lust auf einen Gin?«, fragte sie dann. »Ich habe Durst. Zwischen meiner Unterwäsche liegt eine Flasche versteckt.«

Stumm folgten wir Madame in ihren Wagen. Innen sah er aus wie ein kleines, mit Spitzendeckchen geschmücktes Zimmer. Dies war keine mit schmutzigen Kleidern und Essensresten übersäte Bude wie der winzige Verschlag, den wir mit den Liliputanern aus dem dritten Akt teilten. Den meisten Raum nahm das Bett ein. Ich wollte es nicht ansehen, wollte nicht darüber nachdenken, was Madame und Heinz darin trieben. Madame forderte uns auf, Platz zu nehmen, aber außer dem Garderobenhocker entdeckten wir keine Sitzgelegenheit. Sie machte sich an ihrer Kommode zu schaffen.

»Sie liegt hier zwischen den Strümpfen, die Flasche. Es gibt nichts Entspannenderes als das Strümpfesortieren. Nur wenig im Leben ist so dauerhaft wie ein schwarzer Wollstrumpf.«

Mein Hals glühte. Ich hatte nie jemanden so offen über seine Unterwäsche sprechen gehört. Heute klingt es merkwürdig, aber obwohl man im Zirkus einiges zu sehen bekam, war es damals doch eine nach außen hin unschuldige Zeit.

Madame warf sich auf das Bett, nachdem sie uns ein gefülltes Glas von der Größe eines Regenschirmständers gereicht hatte. Sie lag auf der Seite, die Stiefelspitzen manierlich am Bettrand. Wir setzten uns vorsichtig auf den kleinen Hocker, passten aber nicht ganz darauf. Einer von uns musste stehen, es war unbequem. Madame lächelte. Über der Tür tickte eine Uhr. Wir tranken abwechselnd aus dem Glas. Max hustete. Madame räkelte sich, klopfte dann einladend auf die Bettdecke. Max' Ohren wurden flammend rot. Madame zwinkerte uns zu.

»Hier ist es gemütlicher.«

Max umklammerte das Glas so fest, dass ich fürchtete, es würde zerspringen. Über seine Fingerknöchel liefen blaue Adern. Er hielt mir das Glas an den Mund. Ich schluckte.

Als wir auf dem Bett saßen, hüllte uns Madames Duft ein. Ihr weißer Rock wurde vorn geknöpft und breitete sich rund um sie aus. Der Saum hob sich keinen Zentimeter, als sie sich aufsetzte. Sie beugte sich uns entgegen, und ich sah den Rand ihres Korsetts. Ihr Atem roch nach Gin und rohem Fleisch. Ich dachte an die Tiger, die großen Tiere, die das von Maden durchsetzte Fleisch zerrissen. Madame hob die Hand und streichelte meine Wange. Ich schloss die Augen. Die Tigerzähne knirschten, die Sehnen knackten. Der Gin brannte mir in der Brust. Ich fasste nach Madames Fingern und lächelte. Da ich das einigermaßen erfolgreich schaffte, genehmigte ich mir einen weiteren Schluck.

Madame legte den Kopf auf die Seite und streifte meine

Lippen. Es war kein Kuss. Eher atmete sie in meinen Mund. Ich fuhr mit der Zunge über die Zähne und dachte an Madames Schenkel. Von der Schubkarre starrte mich ein Pferdeschädel an. Ein Auge war aus der Höhle gerutscht und lief wie eine weiche Paste über die Backe. Zwei Maden taten sich an der Masse gütlich.

»Ent…«, stieß ich hervor und zog Max mit mir. Das Glas zerschellte auf dem Fußboden. Ich erbrach mich, bevor ich die Tür erreicht hatte. Magensäure verbrannte mir den Mund. Madame stand hinter mir.

»Mach dir nichts draus«, sagte sie und strich mir über die Haare.

»Entschuldigung«, wiederholte ich.

»Schhh.« Madame holte ein Handtuch und feuchtete es in der Waschschüssel an. »Ich mache euch sauber.«

Ich schluchzte auf.

»Wartet mal«, sagte Madame. »Es ist wohl besser, wenn ihr die Kleider auszieht. Ich kann sie hier waschen. Keine Angst, ich erzähle es niemandem.«

»Isaak ist krank geworden«, sagte Max, der selbst ebenso krank aussah. Madame lächelte ihn an.

»Er wird wieder gesund.« Sie zog mir das Hemd über den Kopf. Ich schloss die Augen und half ihr mit keiner Bewegung, während sie mich mit dem feuchten Tuch abwischte.

Als sie bei meinem verkümmerten Arm angelangt war, schlug ich die Augen auf und beobachtete ihre Miene. Sie rieb ihn nicht trocken wie den Rest meines Körpers. Stattdessen umfasste sie mein Gesicht mit beiden Händen. Zuerst glaubte ich, sie wolle mich küssen, doch sie sah mich nur an. Schließlich kniete sie sich neben uns hin und streichelte vorsichtig meine Wange.

»Madame Maxim lässt nicht zu, dass dir jemand weh tut. Du glaubst mir doch, Kleiner?« Dann berührte sie behutsam meinen Arm. Ich zuckte zusammen, zog ihn aber nicht zurück. Madame drückte mir einen Kuss auf die Fingerstümpfe und ließ ihre Lippen bis zu meiner Schulter wandern. Ich schloss die Augen und stieß seufzend den angehaltenen Atem aus. Wieder schluchzte ich. Madame knöpfte die Bluse auf und zog uns an ihre Brust.

»Schhh«, wiederholte sie. »Alles ist gut.«

Sie fühlte sich warm und weich an. Ich brach in Tränen aus.

»Nicht«, flüsterte sie. »Nicht weinen. Alles ist gut.«

Sie streichelte erst mir, dann Max den Kopf. Küsste unsere Wangen und Kinne und Lippen. Vielleicht weinte auch sie ein wenig. Ihr Kuss schmeckte salzig wie ein Flusskrebs. Vorsichtig umfasste ich ihre Unterlippe mit meinen Lippen. Sie wimmerte und presste ihren Mund fester auf meinen. Ihre starke Zunge liebkoste meine Zähne. Ich hob vorsichtig den Arm und streichelte mit meiner missgebildeten Hand ihre Haare. Sie waren fast ganz trocken. Im Licht des Wagens glänzten sie heller.

»Gefällt es euch?«

Ich nickte.

»Henna.«

»Ist die Farbe nicht echt?«

Madame lachte. »Wisst ihr, das Einzige, was bei mir echt ist, sind die Tiger.«

Das Korsett hatte auf ihrer Haut rote Streifen hinterlassen. Sie liefen kreuz und quer über ihre Seite. Vorsichtig berührte ich einen der Streifen. Madame zuckte zusammen und lächelte. Ihre Brüste sahen nicht mehr so hart und gefährlich aus. Sie zeigte uns die Wattierung im Korsett.

»So«, sagte sie und legte meine Hand auf ihre Brust. Die Warze hing ein wenig nach unten, braun wie eine Hundeschnauze. Unter meiner Berührung wurde sie hart. Ich erschrak.

»Keine Angst«, sagte Madame. »Das ist ganz normal. Wartet, ich helfe euch beim Ausziehen.«

Sie streichelte unsere Verbindungsstelle. Ließ die Finger über unsere Rücken wandern. »Tut sie weh?«

»Nein«, sagte Max.

»Manchmal«, sagte ich.

»Haltet still, ich massiere euch.«

Sie hatte starke Hände. Ich schloss die Augen. Der Schmerz der Massage vermischte sich mit Wohlbehagen. Behutsam berührte Madame die Stelle zwischen meinen Beinen. Ich erbebte.

»Wie bei einem Kind«, seufzte Madame und sah hypnotisiert hin. »Wie bei einem vierjährigen Jungen. Wie seltsam.«

Ich legte die Hand über meinen Penis.

»Schhh. Keine Angst. Ich tu dir nicht weh.« Sie beugte sich vor und nahm mein Glied in den Mund. Ihr Mund war feucht und heiß. Mir wurde schwindlig. Das Blut kochte in meinem Körper und erhitzte auch Max. Seine Adern trugen das Leben weiter. Er atmete stoßweise, schien zu wachsen. Vorsichtig berührte ich sein Glied, auf dem eine harte Ader pulsierte. Die purpurrote Spitze bog sich ein wenig nach links. Max bebte.

»Das ist meine Aufgabe«, sagte Madame. Sie schob uns auf den Rücken und schwang ihre starken Schenkel über Max. Sie roch nach Katzen. Max berührte ihre Brust. Madame nahm seine Hand und führte sie an ihren Bauch, während ich ihre Hüften streichelte. An der breitesten Stelle der Wölbung saßen zwei Muttermale, wie Augen. Madame schob Max' Hand nach unten.

»Du bist ein kleiner Ficker, nicht wahr? Das hier hast du dir gewünscht. Ich habe gesehen, wie du mich angeguckt hast.« Sie sprach keuchend.

Max' Augen glänzten. Madame führte sein Glied ein und stöhnte. Max' Oberschenkel spannten sich. Auf meiner Haut richteten sich die Härchen auf. Ich legte meine Hand auf Madames Hintern. Er fühlte sich weich an wie das Fleisch eines im Dunkeln aufgewachsenen Kälbchens und bewegte sich auf und ab. Max röchelte. Ich starrte auf Madames Brüste und konzentrierte mich auf das Kribbeln, das in meinen Zehen eingesetzt hatte und langsam aufstieg. Es fühlte sich seltsam an. Nicht unangenehm, aber neu. Die Brüste schaukelten über unseren Gesichtern. Plötzlich verkrampfte sich Max. Seine Wirbelsäule riss mich mit sich. Er stieß einen qualvollen Schrei aus, als hätte ihm jemand den Bauch aufgeschlitzt. Madame sackte auf uns zusammen.

Es war ganz still im Wagen. Ich fing wieder an zu weinen, tastete mit der Hand nach Max.

»Keine Angst, keine Angst«, murmelte Madame undeutlich. »Ihr habt eure Sache sehr gut gemacht.«

Wir lagen still da. Vor Müdigkeit fielen mir die Augen zu.

Als wir erwachten, ordnete Madame vor dem Spiegel ihre Kleidung. Sie fuhr mit den Fingern durch die Haare, drehte sie mit einer geschickten Bewegung hoch und steckte sie mit einer langen Nadel fest. Dann setzte sie sich an den Schminktisch und puderte sich das Gesicht. Als sie meinen Blick auffing, zwinkerte sie mir im Spiegel zu. Sie ließ uns nicht aus den Augen, während sie Rouge auflegte.

»Malt ihr Jungs euch schon an?«

Ich schüttelte den Kopf.

»Kommt her.«

Meine Knie zögerten, doch Max stand im Nu auf den Beinen. Madame zündete ihre Pfeife an, lehnte sich zurück und musterte uns prüfend. Die Pfeife im Mundwinkel, drehte sie einen Lippenstift auf.

»Zieht die Backen ein.«

Ich roch den Schweiß an ihrem Hals, als sie Max einen Amorbogen malte.

»So, jetzt reib die Lippen aneinander.«

Max gehorchte, und Madame lächelte. »Isaak«, sagte sie dann. »Das ist unser Geheimnis.« Sie beugte sich ein wenig vor und sah mir in die Augen. »Wir erzählen keinem davon.«

Von draußen war der Fluch eines betrunkenen Mannes zu hören. Madame lief zur Tür, blieb stehen, sah uns an und warf uns ein weißes Bündel zu.

»Zieht das über.«

Das Bündel entpuppte sich als Nachthemd, so groß, dass wir beide hineinpassten. Die Ärmel waren zu lang, ihre Spitzen hingen uns bis zu den Knöcheln.

Madame öffnete die Tür. Heinz lehnte sich gegen das Pantherbild, vornüber gebeugt, als wäre er in der Mitte gefaltet. Ein Teil seines Mageninhalts hatte die Malerei getroffen. Madame rümpfte die Nase.

»Du stinkst.«

»Oh, guck mal, da!«

Mit bleichem Gesicht zeigte Heinz auf uns. Ich trat einen Schritt zurück.

»Ein Gespenst, hinter dir!«

Madame drehte sich um. Ihr Blick ging durch uns hindurch, an uns vorbei.

»Da ist nichts.«

»Doch, ganz bestimmt.«

Heinz verdrehte die Augen.

»Es hat zwei Köpfe, beide mit einem Clownsgesicht, und aus den Mündern läuft Blut.«

Heinz trat schwankend den Rückzug an. In seiner Trunkenheit stolperte er über seine eigenen Füße, plumpste auf den schlammigen Boden und blieb sitzen. Er starrte uns an. Ich hob die Hand, Max ebenfalls. Wir schwankten ein wenig.

»Huu«, machte Max. Heinz riss die geröteten Augen auf.

»Du musst aufhören zu trinken«, sagte Madame. »Der

Schnaps bringt dein Blut zum Sieden, am Ende musst du noch zum Entzug.«

»Ich wusste, dass in diesem Zirkus etwas faul ist. Im ganzen Land ist etwas faul …« Heinz' Worte verliefen in einem leisen Gemurmel. »Sie kommen mich holen.«

Tränen liefen ihm über das Gesicht, als er sich an Madames Brust lehnte. Sie hinterließen weiße Streifen im schwarzen Ruß.

Wir besuchten Madame noch mehrmals in ihrem Wagen. Immer wenn Heinz auf Sauftour ging. Meist schlief Madame mit Max, aber nicht immer. Ich gewöhnte mich daran. Doch das ständige Gefühl, ausgeschlossen zu sein, quälte mich. Als Dritter im Bunde spürte ich ein fernes Echo der Paarung. Manchmal plauderten wir nur. Madame bot uns Coca-Cola und Salzgebäck an. Sie lachte laut und konnte hervorragend Geschichten erzählen. Ich erinnere mich, wie sie mit gespreizten Beinen auf dem Bett saß, im Overall oder auch nackt. Es war der erste Frauenkörper, den wir in allen Einzelheiten kennenlernten. Ich könnte sie heute noch aus dem Gedächtnis malen, eine Karte ihrer Muttermale und Schwangerschaftsstreifen zeichnen, die Bögen nachformen, wo die Hüfte in den Hintern überging und am Bauch ein buschiges Fell wuchs. Madame brachte uns bei, wie man auftritt und wie man Handschuhe trägt. Sie lehrte uns, den Nachtisch mit der Gabel zu essen, zu wissen, dass ein sauberer Kragen wichtiger ist als Lateinkenntnisse, wenn man als Gentleman durchgehen will. Und dass es sich lohnt, ein Gentleman zu sein. Über einen Gentleman spottet man nur hinter seinem Rücken.

»Wenn ihr euch fürchtet, konzentriert euch darauf, gelangweilt dreinzublicken. Starrt den Menschen auf die Stirn, nicht in die Augen. Das bringt sie in Verwirrung. Tut so, als wärt ihr lieber woanders.«

»Und wenn jemand wütend wird?«, fragte Max.

»Wenn euch bei einer Unterhaltung nichts Gescheites einfällt, seufzt vernehmlich und starrt an die Decke. Dann glauben die Leute, ihr wärt etwas Besonderes. Nichts treibt die Menschen zu größeren Anstrengungen als die Vermutung, man halte sie für langweilig. Dann bleibt ihnen keine Zeit zu überlegen, was ihr gerade gesagt habt.«

Mit unseren Besuchen im Wagen war es vorbei, als wir vierzehn waren und von einem neuen Laufjungen verdrängt wurden. Ich sah, wie der Knabe mit einem Strauß Waldblumen um Madames Wagen strich. Einmal hatte er Rouge auf den Wangen, als er zum Abendessen kam. Wir hassten ihn eine Weile und stibitzten seine Hose, als er badete, aber nur aus Prinzip. Max machte damals bereits einer Liliputanerin namens Mini-Mae den Hof, die wallende, blondierte Locken und die Stimme einer Fünfjährigen hatte. Mir ist kein zweites Mädchen begegnet, das mit Babystimme derart obszön fluchte. Max pflegte zu sagen, dass das Fluchen Maes wahre Begabung war. Singen konnte sie dagegen überhaupt nicht, aber sie verdiente ihr Brot auch nicht mit der Kunst.

Später begriff ich, dass Madame neben ihrer Beziehung zu Heinz eine starke Neigung zu halbwüchsigen Jungen hatte. Vielleicht vermischten sich in ihrem Kopf Mutterliebe und Sex. In jenen Jahren beobachtete ich, wie sie Verlader aus dem Zirkus, städtische Junker und Bauernsöhne in ihren Wagen lockte. Keiner der Jungen war älter als fünfzehn. In der Zirkuskantine verfolgte uns Heinz mit seinem Blick. Mitunter starrte er uns an, als keime eine Erinnerung in ihm auf. Dann schüttelte er den Kopf und trank einen Schluck aus seinem Flachmann. Sein Gesicht sackte von Tag zu Tag weiter nach unten. Schließlich verschwand er. Irgendwer sagte, die Musterungsbehörde sei ihm auf den Fersen gewesen.

Der Brief

1928

In der folgenden Woche hörte ich etwas von Iris. Die Portiersfrau im Hotel reichte uns einen Brief. Ihre Fingernägel glänzten im elektrischen Licht. Ich zog die Mundwinkel hoch, wie ich es immer tue, denn mir liegt daran, dass Unbekannte uns sympathisch finden. Ich versuche die Menschen zu gewinnen, schwäche die Sprüche meines Bruders ab, gebe zu viel Trinkgeld. All das ist unsinnig. Was uns ins Blut geschrieben ist, kann ich nicht ändern. Ich kann unsere Mutter nicht umformen, ich kann es nicht verhindern, dass Unbekannte zurückschrecken, wenn sie uns im Gedränge versehentlich berühren. Auch Iris' Geschichte kann ich nicht neu schreiben. Ich konnte sie nicht glücklich machen. Und doch fühle ich mich deshalb schuldig.

Alle liebten Max. Das war nicht weiter verwunderlich. Max hat nahezu alle Menschen und Tiere geliebt, die er kannte, ihm wurde Liebe zuteil, er öffnete sich, lächelte in der Gewissheit, akzeptiert zu werden. Niemand konnte Max von der Überzeugung abbringen, dass er wunderbar und lichtvoll sei. Letzten Endes interessierte mein Bruder sich nur für sich selbst. Das half ihm, mit allem fertig zu werden. Beleidigungen prallten an ihm ab, schiefe Blicke und heimliches Tuscheln nahm er nicht wahr. Max hatte nicht die Geduld, andere Menschen bis zum Ende anzuhören. Eine zu lange Unterhaltung beendete er, indem er laut gähnte oder seine Fingernägel inspizierte und das Gespräch auf ein interessanteres Thema lenkte: auf sich selbst.

Ich wog den Brief in der Hand. Es schien sich um teures Papier zu handeln. Ich hielt ihn ans Licht. Die Lampe vergoldete die Umrisse des Wasserzeichens.

»Post von einer Verehrerin«, stellte Max fest, rollte die Zeitung, die er gekauft hatte, zusammen und klemmte sie unter den Arm. »Hast du Hunger?«, fragte er dann. »Wir könnten uns einen späten Lunch gönnen.«

Als ich den Briefumschlag aufriss, strömte mir Maiglöckchenduft entgegen. Iris.

»Wird auf Antwort gewartet?«, fragte ich die Frau am Empfang. Sie schüttelte den Kopf. Ihre Fingernägel waren abgekaut.

»Außer dem Brief wurde keine Nachricht hinterlassen.«

»Dauert es noch lange?«, fragte Max. »Hunger.«

Lieber Isaak,

es überrascht dich sicher, auf diesem Weg von mir zu hören. Und es wird dich noch mehr überraschen, zu erfahren, dass mein Mann mich heute früh verlassen hat. Ach, Isaak, ich höre dich sagen, dass das nicht geschehen kann. Dass ich ein verrücktes Mädchen bin und mir Unsinn einbilde.

Heute früh wurde ich wach, trank Kaffee aus meiner blaurandigen Mokkatasse und merkte, dass ich nicht mehr wusste, wie das Stubenmädchen heißt. ›Seltsam‹, dachte ich. ›Daran müsste ich mich doch erinnern.‹ Im Erdgeschoss lag ein Brief von Jakob, er schrieb, er sei einen Monat auf Reisen und hoffe, mich bei seiner Rückkehr nicht mehr vorzufinden. Der Widerling! Gut, er hat mich damals in St. Petersburg gerettet, aber das macht ihn erst recht zum Widerling. Alle Männer sind so, Isaak, alle außer dir. Sie wollen, dass ihre Frauen bei anderen Männern Neid erregen und empfindlich wie Magnolien sind, und wenn sich ihr Wunsch erfüllt, regen sie sich auf. Was hätte ich denn tun sollen? Zu Hause sitzen und Plätzchen backen. Das habe ich zwei Jahre lang getan.

Du nimmst es mir doch nicht übel, dass ich dir meine Adresse nicht verrate. Ich möchte nicht, dass Jakob mich findet, wenn er mich sucht, um sich zu entschuldigen. Eines meiner früheren Dienstmädchen hat mich aufgenommen, sie hat eine Zweizimmerwohnung in der Nähe der Pitkäsilta-Brücke. Sie hatte immer eine Schwäche für mich, und daran hat sich nichts geändert, als sie uns verließ und sich in der Abendschule zur Stenotypistin fortbildete. Sie ist ein Schatz, aber die Wohnung ist natürlich ein Schweinestall. Ich verabscheue den Geruch nach Kohlsuppe ebenso sehr wie schlecht sitzende Kleider. Aber nach der Geschichte mit Henrik hat Frau Q allerhand lachhafte Lügen über mich verbreitet. An den Gerüchten ist natürlich kein Wort wahr, schließlich habe ich ein gewisses Niveau, doch einige dieser Lügen sind Jakob zu Ohren gekommen. Männer können so lächerlich sein.

Aber das ist nur ein Rückschlag, Isaak. Sei nicht traurig. Ich kämpfe mich durch.

Triff dich mit mir, bitte. Ich weiß, dass ich manchmal ein selbstsüchtiges Ferkel bin, aber du bist mein bester Freund.

Iris

Wir trafen um viertel vor acht im Opernkeller ein. Ich wollte bereits an unserem Platz sitzen, wenn Iris kam. Der Kellner, der uns an den Tisch führte, starrte uns an, doch Max' Nicken und die Smokings, die Iris uns gekauft hatte, veranlassten ihn, sich mit einer Verbeugung zurückzuziehen. Noch vor einigen Jahren war das Restaurant höchst populär gewesen. Damals waren dort Jazzensembles aus Amerika aufgetreten. Nun hatte sich die Mode überlebt, und nur noch Touristen und zweitklassige Huren besuchten den Opernkeller. Man konnte es sich nicht leisten, einem Gast die Tür zu weisen.

Iris trug ein knielanges Abendkleid. Ein Stirnband machte ihre Frisur zum Helm, über den Ohren schaukelten silberne Fransen. Passend zu den Schnallen an ihren Schuhen. Der Mund stach rot und schmal von dem kindlichen Gesicht ab. Es wunderte mich, dass sie sich unseretwegen angemalt hatte.

»Bestell mir Tee, Isaak. Sag, dass die Dame starken Tee mit Schuss wünscht.«

Ich winkte dem Kellner und gab die Bestellung auf. Max lächelte Iris an.

»Du hast also deine Chance bei dem Geldsack verspielt?«

»Dumm von mir«, sagte Iris. »Wer hätte das gedacht? Aber ich finde einen Neuen. Die Männer mögen mich. Glaubt ihr nicht auch?« Sie schlug die Beine übereinander und klopfte sich an den Hals. »Es hängt noch nichts. Wie alt schätzt ihr mich?«

»Sechzig?«, entgegnete Max.

Bei Iris' Schuhen handelte es sich um das Modell Nr. 2368. Aus patentiertem Herkules-Lackleder. Eine gefällige Neuheit, vermeldete der Katalog der Ruusuvuori AG. Sie hatten eine amerikanische Kappe, französische Absätze, 55 mm, und Paspeln aus hellem Boxkalf. 143,– Finnmark. Die Schuhe waren eng geknöpft, so eng, dass man beim Anziehen ein spezielles Gerät brauchte, um die Knopfleisten festzuzurren. Die Spangen glänzten im Licht der Kronleuchter. Iris Knöchel waren geschwungen wie ein Flitzbogen. Ich malte mir aus, wie sie sich spannten und zerrissen.

»Eigentlich ist es komisch. Ich kenne Mädchen, die viel schöner sind als ich. Vermutlich liegt es daran, dass ich kein großes Interesse aufbringe.« Sie seufzte. »Die meisten Männer sprechen nur über sich selbst. Ich hätte oft Lust, sie zu rütteln, wenn sie schlechte Konversation treiben. Kaum einer bringt es fertig, zu lügen, um unterhaltsam zu sein.«

Iris redete viel und lachte noch mehr. Immer wieder blickte

ich mich unwillkürlich um und suchte nach einem unsichtbaren Schatten. Von Robert, Henrik, ihrem Mann. Iris war nie allein. Sie kramte in ihrer kleinen bestickten Tasche und nahm ein Zigarettenetui heraus, diesmal ein silbernes. Ich sah ihr zu, als sie eine Zwinge in die Zigarettenspitze legte. Man sagte, sie fange einen Teil des Nikotins auf. Iris ließ sich von Max Feuer geben. Ihre Lippen spitzten sich um das Mundstück und hinterließen Farbspuren darauf.

»Du hattest doch angeblich aufgehört«, sagte ich.

Iris zuckte mit den Achseln. Sie schlug die Augen nieder. Der Malventon auf ihren Lidern wirkte echt. Iris nicht.

»Ich kann nicht alle enttäuschen, die schlechtes Benehmen von mir erwarten.«

Sie lachte auf. Max lachte probeweise mit. Meine Zähne schienen Sand zu zermahlen.

»Es ist lächerlich. Die Rolle der verlassenen Ehefrau liegt mir nicht.«

»Du übertreibst«, schnaubte ich.

»Bisher hat er mich gebraucht. Wisst ihr, warum er mich geheiratet hat?«

»Um eine Frau zu haben?«

»Er fand es herrlich, ein Held zu sein. Bei meinem Anblick wurde er immer wieder daran erinnert, dass er nicht nur gefärbte Tierhäute lagert. Ich war eine spannende Geschichte, die er seinen Freunden erzählen konnte.«

Max machte eine Bewegung. Ich stieß ihn mit dem Knie an. Iris sollte ihren Monolog nicht unterbrechen.

»Jetzt, nach all den Jahren, hat er sich in den Kopf gesetzt, dass man ihn auslacht. Der Widerling.« Iris zerdrückte die kaum angerauchte Zigarette im Aschenbecher. »Obwohl er weiß, dass ich ihn liebe. Er hat mich erzogen. Hat mich hergebracht, mich eingekleidet, mir zu essen gegeben, einen Sprecherzieher besorgt. Manchmal vergesse ich selbst, dass ich nicht von hier bin. Jemand hat ihm von Henrik erzählt, jetzt, wo die Affäre vorbei ist.«

»Ihr seid doch nie zusammen?«

»Habe ich euch erzählt, wie Jakob mich bat, mit ihm zu gehen? Er selbst hat mir einen Heiratsantrag gemacht. Es war seine Idee. Das macht ihn zum Schuldigen.«

»Ist das so wichtig?«

»Alles ist wichtig. Das hier ist ein Gerichtsprozess. Jakob schlug mir vor, mit ihm zu gehen, und ich fragte, was um Himmels willen ich in seinem Land, am Ende der Welt, anfangen solle. Jakob lächelte nur und sagte: ›Was hübsche Mädchen eben tun. Du würdest zum Frisör gehen, würdest heiraten.‹ Er fasste nach einer Haarsträhne, die mir in die Stirn hing, und wickelte sie um den Finger. Ich lächelte ihn an und beugte mich vor. Das hatte ich vor dem Spiegel geübt, daher wusste ich, dass Jakob in dieser Stellung die Furche zwischen meinen Brüsten sah. Ich war mager. Noch dünner als jetzt. Robert beklagt sich, ich hätte nicht genug Muskeln, um ihm für seinen ›Menschen‹ Modell zu stehen.«

Sie blies den Rauch durch die Nase. Ich nickte ihr zu.

»Ein Widerling«, wiederholte sie. »Das Schlimmste ist, dass ich all diese Jahre daran gedacht habe, ihn zu verlassen, es aber nicht übers Herz brachte. Ich glaubte, er würde daran zerbrechen. Es ist, als hätte mein Hamster plötzlich sprechen gelernt und mich als Hure beschimpft.«

»Du hast seine Geduld ziemlich strapaziert«, gab ich zu bedenken. »Er hat viel für dich getan.«

»Das ist seine Pflicht. Immerhin hat er mich gerettet.«

»Deine Logik ist so verquer, dass sie schon wieder Sinn macht«, meinte Max.

»Erinnert ihr euch an den Moment, an dem ihr ihr wurdet?«, fragte Iris.

»Wir sind so geboren«, sagte ich.

»Ich wüsste gern, wann es passiert ist. Wann die alte Iris aufhörte zu existieren und die neue an ihre Stelle trat. Es muss einen solchen Moment gegeben haben. Wie wurde aus mir ich? Ich erinnere mich an Ereignisse, bin aber nicht sicher, ob ich sie erfunden habe oder ob sie tatsächlich geschehen sind. Mitunter erinnere ich mich, woran ich will.«

»Mach dich nicht lächerlich«, sagte ich. »Natürlich erkennst du die Wahrheit.« Iris schüttelte den Kopf.

»Damals in St. Petersburg fragte ich Jakob, wen ich denn heiraten solle, und spürte dabei ein seltsames Prickeln im Bauch. Ich dachte, das müsse die Liebe sein, und lächelte, aber Jakob betrachtete nur das Foto über dem Bett. Merkwürdig, dass Saara uns miteinander allein ließ. Ein bettlägeriges junges Mädchen und einen Mann. Auch wenn Jakob mehr als zwanzig Jahre vor mir geboren war. Und, so dachte ich damals, ein Gentleman war. Aber Saara muss die Augen verschlossen haben oder sie hatte zu viel Respekt vor Jakob. Ich war nicht einmal wirklich krank. Ich stellte mich nur ein wenig schwach, Jakob zuliebe. Schließlich ließ Jakob den Blick von dem Foto zu mir wandern. Die Schatten um seine Augen wurden dunkler, aber er lächelte. ›Du bist ein hübsches Püppchen, Kleine.‹ Er küsste mich auf die Wange und strich mit dem Finger über die Haut unter meiner Nase. ›Helsinki ist voll von netten jungen Männern. Vielleicht könntest du auch zur Schule gehen.‹ Ich hob die Nase ein wenig höher. ›Ich bin kein kleines Mädchen mehr.‹ Je öfter man diesen Satz wiederholt, desto weniger Wirkung erzielt er.

Jakob lächelte. ›Nein, das bist du wohl nicht.‹

Er schloss die Tür leise hinter sich, als fürchtete er, mich zu wecken. Nachdem er gegangen war, zerknüllte ich das Laken zwischen den Fingern. Auf dem Leinen blieben Schweißflecken zurück.

In der Nacht lauschte ich auf die Stille des Hauses. Saaras

Bett knarrte. Die Arme der Linde schlugen gegen mein Fenster. Ich ging barfuß über den Teppich. Bei jedem Schritt atmete ich schwer. Im Flur blieb ich lauschend stehen. Das Zwielicht ließ die Möbel noch massiver aussehen. Ihre Schatten umzingelten die Dunkelheit. Von der Straße waren Schreie zu hören. Einen Moment lang dachte ich an die Welt da draußen, und der Reifen um meine Brust wurde drückender. Das Nachthemd klebte mir auf der Haut, mein Nacken war schweißnass. Ich flocht meinen Zopf auf, blieb vor einem Spiegel stehen und betrachtete mich. Im Halbdunkel sahen meine Augen schwarz aus. Die Haare ringelten sich an den Spitzen. Ich biss mir auf die Lippen und neigte den Kopf zum Spiegel hin, führte einen Finger an den Mund und überlegte, wie ich aussähe, wenn ich rauchte. Dann schob ich die freie Hand in die Haare und ließ die Lider halb über die Augen gleiten. Es gelang mir nicht, so auszusehen wie die Frauen auf den Ansichtskarten im Tabakgeschäft. Vielleicht sollte ich mit Schminke nachhelfen. Ich hob mein Nachthemd. Von dem Essen, das Jakob mir gegeben hatte, war mein Bauch ein wenig runder geworden, die Rippen standen nicht mehr so deutlich hervor, aber das Schlüsselbein ragte empor. Die Brustwarzen hoben sich dunkel von der blassen Haut ab. Ich war nicht schön, doch der Hunger hatte einen Teil meiner kindlichen Rundheit verschwinden lassen. Bei der richtigen Beleuchtung konnte ich als Zwanzigjährige durchgehen, dachte ich. Jakobs Tür knarrte leise, als ich in sein Zimmer spähte.

›Jakob?‹

Im Zimmer war es vollkommen still. Das Fenster stand einen Spaltbreit offen, die Leinengardine bauschte sich leicht im Wind. Ich schnupperte. Pfeifentabak, Leder, Papier. Das Zimmer roch nach einem Mann, nach Jakob. Er lag im Bett und atmete gleichmäßig. Ich blieb an der Tür stehen und betrachtete ihn. Mein Herz pochte. Jakob hatte im Schlaf den

Arm unter den Nacken gelegt. Seine Decke war weggerutscht, und seine Haut glühte bräunlich. Unter seiner Nase glänzten Schweißtropfen. Eine Haarsträhne klebte ihm an der Stirn.

›Jakob‹, sagte ich und setzte mich auf die Bettkante. Der Mann grunzte im Schlaf. ›Jakob‹, wiederholte ich lauter. Er schrak auf, sah mich an. Seine Augen waren leer. Er schlug sie mehrmals auf und zu.

›Was? Du?‹

Dann lächelte er.

›Hallo, Püppchen. Hast du schlecht geträumt?‹

Ich erwiderte sein Lächeln. Das war der vertraute Jakob. Diesen Mann kannte ich.

›Hallo.‹

Ich zog das Nachthemd über den Kopf.

Jakob setzte sich auf. Sein Rücken versteifte sich. Einen Moment lang glaubte ich, er würde wütend werden. Der Wind fuhr durch den Fensterspalt. Sekunden verstrichen. Dann hob ich die Decke und kroch zu Jakob. Er fühlte sich warm an. Vertraut. Ich schloss die Augen.

Als Saara das Frühstück brachte, schien sie mich zum ersten Mal wahrzunehmen. Sie betrachtete mich lange. Als sähe sie ein krankes Katzenjunges.

›Armes Kind‹, sagte sie. ›Erst ein Kind.‹

›Ich bin sechzehn‹, erwiderte ich. ›Erwachsen.‹ Das stimmte. Vielleicht hätte ich in Helsinki noch ein Kind sein können, aber in der Milonska waren Sechzehnjährige reif genug. Ich wusste, was ich wollte. Ich wollte Jakob. Und ich wollte weg.

›Ich heirate Jakob.‹

Vielleicht hatte Saara selbst ein Auge auf ihn geworfen. Auf Jakob, die Ausreisegenehmigung, die Schuhfabrik. Sie stand Jakob altersmäßig näher, war verwitwet und jüdisch. Ich betrachtete sie verstohlen. Sie hatte ein ovales Gesicht mit dichten Wimpern und einem Grübchen am Kinn, das vor zwanzig

Jahren sicher recht hübsch gewesen war. Die Haare hatte sie zu einer Rolle aufgesteckt, die einer Zimtschnecke ähnelte. Sie trug ein weites graues Kleid, wie es vor einigen Jahren Mode geworden war. Aber ihre Figur war nicht schlecht. Tatsächlich, vielleicht hatte Saara geglaubt, Jakob werde sie heiraten. Bevor ich auftauchte.

›Was wirst du dort anfangen, unter fremden Menschen?‹

Ich lief ins Obergeschoss und knallte die Tür hinter mir zu. Erst Jahre später verstand ich, wovor Saara mich hatte warnen wollen. Damals hatte ich nicht einmal Worte dafür. Ich hätte sie nicht verstanden, selbst wenn sie mir erklärt hätte, was sie meinte.

Es war Saara, die mich an den Zug brachte und sich auf dem Bahnsteig ein paar Tränen abquetschte. Meine Füße steckten in neuen Schuhen. Zweifarbige mit schmalen Flaschenhalsabsätzen. Jakob hatte sie mir geschenkt. Die Bänke im Zug waren mit rotem Plüsch bezogen. Die Menschen saßen eng nebeneinander. Auf allen Gesichtern lag dieselbe konturlose Unruhe.

So kam ich nach Finnland.«

»Du kommst schon zurecht«, sagte Max. »Schöne Mädchen verhungern nicht.«

»Offenbar kann man sogar am Tritt eines Hasen sterben«, murmelte Iris und wandte uns das Gesicht zu. Ihre silbernen Augen öffneten sich, sie konnte weinen, ohne eine Miene zu verziehen. Die ersten Tropfen liefen ihr am Hals hinab, ohne dass sie mit den Augen zu zwinkern brauchte. Ein großartiges Talent. Iris war nicht einfach eine weinende Frau, sie war der Weltschmerz, die Massengräber des Krieges, Gaias Verzweiflung. Sie vergoss Tränen über die Sünden zahlloser Generationen. Max zündete seine Pfeife an, und wir warteten. Ich legte den Kopf ein klein wenig schräg. Max blies den Rauch in die Luft und fuhr sich durch die Haare. Seine Finger glänzten vor Brillantine. Ich nahm ein Taschentuch aus der Brusttasche und reichte es Iris, die zögernd danach griff. Max legte die Pfeife aufs Knie und wischte sich langsam die Finger ab. Die Wimperntusche lief Iris über die Wangen. Sie hob die Hand und wischte sich das Gesicht ab. Unter den Augen blieben schwarze Streifen zurück.

»Bist du fertig?«, fragte Max. »Können wir den Nachtisch bestellen?«

»Warte«, sagte Iris. »Ich will mir erst das Gesicht pudern. Dann sagt ihr mir, ob hier irgendwo ein wohlhabend aussehender Mann sitzt, den wir dazu bringen können, unsere Rechnung zu bezahlen.«

»Ich zahle«, erklärte ich. Iris verzog den Mund.

»Du glaubst also, ich hätte das Spiel verloren? Die Männer bemühen sich nicht mehr um Iris?«

»Wir haben Geld«, erwiderte ich.

»Lass das Mädchen reden«, bat Max.

»In St. Petersburg«, sagte Iris und schloss die Augen. »Die feinen Herren liefen mir nach. Einmal blieb ich vor einem Schuhgeschäft stehen, und ein Mann sah, dass ich ein paar Schuhe bewunderte. Er bestand darauf, sie mir kaufen zu dürfen. Die Verkäuferin packte sie ein und ich ging, während der Mann sie bezahlte. Hier«, ihr Blick streifte abschätzig durch das Restaurant, »hier erwarten die Männer sofort eine Gegenleistung. Die Protestanten leben in der Tauschwirtschaft.«

»Die Hiesigen mögen keine Ungewissheit«, sagte ich.

»Wisst ihr, was wir machen?«, fragte Iris. »Wir laufen weg. Der Kellner ist in der Küche. Niemand merkt etwas.«

»Man erkennt uns wieder«, wandte ich ein. »Es gibt nicht viele Siamesische in der Stadt.«

»Ach was, keiner hat auf euch geachtet, als ihr hereingekommen seid. Wenn wir erwischt werden, sagen wir einfach, wir hätten vergessen zu zahlen.«

»Na gut«, sagte Max und hakte sich bei Iris unter.

»Seid nicht kindisch«, protestierte ich und holte die Brieftasche hervor, doch Iris schnappte sie sich und hielt sie über den Kopf.

»Du musst springen.« Auf ihren Absätzen war sie größer als wir, und ich hätte ihr die Brieftasche nicht wegnehmen können, ohne Aufsehen zu erregen.

In aller Ruhe gingen wir durch das Restaurant. Iris hatte recht. Alle Gäste schienen angetrunken und in ihre Gespräche vertieft zu sein. An der Tür nahmen wir unsere Mäntel und zählten die Schritte. Eins, zwei, drei. Blickte uns jemand nach? Der Kellner kam an unseren Tisch und sah sich um.

»Laufen wir«, sagte ich, und so rannten wir los und machten erst am Marktplatz halt. An den Pflastersteinen klebte Pferdemist. Das Eis auf dem Meer hatte Risse, weiter draußen in der Bucht war es bereits geschmolzen.

»Oh, der Wind kommt vom Meer«, sagte Iris.

»Es stinkt nach Fisch«, maulte Max.

»Kommt, ich will euch etwas zeigen«, rief Iris und nahm mich an der Hand. »Das ist der Senatsplatz, nicht ganz wie in Russland, aber zur Not gut genug. Guckt dort hin. Saara hat mir diese Stelle gezeigt, als ich gerade erst angekommen war und Heimweh hatte. Seht ihr? Der da, mitten auf dem Platz, das ist Alexander II. Links dahinter, dort im Park, die Büste Alexanders I., und am Fries des Ständehauses, dort hinten: noch ein Alexander.« Iris seufzte. »So prächtige Männer. Ich komme immer hierhin, wenn ich Heimweh habe oder nicht weiß, was ich tun soll.«

»Was hast du jetzt vor?«

»Weitertrinken«, sagte Iris. »Aber zuerst … Schließt die Augen und wünscht euch etwas von den Alexandern. Ihr dürft die Augen erst aufmachen, wenn ich bis zehn gezählt habe.«

Nach einer Weile öffnete ich die Augen und sah, dass Iris und Max mit zugekniffenen Augen vor sich hin murmelten. Ich betrachtete Iris. Sie trug eine weiße Pelzmütze. Ihr Kinn zitterte ein wenig. Dann riss sie die Augen auf und sah mich an.

»Wohin jetzt?«, fragte Max.

»Ins Kappeli«, entschied Iris.

»Mir ist kalt«, klagte Iris, als wir das Restaurant verließen. Sie krümmte sich, als würde sie bei jedem Atemzug Blut verlieren. Ich reichte ihr meinen Mantel, und sie presste ihr Gesicht daran.

»Lasst mich nicht allein.« Ihre Stimme hallte durch die Straße. »Verlasst mich nicht.«

Ich beschwichtigte sie wie ein Kind.

»Keine Angst. Wir sind hier.«

»Ich komme mit euch.«

Iris schlackerte mit dem Schuh, dessen Schnalle sich geöffnet hatte. Sie schien von der Bewegung fasziniert zu sein.

»Ich glaube, du hast Angst vor mir«, sagte sie.

Auf dem Hotelflur schrie Iris auf.

»Jemand hat mich angefasst.«

Das Echo prallte von den Wänden ab.

»Das war nur ich.«

Ihr Blick leerte sich.

»Warst du es wirklich?«

»Du brauchst keine Angst zu haben.«

»Ich dachte, es wäre ein Gespenst.«

Max blickte mich an. Ich sah, dass er sich angestrengt um eine ausdruckslose Miene bemühte. Ich wollte Max vergessen. Mit Iris allein sein.

»Du brauchst dich nicht zu fürchten«, wiederholte ich.

»Ich habe meinen Pelz verkauft«, klagte Iris. »Außer kleinen Beträgen für Süßigkeiten hat Jakob mir nie Bargeld gegeben. Ich brauchte Geld, deshalb habe ich meinen Pelz verkauft.«

»Ich kaufe dir einen neuen«, tröstete ich sie. »Wir haben in dieser Saison gut verdient.«

»Mein Isaak ist reich«, sagte Iris. »Er ist reich und ich bin arm.« Dann lachte sie, ein trockenes Lachen, das durch den Flur hallte.

Iris beruhigte sich, als ich ihr im Hotelzimmer schwedischen Likör einschenkte. Schmuggelware.

»Die Hilflosigkeit«, sagte sie. »Die Hilflosigkeit ist das Schlimmste. Dass es so schwierig ist, wegzugehen.«

»Habe ich dir jemals von Sabrina erzählt?«, fragte ich. »Von Sabrina, der Seejungfrau?«

»War sie eine echte Seejungfrau?«

»Gibt es echte Seejungfrauen? Im Zirkus ist das echt, woran man glauben kann.«

»Von dieser Unterhaltung bekomme ich Kopfschmerzen«, sagte Iris. »Gibt es noch Likör?«

»Irgendwo habe ich noch Sabrinas Plakat. Sie trat in der Meereswelt auf, einer Ausstellung, die durch ganz Europa tourte. Max, erinnerst du dich, wo es ist?«

»Warte, ich hole es aus dem Koffer.«

»Gib mir auch gleich ein sauberes Glas«, bat Iris. »In diesem sind Krümel.«

Das Plakat war vergilbter, als ich es in Erinnerung hatte. Ich rollte es auf und strich es glatt.

»Das ist Sabrina.«

»Schön«, sagte Iris.

»In Wahrheit hatte sie das Kinn eines Freistilringers«, meinte Max. »Früher wusste man, wie man gute Plakate macht.«

»VIER TAGE – AB DIENSTAG, DEN 2. NOVEMBER«, las Iris vor. »SABRINA, DIE SENSATIONELLE SEEJUNGFRAU. Sind das echte Fischschuppen?«

»Es ist nur ein Kostüm«, erklärte ich.

»Die Brustwarze, die man auf dem Bild sieht, ist auch Betrug«, fügte Max hinzu. »Das Mädchen trug immer ein Kleid.«

»Weiter unten stehen auch unsere Namen«, sagte ich. »Wir waren damals noch nicht so bekannt.«

»ERLEBEN SIE DAS MEERUNGEHEUER. EIN 68 TONNEN SCHWERER WAL. EIN MANN ISST EINE KRAKE. MAX UND ISAAK, DIE SIAMESISCHEN ZWILLINGE AUS INDIEN. EINE LEBENDE FRAU OHNE KOPF«, las Iris. »Immerhin steht ihr vor der kopflosen Frau. Das kann man schon als Karriere bezeichnen.«

»Ach, das war Betrug. Nichts als Tricks, die Göre«, schnaubte Max. »Aber der Mann aß tatsächlich Tintenfische.«

»Und Sabrina? War sie auch Betrug?«

»Nein«, sagte ich. »Sabrina war echt. Ein warmherziges Mädchen, immer bereit zu lächeln und lustig wie nur was. Sie lachte, auch wenn sie sich gerade zwei Stunden vor Schmerzen gewunden hatte. Unterhalb der Schultern hatte sie keinen einzigen Knochen im Leib. Ihr Körper war schlaff und weiß wie ein Wurm. Die Füße hingen ihr wie leere Beutel aus der Hose.«

Ich betrachtete das Plakat. Sabrina lächelte. Ihre Haare waren gewellt, über dem Halsausschnitt lag ein durchscheinendes Tuch. Ihre dunklen Augen strahlten. Sie hatte die schlaffen Arme unter den Kopf gelegt und sah den Betrachter mit Sirenenblick an. Steine funkelten an ihren Fingern.

»Sabrina war verrückt nach Diamanten. Man sagte, sie traue den Banken nicht. Vielleicht hatte einer ihrer ersten Manager ihre Gage veruntreut. Sie legte ihr ganzes Geld in Edelsteinen an: Ringe, Halsketten, alles, was glitzert. Sie besaß

Colliers, an denen Saphire und Diamanten, Rubine und Perlen sich den Platz streitig machten. Sie funkelte wie die Königin von England. Kaiserin Eugenie war ein Nichts im Vergleich zu ihr. Auf den Tourneen wurde sie von einer Gesellschafterin begleitet, deren Aufgabe darin bestand, das Schmuckkästchen zu bewachen, dessen Schlüssel an einem Band um Sabrinas Hals hing. Sie nahm ihn nur abends ab, um ihre Perlen zu bewundern. Ich habe den Inhalt des Schmuckkästchens einmal gesehen. Das Mädchen war reicher als jeder Sultan.«

Iris lehnte sich zurück.

»Ich mag Geschichten, in denen Diamanten vorkommen. Je größer, desto besser. Das gibt dem Ganzen Glanz.«

»Das hier ist keine Geschichte aus Tausendundeiner Nacht«, warnte ich. »Keine, in der man zehn Sklaven braucht, um einen Edelstein zu tragen.«

»Schade«, seufzte Iris. »Ich könnte zehn Sklaven gebrauchen.«

»Die würden gar nicht alle in unser Zimmer passen«, sagte Max. »Sie müssten sich abwechseln.«

»Ein armes Mädchen muss nehmen, was es kriegen kann«, gab Iris zurück. »Vielleicht wären sieben genug.«

»Sabrina war vollkommen abhängig von anderen Menschen. Sie konnte sich nicht allein bewegen, nicht auf die Toilette gehen, musste gefüttert werden. Sie war nutzlos wie ein Mehlsack. Mein Gott, wie die Männer sie liebten! Magnus, ihr Manager, wusch sie und zog sie an, trug sie auf den Armen überallhin. Bei den Mahlzeiten schob er ihr die Bissen in den Mund, schnitt den Braten in kleine Stücke und hielt ihr die Suppentasse an den Mund. Ich habe mich gelegentlich gefragt, wie Sabrinas Verdauung funktionierte. Man sollte meinen, dass die inneren Organe zerquetscht werden, wenn jemand keine Rippen hat. Aber der menschliche Körper ist unglaublich anpassungsfähig. Ein Mensch kann fast überall und in jeder Form zufrieden leben. Nur Veränderungen mag er nicht.«

»Puh, keine Theorien, bitte«, sagte Iris. »Erzähl mir etwas, das ich mir nicht selbst vorstellen kann.«

»Ich habe einmal gesehen, wie sie sich liebten.«

»Wer?«

»Sabrina und ihr Manager.«

»Das ist bestimmt der Traum eines jeden Mannes«, meinte Iris. »Eine knochenlose, völlig hilflose Frau, mit der er tun kann, was er will. Eine Frau, deren härtester Körperteil ihre Nase ist. Eine Frau, bei der er in jedes Loch eindringen kann, ohne dass sie sich zur Wehr setzt.«

»Du würdest es genießen«, sagte ich. »Du könntest Liebe empfangen, ohne über die Motive nachzudenken. Freundschaft empfinden, ohne zu überlegen, was man von dir will.«

Iris reckte den Hals.

»Ein armer Mensch muss auf der Hut sein. Nur Reiche können es sich leisten, über ihre Gefühle nachzudenken.«

»Mein Gefühl ist Liebe. Wir lieben dich, Iris.«

»Sprich nur für dich selbst«, brummte Max.

Stille lag über dem Zimmer. Iris zündete sich eine Zigarette an und zog die Beine unter sich. Sie lehnte sich zurück, mit schmalem Mund. Ich unterdrückte einen Seufzer. Ich wusste, dass Iris solche Gespräche hasste. Wenn jemand von Gefühlen sprach, dachte sie, man fordere etwas von ihr. Sie wollte nicht gebraucht werden.

»Sabrina«, sagte ich. »Ich wollte dir doch von Sabrina erzählen.«

»Erzähl weiter, Isaak«, bat Iris. »Deine Stimme mag ich mehr als alles andere auf der Welt. Du bist zeitweilig interessanter als ich. Ich werde mir selbst langweilig, wenn ich bedrückt bin. Nichts ist deprimierender als ein deprimierter Mensch.«

Max hob die Augenbrauen.

»Deprimiert? Iris, dass du eine schlechte Schauspielerin bist, wusste ich schon. Jetzt entpuppst du dich obendrein als schlechte Lügnerin. Du interessierst dich viel zu sehr für dich selbst, um dir durch Gram die Haut zu ruinieren.«

»Ach, du bist fad, Max. Du ödest mich an. Lass Isaak reden. Er ist Manns genug, mehr als du.«

»Danke.«

»Lieber Herr Jesus, ich hätte dich nicht für pervers gehalten, Iris«, sagte Max. »Aber genau das bist du. Du willst das, was du nicht bekommen kannst. Und da bist du keineswegs die Erste. Die Frauen wollen immer Isaak. Das liegt daran, dass Isaak keine will.«

»Keine?«, fragte Iris. »Stimmt das, Isaak? Überhaupt keine?«

»Sie wartet darauf, dass du ihren Namen nennst«, wandte sich Max an mich.

»Ich will dich, Iris«, sagte ich. »Komm mit uns. Wir besorgen dir ein Visum.«

»Mit euch?« Iris lachte. »Mit euch.«

»Mit uns. Wir treten in New York auf, da könntest du eine eigene Wohnung bekommen, keine große, aber Hunger brauchtest du nicht zu leiden. Wir haben Ersparnisse, und in New York werden wir gut verdienen.«

»Ich würde dich nehmen, Isaak. Wenn du nur einer wärst«, fiel mir Iris ins Wort. »Du wolltest eine Geschichte erzählen, und ich brauche Champagner. Eine halbe Flasche vor dem Mittagessen. Das nennt man Iris-Diät. Die große Mode in diesem Winter, glaubt mir.«

»Ich glaube alles, was du sagst«, beteuerte Max.

»Erzähl weiter, Isaak, ich warte. Du bist der einzige Mann, dessen Sätze ich bis zu Ende hören mag.«

»Es sei denn, die Männer reden von dir«, bemerkte Max.

»Stimmt nicht«, entgegnete Iris. »Die meisten Menschen haben keine sehr originelle Auffassung von mir.«

»Sabrina«, sagte ich. »Sie war das perfekte Opfer und löste beim Publikum intensive Gefühle aus. So ähnlich wie Säuglinge. Das bloße Wissen, dass man einen Menschen zerdrücken kann wie eine Eierschale, lässt einen gegenüber diesem Menschen Zärtlichkeit und Hass empfinden.«

»Nicht unbedingt beides«, meinte Iris.

»Hilflosigkeit bringt die besten und die schlechtesten Eigenschaften zum Vorschein. Der Mensch möchte gebraucht werden, aber er will auch Dankbarkeit und Demut. Wenn Sabrina gelegentlich müde war und den Fehler beging, ihren Manager anzufahren, fütterte er sie nicht. Sie brauchte nicht zu hungern, niemand hätte gewagt, die Primadonna des Zirkus in Gefahr zu bringen, aber ihr wurde vor Augen geführt, dass der Mann absolute Macht über sie hatte.«

»Widerlich«, sagte Iris.

»Sabrina war ein Baby mit dem Gehirn einer Erwachsenen. Ich weiß nicht, ob sie litt. Eigentlich glaube ich, dass Leiden viel freie Zeit voraussetzt. Normale Menschen haben selten Muße dafür.«

»Du hast in der Mitte angefangen«, tadelte Max. »Was soll das für eine Geschichte sein?«

»Du hast recht. Ich fange anders an. Man schrieb das Jahr 1919, Max und ich kehrten nach Europa zurück, um in der Meereswelt aufzutreten. Nach Deutschland gingen wir damals noch nicht. Von dort hörten wir nur Berichte über Inflation und Armut, demütigende Geschichten über hurende Backfische und nach Brot anstehende Hausfrauen. Unser Deutschland starb im Krieg. Wir waren Bürger des Zirkuslandes. Aber es waren dennoch gute Jahre. Alle wollten feiern, den Krieg vergessen. Wir waren jung und begeisterten uns für alles Neue. Alles schien möglich. Sabrina war eine Attraktion, zu ihrer Truppe zu gehören, verhieß Aufstiegschancen. Sie war damals wohl etwas über dreißig. In unseren Augen uralt, natürlich. Wir mochten reife Frauen, aber alles hat seine Grenzen. Max' Mindestanforderung sind Rippen.«

»Tatsächlich, Max?«, fragte Iris. »Hast du ein Qualitätsniveau?«

»Nur sonntags.«

»Wir waren bereits einige Tage mit dem Ensemble unterwegs, als Magnus, der Manager, sagte, Sabrina wolle uns kennenlernen. Nach dem Abendessen führte er uns in ihren Wohnwagen. Sabrina lag zugedeckt in einem kleinen Kinderbett. ›Hallo‹, sagte sie mit halbgeschlossenen Augen. ›Ich habe gehört, dass ihr gestern euren ersten Auftritt hattet. Bitte entschuldigt, dass ich ihn mir nicht ansehen konnte. Ich war krank.‹ Sie sah Magnus an, der nickte.

›Ihre Anwesenheit wäre uns eine Ehre. Aber Sie müssen sich schonen‹, sagte Max mit einer Verbeugung. Auch ich verneigte mich leicht, starrte dabei aber Magnus an. Er musterte die Decke. Als ich seinem Blick folgte, sah ich eine Spinne, die unter der Deckenleiste verschwand.

›Wollt ihr mich sehen? Ich meine, vor dem Auftritt? Magnus, wärst du so lieb?‹

›Ja, gern‹, sagte Max.

›Nicht nötig‹, sagte ich.

›Magnus?‹

Der Mann hörte sie nicht. Er griff nach einem Besen und schlug gegen die Decke.

›Verdammt, das Biest ist mir entwischt.‹ Plötzlich schien er sich an unsere Anwesenheit zu erinnern, wurde rot und ließ den Besen fallen. ›Ich hasse Spinnen‹, murmelte er, schlug die Bettdecke zurück und hob Sabrina, ihren Nacken stützend, an den Schultern hoch, so dass ihre Beine schlaff herabhingen wie bei einer Stoffpuppe. Sie trug ein dünnes Nachthemd, so leicht, dass es ihren schutzlosen Körper nicht drückte. Die Muskeln hielten ihren Leib zusammen. Sabrina trainierte sie mit Magnus' Hilfe. Im Übrigen glich sie einem Sack. Selbst im Bett trug sie eine dreireihige Perlenkette um den Hals. Als sie meinen Blick bemerkte, lächelte sie.

›Die Perlen sind meine Versicherung‹, erklärte sie. ›Sie sorgen dafür, dass Magnus bei mir bleibt. Du bleibst doch?‹ Magnus räusperte sich.

›Sei nicht albern, mein Schatz. Sabrina glaubt, ich dächte nur an Geld‹, fügte er, an uns gewandt, hinzu.

Als wir gehen wollten, sagte Sabrina leise: ›Magnus, die Arznei! Vergiss meine Arznei nicht.‹

›Ich habe dir schon davon gegeben.‹

›Die Schmerzen, Schatz, die Schmerzen.‹

Magnus zuckte die Achseln und zog eine Kommodenschublade auf. Er holte eine Spritze heraus und füllte sie aus einer kleinen Glasflasche. Sabrinas Augen schlossen sich.

›Meine Muskeln. Entschuldigt. Ich brauche das.‹

Als Magnus den Ärmel ihres Nachthemds aufkrempelte, fuhr Sabrina ihn an.

›Nicht dahin. Ins Bein.‹

Magnus blieb reglos stehen.

›Verzeih mir, verzeih mir, mein Liebster, ich habe solche Schmerzen.‹

Wir zogen uns an die Tür zurück. Sabrinas weinerliche Stimme war nur noch gedämpft zu hören.«

»Demut«, sagte Max. »Die lernt man im Zirkus. Und man lernt sich zu schützen.«

»Wie ist es Sabrina später ergangen?«, fragte Iris.

Ich zuckte die Schultern.

»Sie ist gestorben.«

»Es war der Manager. Nicht wahr?«

»Nein. Ein dummer Zufall. Der Direktor eines konkurrierenden Zirkus wollte Sabrina engagieren, aber Magnus forderte einen hohen Preis. Als die Verhandlungen stockten, beschloss der Direktor, sich eine bessere Ausgangsbasis zu schaffen, indem er Sabrina rauben ließ. Eines Nachts brachen zwei Männer, die er angeheuert hatte, in Sabrinas Wagen ein und trugen sie zu einem bereitstehenden Auto. Unterdessen erwachte Sabrina aus ihrem Morphinschlaf und begann zu schreien. Damit man sie nicht hörte, legten die Männer sie in den Kofferraum und fuhren los. Sabrina schrie. Sie kreischte und jammerte. Schließlich verstummte sie, und die Männer atmeten erleichtert auf. Nach anderthalb Stunden Fahrt erreichten sie den Treffpunkt, an dem der Direktor mit einer Krankenschwester wartete. Als die Männer den Kofferraum öffneten, sahen sie einen schlaffen Körper, noch schlaffer als gewöhnlich. Sabrinas Lippen hatten sich bläulich verfärbt. Sie war erstickt. Man rüttelte sie, man rief auf dem nächtlichen Feld ihren Namen, doch sie lag da wie ein leerer Sack. Die hilflose Sabrina hatte nichts anderes tun können als zu schreien, und am Ende nicht einmal mehr das. Ihr eigener Arm, der um ihren Hals geschleudert wurde, hatte sie erdrückt. Sie konnte ihn nicht selbst bewegen.

Der Direktor entkam, aber die Männer, die den Raub ausgeführt hatten, wurden gefasst. Einige Wochen nach Sabrinas Verschwinden hatten sie versucht, ihre Perlenkette zu verkaufen. Nachdem Sabrinas Leiche, die auf dem Acker verscharrt worden war, gefunden wurde, sprach Magnus wochenlang kein Wort. Man sagt, er habe sich später ganz aus der Branche zurückgezogen und in Uppsala ein Immobilienbüro eröffnet.«

Der Likör glühte im Licht der Schreibtischlampe. Der purpurrote Streifen, den er auf Iris' Gesicht warf, glich einem Bluterguss. Im Fenster spiegelte sich das kalte Neonlicht des gegenüberliegenden Filmtheaters.

»Kümmere dich um mich, Isaak.«

Sie neigte den Kopf auf die Seite. Mir war klar, dass sie kokettierte. Ich sah Max an. Seine Augen glommen dunkel. Ich betrachtete die Reiseuhr, die auf dem Nachttisch lag. Ihr goldener Deckel glänzte. Sie zeigte drei Uhr. Ich schloss die Augen und versuchte mich an den Moment zu erinnern, als wir die Uhr bekommen hatten. Ich dachte an den kleinen Rubinknopf, an dem man sie jeden Morgen aufziehen musste. Dazu brauchte ich Max' Hände. Eine Uhr aufziehen gehört zu den Verrichtungen, die mit einer Hand unmöglich sind. Ich dachte an die nadelspitzen Zeiger. An das leise Ticken, das man nur hörte, wenn man die Uhr ans Ohr hielt. Selbst wenn uns das Geld ausging, hatten wir die Uhr nie versetzt. Sie erinnerte uns an das, was wir hätten werden können.

In den frühen Morgenstunden schrak ich auf. Max' rasselnder Atem ging gleichmäßig, aber Iris war fort. Ihr Duft stieg von den Laken auf, und ich lag eine Weile nur still da. Ich dachte an Iris, Robert und den Zug nach Amerika. Als ich die Augen schloss, spürte ich Iris' Nacken an meiner gesunden Hand. Den schwarzen Flaum am Haaransatz. Ihren Seufzer, ihr Erbeben, als ich sie dort berührte. Ich dachte an das kleine Muttermal am Schlüsselbein. An die durchbohrten Ohrläppchen. In der Nacht hatte ich die Wirbel an Iris' Rücken gezählt. Die ungeschützte Stelle gefunden, da, wo der Rücken beginnt, weich wie ein Pferdemaul.

Eine plötzliche Erkenntnis durchzuckte mich. Ich setzte mich auf. So hastig, dass Max aufheulte.

»Was hast du?«

Das Lächeln meines Bruders fachte meine Wut an. Vom Schnurrbart beschattet, breitete es sich auf seinen Wangen aus. Das Lächeln eines mit sich zufriedenen Liebhabers. Max roch nach Sekreten, das Spinnengewebe seiner Brusthaare warf im Halbdunkel Schatten.

»Das Geld ist weg.«

»Was?«

»Das Geld. Alle Ersparnisse vom Winter.«

Plötzlich war auch Max hellwach.

»Alles?«

Die weit aufgerissenen Augen meines Bruders verschafften mir Genugtuung.

»Das Kofferschloss ist aufgebrochen. Da, siehst du?«

Draußen bellte ein Hund. Am Fenster glitzerten Eisblumen. Das Licht der Leuchtreklame kühlte die Straße. Sie war leer. So leer wie der Nachttisch, auf dem die Golduhr gelegen hatte.

»Wir hätten zu Hause etwas weniger Wertvolles stehlen sollen«, sagte Max. »Zum Beispiel einen Papagei aus Porzellan.«

Iris' Tat war unnötig. Wir hätten ihr das Geld gegeben. Ich hätte ihr alles gegeben, was sie wollte. Und das wusste sie.

»Letzte Nacht …«, begann Max. »Du spürst es doch? Anders als ich, aber dennoch?«

Ich nickte. Mein Mund war trocken.

»Der Ziegenpeter«, sagte Max. »Ich erinnere mich nicht daran. Aber die Operation hat dich gerettet.«

Ich sah ihm in die Augen.

»Glaubst du das wirklich?«

»Die Tante hat es gesagt.«

»Sie hat viel gesagt. Mutter würde uns holen kommen. Im Zirkus wären wir glücklich.«

»Mag sein«, sagte Max. Er drückte sich an mich. Es war eine Art Umarmung.

»Vielleicht hätte der Arzt die Operation gar nicht vorgeschlagen, wenn wir so wären wie die anderen.«

»Was sollen wir jetzt tun?«, fragte Max.

Die Frage erschien mir dumm.

Helsinki

1932

Wir sitzen in unserem Hotelzimmer auf der Fensterbank. Max zupft an seiner Nagelhaut. Er grollt mir. In jüngeren Jahren hätte ich ihm gut zugeredet und versucht, ihn zum Lachen zu bringen, aber jetzt starre ich nur auf den Hinterhof, den die Abfalleimer erobert haben. Über den Dächern sind vereinzelte Bäume zu sehen. Das Buch liegt auf meinem Schoß. Ich mag nicht länger vorgeben, darin zu lesen, ich schaffe es nicht mehr, Interesse für fiktive Personen, für papierene Leben aufzubringen. Ich bin zu nahe an der Vergangenheit, an meinen eigenen vergessenen Kapiteln.

Die Küchenhilfe des Hotels kippt den Abfall zweimal täglich in die Mülleimer. Um die Ratten fernzuhalten, werden die Deckel fest geschlossen, was sie in der Eile jedoch manchmal vergisst. Ich beobachte zwei struppige Hunde, die sich auf dem Hof herumtreiben. Bei dem einen, schwarz-weiß gefleckten, stehen die Knochen an den Flanken hervor wie Flügel, der andere ist ein wenig kleiner, besser genährt, erst kürzlich ausgesetzt. Die Hunde recken ihre traurigen Schnauzen schnuppernd in die Luft. Sie bellen und kläffen, umkreisen einander brummend. Der stärkere der beiden, der Streithammel mit den schwarzen Ohren, fletscht die Zähne und knurrt. Der andere legt die Ohren an und weicht ein Stück zurück. Da liegt er nun, den Kopf zur Seite geneigt, und beobachtet den Sieger beim Fressen. Die wässrigen Hundeaugen saugen jedes Schmatzen und jedes verschlungene Stück auf.

»Wie setzt man einen Hund aus?«, frage ich Max.

»Hmpf«, schnaubt mein Bruder. »Ist das wieder eine dieser Fragen?«

»Was?«

»Dein verbaler Rorschach-Test zum Nachweis von Isaaks Intelligenz?«

»Ich verstehe nicht.«

»Ach, wie klug Isaak ist. Wie einsam und tiefsinnig.«

»Du bist ungerecht.«

»Wie Isaak sich um Versöhnung bemüht. Isaak möchte zurückkehren. Isaak will in einem einsamen Hotelzimmer wehmütigen, tiefschürfenden Gedanken nachhängen, während sein Bruder krank ist.«

»Ich habe nur laut gedacht, sonst nichts.«

»Du bist im Tod nicht allein. Du warst keinen einzigen Tag deines verdammten Lebens allein, Isaak.«

»Was weißt du schon? Du brauchst nicht mit einem zynischen Säufer zu leben.«

Ich schlafe ein, während Max weitertrinkt. Als ich im halbdunklen Zimmer erwache, bin ich schweißüberströmt.

Auf Max sitzt eine Frau in Krankenschwesterntracht und stöhnt. Ihre weiße Bluse leuchtet im Halbdunkel.

»Schneller«, flüstert Max und umklammert die Oberschenkel der Frau. Das Hinterteil, das unter der Uniform hervorschaut, gleicht einem riesigen Champignon. Max dringt immer wieder in ihn ein. Sie umklammern sich, zucken und wimmern.

Ich schließe die Augen und wende mich ab. Ich stütze mich auf mein Kissen, mein Körper ruckelt in ihrem Rhythmus. Um die süßlichen Ausdünstungen nicht zu riechen, lege ich den Arm über das Gesicht.

»Hör nicht auf«, stöhnt Max. »Noch ein bisschen.«

»Wenn ich weitermache, bin ich wund bis zum Hals«, sagt die Frau. »Du bist zu betrunken.«

»Nur ein ganz kleines bisschen«, jammert Max.

Ich mache die Augen nicht auf, als ich höre, dass die Frau geht. Max atmet schwer. Er weiß, dass ich wach bin, doch er sagt nichts.

Mona

1919

Das Hauptzelt, aus grün-weißem Markisenstoff, war nicht groß. Wir schlüpften hinein, um uns umzusehen. Oben unter der Decke bewegte sich eine leichte Gestalt. Eine Frau, der Größe nach noch ein Kind.

»Hallo!«, rief Max hinauf.

Das Mädchen hielt inne. Sie verharrte im Handstand auf den Ringen, den Kopf nach unten, und starrte uns an.

»Wir suchen die Kantine«, rief Max.

Das Mädchen glitt am Seil zu uns herab. Ihre Füße waren nackt, neben dem Nagel an der großen Zehe glitzerte ein Kristall wie Schmuck. Es war Harz, das Mona verwendete, um nicht abzurutschen. Ihre Haut war von einem komplizierten schwarzblauen Muster bedeckt. Bunt wie ein Kirchenfenster, reich verziert mit Rubinrot, Gold, Blattgrün.

»Herzlich willkommen«, sagte sie. »Ihr seid die Neuen?« Sie sprach gut Deutsch, wie die meisten Zirkusleute. Später erfuhr ich, dass sie Ungarin war. Die Hand gab sie uns nicht. Sie blieb einen halben Meter vor uns stehen, die Hände auf dem Rücken, als fürchte sie, jemand wolle sie stehlen, den Oberkörper graziös vorgebeugt wie eine Tänzerin.

»Sind die echt?«, fragte Max und zeigte auf die Haut des Mädchens.

Allmählich gewann das bunte Durcheinander Konturen. Auf der Haut des Mädchens tummelten sich menschliche Schatten. Sie trug eine hautenge Hose und ein Hemd. Die Ärmel endeten an den Ellbogen, die Hosenbeine reichten bis zu den Waden. Das Muster war rätselhaft. Ich starrte darauf, bis mir die Augen brannten.

»Ich wette, die sind nur aufgemalt.«

Das Mädchen lächelte Max an und hob das Hemd. Ihr Lächeln legte die Zähne nicht bloß. Es kitzelte lediglich die Mundwinkel und verschwand wieder. Ich hörte Max scharf einatmen. Auch ich starrte hin. Die Haut an Monas Bauch war von der gleichen bunten Masse bedeckt wie ihre Arme und Knöchel. Auf der größeren Fläche bildeten die Tätowierungen ein erkennbares Muster. Nackte Mädchen reckten sich zwischen Kirschen und hundsköpfigen Gestalten. Menschengroße Tulpen öffneten ihre Kelche. Eine Eule hatte ein Dutzend Menschenbeine. Max streckte die Hand aus, um die Haut zu berühren.

»Ist das Schminke?«

Mona erbebte unter der Berührung, wich aber nicht zurück. Ihre straffen Bauchmuskeln spannten sich. Der Atem vibrierte über den Rippen. Alle Akrobaten sind mager, doch Mona bestand ausschließlich aus Sehnen. Als Mädchen erkannte man sie nur auf der Bühne, wo Pailletten und Wattierungen ihr eine weibliche Figur verliehen.

Plötzlich zuckte sie zusammen, und die Tätowierung verschwand unter dem Hemd. Der Mann war auch ohne Maske als Clown zu erkennen. Clowns haben ihre eigene Art zu gehen, mit den Fußspitzen nach außen. Er lächelte uns so breit an, dass sein Zahnfleisch glänzte, drückte uns fest die Hand und lächelte unaufhörlich, während er sprach. Um die fünfzig, schätzte ich. Um seine Beine wuselte ein kleiner Hund, dessen Fell aussah, als hätte man ihn in rosa Wasserfarbe gebadet.

»Krauser«, stellte er sich vor und legte den Arm um das Mädchen. »Ich habe mich schon gewundert, wo Mona steckt.« Die Umarmung war beinahe zärtlich. »Du musst üben, Liebling.«

Ich lächelte Krauser an.

»Es tut mir leid. Offenbar haben wir Ihre Tochter erschreckt.«

Krauser grinste.

»Kinder nutzen jeden Vorwand, um zu faulenzen.«

Ich nickte.

»Wir suchen die Kantine«, sagte ich. »Mir scheint, wir haben uns verlaufen.«

Die Wirtschafterin des Zirkus servierte uns gebratenen Schinken und Sauerkraut.

»Krauser«, sagte ein junger Zirkusarbeiter, der gerade vorbeikam, als ich nach dem tätowierten Mädchen fragte. »Das ist ein wahrer Teufel. Ich heiße übrigens Elias. Und ihr seid die Zwillinge.«

Elias hatte es nicht eilig. Er setzte sich zu uns und aß mit der Ernsthaftigkeit des Arbeiters. Elias war der Typus des kleinen Bruders. Auf seiner Haut waren noch die Narben der Adoleszenz zu sehen. Irgendwann hatte er sich die Nase gebrochen, doch sein Gesichtsausdruck war gutmütig und optimistisch. Ich schätzte, dass er höchstens zwanzig war, vermutlich jünger. Vielleicht ein Ausreißer oder ein Arbeitersohn, der glaubte, beim Zirkus würden sich seine Träume erfüllen. Solche von der Freiheit Genarrte sah man oft. Romantische Jungenherzen, die höher schlugen, wenn große Worte wie Motorrad und Straße fielen. Spätestens nach zwei Jahren hatten die Burschen genug vom harten Zirkusleben, von den Zelten, die sie im Morgengrauen aufbauen mussten, und der schlechten Bezahlung. Auf dem Bau oder im Hafen verdiente man besser. Zudem konnte man das Mädchen, dem man beim Tanz den Hof gemacht hatte, wiedersehen oder Schnaps trinken und am Sonntagmorgen auf der vertrauten Ofenbank aufwachen. Aber Elias war noch frisch.

»Wie alt bist du?«

Elias errötete. »Einundzwanzig«, antwortete er.

Ich lächelte. Es war klar, dass er log.

»Wo ist deine Familie?«

»Zu Hause.« Sein Hals glühte. »In Lapinlahti. In Savo.« Ich wusste nicht, wo Lapinlahti lag. Eine Metropole konnte es jedenfalls nicht sein.

»Erzähl uns von Krauser«, bat Max. Elias brauchte keine zweite Aufforderung.

»Er gibt das tätowierte Mädchen als seine Tochter aus, aber alle wissen, dass er sie einem Ungarn abgekauft hat.«

Monas Eltern hatten das Mädchen von einem spanischen Wanderkünstler tätowieren lassen und gegen Bezahlung ausgestellt, um sich ihren Lebensunterhalt zu verdienen. Vermutlich hatten sie ihre Tochter auch verkauft. In Budapest gab es einen Markt für Besonderheiten. Die Haut des Mädchens hatte den künstlerischen Ehrgeiz des spanischen Tätowierers geweckt. Er hatte sich nicht mit den üblichen Rosen und Indianern begnügt, sondern ihr Gemälde von Hieronymus Bosch in die Haut gestochen. Vorn den Garten der Lüste, hinten die Versuchung des heiligen Antonius. Das Gesicht hatte er freigelassen, ebenso eine kleine Stelle zwischen den Schulterblättern. Wegen der Atmung. Wenn die gesamte Hautoberfläche tätowiert wird, erstickt man, erklärte Elias. Jede tätowierte Frau hat einen Fleck menschlicher Haut, selbst wenn ihren Körper die Hölle ziert. Diese Stelle zeigte Mona keinem. Sie trat nackt auf und wand sich am Trapez, doch ihre bloße Haut hütete sie wie eine Frostbeule. Krauser hatte das Mädchen zur Akrobatin ausgebildet. Sie trat jeden Abend auf, schaukelte am Drahtseil, schlug Saltos, während das Publikum erregt keuchte. Der kleine Körper zitterte, wenn er sich zwischen den Ringen bog. Nur zu den Vorstellungen und Proben durfte sie Krausers Wagen verlassen.

»Ist Krauser ein guter Clown?«, fragte ich.

Elias lachte. »Ohne Mona würde der Armleuchter nur mit Eintrittskarte in den Zirkus gelassen. Er läuft mit seinen angefressenen Pudeln durch die Manege und erzählt jeden Abend denselben Witz.« Ich hörte nur mit halbem Ohr zu. Der Zirkus ist voll von traurigen Geschichten, die gefühllos erzählt werden. Ich kann mir nicht die Sorgen der anderen aufbürden. Der Körper eines Bruders wiegt schon schwer genug.

»Deshalb wacht er eifersüchtig wie ein Pavian über das Mädchen. Die Trapezkünstler haben ständig blaue Flecken, aber man munkelt, dass Monas Verletzungen nicht nur beim Training entstanden sind. Und wer weiß, was sich unter der Tätowierung verbirgt.«

Ich wechselte das Thema. Elias interessierte mich mehr als Mona.

»Wie bist du zum Zirkus geraten?«

»Öh … Eigentlich wollte ich Maler werden«, sagte Elias. »Ich bin einige Jahre zur Kunstschule gegangen. Aber dann hatte ich das Gefühl, ich müsste das Leben sehen. Also habe ich mich als Zeltbauer verdingt.«

Die Luft wurde schwer. In der Menschenmenge verdichtete sich der Schweiß zu erregtem Geruch. Die Pferdehufe dröhnten auf dem Teppich. Ich spähte durch einen Spalt im Vorhang auf die Bühne. Die Manege war in gleißendes Licht getaucht. Die Zuschauer saßen nach vorn gebeugt auf den Holzbänken. Der Zirkus Jakodoff gehörte nicht zu unseren größten. Im Zuschauerraum fanden sechshundert Menschen Platz. Zwölfhundert Augen sahen zu, als ein blassgraues Pferd, einen Mann im Cowboy-Anzug auf dem Rücken, sich auf die Hinterbeine erhob, kehrtmachte und sprang. Elias, der neben uns stand, seufzte.

»Ein Teufelspferd.«

Max zupfte an seinen Manschetten. Unser Auftritt war im ersten Teil der Vorstellung angesetzt.

»Wenn man so eins bekäme.«

Seine Sehnsucht amüsierte mich.

»Soso, du willst unter die Reiter gehen?«

»Oder wenn ich es wenigstens malen könnte. Wenn ich diese Bewegung einfangen könnte. Diese Größe …«

Die Weste meines Kostüms drückte. Mein Atem rasselte. Elias warf uns einen Blick zu.

»Wenn man irgendeine Begabung verwirklichen könnte. So wie ihr. Normalität ist langweilig. Deshalb wollte ich Maler werden. Aber ich bin nicht gut genug.«

Verlegen trat ich von einem Bein aufs andere.

»Nun geh schon«, scheuchte ich Elias fort. »Wir müssen uns konzentrieren.«

»Als nächste tritt das Mädchen auf«, sagte Max.

Das graue Pferd bäumte sich auf, der Cowboy warf seinen Hut in die Luft, und das Publikum applaudierte frenetisch. Ich sah, wie der Direktor einen Schluck aus seinem Flachmann trank. Dann schob er sich in seinem Frack grinsend an uns vorbei. Am Ende seiner Ansage legte er einen Löffel und ein Stück Angelschnur auf den Bühnenrand.

Das Licht in der Manege wurde gedämpft. Ein einzelner Scheinwerfer richtete sich auf die Zeltspitze. Von dort glitt das Mädchen herunter, die vogelzarten Glieder waren nackt. Der silberne Streifen funkelte im Licht. Die bunte Haut wirkte nicht mehr grell. Die Tätowierungen erstrahlten. Auf dem Rücken flehte der heilige Antonius um Gnade vor den weltlichen Freuden. Max seufzte. Mona bog sich zwischen den Reifen, sprang in die Luft und fasste das Drahtseil. Sie drehte einen Salto. Sie flog.

»Sie hätte ein besseres Publikum verdient. Jemand sollte sie nach Paris bringen, nach Berlin«, sagte Max. »Das Mädchen hat das Zeug zum Star.«

»Und du würdest sie dazu machen?«, fragte ich.

»Warum nicht? Es gibt schlechtere Impresarios, und wir können nicht bis in alle Ewigkeit auftreten.«

»Wieso nicht?«

»Außerdem ist das richtige Geld anderswo.«

»Sei nicht dumm«, warnte ich Max. »Misch dich lieber nicht ein.«

Durch den Vorhangspalt sah ich Krausers Schatten am Bühnenrand.

»Warum liegt da eigentlich ein Löffel?«, fragte ich, aber alle starrten auf das tätowierte Mädchen hoch oben im Zelt.

Das Publikum klatschte Beifall, als Mona an uns vorbei hinter die Bühne huschte.

»Warte«, sagte Max.

Mona blieb stehen. Auf ihren tätowierten Gliedern glänzte der Schweiß. Aus der Nähe war sie noch nackter.

»Ein großartiger Auftritt«, lobte Max, und Mona nickte. »Hast du Zeit … Ich meine …«

»Morgen«, sagte Mona. »Krauser geht morgen einen neuen Hund kaufen. Dem alten fallen büschelweise die Haare aus.« Sie lächelte und strich Max beiläufig über die Wange. »Eine Wimper. Ich habe einen Wunsch frei.« Dann pustete sie.

»Das war meine Wimper«, meinte Max.

»Umso besser«, sagte Mona und verschwand lachend.

Der nächste Tag war ein Sonntag, ohne Vorführungen. Nach dem Mittagessen gingen die Zirkusleute ihrer eigenen Wege. Das Lager leerte sich. In einigen Wagen gingen die Lichter an. Ich betrachtete Max, der seine Fliege band. Er beugte sich zum Spiegel vor und pfiff. Mein Gesicht war im Spiegel nur teilweise zu sehen.

»In Kniebundhosen siehst du kleiner aus.«

Max warf einen besorgten Blick auf seine Beine. Dann hob er ein Bein hoch.

»Die ist aus gutem Stoff. Aus bestem Oxford-Tweed.«

»Dass sie modisch ist, bezweifle ich nicht.«

Mein Bruder zuckte mit den Achseln.

»Es wäre eine Sünde, diese Waden zu verbergen.«

Ich grinste Max im Spiegel an. Unter meinen Augen hatten sich Tränensäcke gebildet.

»Das Mädchen wird uns Probleme bereiten.«

»Problematische Menschen sind die interessantesten.«

»Hast du dich in sie verliebt?«

»Die Sache ist rein geschäftlich.«

»Ich werde aus ihr nicht schlau. Sie ist scheu wie ein Kaninchen, aber gestern hat sie sich dir regelrecht aufgedrängt.«

»New York«, sagte Max und schloss die Augen. »Wir kaufen uns ein Auto, einen Zweisitzer, und essen zum Frühstück Schinken, der unter einer silbernen Haube serviert wird. Isaak, keine Wohnwagen mehr und keine verlängerte Specksoße. Das Mädchen, Isaak. Aus der wird was.«

Mona öffnete uns. Sie trug ein weites Kostüm und einen Filzhut, der ihren kahlgeschorenen Schädel verdeckte. Sie sah älter aus, wie eine Kontoristin.

»Trinkt ihr? Krauser hat etwas im Schrank.«

»Wie alt bist du?«, fragte ich.

»Alt genug.«

»Alt genug für wen?«, hakte ich nach.

»Achtzehn.«

»Sechzehn.«

»Ungefähr. Ich glaube, Krauser weiß es, aber er will es mir nicht verraten.«

»Feierst du keinen Geburtstag?«, fragte Max. »Mit Torte und Luftballons?«

»Ich bin das Mädchen, das aus der Torte springt«, sagte Mona. »Wollt ihr etwa behaupten, dass ihr Geburtstag feiert? Mit allen Kindern aus der Nachbarschaft?«

Monas Hände zitterten, als sie uns die Bierflaschen reichte. Nachdem sie aus ihrer Flasche getrunken hatte, lächelte sie wieder.

»Ihr möchtet mit mir reden?« Sie leckte sich die Lippen und setzte die Flasche wieder an. Ihre Augen wanderten von mir zu Max und wieder zu mir.

»Wir wollten ins Kino gehen«, sagte ich. »Bald kommen wir zu spät.«

In der Dunkelheit des Kinosaals spürte ich, wie Max den Arm um das Mädchen legte. Ich ahnte ihre Herzschläge. Langsam wandte ich mich ab und starrte auf die Leinwand. Ich erinnere mich, dass ich die schwarz-weißen Aufnahmen betrachtete, an den richtigen Stellen lachte. Ich schaue mir einen Film an, dachte ich. So sieht ein Mann aus, der einen Film anschaut. Ein Mann, der sich so auf den Film konzentriert, dass er die Welt um sich herum nicht wahrnimmt. Meine Hand wurde feucht. Am Nacken sammelten sich Schweißtropfen. Ich sank tiefer in den Plüschsessel des Filmtheaters. Mit der gesunden Hand trommelte ich auf die Armlehne. Mein Bruder flüsterte Mona etwas ins Ohr, und sie lachte. Vielleicht sprachen sie über Monas Karriere, die Max als ihr Manager fördern würde. Ohne seinen anstrengenden, kränklichen Bruder. Ich überlegte, was ich tun sollte, wenn Max nicht mehr tanzte. Ich könnte einen Großhandel gründen, den Zirkusleuten das Frühstück ans Bett liefern. Flickarbeiten oder Zierstickerei lernen, irgendetwas, das ich mitnehmen konnte, wenn Max auf Reisen ging. Ich starrte auf Monas Hinterkopf. Max war sicher nicht in sie verliebt. Vielleicht hatte er genug von mir und dem Tanzen, lag abends, wenn ich bereits eingeschlafen war, zähneknirschend im Bett.

Vielleicht wollte er eine Operation? Es war vollkommen natürlich, dass ein beinahe zwanzigjähriger Mann an Heirat dachte. Heiraten durften wir laut Gesetz nicht, nicht gemeinsam. Ich warf einen Blick auf Max. Spürte er meine Gedanken? Vielleicht versuchte er gerade jetzt, mir etwas zu sagen.

Nach dem Film gingen wir über den Fluss. Zwischen den Linden lugten die Augen der Straßenlampen hervor. Max versuchte mit Mona über seine Pläne zu sprechen. Sie wurden von Satz zu Satz größer.

»Du brauchst eine bessere Bühne. Jetzt tingelst du ja nur durch die Provinz.«

Mona zuckte die Schultern.

»Krauser findet es gut so.«

»Krauser«, schnaubte Max. »Ich kann dich zum Star machen.«

Mona lachte auf und legte den Kopf schräg.

»Darüber willst du mit mir reden?«

Sie schmiegte sich an Max. Die Hand meines Bruders fuhr in ihre Haare. Ich hörte sie wispern, wandte mich ab und blickte in die andere Richtung. Es war schwierig, beim Gehen den richtigen Rhythmus zu finden, wenn Mona sich anlehnte. Ich legte eine Hand auf das Brückengeländer. In der Abendluft war es eiskalt geworden, und ich trug keinen Handschuh. Ich glaube, sie merkten nicht einmal, dass wir stehen geblieben waren. Am Flussufer ankerten Segelboote. Die müde Stadt spiegelte sich im Wasser. Die Häuser neigten sich schwerfällig zum Fluss. Sie waren irgendwann in der Epoche des Kaiserreichs aus Holz gebaut worden. Nur wenige Fenster waren erleuchtet. In Kleinstädten ging man zeitig schlafen. Max' Mund näherte sich Mona. Sie hob das Kinn, mit offenen Augen wie ein Hase. Plötzlich spürte ich, dass wir beobachtet wurden. Ich drehte mich rasch um, und Max schrie auf.

»Musste das sein?«

»Da ist jemand.«

»Das bildest du dir nur ein«, sagte Max und legte den Arm um das Mädchen.

Ich starrte in die Schatten der Linden. Der Mann schien wegzugehen. Neben ihm lief ein Pudel. Die Rockschöße des Mannes schaukelten im Takt seiner Schritte.

»Was magst du am liebsten?«, fragte ich Mona. Wir saßen auf einer Bank im Kupitta-Park. Max schlummerte. Es war einer dieser reglosen Momente in der Sommernacht, wenn selbst die Vögel verstummen. Vom Zirkuslager schallte das Brüllen eines Tigers herüber. Ich beobachtete einen Nachtfalter. Als er sich auf Monas Hut niederließ, erstarrte sie. Ich fing den Falter und umschloss ihn mit der Faust. Seine Flügel kitzelten mich an der Handfläche. Ich zwinkerte Mona zu und öffnete langsam die Faust. Der Falter breitete vorsichtig die Flügel aus. Er flog schwankend auf und war gleich darauf verschwunden.

»Weißt du«, begann Mona. »Den kurzen Augenblick vor dem Auftritt, wenn im Kopf Chaos herrscht. Wenn einem übel ist und man nichts anderes will als weglaufen, sich im Bett verkriechen und so viel Eis essen, dass man krank wird.«

Ich nickte. Gleichzeitig überlegte ich, was sie von Max wollte. Sie musste doch begreifen, dass mein Bruder sich in erster Linie für sich selbst interessierte, aber vielleicht war das für sie bedeutungslos.

»Und dann, wenn man anfängt. Die ersten Bewegungen. Wenn man den einen Zuschauer aussucht, den man während der ganzen Aufführung ansieht. Ich wähle meistens ein Kind. Am liebsten ein kleines Mädchen. Wenn diesem Mädchen der erste Seufzer entschlüpft, weiß ich es. Dann bin ich nicht mehr Mona. Ich bin eine Flamme.«

Ich fasste sie an der Hand. Mona schob mich nicht fort, erwiderte meinen Druck aber auch nicht. Ihre Finger waren kalt. Als hätte sie sich zu lange an einer Eisenstange festgehalten.

»Hat es weh getan? Das Tätowieren?«

Mona ließ ihren Hut auf dem Finger kreisen.

»An den Schmerz gewöhnt man sich. Er ist Teil der Aufführung. Als ich anfing, am Trapez zu üben, haben meine Zehen wochenlang geblutet. Dann wurden sie hart.«

»Wofür ist der Löffel?«

Mona lächelte und ließ den Hut auf den Schoß fallen.

»Der Löffel am Bühnenrand. Warum legt Krauser ihn jedesmal vor deinem Auftritt dahin? Bringt er Glück?«

»Nein. Er ist für einen Sturz da.«

Ich sah wahrscheinlich völlig verdattert aus, denn Mona lachte laut.

»Damit fischt man die Zunge aus dem Hals. Wenn man vom Trapez fällt, verschluckt man seine Zunge. Die Primadonnen brechen sich selten das Genick, es kommt viel häufiger vor, dass sie ersticken.«

»Möchtest du weg, nach New York?«

»Möchte das nicht jedes Mädchen?«

»Und er? Krauser?«

Mona zögerte.

»Weißt du was? Vor ein paar Jahren bin ich weggelaufen. Krauser und ich hatten einen furchtbaren Streit, und ich beschloss, mich abzusetzen. Ich ließ mich auf einem kleinen Jahrmarkt anheuern. Ein schäbiger Tingeltangel, der hauptsächlich von Soldaten auf Urlaub besucht wurde. Ich bekam eine Stelle beim ›Zug der Wunder‹. Hast du so etwas schon einmal gesehen? Es ist ein Tunnel, durch den ein Wagen fährt. An der Strecke sind Schaufenster, und in jedem sitzt ein Mädchen. Manchmal nennt man das Ding auch Liebeswagen. Jedes Mädchen ist anders kostümiert, als Indianerin, griechische Göttin oder Seejungfrau. Ich hatte kein eigentliches Kostüm, ich hing an den Reifen, so dass meine Tätowierung zu sehen war. Wenn der Wagen vorbeifährt, richtet sich der Scheinwerfer der Reihe nach jeweils auf ein Mädchen. Dann lächelt das Mädchen, schlägt einen Salto oder enthüllt die Waden. Der Zug war bei den Soldaten besonders beliebt. Im Urlaub wollten sie vor allem trinken und Mädchen angaffen.«

»Das gilt für alle Zuschauer, nicht nur für Soldaten«, sagte ich.

»Nach einigen Wochen fand Krauser mich. Er kam nicht zu mir, sagte nichts, starrte nur. Die anderen Mädchen waren ihm gleichgültig wie Hundefutter oder Zirkusaffen. Wenn der Scheinwerfer über mir erloschen war, spürte ich in der Dunkelheit immer noch seinen Blick, seine farblosen Augen, die mich fixierten. Er fuhr jeden Tag drei bis fünf Mal mit, bald grüßte ihn der Zugführer. Die Mädchen spöttelten über den seltsamen Mann mit der großen Nase, der sich nicht amüsierte, sondern immer nur starrte. Mir lief es kalt den Rücken herunter, wenn ich ihr Gelächter hörte. Ich wollte weglaufen, aber ich wusste nicht, wohin. Krauser hätte mich überall aufgespürt. Drei Wochen wartete ich darauf, dass er ankam und mich an den Füßen nach Hause schleifte, aber nichts geschah. Schließlich beruhigte ich mich und betrachtete Krauser zum ersten Mal genauer, als er im Wagen vorbeifuhr. Auf dem Gleis war es dunkel, aber die Scheinwerfer, die sich in den Fenstern spiegelten, beleuchteten sein Gesicht. Er hatte abgenommen, an den Schläfen schienen seine Haare in den wenigen Monaten schütter geworden zu sein. Um den Mund zogen sich neue Falten. Ich überlegte, was er in der Stadt machte. Wie er es sich leisten konnte, jeden Tag mehrmals im Zug der Wunder zu fahren. Am nächsten Tag ging ich zu ihm. Als er mich sah, weinte er. Es stellte sich heraus, dass er seine dressierten Hunde einen nach dem anderen verkauft hatte, um mich sehen zu können. Da musste ich zu ihm zurückkehren. Ich hatte keine andere Wahl. Ohne seine Hunde konnte er sich nicht über Wasser halten.«

»Er schlägt dich.«

»Ab und zu. Manchmal habe ich es verdient. Manchmal wünsche ich es mir sogar, denn danach bereut er es und gibt mir, was ich will. Ich sehe, wie sehr er sich davor fürchtet, mich zu verlieren. Kein Mensch sollte so abhängig von einem anderen sein.«

Von Tag zu Tag sprachen wir drei häufiger über den Aufbruch. Die Vorstellungen liefen schlecht. In Finnland hatte ein Bürgerkrieg gewütet, und obwohl es genügend vergnügungssüchtige Zuschauer gab, war ich nervös. In Deutschland war es nicht viel besser. Ganz Europa war zerrissen. Ich wollte aufbrechen, am liebsten nach Amerika oder Kanada, auf die großen Bühnen. In den Vereinigten Staaten gab es dem Vernehmen nach Theater, in denen zweitausend Menschen Platz fanden, es gab Filme, den Broadway. Wenn Max Mona mitnehmen wollte, hatte ich nichts dagegen. Zu dritt schmiedeten wir Pläne: Wir würden mit dem Schiff nach Liverpool fahren, von dort weiter nach New York. Anfangs könnten wir kleine Rollen übernehmen oder zu dritt bei Matinees auftreten. Vielleicht auch auf dem Schiff, falls die Überfahrt teuer war. Nach und nach würde Max bessere Engagements für Mona aushandeln. Unser Honorar sollte zwanzig Prozent betragen.

»Wir kaufen dir ein Zobelcape, Häschen«, sagte Max. »Du wirst eine Prinzessin.«

Mona schüttelte den Kopf und lachte.

»Erzähl mir nochmal, wie die Zuschauer mit mir umgehen.«

»Sie vergöttern dich«, sagte Max. »Sie überschütten dich

mit Blumen und Freudentränen. Ein Meer von weißen Fräcken erhebt sich und braust vor Bewunderung, wenn du hoch oben fliegst. Garantiert wird auch ein Film über dich gedreht.«

»Wirklich?«

»Natürlich. Wer könnte besser sein als du?«

Das Orchester spielte, als Mona von der Decke herunterglitt. Im Rückenausschnitt ihres Kleides lockte die Welt den Heiligen. Ich sah, dass der katholische Pferdedresseur das Kreuz schlug. Mit ihren schwarzen Augen glich Mona einer indischen Göttin. Ihre Wange zierte ein Schönheitsfleck. Die Lippen verzogen sich zu einem Theaterlächeln. Die nackten Knöchel bogen sich geschmeidig. Die Beine spreizten sich. Das Publikum seufzte.

Ich berechnete im Kopf den Preis für die Überfahrt. Wir konnten nur hoffen, dass der Zirkusdirektor großmütig war. Von der Polizei gejagt zu werden, war das Letzte, was wir in diesem fremden, primitiven Land brauchten. Ich kannte die hiesigen Gesetze nicht. Aber wahrscheinlich begegnete man Zirkusartisten in Finnland mit demselben Misstrauen wie überall. In zwei Tagen würden wir es nach Stockholm schaffen, von dort nach Deutschland. Bei unserem Aussehen war es nicht leicht, unauffällig zu verschwinden. Erst recht nicht, wenn wir unterwegs unseren Lebensunterhalt verdienen mussten. Vielleicht würde es reichen, wenn Max und ich unsere Nummer vorführten. Mona brauchte nicht aufzutreten. Ich malte mir aus, wie wir in langen Mänteln an Deck standen, wie Mona, den Filzhut tief ins Gesicht gezogen, aufs Meer blickte. Ich kicherte. Als Elias mich ansah, rief ich mich zur Ordnung. Ich folgte Monas Blick, suchte nach dem kleinen Mädchen im Publikum. An diesem Abend waren viele Kinder unter den Zuschauern. Die weißen Kniestrümpfe leuchteten im Halbdunkel. Endlich glaubte ich das von Mona auserwählte Mädchen entdeckt zu haben. Es war kaum größer als eine Boje. Seine schwarzen Augen waren fest auf Mona geheftet. Die Haare der Kleinen sahen aus, als sei Kämmen Zeitverschwendung. Auf ihrer Wange saß ein Rußfleck. Die Schürze hatte bessere Tage gesehen. Eine Jungmagd, dachte ich. Keine der Frauen, die hinter ihr standen, war alt genug, um ihre Mutter zu sein. Möglicherweise war eine von ihnen ihre Schwester. Vielleicht diese, die gerade ihren Kragen richtete. Die zweite Magd hatte vor Verwunderung den Mund aufgerissen. Sie würden zu Fuß nach Hause gehen. Vielleicht würde die große Schwester die müde Jungmagd auf der Schulter tragen. Beim Schlafengehen würden sie über den Zirkus sprechen, über die Tiger und das blaue Mädchen am Trapez. Sie würden vom Goldlamee träumen, von der Musik, von den Pferden, auf deren Rücken Männer tanzten. Ich sah zu Mona auf. Sie glitt durch die Luft, packte die Reifen, drehte sich um sich selbst. Sie bewegte sich so schnell, dass die Tätowierungen zu einer einheitlichen Masse verschmolzen. Ihre Haut wirkte, als sei sie schwarz gebeizt. Anfangs hatte es den Anschein, als gehöre er dazu: ein bis zum letzten Moment hinausgezögerter Sprung. So tollkühn, dass Mona zu fallen schien. Mit den gestreckten, blauen Knöcheln sah sie aus wie ein Wesen aus dem Jenseits, ein Zögling des Hades. Sie schoss durch die Luft. Einen Augenblick lang glaubte ich sie lächeln zu sehen. Nach mehreren Umdrehungen wurde der kleine Körper in die Manege geschleudert. Es ist unmöglich, dass sie lautlos fiel. Ein menschlicher Körper macht immer irgendein Geräusch, ein Knacken, ein Plumpsen, ein Krachen. Ein menschlicher Körper, dessen Rücken in vier Teile zersplittert. Dessen Milz von einer gebrochenen Rippe durchbohrt wird. Dessen kleines Gesicht im Sand zerquetscht wird. Ich erinnere mich nur an die Musik. Das Orchester spielte immer schneller. Ich sah Männer zu ihr laufen. Sah Mona schlaff und reglos daliegen, ein Paillettenbündel. Ihr Arm war unnatürlich abgewinkelt. Ich erinnere mich, dass ich ihre Fingernägel ansah. Sie waren kurz gefeilt und nur in der Mitte lackiert, wodurch sie länger wirkten. Ich trat vor, um Mona an der Hand zu fassen, doch da wurden wir beiseitegestoßen.

»Mona!«, schrie Krauser gellend.

Die Zuschauer wurden unruhig. Sie ahnten, dass diese Szene nicht zur Aufführung gehörte.

»Mona, mein Vögelchen.« Krausers Stimme übertönte das Orchester. Seltsam, dass ein so großer Mann eine so schrille Stimme haben konnte.

Ich drehte mich zu Elias um. Ich musste mich räuspern, damit meine Stimme mir gehorchte.

»Sag ihnen, sie sollen aufhören.«

Elias nickte. Er wandte sich an das Orchester.

»Ihr könnt euch die Geigen an den Hut stecken. Das Mädchen ist tot.«

Das weiße Haus

1921

Das Haus unserer Eltern wurde jedes Frühjahr weiß getüncht. Eine große Eichentür führte in den Garten, dessen Blumenbeete von Muschelreihen eingefasst waren. Die Muscheln ragten wie Zähne vor den Tagetes und Mohnblumen auf. Wir hatten ein Engagement bei einem amerikanischen Theater angenommen. Unser Schiff sollte in zwei Tagen von Rostock abgehen. Ich hatte diesen Besuch vorgeschlagen. »Wir sind einundzwanzig, Isaak. Wir brauchen keine Mutter mehr«, hatte Max gesagt, schließlich aber doch zugestimmt, als ich ihm versicherte, nach Hamburg sei es gar nicht weit. Wir würden die anderen rechtzeitig einholen. Vielleicht kehrten wir ja nie mehr nach Europa zurück.

Die Pfingstrosen im Garten waren aufgeblüht. Die hellroten Blütenköpfe nickten auf ihren gebeugten Hälsen. Ein Mann mit Schürze band die Stiele zusammen. Max rümpfte die Nase über ein Terracotta-Reh, das auf den Gartenweg blickte. Aus reiner Bosheit klopfte ich dem Reh im Vorbeigehen auf den Kopf.

»He, ihr da.«

Ich blickte auf. Der Ruf kam von dem Mann mit der Schürze.

»Finger weg. Das Viech ist aus Berlin.«

Max grinste.

Ich reichte dem Dienstmädchen unsere Karte. Sie führte uns ins Haus, kicherte dabei leise hinter der vorgehaltenen Hand. Ich ließ den Blick über die Tapeten wandern, über den an den Rändern ausgefransten Flurteppich, zu den Wandleuchten und den aufgestapelten Visitenkarten. Das war das Haus, das unser Elternhaus hätte sein können.

»Die gnädige Frau empfängt Sie im Salon.«

Salon war eine hochtrabende Bezeichnung, das Wort Aufenthaltsraum hätte besser gepasst. Genau besehen, wirkte der Salon wie ein Raum, in dem allerlei unverkäufliche Restbestände abgestellt wurden. Ich spürte, wie mir im Nacken der Schweiß ausbrach.

»Wir haben unseren Geschmack offenbar von einem anderen Zweig der Familie geerbt«, murmelte Max.

An den Wänden hingen Tapeten mit großen Blumen. Die Ranken verwandelten das Zimmer in einen Kleinbürgerdschungel. Verstärkt wurde dieser Eindruck durch die modischen Korbmöbel und die heiße, komprimierte Feuchtigkeit, die aus den Nahtstellen der Tapeten drang. Alle Möbel wirkten neu und wie fabrikmäßig hergestellte Kopien teurerer Stücke. Ich schmunzelte, als ich über der Kommode eine Gravüre der Kaiserin Eugenie sah. Zusammen mit einem bunten Papagei aus Porzellan repräsentierte sie in diesem Zimmer die Kunst.

Unsere Mutter saß auf der Kante eines Sessels, die Füße graziös gekreuzt. Damals lernten die kleinen Mädchen diese Haltung in der Schule. Unsere Mutter hatte sie gelernt, als sie sich verlobt hatte.

»Sie möchten sicher keinen Tee mehr? Die Teezeit ist ja schon vorbei.«

Ich schluckte. Am Morgen hatte ich eine leise Übelkeit verspürt und statt des Mittagessens im Zug nur eine kleine Tasse Kaffee und ein belegtes Brot zu mir genommen. Ich hatte Hunger und Durst, fand es aber unhöflich, zu widersprechen. Bei der Tante auf dem Land trank man keinen Tee. Dort bevorzugte man anständigen Kaffee.

»Das Wetter ist recht angenehm. Haben Sie am Bahnhof eine Kutsche genommen?«

»Ein Automobil«, antwortete Max.

»Aha. Ich finde Automobile schauderhaft. Sie sehen aus wie stählerne Ungeheuer.«

Während unseres gesamten Besuchs siezte Frau Mutter uns wie eine kirchliche Abordnung. Sie sprach uns nicht als Individuen an. Nicht als ihre Söhne. Wenn sie in den Spiegel schaute, sah sie eine immer noch schöne Frau, mit rundem, symmetrischem Gesicht, den Mund leicht geöffnet. Ihre Haare wurden jeden Morgen zu festen Schläfenlocken gekämmt. Nicht einmal der Föhnwind hätte der steifen Frisur unserer Mutter etwas anhaben können. Sie trug ein schwarzes Seidenkleid. Wenn sie sich bewegte, enthüllte der Rockschlitz ihre Waden. Ihre Schuhe wurden an den Knöcheln eng gebunden wie das Korsett, das ihren Körper beherrschte. Wenn sie den Fuß bewegte, schnitt die schmale Schuhspitze wie ein Messer durch die Luft.

Wir plauderten über das Wetter und über die Theateraufführungen in Berlin, das heißt, Max sprach, während ich, soweit ich mich erinnere, nur Mutters Schuhe anstarrte. Wie sie hui die Luft durchschnitten.

»Wunderschöne Blumen, gnädige Frau.« Zisch und hui, sagten die Schuhe.

»Mein Gärtner versteht sein Metier.« Hui, ein Loch wurde in die Luft geschnitten.

In ihrer Nähe stand eine Vase, prall gefüllt mit dünnhalsigen Maiglöckchen, die an die Decke spähten. Sie verströmten einen schweren Duft, der mir hämmernde Kopfschmerzen bescherte.

»Und wie geht es Vater?«

Die Mutter zuckte zusammen, ihre Schuhe hielten inne. Max' Augen glänzten zufrieden. Unser Vater war aus Mutters

Salon entfernt worden. Ich überlegte, ob ihr Mann sie noch berührte. Sah Vater jedes Mal, wenn er sie anschaute, die verzerrten Missgeburten, die aus ihrem Leib geglitscht waren? Machte Mutter sich Vorwürfe? Ihre Schuhe hinterließen purpurrote Druckstellen an ihren Füßen, pressten den kleinen Zeh unter die Fußsohle, auf dem Tisch im Flur sammelten sich von Jahr zu Jahr mehr Visitenkarten an. Ich malte mir aus, wie Vater und Mutter getrennt durch das weiße Haus gingen. Wie sie sich gegenseitig mit Maiglöckchenduft erstickten.

Ich war bereits durch die Tür getreten, als das Dienstmädchen uns nachlief. Sie drückte mir etwas in die Hand.

»Die gnädige Frau möchte, dass Sie das bekommen«, keuchte das Mädchen. Sie strich sich die Haare aus den Augen und starrte auf unsere Schuhe. Max lächelte ihr zu. Strich ihr flüchtig über das Kinn. Kniff die Augen zusammen. Manchmal tat er das nur zur Übung. Um seine Kraft zu erproben. Die Augen des Mädchens wurden groß und rund.

»Wir übernachten im Hotel«, sagte Max.

Das Mädchen schlug die Augen nieder.

»Ööh«, brachte sie heraus.

»Es soll dort recht gute Endivien geben.«

»Ich hab erst am Dienstag Ausgang.«

»Wir trinken Champagner. Welche Marke mag das Fräulein am liebsten?«

Das Mädchen kicherte.

»Max«, sagte Max. »Es wäre nett, wenn du mich Max nennen würdest.«

»Freya.«

Ich warf meinem Bruder einen Blick zu. Er strahlte das Mädchen an. Freya war klein. Ihre Nase ragte auf wie eine Traufe und gab den Blick auf ihre Nüstern frei. Am Kinn blühte ein weißer Pickel. Ihre Stirn glänzte. Mit einer ordentlichen Frisur hätte sie sicher ganz hübsch ausgesehen. Sie wirkte geschmeichelt und verwundert. Ein Mädchen nach Max' Geschmack. Ich unterdrückte ein Lächeln. Plötzlich begriff ich, dass es nicht unser Körper war, der das Mädchen einschüchterte. Es war die Kombination von Max' Gamaschen, dem weißen Hemdkragen, dem einstudierten Akzent, den Reisen von Budapest an die Riviera. Max' gepflegte Nägel verunsicherten das Mädchen mehr als unser Leib, der im Grunde sogar einen Vorwand bot, einen Grund zur Neugier. Das war wohl ein Teil von Max' Anziehungskraft. Eine Frau, die er umwarb, brauchte ihm nichts zu erklären. Ihm nicht das ehrbare Mädchen vorzuspielen. Sie brauchte ihn nicht zu heiraten, fünf Kinder zur Welt bringen, Kragen waschen. Zu Max gehörte ich, der Beobachter, der Voyeur. Das Mädchen konnte sich selbst mit unser beider Augen sehen. Unsere Körper nackt sehen. Die Neugier war für die meisten unüberwindlich. Max brauchte selten bis zum Champagner zu warten.

Als das Mädchen im Haus verschwunden war, hob Max den Spazierstock.

»Was machst du?«

Der Stock schwang aus, bevor ich eingreifen konnte. Der Kopf des Terracotta-Rehs zerbarst. Ich blieb stehen, betrachtete die Splitter im Gras, sah mich um. Ich erwartete, Schritte zu hören. Die Straße schwieg.

»Und dabei kam es aus Berlin«, sagte ich.

»Wir doch auch.«

»Ich habe ein Reiseandenken mitgenommen.« Ich klopfte auf meine Tasche. »Eine Uhr. Sie wollte unbedingt mit.«

»Gut«, sagte Max. »Dann war die Reise nicht ganz umsonst.«

Ich behielt recht. Das Mädchen war eine Kichererbse. Und keusch obendrein. Sie sah mich an, als wäre ich der Eindringling. Wahrscheinlich hätte sie mich am liebsten nach draußen geschickt. Als sie sich die Kleider vom Leib riss, betrachtete ich sie ausdruckslos. Sie brachte es fertig, zu erröten. Ich wandte den Blick nicht ab, ließ ihn auf ihren Strümpfen verweilen, runzelte die Stirn über den Riss in ihrem Unterrock. Schließlich kehrte ich den beiden den Rücken zu. Ich schloss die Augen, während das Mädchen auf Max keuchte. Sie hoben und senkten sich. Das Knie des Mädchens stieß mir gegen die Rippen. Ihre Zehennägel waren zu lang, und den Beinen hätte eine Rasur gut getan.

Als das Mädchen ging, machte Max sich nicht die Mühe, aufzustehen. Er warf mir einen Blick zu, als sie ihn zum Abschied küsste.

»Du hast sie getriezt«, sagte er später.

»Na und?«

»Man darf ja wohl erwarten, dass du wenigstens ab und zu höflich bist. Du bist doch derjenige, der immer von Ehre faselt.«

»Ehre hat nur unter Gleichrangigen Bedeutung.«

»Wann bist du ein Snob geworden?«

»Muss an unseren Wurzeln liegen.«

Ich holte das Foto, das wir von dem Mädchen bekommen hatten, aus der Brusttasche. Die Schrift auf der Rückseite war verwischt. Vielleicht hatte dort irgendwann einmal etwas Wichtiges gestanden. Das Bild zeigte uns als Säuglinge. An einer Seite war der Rand abgebrochen. Jemand hatte das Bild betrachtet, es vielleicht in der Handtasche bei sich getragen. Ich hielt es Max hin. Er zuckte die Schultern.

»Schon damals dieses hässliche Grinsen. Gut, dass die Kamera nicht zersprungen ist.«

»Wir könnten vielleicht ein paar Tage bleiben?«

Max drehte sich eine Zigarette. Er blickte nicht auf.

»Warum?«

»Na ja.« Ich drehte das Zigarettenetui meines Bruders zwischen den Fingern. In dem blanken Deckel konnte man sich spiegeln. »Du scheinst dich wohlzufühlen.«

»Es hat dir also gefallen. Ich habe gesehen, dass du die Augen aufgemacht hast. Du solltest dich mal beteiligen. Das lieben sie.«

»Ich dachte an Mutter. Wir könnten bleiben.«

Max riss das Streichholz am Bein an. Die Geste wirkte allzu theatralisch, ohne Publikum war sie pure Verschwendung.

»Deutschland ermüdet mich«, sagte er. »Das liegt sicher am Essen. Das Mädchen hat ein ganzes Huhn vertilgt. Wahrscheinlich hätte sie am liebsten auch noch vom Teller abgebissen.«

»Sie könnte uns erzählen, wie es der Tante geht, wo sie jetzt ist.«

»Ich mag Frauen mit gesundem Appetit. Aber manche scheinen ausgehungert zu sein.«

»Mutter hätte als Katze auf die Welt kommen sollen.«

»Der Krieg ist schuld. Deshalb haben sie das Gefühl, nie genug zu bekommen. Die feinen Damen haben einen hungrigen Blick.«

»Katzen fressen ihre Jungen.«

»Katzen? Wovon redest du?«

»Ich habe gesagt, Katzen fressen ihre missratenen Jungen. So funktioniert die Natur. Nichts geht verloren.«

Max verdrehte die Augen.

»Ich habe jedenfalls noch Hunger. Katzen interessieren mich nicht besonders.«

Ich schnitt ihm eine Grimasse.

»Du hast es gerade nötig, über Bettler herzuziehen. Wir

sind doch selbst zwei Schnorrer, die gegen Bezahlung ihre Behinderung zur Schau stellen.«

»Zwei erfolgreiche Schnorrer.«

»Gibt es unter Bettlern eine Rangordnung?«

»Jedenfalls lege ich mich nach dem Betteln lieber unter eine Daunendecke.«

In jener Nacht weckte mich Max' Atmung. Ich riss die Augen auf und wusste, dass irgendetwas nicht stimmte. Ich sah Max an. Seine Augen waren geschlossen, doch er atmete heftig. Seine Lider flackerten, sein Herz hämmerte.

»Max!« Ich fasste ihn an der Schulter. »Wach auf! Du hast einen Alptraum.«

Max stieß mich zurück. Aus seinem halb geöffneten Mund drang ein Klagelaut.

»Max.«

Mein Bruder schlug die Augen auf. Eine Weile starrte er an die Decke, als würde er nichts sehen oder in die Ferne blicken. Das Fenster war offen. Es schaukelte leise im Wind. Die kunstseidenen Vorhänge raschelten. Ich berührte Max am Arm. Er zuckte zusammen, drehte sich aber zu mir um.

»Isaak«, sagte er und legte den Arm um mich. Sein Herz schlug immer noch zu schnell. Er roch nach Schweiß. Ein paar Tropfen schimmerten in den Haaren auf seiner Brust.

»Schhh«, machte ich. »Alles ist gut.« Meine Wangen wurden feucht. Max strich mir über den Kopf.

»Du bist der dümmste Bruder der Welt«, sagte er.

»Ja.«

Ich hätte mir gern die Nase abgewischt, doch mein einziger Arm hielt Max umschlungen.

»Du sabberst«, stellte mein Bruder fest und drückte mich an sich.

»Sei still«, flüsterte ich und legte die Wange in seine Halsbeuge.

»Ich liebe«, murmelte Max.

»Was?«

»Nichts.«

»Das meine ich auch«, sagte ich und biss ihn in den Hals. Nicht fest, nicht so, dass meine Zähne Spuren hinterließen. Nur so, wie eine Katzenmutter ihre Jungen packt.

Paris

1929

Lucia hielt das Banjo beim Spielen zwischen den Beinen. Sie saß vorgebeugt auf einem hohen Stuhl. Auf dem Kopf trug sie einen frisch gebürsteten Zylinder mit einer Straußenfeder unter dem Hutband. Ihr Gesicht zierte ein aufgemaltes Lächeln. Wenn sie sich konzentrierte, senkte sie die Lider, so dass die künstlichen Wimpern schwarze Flecken auf ihren Wangen hinterließen.

Als besondere Attraktionen der Revue wurden langbeinige Tänzerinnen, billiger Champagner (gepanschte Ware) und das Orchester angepriesen. Jedes Mädchen im Orchester könnte auch als Mannequin auftreten, hieß es auf dem Plakat.

»Vielleicht in den 1880er Jahren«, murmelte Max.

»Während des ersten Stücks hast du die Posaunistin nicht eine Sekunde aus den Augen gelassen«, sagte ich.

»Ich hatte Angst, sie würde wegfliegen, bei den vielen Federn, mit denen sie behängt ist, die Eule.«

Das angejahrte Erscheinungsbild des Orchesters war mit Pailletten und Seidenröcken überzuckert. Lucias Bluse ließ ihre schweren Brüste durchschimmern. Den Lippenstift hatte sie so dick aufgetragen, dass er sich in den offen herunterhängenden Locken absetzte. In der Position, in der sie musizierte, rutschte ihr Rock mitsamt den zahlreichen Unterröcken bis zu den Knien hoch. An jenem Abend hatte der linke Strumpf eine Laufmasche. Mit den Augen folgte ich ihrer Bahn in Richtung Oberschenkel. Das weiße Fleisch der Frau quoll aus dem Riss heraus. Solche Strümpfe drücken. Frauenkleider zwängten, drückten und formten immer irgendwo. Als wollten die Frauen ständig an ihre Weiblichkeit erinnert werden, daran, dass das Leben nicht zu angenehm sein durfte. In Lucias Fall lag es allerdings an der Größe. Lucia war das, was man bei uns auf dem Land als kräftiges Mädchen bezeichnete. Schenkel wie die Säulen des Pantheon. Ein Kinn wie ein Vorhang.

Die Posaunistin des Orchesters war eine große schmale Frau. Aus ihren kurzen Paillettenshorts ragten meterlange Beine, eine Unendlichkeit in Netzstrümpfen. Ihre hohen Absätze trommelten auf den Boden. Ihre schmale Vogelbrust war mit einem blauen Herrenhemd und einer Krawatte bekleidet. Das Gesicht endete in einem breiten Kinn, die Nase ragte wie ein Bug über dem bemalten Mund auf. Max hatte recht: Auf dem Kopf der Frau befanden sich die Federn eines ganzen Hühnerstalls. Die Finger der Pianistin eilten über die Tasten. Sie spielte mit geschlossenen Augen, so dass die schwarze Wimperntusche auf ihre Backenknochen rieselte. Ihre Lippen bewegten sich im Takt der Musik. Das Orchester des Marinara-Theaters. Doch ich hatte nur Augen für Lucia. Und ich war nicht der Einzige. Lucia hatte einen Kreis von Verehrern. Ihr üppiges, wogendes Fleisch zog mehr Zuschauer an als die Fünf-Francs-Tänzerinnen. Sie sind eine Gattung für sich, die Männer, die sich so sehr nach dem Mutterschoß sehnen, dass sie bereit sind, für die Umhüllung durch wabbelndes Gewicht zu zahlen, für monströse Arme und nicht zwei, sondern gleich sechs Liebesringe.

Als Lucia mein Stieren bemerkte, zwinkerte sie mir zu. Es war kein verstohlenes Blinzeln. Sie drehte die eine Wange zu mir hin und kniff wie in einer Pantomime kokettierend ihr Auge zu. Ich zog mich so schnell zurück, dass ich gegen Max prallte.

»Was soll das?«, fauchte mein Bruder. Unser Gestolper schien die Riesin zu amüsieren. Sie sagte etwas auf Französisch, und das Publikum brüllte vor Lachen. Max und ich schlüpften hinter den Vorhang.

»Jetzt verpassen wir die Tänzerinnen«, beschwerte sich Max.

»Die bekommst du schon noch zu Gesicht«, sagte ich. »Wir werden ja lange genug hier sein.« Max boxte mich in die Rippen.

»Du könntest ruhig ein bisschen fröhlicher dreinblicken. Wir sind immerhin in Paris.«

Für den Sommer 1929 hatten wir das erstbeste Engagement angenommen, das wir bekommen konnten. Wir waren auf der Flucht, wussten nicht, wohin wir gehen und was wir als Nächstes tun sollten. Iris hatte unser jahrelanges Umhertreiben angehalten, aber nachdem das Kartenhaus eingestürzt war, waren wir nicht mehr fähig, uns ein neues Quartier zu suchen. Wir warteten auf etwas, auf jemanden, der für uns entschied. Auf eine Mutter, die uns aufhob und auf unsere aufgeschlagenen Knie pustete. Zwei Waisenkinder, die am Straßenrand saßen und darauf warteten, dass ein Zirkus vorbeifuhr.

Hinter dem Namen Marinara-Theater verbarg sich ein Bordell. Die Tänzerinnen und wahrscheinlich auch die Musikantinnen konnten die Beine um eine Stange winden, lächelnd den Zylinder in die Stirn ziehen und mit ihren Steppschuhen klappern. Das Marinara-Theater lebte von Begierde, Schweiß und der diskreten Langeweile der Bourgeoisie. Und niemand störte sich daran, dass man dem Mädchen, das seine Beine mit der Exaktheit eines Metronoms in die Luft warf, nach der Vorstellung in einem quietschenden Bett im Obergeschoss begegnen konnte. Oder auch einer ganzen Schar dieser Statuen in Silberlamee, allesamt fünf Fuß groß. Wenn man nur genug Geld hatte.

Die älteren Mädchen landeten auf dem Orchesterpodest.

Sie spielten eher laut als kunstvoll. Die Schlager der vergangenen Jahre entströmten ihrer Brust. Hinter ihnen hingen grüne Samtgardinen. Ihre Seidenfransen lösten sich, die Vergoldung der Gipsornamente war rissig und die Kanten der Tapeten waren von Mäusen angefressen. Aber wenn der Abend dämmerte, erwachten die Rosen aus Seidenpapier und die mit Samt bezogenen Sitze zum Leben. Das Kerzenlicht bestrich die erschlafften Gesichter mit Schönheit. Es ließ die Frauen auf den Wandgemälden in Zuckungen verfallen und den billigen Schaumwein wie Champagner schmecken.

Die Augen des Zeremonienmeisters glänzten im Zwielicht wie Käfer. Die Mädchen glitten in seinem Schlepptau auf die Bühne. Die ölig glänzenden Körper setzten sich mit gespreizten Beinen auf die Stühle. Sie bogen den Rücken durch. Standen auf und schwangen das Bein auf die Stuhllehne. Das Orchester spielte ungestüm. Die weißen Steppschuhe schliffen Bahnen in den Fußboden. Abend für Abend.

Max befestigte die künstlichen Wimpern. Die Hälfte der Lampen am Schminkspiegel war durchgebrannt. Die Hände meines Bruders zitterten.

»Verdammte Mistdinger.« Die Hand rutschte ab, Max bekam Klebstoff ins Auge und fluchte.

»Trink einen Schluck«, sagte ich. »Ich gucke solange weg.« Ich bemühte mich, die Müdigkeit in meiner Stimme zu unterdrücken. Max warf mir einen Blick zu.

»Nicht vor dem Auftritt«, zischte er. Er stützte den Arm auf den Schminktisch, beugte sich vor und dehnte die Haut um seine Augen.

»Du siehst aus wie eine Geisha«, bemerkte ich. »Wir sollten die Rollen tauschen.«

»Ha!«, sagte Max zufrieden, als die Wimpern an der richtigen Stelle saßen. Er schloss die Augen und lehnte sich zurück.

Der Klebstoff musste trocknen. Ich würde erst in letzter Sekunde fertig geschminkt werden können. Verärgert starrte ich auf die Nase meines Bruders. An ihrem Ansatz waren bereits tiefe Falten zu sehen. Gedankenverloren schürzte er die Lippen, denen er einen spitzen Amorbogen aufgemalt hatte. Ich berührte behutsam meine Stirn. Sie sah noch glatt aus. Vorsichtig stäubte ich Puder auf meine Nase. Ich nahm einen Stift und malte ein Muttermal auf meine weiß geschminkte Wange. Bei den Wimpern brauchte ich Max' Hilfe.

Es klopfte.

»Herein«, seufzte Max, ohne die Augen zu öffnen. Lucia riss die Tür auf, bevor er ausgeredet hatte. Ihre schwarz umrandeten Augen glänzten. Ihr ganzer Körper wabbelte. Der Bauch, die Schenkel und der Busen, an dem selbst Max nichts zu bemäkeln fand. Lucia. Alles an Lucia war weich. Deshalb war sie als Sechzehnjährige in Paris gelandet.

»Der Schleimer sagt, ihr braucht Hilfe mit der Perücke.«

Ich starrte auf ihre Arme. Sie zitterten, wenn sie sprach, obwohl sie nur die Gesichtsmuskeln bewegte.

»Der Schleimer?« Ich rechnete damit, dass Lucia unsere frühere Begegnung kommentieren würde, doch sie stürmte einfach voran. Lucia war nicht der Typ, der lange Erklärungen abgibt, und sie hing nicht an der Vergangenheit. Bei ihr drehte sich alles um die nächste Mahlzeit. Der Rest der Welt bereitete ihr höchstens Sodbrennen. Eben das liebte ich an Lucia. Ihren provenzalischen Verstand. Ihren Glauben an ein glückliches Ende.

»Der Chef. Der den Lohn blecht. Schleimige Hände, heisere Stimme, die Verdauung einer neunzigjährigen Oma.«

»Aha«, sagte ich. »Wir kommen allein zurecht.«

»Nee, lass mich mal. Ich bin richtig gut im Aufdonnern. Noch besser als die Schwulen von Michelin. Ich war mal die Blüte von dem Theater hier, weißt du.«

Ich starrte sie an.

»Ho ho hah hah haa«, lachte sie. »Damals war ich nicht so dick wie Graupensuppe. Die Kinder haben mich rund gemacht.«

»Die Kinder?« Ich kam mir vor wie ein Idiot. Irgendwie hatte ich das Gespräch nicht im Griff.

»Eins haben sie mir rausgekratzt, das zweite ist mit drei Wochen gestorben. Das dritte wartet mit seiner Geburt, bis ich einen kräftigen Sämann finde, der einen Schnurrbart hat. Einen schön buschigen, der was hermacht, nicht so ein Snobbürstchen wie das.« Lucia blickte auf Max' Oberlippe und lachte dröhnend.

Max lächelte sie an.

»Madames Traum wird gewiss in Erfüllung gehen.«

Lucia warf ihm einen verärgerten Blick zu.

»Ich bin keine Madame. Mademoiselle, wenn's recht ist. Du darfst mich Lucia nennen«, sagte sie zu mir. »Aber das feine Herrchen da soll Mademoiselle Popoutine sagen. So nennt mich auch der Schleimer.«

»Zu gütig, Mademoiselle«, erwiderte Max mit einer leichten Verbeugung.

Lucia kümmerte sich nicht um ihn, sondern machte sich an mir zu schaffen. Ihre vom Korsett gepanzerten Brüste schaukelten vor meinem Gesicht und verströmten einen intensiven Geruch nach Schweiß und Veilchenpuder.

»Habt ihr euer Zimmer schon gesehen? Im oberen Stock?«

»Ja«, sagte Max. Der Theaterdirektor hatte uns bei unserer Ankunft die kleine Kammer gezeigt, in der gerade Platz genug war, um ein Ave Maria zu beten. Schon für das Vaterunser hätte man die Nachbarloge gebraucht. Das Bad lag am Flur. Als wir hineinspähten, schwammen rote Spitzenhöschen in der mit Seifenwasser gefüllten Badewanne. Im Abfallkorb lag eine blutige Baumwollbinde.

»Meins liegt am selben Flur. Seht zu, dass ihr mich nicht aufweckt. Ein Mädchen braucht seinen Schönheitsschlaf.«

Max und ich nickten.

»Danach seid ihr mir willkommen. Ich hab Gin als Nachmittagstrunk. Aber nicht vor drei. Ich will nicht, dass irgendwer das alte Schlachtross Lucia sieht, ehe ich mein Gesicht hergerichtet hab.«

Lucia kämmte die Perücke und befestigte sie sorgfältig auf meinem Kopf. Ich verzog das Gesicht, als die Haarnadeln über die Kopfhaut schrammten, wagte aber nicht, mich zu mucksen.

»Hoffentlich haltet ihr besser durch als der Vorige.«

»Der Vorige?«

Lucia zog mir das Abendkleid über den Kopf. »Dirty Daria, so hat er sich genannt. Ein Gesicht behaart wie eine Dachsbrust, aber schöne Beine. Davon hatte er gleich drei. Der Schleimer hat ihn im Käfig tanzen lassen. Da hat er sich ans Gitter geschmiegt und die Beine geschwenkt.«

»Was ist mit ihm passiert?«

»Eine hässliche Geschichte. Mehr will ich dazu nicht sagen. Das dritte Bein, das war seine Schwester, hat er erklärt. Das Einzige, was von seiner Zwillingsschwester übrig war. Daria hat gesagt, das dritte Bein würde manchmal schmerzen, und dann wüsste er, dass seine Schwester sich nach ihm sehnt. Es ist mir immer kalt den Rücken runtergelaufen, wenn er so geredet hat. Ein Mensch muss einen Kopf haben.«

»Max ist bisher ohne ausgekommen.«

»Eines Morgens bin ich ins Bad gegangen, und da war er. Daria. Hing kopfüber von der Decke runter. Das ist doch nicht normal, so was. Man muss ja wohl so viel Verstand haben, sich am Hals aufzuhängen und nicht an den Beinen.« Lucia seufzte und streichelte meine Perücke.

»Als Tanzgirl machst du nicht viel her. Von denen da«, sie

zeigte vage in Richtung Zimmerdecke, »würde keiner auch nur den Fingernagel seines toten Neffen für dich hergeben.«

Ich warf einen Blick in den Spiegel. Die falschen Wimpern warfen Schatten auf die Wangen, die Augen glänzten von den Belladonnatropfen, die blonde Perücke schob ihre Locken unter dem Stirnband hervor. Ich hatte eine seltsame Ähnlichkeit mit unserer Mutter. Mit einer dünneren Mutter, einer jungen Mutter, der Mutterhure. Probeweise lächelte ich meinem Spiegelbild zu. Es lächelte zurück.

»Es sei denn, du hast spezielle Fähigkeiten.«

»Spez …«

»Eine Begabung. So wie Mimi. Ein altes, knöchriges Aas, aber die Backen … Jeder Mann, der die sieht, weiß, dass dieses Mädchen famos lutschen und blasen kann.«

Lucia verzog den Mund und fügte freundlicher hinzu: »Macht euch keine Sorgen, hört ihr? Es geht schnell vorbei.«

Max sah sie wütend an. Lucia scherte sich nicht darum.

»Das Theater ist nichts Besonderes. Die Mädchen sind nett, aber die Bezahlung ist mies. Die Zuschauer sind rülpsende Ratten. Postbeamte, Leute, die sich für große Herren halten, weil sie es sich leisten können, ein paar Francs Eintritt zu bezahlen.«

Ich lächelte matt. Lucia machte sich immerhin die Mühe, freundlich zu sein.

»Wir treten auf, seit wir zehn sind«, knurrte Max.

Lucia nickte.

»Dann wisst ihr, wie es läuft. Aber das Marinara ist ein Kapitel für sich.«

»Wieso?«

»Wisst ihr, ich hab einen Trick.«

Ächzend erhob sie sich von ihrem Hocker. Lucia bewegte sich niemals schnell. Sie stand auf und setzte sich, als wäre sie länger durch die Wüste gewandert als die aus Ägypten Vertriebenen. Ich weiß nicht, wie viel sie wog, als wir sie kennenlernten. Für ihren Sarg musste ein Zugriemen besorgt werden. Einer von der Sorte, mit denen man Flügel in Wohnungen schleppt. Als Sargträger wurden in den Kneipen am Montmartre Seeleute und Knastbrüder angeheuert. Typen, die so ordinär redeten wie Lucia. Ich glaube, sie hätte sich auf ihrer Beerdigung wohlgefühlt. Allerdings sprach keiner der Männer über Lucia. Der Respekt vor ihrer Leiche ließ die Träger verstummen. Sie nahmen hastig den Hut vom Kopf, als sie den Raum betraten, und starrten nur.

Aber an jenem Tag war Lucia noch gesund. Fett, aber blühend. Sie kehrte zurück, ein schwarzes Buch unter den Arm geklemmt, das bei mir ferne Erinnerungen weckte. In das Marinara passte es nicht. Aber wer war ich, zu entscheiden, welches der richtige Ort für eine Bibel ist.

Lucia knallte das Buch auf den Tisch und warf dabei eine der Parfümflaschen um. Ich fing sie auf, bevor die Bibel in billiges Rosenwasser getaucht wurde. Lucia zog ein Taschentuch aus dem Ärmel und tupfte das Buch ab. Dann wischte sie sich mit dem in Parfüm getränkten Tuch den Nacken. Lucia gehörte zu denjenigen, die unerschütterlich glaubten, waschen sei ungesund. Für sie war ein heißes Bad allenfalls ein Verhütungsmittel. Kein besonders wirksames, wenn man an ihre Kinder dachte. Sie benetzte morgens die Innenseite ihrer Handgelenke und wischte sich den Hals ab. Max empfand Lucias Unsauberkeit als störend. Mein Bruder badete leidenschaftlich gern. Er schrubbte sich die Haut mit einem Waschlappen, benutzte duftende Seife, planschte in der Wanne, bis das Wasser fad und kühl war. Vom übermäßigen Waschen wurde unsere Haut im Winter schuppig. Ich weiß nicht, was mein Bruder abzuwaschen glaubte. Die Blicke der Menschen, den Geruch billiger Hotels, Wanzengift, Tigerfett, den Mistgestank eines deutschen Bauernhofs. Ich erinnere mich an emaillierte Badewannen, an Wannen auf Porzellanfüßen, an Waschschüsseln in Hotelzimmern. Max und ich wanderten von einer Waschgelegenheit zur anderen. Vom dampfenden Bad unter die kühle Dusche.

Lucia zog eine Nadel aus ihrem Dutt und nahm sie zwischen die Zähne. Dann stürzte sie sich auf Max und riss ihm ein Haar aus.

»Aua!«

Lucia knotete das Haar um die Nadel, schloss die Augen und stieß die Nadel blindlings in die Bibel. Max hätte beinahe erneut aufgeschrien. Die Nadel traf eine Stelle im vorderen Teil, im Buch Hiob. Lucia las vor:

»Zu mir hat sich ein Wort gestohlen, geflüstert hat es mein Ohr erreicht. Im Grübeln und bei Nachtgesichten, wenn tiefer Schlaf die Menschen überfällt, kam Furcht und Zittern über mich und ließ erschaudern alle meine Glieder. Ein Geist schwebt an meinem Gesicht vorüber, die Haare meines Leibes sträuben sich. Er steht, ich kann sein Aussehen nicht erkennen, eine Gestalt nur vor meinen Augen, ich höre eine Stimme flüstern: Ist wohl ein Mensch vor Gott gerecht, ein Mann vor seinem Schöpfer rein?

Selbst seinen Dienern traut er nicht, zeiht seine Engel noch des Irrtums. Wie erst jene, die im Lehmhaus wohnen, die auf den Staub gegründet sind; schneller als eine Motte werden sie zerdrückt. Vom Morgen bis zum Abend werden sie zerschlagen, für immer gehen sie zugrunde, unbeachtet. Wird nicht das Zelt über ihnen abgebrochen, so dass sie sterben, ohne Einsicht?«

Lucia furchte die Stirn, erinnerte sich dann, dass Stirnrunzeln hässlich macht, und glättete ihr Gesicht. Sie hatte Angst davor, alt auszusehen. Es war ein Glück, dass sie starb, bevor sie grau und runzlig wurde. Mitunter habe ich sie darum beneidet. Lucia hatte Glück gehabt. Es ist nicht gut für einen

Menschen, seine Freunde zu überleben. Dann wird er mit einem geschmacklosen Gedenkvers zu Grabe getragen, einem, in dem von Vögeln und gepflügten Feldern die Rede ist.

Damals war Lucia noch rund und hübsch wie ein Schneemann. Sie blickte zwischen der Bibel und uns hin und her, dann seufzte sie.

»Das hat nichts mit euch zu tun.«

Max räusperte sich. Ich trat ihn gegen den Knöchel.

»Kennt ihr wen, auf den das passt?«

Ich schüttelte den Kopf. Lucia biss sich auf die Lippe.

»Ich muss es nochmal probieren. Manchmal sagt die Nadel, was ihr gerade einfällt.«

»Womöglich stört das Haaröl die Frequenzen«, meinte Max.

»Womöglich klappt es mit deinem Schamhaar besser«, konterte Lucia. »Vielleicht hol ich eine Pinzette und probier es aus. Da muss ich allerdings aufpassen, dass ich nicht aus Versehen den Schniepel gleich mit ausreiße.«

»Es könnte sein, dass die Geister Isaak interessanter finden«, sagte Max. »Seine Haare sind spärlicher und deshalb bestimmt theologisch wertvoller.«

Ich starrte immer noch auf die Bibelstelle. Wird nicht das Zelt über ihnen abgebrochen?

»Vielleicht ist es jemand vom Zirkus? Da gibt es Zelte«, überlegte ich.

»Deine Haut«, sagte Lucia. »Sie ist dünn und weich wie bei einem Mädchen.«

»Isaak glaubt an die belebende Wirkung von Walfischtran.«

»Man sollte meinen, dass Zwillinge sich ähnlich sind. Aber du siehst jünger aus als der da.«

»Der da«, brummelte Max. »Nett gesagt.«

»Versuchen wir es noch einmal mit der Nadel«, schnaubte Lucia.

»Puh, das Buch lässt mir Ameisen über den Nacken krabbeln.«

»Ist doch mal eine Abwechslung von den Filzläusen«, sagte ich.

Im selben Moment ertönte ein Gong.

»Bäh«, sagte Lucia. »Ich muss gehen. Das Orchester fängt an.«

Sie warf mir einen Blick zu.

»Es geht bestimmt gut. Nach dem ersten Abend wird es leichter.«

Die Musik dröhnte durch den dicken Samtvorhang. Ich lehnte mich an eine vergoldete Säule.

»Mach das nicht«, sagte Max.

»Was?«

»Auf der Lippe kauen. Sonst verschmierst du den Lippenstift.«

»Eine schaurige Ssenn – ssat – tion!«, rief der Zeremonienmeister. »Sie wurden in den Tiefen Sibiriens gefunden, aneinandergeheftet! Sie lebten unter Wölfen, aßen rohes Fleisch!«

Die Posaunistin blies lange in ihr Instrument. Max spähte zwischen den Vorhängen hindurch auf ihre Beine.

»Ich selbst habe sie in einer Höhle entdeckt. Sie knurrten wie Tiere. Ihre Fingernägel reichten bis an die Knie. Es dauerte Jahre, ihnen das Tanzen beizubringen.«

Ich holte tief Luft. Die künstlichen Wimpern kitzelten mich an der Wange.

»Darf ich vorstellen: Maria und Max. Siamesische Zwillinge. Ein zweigeteilter Mensch von beiderlei Geschlecht.«

Das Orchester stimmte eine schnell voranstürmende Melodie an. Die Haut unter meiner Perücke juckte. Ich straffte den Rücken und lehnte mich kaum merklich an Max. Seine Hand stahl sich auf meinen Rücken und streichelte ihn leicht. Als wir durch den Vorhang traten, setzte ich ein Lächeln auf. Ich sah Lucia mit gespreizten Beinen auf der Stuhllehne sitzen, sie zwinkerte mir zu. Die Posaunistin Mimi setzte ihr Instrument ab. Wir trippelten auf die Bühne. Ich lehnte mich zurück, um meine gepolsterte Brust zur Geltung zu bringen. Dann senkte ich den Blick und starrte einen befrackten Mann in der ersten Reihe an. Dass er rot wurde, ließ mir Mut in die Knie fahren. Ich machte die Beine breit und beugte mich vor. Max tat es mir gleich. Dann legte ich die Hand zwischen die Beine und zog sie langsam, mit gespreizten Fingern, nach oben. Ich spürte, dass Max meine Bewegungen mitmachte wie ein Spiegelbild.

»Monschter.«

Ein Mann aus dem Publikum hatte sich erhoben. Er schwankte ein wenig. Seine Wangen glühten. Sein loser Kragen war fleckig.

»Missgeburten.«

Das Orchester spielte lauter. Wir tanzten.

»Wo schind die Mädchen? Ich bin hier, um Mädchen zu schehen.«

Der Nebenmann versuchte den Störenfried auf seinen Sitz zu ziehen, doch der Krakeeler gab nicht nach.

»Mich kommandiert keiner rum.«

Da stand Lucia auf. Die Musik brach ab. Lucia hob ihr Banjo, als wolle sie es auf den Boden schmettern.

»Wenn jemand diesen Idioten innerhalb von sieben Sekunden nach draußen befördert, spielt das Orchester das nächste Stück ohne Höschen.«

Gelächter brandete auf.

»Wir zahlen extra, wenn du sie anbehältst«, rief jemand, wurde aber von den anderen ausgebuht. Mehrere Männer taten sich zusammen und trugen den Betrunkenen aus dem

Saal. Das Publikum applaudierte. Zuerst sich selbst, dann Lucia, dann dem schlüpferlosen Orchester. Zum Schluss sogar uns, doch das war dem gepanschten Champagner zu verdanken.

Ohne Lucia hätte ich das Frühjahr nicht ertragen. Wir tanzten jeden Abend unseren Hermaphroditentanz. Max trank immer mehr. Er verspielte alles, was er in die Finger bekam. Und ich? Nun, sagen wir es so, Abendkleider sind nicht mein Ding. Ich redete mir ein, Maria sei eine Rolle, die ich mir mit der blonden Perücke überstülpte. Unter Lucias Anleitung lernte ich, die künstlichen Wimpern einzeln am Lidrand zu befestigen. Mir die Augenbrauen zu zupfen. Ich sehnte mich nach Iris, doch ich malte mir aus, wie sich nach einer gewissen Zeit alles ändern würde. Wir würden in New York ein eigenes Theater mieten, dazu eine Wohnung, für die Iris die Gardinen aussuchen durfte. Sonntags würden wir Gäste zum Mittagessen einladen, alle würden an einem langen, weißgedeckten Tisch sitzen und sich laut unterhalten. Ein Zuhause, endlich hätten wir eine Wohnung, in der wir die Koffer auspacken konnten. Vielleicht würden wir auch einige Gemälde kaufen. Drei Waisen würden endlich ein Zuhause finden. Iris wäre bald wieder wie früher. Sie brauchte nur ein wenig Ruhe. Ich hätte verstehen müssen, dass sie überanstrengt war. Ich hatte sie zu sehr bedrängt, hatte versucht, sie zu ändern. All das erzählte ich Lucia, und sie war derselben Meinung. Es war eine ihrer angenehmsten Eigenschaften, dass sie nie vorgab, zu wissen, wer ihr Gegenüber war oder was er dachte. Sie akzeptierte meine Behauptungen und hielt sie aus meiner Perspektive für berechtigt. Wenn sie über irgendetwas anderer Ansicht war, sah sie keinen Widerspruch zwischen den beiden Auffassungen. Von Debatten bekäme sie Kopfschmerzen, sagte sie.

Lucia machte es sich zur Angewohnheit, auf dem Sessel in unserer Garderobe zu sitzen. Der Polsterstuhl, auf dem Max und ich nebeneinander Platz fanden, schien sich unter ihrem Gewicht zu dehnen und aufzuplustern. Max und Lucia schlossen eine Art Waffenstillstand. Sie hielten bei ihren Sticheleien Grenzen ein. Allerdings hörte ich Max oft etwas vor sich hin murmeln, wenn Lucia den Raum verließ.

Einmal fragte ich sie nach ihrer Herkunft.

»Blöd war ich«, sagte sie. Auch nach fünfundzwanzig Jahren in Paris sprach sie noch breiten provenzalischen Dialekt. »Ich hab dem grünäugigen Jungen geglaubt, dessen Tante angeblich eine Schneiderei hatte. Als wir bis Lyon gekommen waren, hat das Arschloch mich ans erstbeste Bordell verkauft. Dieses alte Segelschiff hat was von der Welt gesehen. Ich bin nicht wie die anderen hier, die direkt aus den Slums von Paris kommen und kaum ihren Namen schreiben können. Ich bin ein gutes christliches Mädchen. Keiner kann sagen, die alte Lucia würde sich sein Geld unter den Nagel reißen und verschwinden oder die Untersuchungen schwänzen. Nee, ich bin sauber wie 'ne Spieluhr, immer schon gewesen.« Lucia lachte, und ihre Brüste wackelten, ihr Bauch wackelte, ihr Kinn wackelte im Rhythmus ihres Gewiehers. Ihre feinen Haare lagen zu Locken gedreht auf den Schultern. Sie blondierte sie einmal monatlich mit Ammoniak. In ihren Armen versank man wie in weichem Moos. Oh, Lucia. Lucia, die an den Waschtagen ein Wiegenlied im provenzalischen Dialekt sang. Gleichzeitig scheuerte sie Strümpfe und Korsetts sauber. Die Mädchen des Orchesters produzierten reichlich schmutzige Wäsche. Und Lucia wusch. Lucia, die den Filter von der Zigarette abriss, sie mit einem Streichholz anzündete und in ihren Puppenmund steckte. Nichts an Lucia war klein, außer ihrem Mund.

Sonntags lag Lucia auf dem Diwan hinter der Bühne

und las den Mädchen *Die Braut von Lammermoor* oder Abenteuergeschichten vor. Mitunter schluchzte sie dabei, und die grüne Mascara lief ihr über die Wangen. Zum Schluss schneuzte sie sich in ein kariertes Tuch. Es war so groß, dass eine kleine italienische Familie es für ein Picknick hätte verwenden können. Lucia mochte keine Unterbrechungen. Wenn eins der Mädchen etwas zu fragen wagte, wenn sich gerade eine überraschende Rettung anbahnte oder die Heldin sich die Haare wusch, warf Lucia ihr einen wütenden Blick zu. Schlimmer erging es denjenigen, die ihr Banjosolo unterbrachen. Das Bühnenkostüm des betreffenden Mädchens bekam beim Bügeln Brandlöcher an taktischen Stellen oder Schlimmeres. Lucia verstand sich darauf, ihrer Widersacherin blitzschnell den Arm um den Hals zu legen. Mit der anderen Hand packte sie ihre Haare. Ein paarmal sah ich, wie sie sich mit ihrem ganzen Gewicht auf jemanden fallen ließ, so dass von ihrer Gegnerin nur noch die heftig strampelnden Beine zu sehen waren. Selbst Hilferufe konnten ihre Fleischmasse nicht durchdringen. Lucia war gefürchtet. Die ganze Mädchenschar saß auf Stühlen und Sitzkissen zu Füßen der fetten Banjospielerin, die ihnen von ertrinkenden Jungfrauen vorlas. Die Mädchen klimperten mit den Lidern und reichten sich Taschentücher. Die magere Posaunistin Mimi schlang die Arme um die Beine und heulte mit offenem Mund, als die Heldin auf der Flucht vor Indianern in einen Teich sprang. Annie, eine amerikanische Tänzerin, die behauptete, Halbcherokesin zu sein, kaute ihre Nägel fast bis zum Ansatz ab, während sie hörte, wie die Würmer sich durch die Augen der Kameliendame gruben. Im Übrigen stieß das Buch auf Ablehnung.

»Nur Männer können so bigottes Zeug schreiben«, sagte Mimi. Sie wich Lucias Blick aus und fügte unsicher hinzu: »Als dürfte eine Hure keinen Erfolg haben.«

»Ich bin keine Hure«, sagte Lucia. »Ich spiele Banjo.«

»Aber die Kamelien«, meinte Mimi. »Die weißen Kamelien an fünf Tagen im Monat gegen rote austauschen. Das ist genial.«

»Ein Strauß Kamelien kostet mindestens drei Francs«, sagte Lucia. »Damit du die Summe zusammenkriegst, müsste deine Tür gehen wie ein Metronom.«

»Na, in deinem Fall wäre es hilfreich, wenn du dir das Grünzeug vors Gesicht hältst«, entgegnete Mimi. Annie kicherte, verstummte jedoch, als sie Lucias Blick sah.

In der folgenden Woche verirrte sich die Federboa, die Mimi beim letzten Auftritt trug, in den Backtrog. Mimi wagte nicht, laut zu fluchen. Aber ich sah, dass sie auf der Treppe drei Zigaretten hintereinander rauchte. Letzten Endes kann man ohne Boa auftreten. Ohne Rippen ist es schon schwieriger.

Die Mädchen duldeten uns im Hinterzimmer und in ihren verrauchten Aufenthaltsräumen. Andere Männer, mit Ausnahme des Schleimers, waren dort nie zu sehen. Max und ich waren neunundzwanzig und so zart wie die Mädchen. Max hatte damals seine Kraftsportphase noch vor sich, in deren Verlauf er durch stundenlanges Training zum Muskelpaket wurde, fast doppelt so breit wie ich. Wir waren rotwangig und hübsch. Schüchtern genug, um als Publikum für die wild sprudelnden Geschichten und das gegenseitige Anpflaumen der Mädchen zu taugen. »Mein Schätzchen«, so begannen sie jeden Satz. »Honey, das Glas ist leer«, ahmten sie amerikanische Soldaten nach, lachten schallend und klopften uns im Vorbeigehen auf den Po. »Ihr Kleinen, stimmt es, was man sich von euch Zwergen erzählt?« »Annie, du alte Schimmelmöse, lass die Kinder in Ruhe.« Sie zogen uns an, setzten uns Perücken auf. Max absolvierte auch Gastspiele in einigen Betten, doch dabei ging es nicht um Liebe, sondern eher um sonntägliche Langeweile. In ihrer Freizeit veranstalteten die Mädchen eine endlose Aufführung mit frivolen Gesten und Federboas. Sie zupften, rasierten und parfümierten sich an Stellen, von denen es in den kleinen Zimmern überraschend viele zu geben schien. Max sagte später, in dem halben Jahr, das wir im Theater Marinara verlebten, sei ich »sexuell nutzlos« geworden. Vielleicht. Vielleicht begriff ich einfach, wie überflüssig Männer für diese Frauen waren. Als Freier und Zuschauer waren die Männer zu gebrauchen, aber in ihrer Freizeit wollten die Frauen nur klatschen, Lucias Geschichten hören und im Bett Butterbrote essen. Sie akzeptierten uns, weil unsere Verkrüppelung uns weniger männlich machte. Wir waren gezeichnet, wie die meisten von ihnen.

Manche der Mädchen bildeten Paare, teilten für eine Zeit ein Bett und stritten sich. Liehen sich gegenseitig Kleider, schliefen Arm in Arm und trennten sich wieder. Sie holten sich Geborgenheit, wo sie zu haben war.

Manchmal las ich Lucia aus Iris' Briefen vor. Iris schrieb zu selten und verbot mir, ihr Geld zu schicken, doch ich tat es trotzdem. Ich wollte nicht, dass sie ihren Mann darum bitten musste oder ihre Mahlzeiten von Zufallsbekanntschaften bezahlen ließ. Iris sollte etwas von mir empfangen, mich als Teil ihrer Welt akzeptieren. Ich schrieb ihr zweimal wöchentlich. Dabei gab ich mir Mühe, in jedem Brief etwas Lustiges zu berichten, etwas, das sie interessieren würde. Ich schrieb ihr von dem Geschäft neben der Kirche von Saint-Germain-des-Prés, in dem ausschließlich Sonnenschirme verkauft wurden. »Blaue, karierte, bemalte; Schirme mit chinesischen Landschaften, Kinderschirme, kleine Schirme für Hunde«, schrieb ich. »In allen Farben des Regenbogens, in einen kleinen Raum gezwängt. Der Besitzerin des Ladens, Madame St. James, wachsen lange graue Haare am Kinn. Sie hat sich geweigert, uns für unsere Aufführung zwei mit Straußenfedern verzierte Sonnenschirme zu verkaufen. Ihrer Meinung nach sollten wir nur Seide verwenden, das sei männlicher. Ihr dahingeschiedener Ehemann hatte jeden Tag einen Seidenschirm verwendet, der ihm auch ins Grab gelegt wurde, erzählte Madame. ›Und wenn es regnete?‹, fragte ich. Sie schüttelte den Kopf. ›Wahre Gentlemen spazieren nicht im Regen.‹« Ich schrieb über die Hummeraquarien der Muschelrestaurants von Saint-Michel, über die Amerikaner, die alle Jazzkeller füllten und Kette rauchten. »Wir haben uns die Aufführung von Mademoiselle Josephine Baker angesehen«, schrieb ich. »Sie hat ein ganzes Theater an den Champs-Élysées gekauft. Natürlich stehen alle Amerikaner Schlange, um sie zu sehen. Aber zum Glück hat auch unser Theater genug Publikum. Als glaubten die Leute, sie müssten morgen sterben, und hätten Angst, dass der Champagner ausgeht. Nicht einmal die Russen können so viel trinken.«

»Du kennst die Russen nicht«, schrieb Iris zurück. »Ich hatte einen Onkel, der sich die Zähne mit Wodka putzte. Er sagte, das sei gut gegen Zahnfäule.«

Ich schloss die Augen. Sekundenlang vermischte sich Iris' Bild mit dem tanzenden schwarzen Körper.

Das Theater war gefüllt mit Zuschauern in schwarzen Smokings. Max führte seine Zigarettenspitze an die Lippen. Die Geste brachte mich zum Lächeln.

»Pass auf, dass dir keine Asche auf die Handschuhe fällt«, sagte ich. Max zupfte an seinen Ziegenlederhandschuhen. Er sah mich an.

»Die sind weiß wie die Sünde.«

»Dafür ist deine Seele so schwarz wie Mademoiselle Josephines Arsch.«

»Lieber eine schwarze Seele in fleckenlosen Handschuhen als umgekehrt«, stellte Max fest. Der Champagner schäumte ihm aus der Nase. Sein gewachster Schnurrbart glänzte in der künstlichen Beleuchtung. Ich lehnte mich ans Geländer. Mein Herz klopfte erwartungsvoll.

Das Meer der Fracks und Smokings wogte und seufzte, als Josephine auf einer winzigen Schaukel auf die Bühne herabgelassen wurde. Ihre Haut glänzte vor Theaterschminke. Sie war vollkommen nackt. Die Bananen an ihrem Gürtel zuckten im Takt des Charleston. Die Perlenketten auf ihrem Busen schwangen rhythmisch und peitschten ihre harten Brustwarzen. Die herrliche Josephine. Die nackte Josephine. Im Fracktümpel wallte Begierde auf, als die Frau sich zum Spagat dehnte. Schweiß befeuchtete den Kragen jedes Zuschauers, wenn Josephines Ballettschuhe nach einem Sprung die Bühne berührten. Wenn Josephine tanzte, löste sich ihr Hintern von ihrem Körper. Die eingeölten Haare wellten sich, die geschminkten Augen glitzerten in der Hitze der Bühnenscheinwerfer. Die Ohrringe drehten sich wie Kreissägen. Das Publikum war so gebannt, dass es nicht einmal keuchte. Inmitten der wildesten Verrenkung explodierte ein Rampenlicht. Josephine schrie gellend auf und lief von der Bühne. Nach dem Blitzschlag wurde es still. Man wusste nicht, ob der Rauch Teil der Vorstellung war. Dann trat ein Mann in schwarzer Livrée auf die Bühne.

»Mademoiselle Josephines Nerven erlauben ihr leider nicht, ihren Auftritt fortzusetzen«, erklärte er bedauernd.

Die Zuschauer buhten und trampelten mit ihren Lackschuhen auf den Boden.

»Wir wollen die Schwarze Venus!«, rief Max neben mir.

Der Livrierte schwitzte. Er versicherte dem Publikum, Mademoiselle werde am nächsten Tag wieder auftreten.

»Das Haus spendiert eine Runde Champagner.«

Endlich beruhigten sich die rotgesichtigen Zuschauer. Die während der Aufführung gewachsene Erregung legte sich. Sicher würden viele am nächsten Tag wiederkommen. Ganz Paris war wild nach Mademoiselles Tanz. Ich warf Max einen Blick zu. Seine Augen glänzten.

»Wollen wir probieren, ob man uns in die Garderobe lässt?«

In Paris waren wir Unbekannte, doch unser Äußeres öffnete uns die Türen. Die Kammerzofe, die unsere Visitenkarte angenommen hatte, eilte bald zu uns zurück und gewährte uns ein Nicken.

»Mademoiselle empfängt Sie.«

Max zwinkerte dem Mädchen zu. Sie hob die Nase ein wenig höher. Die Pariser Garderobieren kennen ihren Wert.

Die Garderobe war größer als jede, die wir bisher besucht hatten. Auf dem Schminktisch häuften sich Parfümflaschen, Toilettenbedarf und Kosmetikfarben. Intensiver Schweißgeruch brannte auf den Schleimhäuten. Josephine trug einen hellblauen Morgenmantel. Die Schminke auf ihrem Gesicht war rissig. Da sie ein Auge bereits abgeschminkt hatte, wirkte sie einäugig, unproportioniert. Josephines Gesicht war wie Teig, im Ruhezustand ausdruckslos. Beim Tanzen verzerrte es sich wie eine im Feuer schmelzende Gummimaske. Sie musterte uns. Wie die meisten schönen Menschen schien sie sich an unserer Verkrüppelung nicht zu stören. Auch Schönheit ist eine Verformung.

»Sie tanzen?«, erkundigte sie sich höflich. Sie sprach Englisch, aber mit französischem Akzent. Einstudiert, vermutlich. Es hieß, sie stamme aus Missouri.

»An Mademoiselles Kunst reichen wir nicht heran«, entgegnete ich mit einer Verbeugung. Sie lachte auf und wirkte zufrieden.

»Wie hat Ihnen mein Auftritt gefallen?«

»Großartig!« Endlich hatte Max seine Stimme unter Kontrolle. »Mademoiselle ist ein Genie der Bewegung.« Josephine starrte mich an, ohne Max zu beachten.

»Haben Sie jemals nackt getanzt?«

»Sie werden sicher verstehen, dass unser Äußeres uns Grenzen setzt«, antwortete ich und dachte an Iris.

»Im Gegenteil«, lächelte sie. Nun vergaß sie ihren französischen Akzent.

»Nur durch Selbsterniedrigung ist man fähig, das Publikum zu beherrschen.«

An diesen Satz habe ich mich später noch oft erinnert. »Es ist die einzige Art, seine Abnormität zu tragen, indem man sie unterstreicht und betont«, schrieb ich an Iris. »Ist die Herbstmode schon präsentiert worden?«, schrieb sie zurück. »Frau Ei behauptet, die betonte Taille käme zurück, aber um ihretwillen hoffe ich, dass die sackartigen Kleider ihren Siegeszug fortsetzen. Bin ich nicht eine wahre Freundin?«

Lucia machte unser Zimmer zu ihrer zweiten Garderobe und kam in Strümpfen herein, eine Frisierhaube auf dem Kopf. Ich genoss es, ihr beim Ankleiden zuzuschauen. Trotz ihrer Leibesfülle hatte sie eine schmale Taille, auf der das Korsett rote Streifen hinterließ. Manchmal strich ich mit den Fingern darüber.

»Pfoten weg«, sagte Lucia, aber nur aus Prinzip. Sie mochte Berührungen. Mit Vergnügen drückte sie andere Menschen an ihre Brust. Schob ihren Körper so nahe heran, dass der andere zu ersticken glaubte. Ihre Haut roch nach Apfelsinen, Waschmittel und Schweiß. Der Geruch erinnerte an Sonnentage am Steg, wenn die Frauen die im Winter schmutzig gewordenen Teppiche in den Fluss tauchten.

Lucias Bravournummer war das Bauchschauspielern. Die geschickteste Maskenbildnerin malte ihr ein Gesicht auf den

Bauch. Manchmal klebte sie auch künstliche Wimpern auf. Lucia konnte ihren Bauch so bewegen, dass das aufgemalte Gesicht Fratzen schnitt wie ein echtes. Der Nabel formte sich zum spitzen Mäulchen, das mit Lucias Stimme Hexameter oder Obszönitäten von sich gab. Mit Bühnenstimme deklamierte Lucia lustige Gedichte oder sang Operettenlieder. In jenem Winter waren Limericks besonders in Mode. Mitunter karikierte sie die Tänzerinnen. Wehe der Armseligen, die in der Hoffnung auf einen Soloauftritt mit dem Schleimer kokettiert oder etwas Dummes gesagt hatte. Lucias Zunge kannte keine Gnade. Lucia war fähig, das Wesentliche an einem Menschen zu sehen. Es durch Tonfall und Betonung komprimiert wiederzugeben. Bei jedem eine lächerliche Eigenschaft zu finden. Auch Max stellte sie einige Male dar. Nur mich nicht. Ich fragte sie einmal nach dem Grund. Warum bezog sie meine Gestalt nie in ihre Darbietung ein? Immerhin trug ich doch jeden Abend künstliche Wimpern wie ein Mädchen. Fürchtete sie, mich zu beleidigen?

»Das würde doch nix nutzen.« Lucia schüttelte den Kopf.

»Wieso nicht?«

»Du würdest dich nicht erkennen. Du siehst dich nicht so, wie die anderen dich sehen.«

»Tatsächlich?« Ich war beleidigt. Lucia hielt mich also für humorlos.

»Ich könnte ein genaues Foto von dir knipsen, und du würdest es trotzdem nicht erkennen.«

»Hast du gehört, was Lucia gesagt hat?«, fragte ich Max später.

»Dieses eine Mal hat die alte Kuh recht«, sagte Max. »Wenn du in den Spiegel guckst, siehst du nicht dich. Du siehst uns. Oder das, was die anderen deiner Meinung nach sehen, wenn sie uns betrachten.«

»Eine Missgeburt.«

»Eben, Isaak. Du vergisst keine Sekunde lang, dass du anders bist. Alle anderen vergessen es manchmal.«

»Guck dir das an«, sagte Lucia. Sie breitete einen Teil der Zeitung vor mir aus.

»Glatt-Seife gibt Ihrer Haut neuen Glanz«, las ich. »Trägst du dich mit dem Gedanken, dich zu waschen?«

»Nein, du Blödmann.« Sie gab mir einen Klaps auf die gesunde Hand. »Das Inserat hier. Das meine ich.« Sie stieß den Finger auf die Rubrik »Bekanntschaften«.

»Gut situierter Junggeselle sucht Ehefrau. Abenteurerinnen und Dünne unerwünscht. Eheanbahnung Medea. Via de Lapus, Bordeaux.«

»Hör mal«, sagte Max. »Ich fände es einleuchtender, wenn es hieße: Abenteurerinnen erwünscht.«

»Ich kann gerade so ehrbar sein wie alle anderen«, entgegnete Lucia. Ihre Nasenflügel zitterten. Ich legte meine Hand an ihren Ellbogen. Das war die Stelle, an der ein Gentleman damals eine vornehme Frau berührte.

»Du würdest die niedlichste kleine Hausfrau der Welt.«

»Klein vielleicht nicht gerade«, sagte Lucia und ließ ihren Bauch wackeln. »Aber immerhin hab ich eine Mitgift. Die Ehrbarkeit kann man bestimmt aus irgendeinem Leitfaden lernen. Dafür schreibt man doch Bücher. Dass man Dinge lernt, mit denen man normalerweise nichts zu tun haben will.«

»Tennyson war sicher derselben Meinung.«

»Wer?«, fragte Lucia zerstreut. »Zu große Hoffnung darf ich mir nicht machen. Diese Heiratsvermittlungen kriegen Hunderte von Bewerbungen.«

»Und der Mann könnte ein Betrüger sein.«

»Na, was könnte ich dabei schon verlieren?«, fragte Lucia. Sie schob die Hand in ihre blondierten Haare und verwuschelte sie. Daran sah ich, dass sie fröhlich war.

»Uns«, sagte ich.

»Das wird auch langsam Zeit, Kleiner«, meinte Lucia.

»Hör mal, zeig noch mal deine Nummer mit dem Bauch«, bat Max.

»So spricht man nicht mit einer ehrbaren Frau«, tadelte ich ihn.

»Ehrbarkeit kann ich auch morgen noch lernen«, stellte Lucia fest. »Aber jetzt hab ich Hunger.«

»Über Angelegenheiten des Magens sollte man nicht streiten«, sagte Max.

Lucia schrieb der Eheanbahnung Medea eine lange, parfümierte Epistel, in der ein älteres Fräulein, das seine Eltern gepflegt hatte, Schutz und Geborgenheit bei einem Mann suchte. Sie legte ein Foto von sich bei. Darauf steht Lucia im Parc du Luxembourg vor dem Brunnen Maria de Medicis, vom Hals bis zu den Knöcheln in ein schwarzes Seidenkleid gehüllt. Auf ihrer Schulter liegt ein Sonnenschirm, dessen Spitzenrand ein dünnes Muster auf ihre Wangenknochen wirft. Sie sieht aus wie eine wohlgenährte Hauslehrerin. Im Hintergrund ist etwas Helles zu sehen, das Kleid eines vorbeilaufenden kleinen Mädchens. Vielleicht ist das Absicht. Lucias diskreter Hinweis auf ihre Fruchtbarkeit, auf mögliches Kinderglück. Es ist das einzige Bild, das ich von ihr habe. Von der Frau, die ich zur Ersatzmutter machte, bis sie mich aus dem Nest stieß wie ein zu groß gewordenes Kuckucksjunges.

Die Antwort kam in der folgenden Woche. Lucia las der Mädchenschar ausgewählte Passagen daraus vor, kicherte und errötete. Natürlich zogen die Mädchen sie auf, zeigten auf ihren Bauch und erzählten schlüpfrige Witze. Einige schluchzten in ihre Taschentücher, die meisten hatten vor Neid glänzende Augen. Es gibt keine größeren Romantikerinnen als eine Schar billiger Revuetänzerinnen. Je weniger Alternativen man hat, desto fester glaubt man an den Lottogewinn.

Lucia und Martin, ihr Bräutigam in spe, trafen sich in einem Café am Montparnasse. Lucia hatte ihre besten Schuhe angezogen, die mit den grünen Bändern, breit wie Schmetterlinge. Dies erfuhr ich von Mimi, Lucia selbst schwieg sich über das Rendezvous aus. Mimi saß am Nebentisch, für den Fall, dass Lucia plötzlich Hilfe brauchte. Dank Mimis genauer Beschreibung sehe ich die ganze Szene vor mir. Lucia, wie sie mit ihren Spitzenhandschuhen im Café saß. Auf ihren Knien lag ein schmales Buch, denn der Mann hatte geschrieben, er liebe Gedichte. Der Kellner musterte Lucia und versuchte ihren Beruf zu erraten. Sie holte einen Spiegel aus der Handtasche und spitzte den Mund. Sie hatte sich leicht geschminkt, nicht auffällig, sondern gerade so, wie man es von einer Pariserin, die etwas auf sich hält, erwarten durfte. Mimi saß mit ihrem Begleiter an einem anderen Tisch; sie hatten Suppe bestellt, die sie geräuschlos löffelten. Lucias Nervosität hatte auf sie übergegriffen. Lucia schlug das Buch auf, blätterte darin, legte es weg. Sie musste an sich halten, um nicht auf die Uhr zu schauen, die sie am Hals trug. Als Martin eintraf, stand Lucia auf. Der Gedichtband fiel zu Boden.

»Gestatten Sie?«, fragte Martin und reichte ihr mit einer Verbeugung das Buch. Lucia rückte den Hut zurecht und lächelte. Der Mann war klein. Auf dem Foto hatte er größer gewirkt, erzählte Mimi. Er reichte Lucia nur bis zum Busen. Sein Mund war schmal und schien ein wenig nach unten zu sacken. Er trug eine grellbunte Weste, und alles deutete darauf hin, dass er sich für einen vornehmen Herrn hielt. Sorgsam wischte er den Stuhl ab, bevor er Platz nahm und schwarzen Kaffee bestellte.

»Ich lehne Alkohol ab«, sagte er zu Lucia. »Ich weiß, dass die Frauen von heute Cocktails trinken, aber Sie gehören hoffentlich nicht zu diesen Frauen?«

»Oh nein, natürlich nicht«, erwiderte Lucia. »Es ist Verschwendung, anständigen Schnaps zu verdünnen.«

»Sie spaßen. Ich verstehe. Junge Frauen haben die Angewohnheit, zu sticheln, um ihre Schlagfertigkeit zu beweisen und Interesse zu wecken. Das hat mir meine Mutter gesagt, sie hält es für unpassend.«

»Deine Mutter?«

»Ich wohne mit meiner Mutter zusammen.«

»Tatsächlich?«

»Ich habe ein Geschenk für dich.« Martin reichte Lucia eine Schachtel.

»Wie aufmerksam«, sagte Lucia und wickelte eine Haarsträhne um den Finger. Sie öffnete die Schachtel und nahm robuste Arbeitsschuhe heraus, deren Sohlen schlammverkrustet waren. »Aber die sind ja gebraucht!«

»Sie gehören meiner Mutter«, sagte Martin schüchtern. »Ich dachte, wir könnten ein Zimmer mieten, und du würdest sie anziehen.«

»Ein Zimmer?«, wiederholte Lucia.

»Du könntest dich auf meine Finger stellen«, schlug Martin vor. »Und hin und her gehen.«

»Wir haben uns doch gerade erst kennengelernt«, wehrte Lucia ab.

»Morgen geht es nicht mehr«, erklärte Martin. »Dann kommt Mutter in die Stadt und will ihre Schuhe wiederhaben.«

»Aha«, sagte Lucia. »Deshalb brauchst du eine Frau?«

»Ja«, nickte Martin. »Mutter meint, sie wäre schon zu alt. Als ich dein Bild sah, wusste ich sofort, dass du die Richtige bist. Der physische Aspekt der Ehe interessiert mich nicht besonders, verstehst du? Ich glaube, das gilt für alle Herren in meiner Position.«

»Ich verstehe«, sagte Lucia.

»Aber es ist unbedingt notwendig, dass man mir auf die Finger tritt.«

»Die Schuhe waren das Schlimmste für Lucia«, erzählte Mimi. »Dass sie für den Rest ihres Lebens hässliches Schuhwerk tragen sollte.« Lucia hatte einen Franc für den Kaffee auf den Tisch gelegt und war gegangen. »Das war zu viel für eine Tasse«, sagte Mimi. »Der Kerl hat den Franc in die Tasche gesteckt und stattdessen Kleingeld hingelegt. Bestimmt hat er seiner Mutter was Hübsches gekauft.«

Lucia wirkte noch fröhlicher als zuvor. Sie sprach mehr und lachte lauter als alle anderen. Sie war in jeder Hinsicht die alte Lucia, nur war sie es nicht. Als hätte sie sich in eine ihrer Aufführungen verwandelt, in eine Karikatur der früheren Lucia. Max störte sich nicht an dem Unterschied.

»Sie lacht.«

»Ja.«

»Gestern hat sie dreimal vom Eintopf genommen.«

»Ja.«

»Sie hat gerülpst, und als Mimi sie anguckte, hat sie gesagt, sie sei so vom Geist erfüllt, dass sie einfach einen Teil herauslassen müsse.«

»Ja.«

»In den Geschichten, die Lucia so liebt, nimmt keiner zu, wenn er unglücklich ist. Die magern alle ab.«

»Lucia liest keine Geschichten mehr.«

Max verdrehte die Augen.

»Mimi liest auch nicht, der Hausmeister liest nicht. Mein Gott, auch ich lese nicht. Die Einzigen, die in diesem Haus lesen, sind du und Lucia.«

»Außer dass Lucia nicht mehr liest.«

»Sie ist endlich zur Vernunft gekommen, und du schmollst. Du würdest am liebsten mit Lucia in einer Ecke hocken und dir von ihr vorlesen lassen, mit ihr darüber plaudern, ob Ivanhoe ein Held oder ein totaler Idiot ist. Lucia hat aufgehört, zu fliehen, das ist alles. Das solltest du auch tun. Wir beide sollten das Leben genießen. Wir sind nicht mal dreißig und wohnen in Paris, mein Gott. Das ist doch gar nicht übel. Dieses Haus ist voller Mädchen. Fünfzehn Stück, wenn man dich nicht mitzählt.«

Beim letzten Satz grinste Max. »Allerdings bist du das schlimmste Weib in diesem Haus.«

Vielleicht hatte er recht. Wir alle sollten anfangen, zu leben. Aufgrund unserer Lebensweise hätte niemand geglaubt, dass Max und ich im Cabaret arbeiteten. Wir legten uns nach der Aufführung ins Bett und schliefen lange. Mittags speisten wir für viereinhalb Francs in billigen Lokalen. An roten Türen und Stundenhotels eilten wir vorbei. Wenn es hoch kam, bestellten wir eine Flasche Wein zum Omelett. Das war das Verrufenste, was wir außerhalb unseres Auftritts taten. Unten auf der Straße pulsierte Montparnasse. Saint-Michel war zu Fuß erreichbar. Die Mädchen trugen die Haare kurz. Champagner wurde kistenweise gekauft. Die Stadt füllte sich mit Amerikanern, die es eilig hatten, ihr Geld auszugeben. Die Röcke wurden kürzer. In den Filmtheatern blickte Marlene Dietrich schicksalsschwer von der Leinwand. Die Seine strömte dahin. Die Modeschlager wechselten schneller als die Speisekarten der Restaurants. Auf den Champs-Élysées wehte der Wind. Vielleicht hatte Max recht. Vielleicht war Lucia zur Vernunft gekommen.

Ich sprach Lucia am nächsten Morgen darauf an. Max löffelte in der Küche sein Frühstücksei. In seinem Schnurrbart hingen Brotkrümel. Lucia hatte ihren Stuhl an den Rauchfang über dem Küchenherd gestellt und rauchte Pfeife. Ab und zu beugte sie sich vor und blies einen Mundvoll Rauch in den Schornstein. Das schien ihre Gedanken vollständig in Anspruch zu nehmen. Wenn sich der Rauch nach oben kringelte, zog sie die Augenbrauen hoch, als wolle sie ihre Leistung begutachten. Der Rauch umgab sie wie ein Strahlenkranz. Dann wurde er in den Rauchfang gesogen, und die Luft war wieder rein. Lucia lächelte. Ich fing ihren Blick auf und lächelte probeweise zurück. Sofort wurde ihre Miene wieder ernst. Sie zog an ihrer Pfeife.

»Mimi klagt darüber, dass ihre Bühnenkostüme stinken«, sagte ich.

Lucia rümpfte die Nase.

»Dann sollte sie sie waschen.«

»Früher warst du hilfsbereit.«

»Mimi ist durchaus fähig, ihre Kleider selbst zu waschen.«

»Der Schleimer hat gesagt, in letzter Zeit käme das Orchester immer wieder aus dem Takt.«

»Der Schleimer kann eine Posaune nicht von einem Waschtisch unterscheiden«, brauste Lucia auf. »Und wieso interessierst du dich plötzlich so für Mimis Hygiene? Die ist ihren Kunden bisher egal gewesen.«

Max sah mich von unten herauf an, sagte aber nichts. Die Krümel hingen ihm immer noch im Schnurrbart. Ich überlegte, ob ich sie abstreifen sollte. Vielleicht konnte ich ihm stattdessen meinen gesunden Arm in die Fresse schlagen. Damit wären beide Probleme gelöst.

»Du wirkst zerstreut. Weiter nichts.«

Lucia legte ihre Pfeife beiseite. Sie wischte sich die vom Tabak geteerten Hände an der Schürze ab und steckte sie schließlich in die Taschen.

»Wenn es euch so brennend interessiert, ich habe ein neues Projekt.«

»Ein Projekt«, wiederholte Max.

»Ein Projekt«, sagte Lucia. »Arbeit.«

»Arbeit?«, fragte ich. Bald würden wir drei einem verwunderten dreistimmigen Echo gleichen, das unaufhörlich dieselben Worte wiederholte. Ich sah uns Jahre später in dieser Küche sitzen, Max dasselbe Ei auslöffeln, Lucia mit ihrer tabakgefleckten Schürze, die in den Schürzentaschen verborgenen Hände zwischen den Beinen, den Oberkörper vorgebeugt, so dass ihre Brüste sich auf uns zuschoben.

»Arbeit«, wiederholte ich, obwohl ich wusste, dass ich wie ein Idiot wirkte.

»Lass es gut sein.«

»Nun erzähl doch«, beschwor ich sie. »Heute ist Sonntag. Der beste Tag, um Geheimnisse zu verraten, hat unsere Tante immer gesagt. Sonntags haben die bösen Geister Urlaub.«

Lucia grinste.

»Eure Tante hatte wohl nicht alle Tassen im Schrank.«

»Wenn du wüsstest«, murmelte Max.

»Am Mittwoch hat mich dieser Bursche angesprochen«, begann Lucia. »Erst hab ich ihn für einen Freier gehalten und gesagt, kommt nicht in Frage, er soll es bei einem von den anderen Mädchen probieren. Ich bin nicht in dem Geschäft, ich spiele bloß in der Band. Daraufhin hat er gesagt, gerade deshalb will er mit mir reden. Ich hab bloß gedacht, ja ja, die Geschichte hab ich schon mal gehört.«

»Und dann?«

»Dann hat er mir seine Visitenkarte in die Hand gedrückt. Da hab ich ihn zum ersten Mal richtig angeguckt. Er hatte so ein langes Gesicht. Der Kragen hätte sauberer sein können, aber die Schuhe waren elegant. Unter der Nase hatte er einen schmalen Schnurrbart. Wisst ihr, was ich meine? So einen wie in amerikanischen Filmen?«

Ich nickte, obwohl ich nicht sicher war, worauf Lucia hinauswollte.

»Er hat mir ein ordentliches Trinkgeld zugesteckt und gesagt, unser Spiel hätte ihm gefallen. Ich wusste, dass er log. An dem Abend war Mimi noch mehr aus dem Takt gekommen als sonst und hat komplett in ihrem eigenen Rhythmus gespielt. Das hab ich ihm auch gesagt, und er hat gegrinst. Als er den Mund aufmachte, hab ich seine Zähne gesehen, und ich muss schon sagen, die waren eine Pracht. So eine makellose Zahnreihe sieht man bei einem erwachsenen Mann selten.«

»Vielleicht waren es Kronen«, meinte Max.

»Kronen!«, staunte Lucia. »Dann muss er noch reicher sein, als ich dachte. »Unglaublich, dass jemand Geld für seine Zähne verschwendet.«

Die Vorstellung schien sie völlig aus der Fassung zu bringen.

»Kronen«, wiederholte sie.

»Was war nun mit dem Burschen?«, fragte ich. »War es ein Freier?«

»Seine Zähne haben mich so beeindruckt, dass ich erst auf die Karte geguckt hab, als er schon weg war. Almus Frost. Lieferant.«

»Lieferant«, sprach Max ihr nach. »Was liefert er denn? Unannehmlichkeiten?«

»Ein Amerikaner«, sagte Lucia. »Der Typ war Amerikaner.«

»Und du hast verstanden, was er gesagt hat?«

»Er hat natürlich Französisch gesprochen wie alle normalen Menschen. Und nicht mal schlecht. Sein Akzent ist nicht so stark wie eurer.«

Ich hatte mir eingebildet, dass ich und Max bereits als Pariser durchgingen. Für einen Ausländer hielt ich mich nicht. Weder hier noch anderswo.

»Am nächsten Tag wollte ich besonders gut spielen. Der Mann hatte das Orchester ja gelobt.«

Ich nickte.

»Er war also wieder da?«

»Ja, war er. Und zwar im Smoking wie ein richtiger Stutzer. Ihr wisst ja so gut wie ich, dass sich von unseren Zuschauern fast keiner zum Ausgehen fein macht. Man kann schon froh sein, wenn sie nach der Arbeit das Hemd wechseln.«

»Na ja, die auf der Bühne sind auch nicht gerade korrekt gekleidet.«

Lucia grinste.

»Immerhin haben die Mädchen Zylinder auf.«

»Und, hat dich der Kerl weiter bedrängt?«, fragte ich. Ich war beunruhigt.

Lucia lächelte nach innen gewandt. Sie schien von einem Geheimnis erfüllt, das sie von Kopf bis Fuß durchglühte. Die heilige Theresa im Petersdom hat einen ähnlichen Gesichtsausdruck. Als würde ein explosiver Jahrhundertorgasmus aus den Ohren der Heiligen quellen, und nur sie wüsste, was geschieht. Vielleicht war ich einfach eifersüchtig. Ich hielt Lucia für selbstverständlich, für mein Eigentum. Etwa wie ein Schoßhündchen oder alte Pantoffeln, die sich dem Fuß angepasst haben. Wenn man mich gefragt hätte, ob ich Lucia liebte, hätte ich vor Verblüffung den Mund aufgerissen. Natürlich liebte ich sie, irgendwie. Nur hatte ich nie weiter über sie nachgedacht. In den Nächten, in denen Lucia sich zu uns legte, genoss ich die Geborgenheit in ihrer Fülle. Ihre warmen Arme, das aus der Kehle sprudelnde Lachen, die genussvollen Schreie. Sie wollte nichts, sie befahl nichts, sie forderte nichts. Lucias Nähe war gleichmäßig. Unsere gemeinsamen Nächte folgten einer Routine, unsere Gespräche endeten stets in zufriedenem Einvernehmen. Mit Lucia diskutierte man nicht. Andernfalls beugte sie sich vor und stupste ihr Gegenüber mit ihrem Finger an, der die Größe einer Delikatessgurke hatte. »Mmm«, sagte sie dann wohl. »Willst du eins auf die Nase?« Man musste einfach zugeben, dass Lucia recht hatte, sofern man ihren Ringergriff und Muskelzerrungen vermeiden wollte. Auch ich stimmte ihr bereitwillig zu, selbst wenn sie behauptet hätte, Penicillin sei eine Hunderasse. Max zum Schweigen zu bringen, war schwieriger, aber seit Lucia ihm bei ihrem Plädoyer für die Genialität von Lucy Maud Montgomery die Schulter ausgerenkt hatte, hielt auch er seine Zunge im Zaum.

Menschen, in deren Umgebung kaum etwas bleibend ist, müssen sich ihre eigene, künstliche Regelmäßigkeit schaffen. Deshalb hält man sich im Zirkus streng an die Essenszeiten, donnerstags gibt es Bohnensuppe, freitags Fisch, und von Jahr zu Jahr zieht man auf derselben Route von Stadt zu Stadt. Teilweise mag es sich dabei um Aberglauben handeln, etwa bei der Regel, dass die Clowns nicht vor der Pause auftreten. Aber ich glaube, Veränderungen sind das, wovor man sich im Zirkus fürchtet. Waisen, Huren und Ängstliche brauchen Regelmäßigkeit. Freiheit ist eine Kunst.

Jetzt veränderte sich Lucia, und das machte mich nervös.

»Er hat mich fürs Kino engagiert.«

»Als Schauspielerin?« Max war verdattert. Lucia hatte einen wunden Punkt getroffen. Im Innern meines Bruders glomm eine Eitelkeit, die nach größeren Estraden dürstete. Nachdem er Chaplins *Zirkus* gesehen hatte, war er wochenlang für nichts anderes empfänglich gewesen. Nur mein Widerstand hatte ihn daran gehindert, den nächsten Dampfer nach Amerika zu besteigen.

»Nein, mein Häschen«, sagte Lucia. Spätestens da wusste ich, dass nicht alles in Ordnung war. Bisher hatte sie Max allenfalls Maxwell genannt, wenn sie besonders gut gelaunt war. »Als Musikerin.«

»Du musizierst?« Ich versuchte mein Misstrauen zu verbergen.

»Der Typ organisiert Privatvorstellungen in Montmartre. Für reiche Schleimer. Für Typen, die zu viel Geld haben, aber zu wenig Verstand, um ihren Schwanz in der Hose zu halten.«

»Porno«, stellte Max fest. Er schien das Interesse verloren zu haben.

»Filme«, korrigierte ihn Lucia. »Zum Teil ganz normal. Mann vögelt Mädchen, Mädchen vögelt Mädchen, Vögeln von unten, von oben und in Positionen, die nur die Kamera einfangen kann. Ich spiel vor der Leinwand Banjo. Voll bekleidet, ihr braucht euch keine Sorgen um meine Keuschheit zu machen.«

Max murmelte etwas, doch Lucia sprach weiter.

»Als Beweis dafür, dass er keine leeren Versprechungen macht, hat der Typ mir das hier gegeben.«

Sie steckte eine Hand zwischen ihre Brüste und holte eine Rolle Banknoten hervor. Die äußere war ein Hundertfrancschein.

»Ein paar solche Auftritte, und ich brauch keinen Mann, um an einen Bauernhof zu kommen. Ich kauf mir ein Haus und einen Weinberg. Ihr könnt bei mir Urlaub machen. Für deinen Bruder da kauf ich einen Esel, damit das Viech sieht, dass es noch hässlichere Wesen gibt. Mein Esel wird ein glücklicher Esel.«

Lucia schien nachzudenken. Dann setzte sie ihren Hut auf und wickelte ein großes grünkariertes Tuch um sich.

»Kommt mit«, sagte sie. Wir folgten ihr einige Straßenzüge weit in einen Teil von Montparnasse, den wir noch nie besucht hatten. Die Cafés waren billige Schuppen, an einer Straßenecke sang ein als Junge verkleidetes Mädchen mit einem Veilchenstrauß ihr Klagelied. In den Etagen über den Cafés gab es billige Zimmer, über denen Neonlampen leuchteten.

»Warum wolltest du hierher?«, fragte ich. Lucia zeigte auf eine Frau, die in einem Toreingang stand.

»Das ist Clarice«, sagte sie. Ich starrte die Frau an. Sie war an die dreißig, und ihre mädchenhafte Rundlichkeit verwandelte sich bereits in Schlaffheit. Sie hatte die Hände vor der Brust verschränkt und starrte zu Boden. Das unterschied sie von den Huren in den anderen Toreingängen, die versuchten, den Blick jedes Passanten auf sich zu ziehen.

»Clarice!« Lucia winkte, und die Frau hob den Kopf. Ein kindliches Lächeln breitete sich auf ihrem Gesicht aus, während sie mit den Fingern zurückwinkte. Clarices Lippen waren prall wie Apfelsinenschnitze, ihre kleinen Augen hatten den Blick einer Geistesschwachen.

»Clarices Mutter ist von der Leiter gefallen, als sie ihr Kind erwartete. Unter der Leiter stand ein Weinfass, und es hat drei Stunden gedauert, ehe sie rausgezogen wurde. Deshalb ist Clarice benebelt zur Welt gekommen. Der Mann auf der anderen Straßenseite ist Eduo, er sammelt das Geld ein, sucht die Freier aus und gibt dem Mädchen zu essen. Vor Clarice hatte Eduo eine andere Geistesschwache, aber die wurde zu alt, und das Sozialamt hat ihr keine Pension mehr bezahlt. Man behauptet, Eduo hätte ihr Rattengift in den Pudding gemischt. Sie hat die ganze Portion auf einmal verschlungen, eine Nacht lang gekotzt, und am Morgen war sie tot.«

»Warum erzählst du uns das?«

»Ich will nicht als alte Nutte enden«, sagte Lucia. »Selbst schlaue Mädchen geraten irgendwann an Typen wie Eduo, das hab ich oft genug gesehen. Ich brauch einen Plan.«

»Ist es sicher? Das, was du da machst?«, fragte ich, um mich zu beruhigen. Vielleicht legten die reichen Wichser mehr Wert auf ihre Intimsphäre als auf ein paar Hunderter. Zogen es vor, Menschen auf der Leinwand beim Bumsen zuzuschauen, statt es in einem billigen Bordell selbst zu tun. Lucia konnte auf sich aufpassen. Das glaubte ich damals noch.

»So sicher wie das Kinderkriegen«, grinste Lucia. »Sonst

muss ich denen die Fresse polieren. Und das ist schlecht fürs Geschäft.«

Lucia sprach nicht über ihre Auftritte. In regelmäßigen Abständen verschwand sie mit ihrem Banjokasten und kehrte in den frühen Morgenstunden zurück. Mehr Geld schien sie nicht zu haben, im Gegenteil. Sie trug immer denselben Samthut, obwohl der Schleimer das schäbige Aussehen des Orchesters tadelte. Lucia nahm ein wenig ab. Ihre Haut färbte sich leicht gelblich. Ein paarmal fragte ich sie nach ihrer Arbeit, doch sie schüttelte nur den Kopf.

»Das sind hohe Herren. In meinem Vertrag steht, dass ich nichts sagen darf.«

»Nimm uns doch mal mit«, schlug ich vor.

»Nein«, sagte Lucia. »Das ist nichts für solche wie ihr.«

»Aber das Marinara ist gut für uns?«

»Um die Wahrheit zu sagen, ich habe Angst, dass Almus auf Ideen kommt, wenn ihr dort auftaucht. Er würde euch für seinen Film engagieren oder so.«

»Du musizierst doch nur?«, fragte ich. »Nicht wahr? Das ist alles, was du tust.«

»Ja«, sagte Lucia und wandte sich ab.

»Lucia«, beharrte ich. »Du brauchst nicht zu huren.«

»Sei nicht kindisch, Isaak. Zwischen mir und einer Hure hat es nie einen großen Unterschied gegeben. Das hier ist nur vorübergehend.«

Wir schliefen immer seltener zusammen. Lucia behauptete, sie sei müde und sie wolle uns nicht wecken, wenn sie morgens aufstand, um zu proben.

»Du solltest weniger arbeiten«, sagte ich. »Von dem, was du im Marinara verdienst, kannst du gut leben.«

»Was machst du mit all dem Geld?«, fragte Max. »Wie wäre

es, wenn wir heute in die Mouffetard gehen, eine Flasche Weißwein kaufen und eine Wanne voll Muscheln essen.«

»Keine Zeit«, antwortete Lucia. »Ich muss arbeiten.«

Lucia stieg aus dem Bett und ihr Hintern schaukelte in der Morgendämmerung. Knubbeliger Marmor wie bei den aus dem Sand ausgegrabenen Statuen, deren Bilder ich in der Zeitung gesehen hatte. Doch Lucias Hintern war aus Fleisch und Blut. Schwangerschaftsstreifen überzogen ihren Bauch mit einem silbernen Spinnennetz. Ihre Brüste hingen schwer über dem prachtvollen Bauch. Die großen Warzenhöfe waren kastanienbraun. Über die rechte Brust lief eine lange Narbe.

»Was ist das?«, wollte ich wissen.

»Was?«, fragte Lucia, die mit den Gedanken weit weg zu sein schien.

»Die Narbe.« Ich zeigte auf ihre Brust.

»Ach die, da war ein Knoten.«

Ich starrte sie an.

»Den haben sie mir rausgeschnitten. Was geht euch das an? Ich bin nicht eure Mutter, ihr müsst euer eigenes Leben führen.«

»Warum?«, fragte ich. »Genau das hier will ich. Normale Dinge tun, für viereinhalb Francs essen, ausschlafen, im Bett lesen. Wenn wir genug Geld beisammen haben, fahren wir nach Amerika.«

»Das ist doch kein Leben für zwei junge Männer. Wie alt seid ihr?«

»Fünfundzwanzig«, murmelte Max.

»Neunundzwanzig«, sagte ich.

Lucia lachte.

»Genau das meine ich. Ihr seid zu jung, um wie alte Hagestolze zu leben.«

»Wir haben ja dich.«

»Pah, mit mir seid ihr nur aus Bequemlichkeit zusammen.

Damit ihr keine Frau ausführen und ihr ein teures Abendessen spendieren müsst. Du sprichst immer von deinem Mädchen, Isaak. Du willst sie herholen, sagst du, aber was tust du? Willst du sie etwa hier einquartieren? In einem Bordell? Und dann noch eure Arbeit …«

»Wir treten doch auf.«

»Aber hier, im Marinara. Ihr seid schon ein halbes Jahr hier.«

»Und du seit zehn Jahren.«

»Fünfzehn«, sagte Lucia. »Aber das ist etwas anderes. Ich bin ein alter Fleischhaufen. Außerdem war ich nie ein Star.«

»Ich tanze in Frauenkleidern«, wandte ich ein.

»Das meine ich ja gerade«, sagte Lucia. »Ihr könntet es zu etwas bringen. Nicht, dass ihr solche Stars werden könntet wie Marlene. Aber ihr habt es nicht nötig, in billigen Cabarets zu tanzen. Euch fehlt nur der Antrieb.«

»Wir sind mit unserem Leben zufrieden«, gab ich zurück.

»Sind wir das?«, fragte Max.

Um Lucia zu beweisen, dass sie sich irrte, besorgten Max und ich uns eine Wohnung außerhalb des Marinara-Theaters. Nichts Besonderes, aber sie hatte einen eigenen Gasherd und es gab genug heißes Wasser. Kein geteiltes Bad mehr, keine ungeduldigen Rufe hinter der Tür, wenn man sich gerade auf das Klo gesetzt hatte. Keine Lippenstiftflecken auf den Handtüchern, kein leergeputzter Kühlschrank. Wenn wir eine Dose Sardinen kauften, stand sie auch am nächsten Tag noch im Schrank.

Anfangs ließ mich die Stille in der Nacht immer wieder aufschrecken. Aber nach einer Weile genossen wir unsere Unabhängigkeit. Um die Miete bezahlen zu können, bewarben wir uns bei einer Revue an den Champs-Élysées und wurden überraschend engagiert. Es kam so viel Geld herein, dass wir uns neue Anzüge leisteten und für Lucia einen entsetzlichen Hut kauften, der ihr einfach gefallen musste. Er hatte mehr Fransen und Rüschen als ein Biedermeiergedicht. Sie bedankte sich mit einem Kuss, sagte aber nicht, dass sie uns vermisse. Bei unserem Auszug hatte nur Mimi ein paar Tränen vergossen, Lucia hatte lediglich mit den Achseln gezuckt.

»Bist du überhaupt nicht traurig?«, fuhr ich sie an.

»Warum?«, fragte sie. »Ich wusste, dass ihr geht. Ihr wart doch die ganze Zeit auf dem Sprung.«

Eines Tages beschlossen wir auf dem Rückweg vom Mittagessen, bei Lucia und den Mädchen im Marinara vorbeizuschauen, bevor die Vorstellung begann. Als Mitbringsel kauften wir eine Flasche Champagner, eine Flasche Whisky und kandierte Datteln, die Max und Lucia besonders gern mochten. Für Mimi, die bei unserem letzten Besuch blass ausgesehen hatte, kaufte ich Apfelsinen. Lucia saß im Obergeschoss auf der Treppe. Ihr geblümter Morgenmantel war offen, und der eine Strumpf war heruntergerutscht. Sie stierte vor sich hin.

»Lucia?«, fragte ich.

Sie hickste. Ihr Gesicht wirkte fleckig. Ihre Augen waren geschwollen. »Lucia, was hast du? Was ist passiert?«

»Nix weiter«, sagte Lucia und schneuzte sich am Morgenmantel. Ihre Brüste ragten auf, als wollten sie gegen die ganze Welt ankämpfen.

»Das Korsett, Lucia«, mahnte ich. »Ist es wirklich nötig, das Ding zu Hause zu tragen? Es verdirbt dir den Rücken und macht deine inneren Organe zu Matsch.«

»Jaa«, schniefte Lucia und brach dann in Lachen aus. Ich lächelte probeweise.

»Du bist so gut, Isaak.«

Unbeholfen legte ich meinen Arm um sie und steckte die Nase in ihre Haare. Sie roch wie ein nasser Hund.

»Erzähl mir alles.«

Und Lucia erzählte. Eines Abends, als sie mit ihrem Banjokasten das Theater verließ, hatte sie jemanden gesehen, der auf sie wartete.

»Erschrecken Sie nicht, Madame«, sagte der Mann. Lucia musterte ihn: saubere Kleidung, goldene Uhr, weiße Schläfen. Kein kleiner Junge mehr. Kleine Jungs können aus purer Dummheit gewalttätig werden. Der Mann hatte einen simplen Vorschlag, den Lucia zunächst ablehnte. »Ich mach sowas nicht mehr. Irgendwann muss Schluss sein.« Doch der Mann war hartnäckig geblieben und hatte sein Angebot immer wieder erhöht. Schließlich hatte Lucia eingewilligt, aber zu ihren eigenen Bedingungen. Nach der Vorführung ließ sie den Mann in das leere Theater und nahm sein Geld durch einen Spalt im Vorhang entgegen wie ein Amsterdamer Freudenmädchen. Die Schwielen an Lucias Fingerspitzen, ein Berufsleiden der Banjospieler, schienen dem Mann ganz besonders zu gefallen. Monatelang traf Lucia sich mit dem Mann und entwickelte allmählich eine Art Zuneigung. »Mit dem brauchte man sich nicht zu unterhalten, er hat nie gefeilscht und war auf seine Weise rührend. Bei manchen weiß man genau, dass sie sich einen runterholen, bevor sie zu dir kommen, damit sie länger durchhalten. Die prahlen mit ihrer Manneskraft, als würde irgendwer was darum geben. Aber dieser hatte einen richtig herrschaftlichen Penis. Sauber, zierlich und so putzig nach rechts gebogen. So hübsch, dass man Silberglöckchen hätte dranhängen können.« Eines Abends war der Mann mit den weißen Schläfen ausgeblieben. Lucia hatte sich Sorgen gemacht und überlegt, ob er vielleicht krank war. Sie versuchte sich vorzustellen, wie er jenseits des Vorhangs lebte. Vielleicht wohnte er irgendwo in der Vorstadt, spielte sonntags mit seinen Enkelkindern und war bei seinen Nachbarn als eifriger Sammler von Telegramm-Marken bekannt. Lucia wollte sich ausmalen, wie er am Esstisch seine Frau anlächelte, doch sie konnte sich sein Gesicht nicht mehr ins Gedächtnis rufen. Sie erinnerte sich nur an seine ergrauten Schamhaare und sein blau geädertes Glied. Plötzlich stand Lucias Arbeitgeber Almus Frost mit drei Männern in der Tür. In einem der Männer erkannte sie den Filmvorführer.

»Ich wollte gerade gehen«, sagte sie.

»Ich weiß, mein Täubchen«, antwortete Frost. »Du hast hinter meinem Rücken Geschäfte gemacht, aber ich lass mich nicht bescheißen.«

Lucia schüttelte den Kopf. Was ging Frost die Sache an.

»Wir hatten einen Vertrag«, sagte Frost.

»Über das Banjo.«

»Jungs, haltet die Hure an den Armen fest.«

»Du brauchst es nicht zu erzählen«, sagte ich zu Lucia. »Es war sicher schrecklich.«

»Natürlich bin ich früher schon vergewaltigt worden«, sagte Lucia. »Das ist kein Zuckerschlecken. Aber die Whiskyflasche war was Neues. Ich kann nie mehr Jack Daniels trinken.«

»Lucia«, flüsterte ich.

»Dieser Ami-Fusel taugt sowieso nichts«, sagte Max.

»Als ich am vierten Tag immer noch blutete, bin ich zum Arzt gegangen, und da hab ich es erfahren: ein Tumor«, fuhr Lucia fort. »Einen hat man mir schon weggeschnitten. Dieser ist in der Gebärmutter und bösartig. Stellt euch vor, so viele Aktivitäten in dem Bereich, und trotzdem findet Gott, ich bräuchte da drinnen was.« Sie seufzte. »Wegen Mimi tut es mir am allermeisten leid. Sie ist schon seit Jahren verrückt nach mir.«

Ich putzte mir die Nase.

»Was hast du jetzt vor?«, fragte Max.

Lucia hob ihre breiten Schultern.

»Ich hab das Geld schon beisammen. Nur den Vertrag muss ich noch unterschreiben. Ich hab ein Haus gekauft, in Arles. Da ist es heiß, klar. Aber irgendwo muss ich ja hin. Hauptsache, es gibt Berge. Mimi kommt mit. Euch wollte ich auch noch fragen.«

»Was?«

»Kommt ihr mit mir? Ich hab es mir anders überlegt. Man kann euch nicht allein lassen. Sonst macht Max Dummheiten, und du, Isaak …«, sie schwieg eine Weile, »… du bist zu anhänglich. Du kannst nicht loslassen.«

Ich räusperte mich.

»Ihr könnt auch das Mädchen mitbringen. Fahrt zu ihr und holt sie, wenn die Saison vorbei ist.«

Ich schlug Lucia vor, dass wir wieder ins Marinara ziehen könnten, doch sie lehnte ab.

»Ihr führt jetzt euer eigenes Leben. Ihr wollt keinen Schritt zurück machen. Außerdem schlaf ich jetzt bei Mimi. Sie pflegt mich. Sie mag es nicht, wenn sich zu viele einmischen.«

»Und was ist dann, wenn wir alle zusammen wohnen? Was sagt Mimi dazu?«

»Darüber zerbrechen wir uns den Kopf, wenn es so weit ist. Aber ich will nicht, dass ihr wieder hier einzieht, hört ihr? Es reicht, wenn ihr zweimal die Woche vorbeikommt und der alten Schnepfe Geleefrüchte bringt. Kapiert?«

Während Lucia dahinschwand, planten wir unsere Abreise. Wir kündigten unser Engagement und die Wohnung. Ich schrieb an Iris und erklärte ihr die Situation, ließ sie wissen, dass ich mit ihr aufs Land ziehen wollte. Gemeinsam hätten wir Geld genug. Je länger ich über das Vorhaben nachdachte, desto besser gefiel es mir. Ich, Max, Lucia, Mimi und Iris. Iris könnte ihre Haare wieder länger wachsen lassen und sich sonnen. In meinem Brief beschrieb ich ihr Lucias Gehöft. Ich erzählte von Sonnenblumenfeldern, vom Lavendelduft, von Aquädukten, an denen wir picknicken würden. Wir kauften breitkrempige Panamahüte, die nach Max' Ansicht für das ländliche Leben am besten geeignet waren.

Max erhob keine Einwände. Wir brauchten nicht einmal zu streiten. Er fügte sich meinen Plänen so bereitwillig, dass mir der Verdacht kam, er sei erleichtert, weil ich die Entscheidung übernahm. Jeden zweiten Abend saßen wir in Lucias und Mimis Zimmer und sprachen über Lucias Haus. Mimi behütete Lucia wie eine Glucke, kochte Tee und drängte ihr Essen auf. »Hinter dem Stall pflanz ich Kartoffeln«, sagte Lucia zum Beispiel. »Und Ringelblumen. Bloß weil sie so hübsch sind. Meine Mutter mochte sie, auch wenn es ihr peinlich war, weil Ringelblumen nutzlos sind. Ich weiß noch, wie sie sich manchmal an den Brunnen gelehnt und zugeguckt hat, wie die Sonne hinter ihnen unterging. Mama hatte goldenes Haar. Das hab ich von ihr geerbt«, sagte Lucia und kratzte sich den Kopf. »Die Farbe ist echt, auch wenn manche es nicht glauben.«

Mimi kniff hinter Lucias Rücken ein Auge zu. Ich zwinkerte zurück. Lucia runzelte die Stirn und kratzte sich am Kopf.

»Kartoffeln. Kartoffeln müssen sein. Bratkartoffeln und Zwiebeln.«

Mimi biss sich auf die Lippen und lächelte. Früher hatte sie uns beinahe verabscheut. Aber hier waren wir nun, alle vier, friedlich wie junge Hunde, und planten unsere gemeinsame Zukunft.

Als wir eines Nachmittags nach der Probe zu Lucia eilten, lief uns das Garderobenmädchen nach.

»Beim Theater wurde ein Brief für Sie abgegeben«, sagte sie. Ich steckte ihn in die Tasche, ohne ihn anzusehen, und winkte dem Mädchen zu, während wir weiterliefen. Es war Frühling in Paris. An der Friedhofsmauer von Montparnasse blühten Schneeglöckchen. Kleine Mädchen liefen hinter ihren Kindermädchen her.

Lucia saß in ihrem Zimmer vornübergebeugt auf dem Fußboden. Sie trug einen Unterrock und hielt eine Schüssel auf dem Schoß, in die sie sich gerade erbrochen hatte.

»Hallo, Lucia«, sagte ich.

Sie wischte sich den Mund ab. »Was meinst du, Isaak, wirkt das Haus zu süßlich, wenn ich es hellblau anstreichen lasse?«

»Nein«, sagte ich und streichelte ihren Kopf. »Wir pflanzen Pfingstrosen am Wegrand. Dann kannst du auf der Terrasse sitzen und zuschauen, wie sie aufblühen.«

»Ja?«

»Ja.«

Wir setzten uns neben sie, und ich legte den Arm um ihren Bauch. Ich wollte in ihr versinken, vergessen, doch ihre Haut verströmte einen fremden Geruch.

»Spiel uns was vor«, bat Max.

»Nein«, sagte Lucia. »Ich muss mich ausruhen. Mimi schnarcht so laut, ich habe letzte Nacht kaum geschlafen.«

Erst auf dem Heimweg erinnerte ich mich wieder an den Brief. Ich riss ihn auf und las die ersten Zeilen in Iris' schulmädchenhafter Handschrift.

»Isaak, du musst mir helfen«, schrieb Iris. »Ich brauche Geld …«

Ich ließ den Brief in die Straßenrinne fallen. Meine Augen brannten.

»Was war das?«, fragte Max.

»Ach, die neue Schneiderrechnung. Warten wir die nächste ab. Wenn man seine Rechnung sofort bezahlt, sieht es so aus, als hätte man es auf einen Kredit abgesehen. Respekt bekommt man nur, wenn man die Leute warten lässt.«

Max sah mich lange an und seufzte.

Mimi war die Erste, die es uns erzählte. Die Wimperntusche lief ihr bereits über den Hals. Ich reichte ihr ein Taschentuch und sie schneuzte sich. Es dauerte eine ganze Weile, bis sie ein vernünftiges Wort herausbrachte.

»Lu-lu-lu«, keuchte sie.

»Aha«, sagte Max.

»Lu-lu-lu-lu.«

»Klingt wie ein Wiegenlied«, meinte Max.

»Lucia«, stieß Mimi heraus.

Max packte sie an den Schultern und rüttelte sie so heftig, dass ihr Gebiss klapperte.

»Wo ist Lucia? Geht es ihr schlechter?«

»Ob-ob-oben.«

Wir stürmten die Treppe hinauf. Im Nachhinein wunderte ich mich, wie geschmeidig wir nach oben liefen. Die Treppe im Marinara war zu schmal, um nebeneinander zu gehen.

Lucia lag im Nachthemd auf ihrem Bett. Ein solches Kleidungsstück hatte sie vermutlich nie mehr getragen, seit sie von zu Hause weggelaufen war. Ich erinnere mich, dass ich mich fragte, wo die Mädchen in der Eile ein so großes Hemd aufgetrieben hatten. Lucias Haare waren zum Zopf geflochten. Auf ihrem Gesicht lag ein verwunderter Ausdruck. Die offenen Augen starrten uns an.

»Ich krieg sie nicht zu«, sagte das Mädchen, das am Bett stand. Sie kam mir vage bekannt vor. Doch ich sah nur Lucia. Das eine Auge war blutunterlaufen.

»Sie hatte schon gepackt«, wisperte Mimi. »Zwei Koffer

voller Schuhe, ich hab noch gefragt, was sie auf dem Land damit will. Aber sie hat gesagt, ihr täten neuerdings die Zehen weh, wenn sie auch nur von weitem Arbeitsschuhe sieht. Dann wurde sie müde. Ich bin gegangen, um Tee für sie zu kochen, und sie wollte inzwischen die Beine hochlegen. Ein Nickerchen machen.« Mimi schniefte. »Als ich wieder nach oben kam, lag sie so da. Das heißt, ohne Nachthemd.« Mimi wurde rot. »Das hab ich ihr angezogen. Sieht anständiger aus. Ich hab die Teetasse zerbrochen.« Mimi bückte sich und hob einen winzigen Porzellansplitter auf. »Die gute, mit dem Maiglöckchenmuster. Lucia hatte sie so gern.«

»Schhh«, sagte ich und nahm sie in den Arm.

Wir saßen an Lucias Bett, bis es dunkel wurde. Ich flocht ihre blondierten Haare auf. Sie leuchteten in ihrem eigenen Licht.

Die Alligatorzwillinge

1930

Nach dem vom Krieg ausgezehrten Europa erschienen uns die Vereinigten Staaten wie ein Paradies. Die Gage wurde in Dollar bezahlt, der Wohnwagen war zimmergroß, und beim Essen konnte man erkennen, von welchem Tier das Fleisch stammte. Die Wirtschaftskrise machte sich noch nicht bemerkbar. Die Attraktion des Wanderzirkus war Alpha, der Alligatorjunge. Er trat gemeinsam mit seiner Schwester auf. Auf den Reklametafeln wurden sie als Alligatorzwillinge angepriesen, obwohl die Schwester in Wahrheit zwei Jahre jünger war.

Ich fand sofort Gefallen an Alpha. Er war groß und sehnig und bewegte sich locker wie ein Sportler. Er strahlte die Sorglosigkeit eines Studenten aus, eines Müßiggängers aus der Oberschicht, der seine Zeit an der Universität vertrödelt und nur die obligatorischen Kurse absolviert. Später erfuhr ich von ihm selbst, dass sie beide an der Universität von North Carolina studiert hatten, er und seine Schwester. Damals war er Amateurboxer gewesen, was sein Blumenkohlohr erklärte. Ich hatte geglaubt, es sei Teil seiner Missbildung.

Alpha selbst empfand seine Abnormalität nicht als Krankheit. Er zeigte seine Schuppenhaut auch außerhalb der Manege. Ich sah, wie er die Ärmel aufkrempelte und die Armmuskeln anspannte, bis sich die Haut in Falten legte. Alpha hatte Rückgrat. Seine Augen standen weit auseinander. Unter der Nase war eine Hasenscharte zu sehen, die bei einer Operation geflickt worden war. Dennoch verwischte sie Alphas sorgfältige Artikulation gelegentlich zum Genuschel, was mich an die Schwulen erinnerte, die sich im Umkreis der Variétés in Paris herumtrieben. Alphas Kopf war lang und lief spitz zu. Seine Schwester und er waren vollkommen unbehaart.

Als ich Alpha die Hand gab, fielen mir seine kleinen Finger auf. Sie wuchsen schief. Zuerst dachte ich, er habe sich den Finger gebrochen, doch ein identischer Fingerbruch an beiden Händen schien mir unwahrscheinlich. Seine Finger waren lang und schmal wie die eines Pianisten. Es fiel mir schwer zu glauben, dass er Boxer gewesen war. Seine Hände waren zu fein dafür. Solche Hände hätten in Notenheften blättern und sorglos auf einen Cafétisch trommeln müssen. Alphas Augen waren rund und von dichten Wimpern umgeben, die zitterten, wenn er lächelte. Die Augen waren mit blauem Kajal ummalt. Teuflische blaue Augen. Aquarienaugen, angefüllt mit schwimmenden Gedanken. Aber Alphas Augen ließen nicht erkennen, was er dachte.

Beim Abendessen sah ich, wie Alpha lose Fetzen von seiner Haut zupfte, so hingebungsvoll, wie manche sich in der Nase bohren. Er schien so vertieft in seine Beschäftigung, dass er den halbleeren Teller von sich geschoben hatte. Seine Schwester saß schweigend daneben und aß. Sie hatte ein Tuch um den Kopf gebunden, dessen lange Kanten ihr auf den Rücken fielen. Ab und zu blickte sie zu ihrem Bruder auf, aß dann weiter. Plötzlich sah Alpha mich an und zwinkerte mir zu. Dann nahm er einen Hautfetzen zwischen die Lippen, packte ihn mit seiner einem Fangarm gleichenden Zunge und leckte ihn von der Lippe wie einen Brotkrümel. Ich schob meinen Teller fort. Max wurde aufmerksam.

»Denk an die Armen in Algerien.« Das hatte die Tante immer gesagt, wenn Max die Brotrinde abgeschnitten und versteckt hatte.

»Hat es in Algerien jemals Arme gegeben? Die von damals leben jedenfalls nicht mehr.«

»Die Armen sind immer unter uns«, sagte Max in salbungsvollem Ton, worauf ihn der russische Pferdedressierer, der ihm gegenübersaß, misstrauisch anblickte.

»Was hilft es den algerischen Waisen, wenn ich dick werde?«, fragte ich. Max gab keine Antwort. Er schaufelte meine Würstchen auf seinen Teller.

»Woher stammt Alpha?«, fragte ich den Pferdeschuler.

»Aus den Sümpfen von Mississippi«, grinste der Mann. »So steht es auf dem Plakat.«

»Schon, aber in Wirklichkeit?«

»Aus North Carolina, von da kommen die besten Alligatormenschen.«

Ich nickte. Alpha interessierte mich, aber er sollte mich nicht noch einmal beim Anstarren erwischen.

Nach der Vorführung rief jemand unsere Namen. Es war Alpha, der an der Tür seines Wohnwagens stand. In seinem langärmligen Sporthemd und der weiten Flanellhose sah er aus, als wolle er segeln gehen.

»Meine Haut verträgt die Sonne nicht gut. Sie verbrennt leicht. Kommt rein. Ich möchte euch näher kennenlernen.«

Die Messingringe an der Gardinenstange klirrten, als Alice die Vorhänge aus schwerem Samt zuzog. Sie senkte den Blick, nickte ihrem Bruder zu und verschwand in der kleinen Kochnische. Ihre Augen waren schwarz umflort. Ich sah, dass sie geweint hatte. Durch ein Loch in einem der Vorhänge fiel ein Sonnenstrahl in den Wagen und zeichnete einen hellen Punkt auf Alphas Gesicht. Er runzelte die Stirn. Vielleicht blendete ihn das Licht.

»Etwas zu trinken für unsere Gäste, Alice!«

»Du hast schon genug …«

»Alice zerbricht sich den Kopf über Albernheiten«, sagte Alpha. »Heute hat unsere Schwester ihren Debütantinnenball.«

In der Nische klapperte Geschirr.

»Nicht wahr, Alice? Die Haut unserer kleinen Schwester ist wie Teerosen und Porzellan. Sie wird einen Mann heiraten, dessen Haut Elfenbein und Samt gleicht. Nicht wahr, Alice? Einen dieser langweiligen, anständigen jungen Männer mit Bürstenschnurrbart und regelmäßigen Zähnen. So wäre Alice auch gern. Sie begreift nicht, dass sie dann nur gelangweilt Laken säumen oder in irgendeinem Büro versauern würde.«

Das Geschirr klapperte.

»Alices Taufname ist Magdalena, wie die Dirne von Jesus. Ich habe ihr den Namen Alice gegeben, nach der Jungfrau im Wunderland.«

Ich nickte. Alpha ging in die Kochnische und holte eine Bierflasche, die er mit den Zähnen entkorkte. Die Aufregung ließ seinen Universitätsakzent deutlicher hervortreten. Ich versuchte abzuschätzen, wie viel er bereits getrunken hatte.

»Jetzt sind wir wer. Gott hat uns gezeichnet wie Kain. Und nichts Gewöhnliches kann uns Schaden zufügen. Aber Alice ist so jung. Eigentlich noch ein Kind.«

Ich warf Max einen Blick zu. Mein Bruder starrte in die Ecke, in die sich das Mädchen zurückgezogen hatte.

»Wir sind eine neue Rasse, ich und Alice, du und Max. Alice und ich sind eine Folge der Vorliebe unserer Ahnen für Portwein und Ehen mit Kusinen. Früher gab es in unserer Stadt zu wenig wohlgeborene Familien. Um ihr Blut nicht mit dem der Neureichen zu vermischen, führten unsere Vorväter Mädchen aus der Verwandtschaft zum Altar. Sie alle hatten helle, weiche Haut. Eine Haut wie Teig, die man grün und blau kneten kann. Wir haben drei Schwestern. Nur ich und

Alice sind auserwählt«, sagte Alpha und trank seine Flasche in einem Zug leer.

Am nächsten Abend hatten wir keinen Auftritt. Wir mischten uns unter Alphas Führung in die Menschenmenge. Der Abend roch nach Schweiß, nach Erhitzung. In den Bäumen glühten bunte Lampen. Max und ich hatten Masken aufgesetzt. Alpha trug seinen hellen Anzug. Er hatte die Hände in die Taschen gesteckt und schlenderte dahin, ohne nach rechts und links zu schauen. In seiner Brusttasche gluckerte eine Whiskyflasche. Lachende Kinder liefen barfuß an uns vorbei. Ich betrachtete die schwarzen Zöpfe, die ihnen auf den Rücken schlugen. Schmutzige Fingernägel, abgetragene Kleider, Indianerblut. Im Zwielicht wurde alles schön. Silberpapier verwandelte sich in goldene Kronen, Grammophonmusik in Sinfonien. Im Zirkus verhüllt man die Hässlichkeit mit Masken, die Sorgen verbergen sich unter grellen Farben. Der nächste Morgen war noch weit. Max und ich verschmolzen mit der Masse. Keiner der Passanten blieb stehen, um uns anzustarren. Wir waren nicht die einzigen Seltsamen. Alpha ging neben uns. Er war früher am Abend mit seiner Schwester aufgetreten. Seine Schultern waren gespannt, sein Blick bewegte sich irgendwo außerhalb der Menschenmenge. »Er hat getrunken«, flüsterte ich Max zu.

Wir blieben stehen, um das Riesenrad zu betrachten. Es drehte sich langsam mit seiner Fracht. Lachende Paare. Kinder, Liebespärchen, Frauen vom Land, die ihre Handtasche umklammerten. An den Buden roch es nach Fett, gebratene Würstchen und Popcorn lockten. Mir knurrte der Magen.

»Tand«, murmelte Alpha.

»Die Leute scheinen ihren Spaß zu haben«, sagte ich.

»Dem Pöbel genügt billige Unterhaltung.«

Im Gedränge stieß Alpha gegen die Schulter einer Frau, die

neben ihm stand. Sie fuhr ihn an, verstummte dann, starrte und wich zurück. Alpha grinste.

»Hoffentlich springt der Teufel bei meinem Anblick so wie Sie, meine Dame.« Das Kinn der Frau zitterte.

»Ein Fehltritt der Natur.«

»Die Natur ist manchmal wundersam, meine Dame. Mir und meiner Schwester hat sie viel gegeben.«

Die Menschen drehten sich nach Alpha um. Ich zog ihn am Ärmel.

»Gehen wir.«

»Es ist nicht die Haut, die uns von Ihnen unterscheidet, gute Frau.«

Die Frau sah sich schutzsuchend nach der Menschenmenge um. Eine Familienmutter, vom Land, früh dick geworden. Sie trug billige Kleidung und einen schreiend bunten Hut. Ihr Kleid spannte über dem Bauch.

»Nichtsnutz! Widerling!«

»Der Unterschied besteht darin«, erklärte Alpha, »dass ich nicht denke wie ein Tier. Nicht arbeite wie ein Tier. Mich nicht paare wie ein Tier. Nicht von einer Mahlzeit zur nächsten lebe.«

»Lass es gut sein«, sagte ich.

Bewegung kam in die Menge. Ein Mann schob die Frau zur Seite. Seine Augen waren gerötet, seine Kleider zerknittert.

»Der Freak spielt sich auf. Sehen wir doch mal nach, ob er überall Schuppen trägt.«

Der Mann trat vor und fasste Alpha am Kragen. Ich machte einen Schritt nach vorn, Max stemmte sich dagegen.

»Er meint es nicht böse. Alles ist in Ordnung, wir gehen weiter.«

Der Mann warf einen Blick auf uns.

»Guckt euch das an! Noch zwei Missgeburten!«

»Holen Sie sich doch noch ein Bier, ich lade Sie dazu ein.«

Der Mann ließ Alpha los.

»Ich trinke nicht mit Mutanten.«

»Ist auch nicht nötig«, sagte Alpha. »Mutanten trinken nämlich nicht mit Lumpenpack.«

Das Gesicht des Mannes glühte. Seine Augen traten hervor.

»Gehen wir«, sagte ich zu Alpha. »Streiten lohnt nicht.«

»Aha, der Mutant will sich nicht mit uns streiten. Sind wir etwa nicht gut genug für euch Freaks?«

Alpha schüttelte den Kopf.

»Nein, das seid ihr nicht. Nicht gut genug, um die Pisse meines Vaters zu trinken.«

»Nur ruhig«, sagte ich.

Da schlug der Mann zu. Ich schaute Alpha an und sah den Schlag nicht kommen. Ich flog rücklings auf die Erde, Max desgleichen. Dann spürte ich einen Tritt gegen die Rippen und krümmte mich in Löffelstellung.

»Hurenbälger.«

Eine Frau schrie gellend auf. Mein Kopf drehte sich, und für einige Sekunden wurde alles schwarz. Aus dem Zelt kam Musik. Als ich die Augen öffnete, sah ich eine große, hell gekleidete Gestalt vor dem Nachthimmel. Alpha schien gewachsen zu sein, hinter ihm ragte die Silhouette des Riesenrads auf. Er bewegte sich schnell. Schlug dem ersten Mann in den Bauch, wich einer Faust aus, schlug mit links zu. Er tanzte. In der Eiche neben uns brannte eine Laterne. Alpha schien zu lachen, ein starkes, freudloses Harlekinlachen.

»Die Wächter, die Wächter kommen!«, rief jemand.

Ich setzte mich auf und blinzelte. Die helle Gestalt beugte sich über mich. Alpha hielt mir die Hand hin.

»Steh auf, mein Lieber.«

»Wohin sind sie gegangen?«

»Wo das Lumpengesindel eben hingeht. Ihre Schwestern kneifen, sich besaufen.«

Die bunten Lichter spiegelten sich in seinen Augen. Von nahem war er schön. Er drehte meinen Kopf hin und her. Um mich zu untersuchen, musste er sich bücken.

»Halb so schlimm. Wir kaufen eine Flasche Coca-Cola, die hältst du dir an die Schläfe. Wahrscheinlich gibt das nur einen kleinen blauen Fleck. Die Schläge von dem Kerl waren nicht besonders wuchtig.«

»Wie ist das passiert?«, fragte ich.

»Amateure sind keine wirklichen Gegner. Wir können warten. Warten, bis das Gesindel sich selbst umbringt. Dann kommen wir. Leute wie du, ich und Max. Und uns folgen unsere Nachkommen. Diejenigen, die Kain berührt hat.«

»Ich und Max wollen ein normales Leben.«

Alpha ließ mich los.

»Unsersgleichen sind nicht für ein normales Leben bestimmt. Ihr kapituliert. Wenn ihr versucht, so zu sein wie das Lumpenpack, scheitert ihr. Dann seid ihr nichts weiter als gescheitertes Lumpenpack.«

»Wir tun nur unsere Arbeit.«

»Du meinst, ihr spielt tagsüber den Freak und geht abends nach Hause zu eurer Frau? Zu einer normalen Pfirsichhautfrau. Glaubt ihr, so eine Frau würde euch jemals normal betrachten? Eure Besonderheit vergessen? Ihr betrügt euch selbst.«

»Solche Frauen gibt es.«

»Selbst wenn die Frau fähig wäre, ihren Ekel zu verbergen und zu vergessen, was ihr seid – ihr könnt es nicht. Am Morgen beim Rasieren betrachtet ihr euch im Spiegel. Ihr seht, wer euch betrachtet. Ihr wisst es. Nur Menschen von der gleichen Art können einander verstehen. Ihr betrachtet eure Frau, eure Frauen. Ihr überlegt, ob sie euch wirklich lieben kann. Von Tag zu Tag wächst der Zweifel. Ihr quält die arme Frau, verlangt Beteuerungen von ihr. Ihr sucht in ihrem Gesicht nach Anzeichen des Abscheus, in ihren Worten nach versteckten Bedeutungen. Mischehen halten nicht. Ehen zwischen uns und den anderen. Jedes Mal, wenn ihr eure Frau betrachtet, seht ihr das, was euch fehlt.«

»Hast du vor, den Rest deines Lebens beim Zirkus zu verbringen?«

»Warum nicht. Hier verdient man mehr als in einem lausigen Büro. Und die Bühne trennt uns von den anderen.«

Als wir zu Bett gehen wollten, dachte ich an Alpha, wie er mit erhobenen Fäusten dastand.

»Du könntest die Köchin ein bisschen bezirzen«, sagte ich zu Max. »Ein Butterbrot und eine Flasche Bier wären nicht schlecht.«

»Darf ich nicht endlich schlafen?«, jammerte er.

»Und ein Spiegelei«, sagte ich. »Gehen wir, sei so lieb.«

Mein Bruder seufzte.

»Nur aus Mitleid mit einem Invaliden.«

»Lass uns an Alphas Wagen vorbeigehen«, schlug ich vor. »Ich habe mich nicht richtig bei ihm bedankt.«

»Der Kerl ist verrückt.«

»Der Kerl hat verhindert, dass ich noch schlimmer zusammengeschlagen wurde.« Ich hatte eine Beule an der Schläfe, doch alles andere schien heil geblieben zu sein.

»Er hat uns überhaupt erst in die Situation gebracht.«

»Mag sein, aber mir gefällt meine Nase so, wie sie ist.«

»Was reizt dich eigentlich an dem Typ? Das ist doch ein totaler Freak.«

»Du hast es gerade nötig.«

Durch das Loch im Vorhang der Alligatorzwillinge fiel Licht. Max und ich schlichen näher heran. Zuerst glaubte ich, jemand schreie im Schlaf auf. Dann folgte dumpfes Stöhnen, in das sich schwere Seufzer mischten. Durch das Loch sah ich die miteinander verschlungenen Körper. Die von Schuppen bedeckte Haut. Andere Menschen bei der Paarung zu beobachten ist so, als sähe man in der Straßenbahn einem Mann zu, der sich in der Nase bohrt. Peinlich, aber man kann den Blick nicht abwenden. Zwei Körper, die nicht aus Marmor waren und nicht wie Aprikosen glühten. Vier Beine, vier Arme, Seufzer im Rhythmus des Jazz. Zwei Körper, deren Alter die Haut nicht verraten würde. Zwei gleichwertige Körper. Zwei von derselben Art.

Helsinki

1932

»Wie empfindet man es?«

»Was?«

»Das Anderssein, die Fremdheit? Dass man nie allein sein kann?«

Ich zucke die Achseln.

»Schwer zu sagen. Ich kenne es nicht anders.«

Wie schwierig es doch ist, zu erkennen, wer meinen Erinnerungen lauscht. Ich erwache in dem halbdunklen Zimmer. Der Lampenschirm wirft violette Streifen an die Wände. Wie lange habe ich geschlafen? Max liegt schwer atmend neben mir. Ich nehme ein Parfüm wahr. Wer hat gerade mit mir gesprochen? Iris? Mutter? Lucia? Mona? Einer der Tiger von Madame Maxim? Ich weiß, dass ich ihre Gesichter unterscheiden kann. Ihre Falten, die Biegung ihres Kinns aufmalen. Ihren Begrüßungskuss auf den Wangen spüren. Runde Lippen, schmale Lippen, rissige Lippen, Lippen, auf denen ein Lächeln liegt. Ich erinnere mich an das Salz ihrer Tränen und den Geruch ihrer Monatsblutung. An den Schweißtropfen zwischen Madame Maxims Brüsten. An Iris, wie sie sich die Haare trocknete, an Mutters Schnürschuhe mit dem abgerissenen Absatzfleck. Ich erinnere mich an Monas vorsichtiges Lächeln, an ihre blauen Glieder, an Lucias wie Marmorkugeln perlendes Lachen. Doch in der Dunkelheit kann ich ihre Gesichter nicht sehen. Die Erinnerungen lügen. Sie flattern im Lichtkegel der Lampe, locken mit Bildern von Szenen, die sich nie abgespielt haben. Das Wasser war so kalt, dass die Schläfen schmerzen. An Iris' Beinen wuchs ein dünner Flaum. War das in jenem Herbst? Waren es die Beine der Tante, die Wäsche waschend am Fluss stand, die Zehen von den Ufersteinen aufgescheuert?

Die Zeit der Kuriositätenkabinette neigt sich dem Ende zu. Die Filme bieten ihrem Publikum weitaus seltsamere Dinge als zweigeteilte Männer. Die Generation, der Max und ich angehören, wird bald verschwinden. Noch ist keine einzige Operation gelungen, doch die Medizin macht Fortschritte.

Ich habe eine gesehen. Max zwang mich dazu. Der Film ist aus dem Jahr 1902. Aus dem Jahr, in dem Max und ich gehen lernten. Die Tante hielt uns an den Händen und lachte. Ich wollte nach ihren Haaren greifen und sie in die Hand nehmen. Sie waren blond und flatterten leicht wie ein Zitronenfalter über ihren Schultern.

Der Film hieß *La Séparation de Doodica-Radica*. So hießen die beiden: Radica und Doodica. Sie kamen 1888 in Orissa in Indien zur Welt, so viel früher als wir, dass wir keine Spielgefährten hätten sein können, selbst wenn wir uns begegnet wären. Die beiden Mädchen waren an der Seite zusammengewachsen, so wie ich und Max. Oder Chang und Eng. Man betrachtete sie als ein Zeichen der Götter, denn in Indien werden Zwillinge geachtet. Tagelang stritt man sich über die Bedeutung des Mirakels und kam zu dem Schluss, es sei das Klügste, die Mädchen mitsamt ihrer ganzen Familie zu vertreiben. Der Vater war so erbost darüber, dass er die Mädchen selbst trennen wollte. Er beschloss, als chirurgisches Instrument eine Axt zu verwenden.

Ich kann es mir nur zu gut vorstellen. Die weinende Mutter, die provisorische Unterkunft in einem mit mehreren Familien geteilten Zimmer, den feuchten Monsunwind, der den Schweiß in Bächen über den Rücken laufen lässt. Zwei hellhäutige Kinder, mit feuchtem, schwarzem Babyhaar. Die erhobene Axt. Im letzten Moment öffnet sich die Tür und ein schnell sprechender Beamter kommt herein. In seiner Eile hat er vergessen, den Kragen zuzuknöpfen. Er hat seine Ausbildung in England erhalten, sein Hindi ist holprig. Es dauert eine Weile, bis es ihm gelingt, dem Vater die Situation verständlich zu machen. Das britische Imperium betrachtet die Tat des Vaters als Mord. Wenn er seine eigenwillige Operation durchführt, wird er gehenkt. Ja, der Beamte versteht, dass die Töchter Eigentum des Vaters sind. Aber der Eingriff wäre brutal, barbarisch. Die Mädchen werden in ein buddhistisches Kloster gebracht. Dort bekommen sie ihre Namen.

Im Jahre 1893 hatte sich der Vater so weit beruhigt, dass er sich wieder an seine Töchter erinnerte. Sie waren im Kloster zu hübschen kleinen Mädchen herangewachsen. Beide haben dicke schwarze Zöpfe und ein zartes Lächeln. Der Vater verkauft sie an Kapitän Colman, einen Londoner Schausteller. Dieser schickt sie auf eine Tournee durch ganz Europa. Sie sind überall ein Erfolg, ihre helle, fast europäische Haut und ihre Exotik faszinieren die Zuschauer. Die wissenschaftliche Neugier erlaubt es, die beiden jungen Frauen leicht bekleidet vorzuführen. Radica und Doodica lächeln in ihre Fächer. Sie gehen einige Schritte, betrachten das Publikum aus ihren schwarzen Augen wie die Frauen eines Maharadschas. Sie kommen aus dem Land der Tigerjagden. Die meisten Zuschauer können sich nicht einmal einen Elefanten vorstellen. Von solchen Dingen liest man in der Zeitung, aber dass man sie ganz nah vor sich sieht, ist ungeheuerlich. Ich würde nicht sagen, dass Radica und Doodica Künstlerinnen waren, nicht in dem Sinne wie ich und Max. Doch die Schuld daran trug eigentlich ihr Publikum. Außer ihrem Aussehen wurde von den beiden nichts verlangt.

Während der Tournee im Jahre 1902 erkrankte Doodica an Tuberkulose. Die Ärzte schüttelten ratlos den Kopf. Sie wollten die Mädchen trennen, damit wenigstens Radica eine Überlebenschance hatte. Der Chirurg war Doktor Eugène-Louis Doyen, ein begeisterter Filmpionier und Regisseur. Das Bild ist körnig, doch die Mädchen sind deutlich zu unterscheiden. Doodicas Wangen sind eingefallen, ihre Augen blicken müde. Ihre Schwester hält sie an der Hand. Beide sind so mager, dass die Schulterknochen hervortreten. Die Bilder ruckeln schnell voran. Es handelt sich um einen der frühen Filme, die man manchmal in Museen sieht. Die weißen Ärztekittel heben sich von dem dunklen Hintergrund ab. Der dunkle Fleck zwischen den Mädchen ist Blut.

Doodica starb einige Wochen nach der Operation an Tuberkulose. Die Operation galt als gelungen. Die schöne Radica genas. Sie lernte wieder zu gehen. Es hieß, sie habe vor zu heiraten. Doch dann erkrankte auch sie. Ein Jahr nach ihrer Schwester starb Radica in einem Sanatorium in Paris.

Als ich mich zu Max umdrehe, wimmert er im Schlaf. Ich streichle ihm die Wange. Max wischt sich die Traumfliege vom Gesicht. Stößt meine Hand zurück. Rümpft die Nase. Meinem Mund entschlüpft ein Kichern. Als wäre ich wieder zehn und heckte einen Streich aus, als wäre ich drauf und dran, in der Küche eingemachte Kirschen zu stibitzen. Ich lege den Arm um Max. Eine plötzliche Zärtlichkeit lässt mich erbeben. Ich spüre das Bedürfnis, Max zu drücken. Seine Schulter zu küssen. Max, mein Bruder, von meiner Art. Ich lösche die Lampe und schmiege mich an Max. Ich male eine Acht auf seine nackte Brust. Dann eine zweite. Ich lege den Kopf an seine Brust und betrachte seine Augenlider, die sich bewegen. Er träumt. Seine Wimpern werfen zitternde Schatten auf seine Wangen.

Iris' Fest

1931

Am Morgen weckte mich ein Klopfen.

»Mpff«, brummte Max und stieß mich in die Seite. »Sei leise. Ich versuche zu schlafen.«

Das Klopfen wiederholte sich. Wir taumelten zur Tür. Max nahm das Bettlaken und wickelte es um unseren Unterleib. Vor der Tür stand ein Zimmermädchen. Bei unserem Anblick stand ihr der Mund offen.

»Te…«, stotterte sie. »Te…«

»Oh nein«, stöhnte Max, »schon wieder so eine. Wenn du nicht bald ein vernünftiges Wort zustande bringst, lasse ich das Laken fallen und sage dem Portier, dass du mich dazu aufgefordert hast.«

»Telefon«, sagte das Mädchen. »Am Empfang ist ein Gespräch für Sie.«

»Um diese Zeit?« Max warf einen Blick auf die Wanduhr. »Kennen wir jemanden, der vor zehn Uhr aufsteht?«

Ich zuckte die Achseln.

»Es ist gut, wir kommen. Wir ziehen uns nur rasch die Hosen an.«

»Wie hast du es nur geschafft, mich wieder in dieses Land zu locken«, sagte Max. Nach unserer einjährigen Irrfahrt durch die Neue Welt waren wir nach Finnland zurückgekehrt. Vielleicht, weil wir uns hier weder Mimis Seufzer anhören noch den Verfall Deutschlands miterleben mussten.

»Hallo«, sagte ich. Es rauschte in der Leitung, dann war ein Klirren zu hören.

»Saara, Vorsicht mit den Gläsern. Mir platzt der Kopf.«

»Hallo«, wiederholte ich.

»Saara. Ich habe dir doch gesagt, man darf Champagnerflaschen nicht aufrecht hinstellen. Sie werden geschüttelt.«

»Iris!«

»Ach ja. Natürlich. Ich habe euch angerufen. Frau Ei sagte, sie hätte gehört, dass ihr wieder da seid. Ich bin in Kaivopuisto, zu Hause. Wir haben um sieben Uhr ein Fest.«

»Du bist zu deinem Mann zurückgekehrt?«

»Trist, so viele triste Tage. Helsinki ist neuerdings so langweilig. Ich brauche ein Fest. Monty bringt seine Band mit. Seine Musiker spielen ihre Instrumente verkehrt herum. Ist das nicht verrückt? Angeblich klingt ihre Musik auch nicht besser, wenn sie so spielen, wie der Schöpfer es vorgesehen hat.« Sie seufzte. »Moden sind so uninteressant, findet ihr nicht auch?«

»Iris!«

»Ja, ich weiß, ich müsste sagen, dass es mir leid tut. Das tut es mir auch, wirklich. Ich habe mich furchtbar schlecht benommen. Manchmal bin ich ein richtiger Esel. Aber ihr kommt doch?« Sie machte eine Pause.

»Ich habe dieses eine Ding von euch. Das hatte ich aus Versehen mitgenommen. Erinnert mich daran, dass ich es euch heute Abend zurückgebe. Saara, wohin bringst du den Korb? Ich habe dir doch gesagt, dass sie überschwappen. Äh, ich muss jetzt Schluss machen. Aber ihr kommt doch. Wir sehen uns um sieben. Ihr braucht keinen Smoking anzuziehen, Smokings langweilen mich. Wenn doch alle nackt kämen! Na ja, um die Wahrheit zu sagen, ich würde mir nicht wünschen, dass Frau Ei nackt kommt. Du lieber Himmel, wie fett dieses Weib ist.«

»Das war Iris«, sagte ich zu Max, als ich aufgelegt hatte. Er zündete sich eine Zigarette an.

»Ich weiß.«

»Sie veranstaltet ein Fest, um sieben. Ich habe versprochen, dass wir kommen.«

»Ich weiß.«

»Ich werde den Smoking anziehen.«

»Ich weiß.«

»Iris meinte, das sei nicht nötig, aber ich tue es trotzdem.«

Max stieß einen Pfiff aus.

»Gut, dass du hart bleibst. Sonst könnte dich womöglich jemand ausnutzen.«

Nach dem Telefonat legten wir uns wieder ins Bett und schliefen bis mittags. Dann bestellte ich ein Bad und musterte mein Gesicht im Spiegel am Ankleidetisch. Die Haut wirkte grau, zu beiden Seiten der Nase lagen bläuliche Schatten. Ich überlegte, was ich zuletzt gegessen hatte, konnte mich aber nicht erinnern. Wir blieben in der Badewanne, bis das Wasser kalt wurde. Max trocknete mir wortlos die Füße, rasierte mich und stutzte meine Koteletten. Wir putzten uns mit Smoking und weißem Kragen heraus, an der Krawatte befestigte ich eine Nadel mit einem Tigerauge. Ein Geschenk von Madame Maxim, vor langer Zeit.

Iris' Wohnung war von Menschen überflutet. Wir zwängten uns hinein. Das Grammophon plärrte, einige Paare tanzten eng umschlungen. Auf dem Klavier saß ein Mädchen im Schneidersitz und gab sich alle Mühe, die Musik zu übertönen. »Ich bin eine mondäne Frau«, rief sie. »Ich schminke mir die Lippen und gehe zur Wahl.« Einige der Gesichter kannten wir von früheren Festen, Freunde von Iris. Eine Frau im rückenfreien roten Abendkleid, die eine Tiara aus Reißverschlüssen auf dem Kopf trug, Frau Ei, sich an die Wand lehnende Langweiler im Samtanzug, die Roffe hießen oder ähnliche Hundenamen trugen. »Andere«, wie Max sagte. Zufriedene, babyrunde Menschen mit schlaffem Händedruck und perfektem Körperbau. Zwei Arme, ein Kopf, teure Schuhe. Eine öde Rasse.

Iris saß auf einer Sessellehne. Sie hielt ein Glas in der Hand, in dem ein rosafarbenes Getränk schimmerte.

»Ihr«, sagte sie.

Jemand fasste sie an der Schulter und flüsterte ihr etwas ins Ohr. Iris lachte und warf ihm eine Kusshand zu.

»Ich liebe dieses Lied«, erklärte sie und stand auf. »Isaak und Max, lasst uns tanzen.«

»Später«, wehrte Max ab.

Iris machte ein paar Tanzschritte und wirbelte im Kreis.

»Kommt«, sagte sie. »Ich will euch etwas zeigen.«

»Und die Leute?« Ich deutete auf die Gäste.

»Ach, die merken gar nicht, dass wir verschwinden. Sie würden uns höchstens vermissen, wenn wir aus Schnaps wären. Gehen wir auf den Dachboden. Ich möchte mit euch reden.«

Im Treppenhaus war es kalt. Iris' Atem dampfte. Sie trug etwas Helles, vielleicht ein Abendkleid. Leise drückte sie die Tür ins Schloss und zog die Schuhe aus. Als sie die Treppe hinaufging, betrachtete ich ihre Zehen. Sie sahen knotig aus. Ich mochte sie, sie waren menschlich.

»Das ist mein Versteck«, erklärte Iris. »Hierher komme ich immer, wenn ich niedergeschlagen bin.«

Max stieß die Luft aus und warf mir einen Blick zu.

»Unser Geld?«, fragte er.

»Das …« Iris zeigte nach unten. »Das ist mein Abschiedsfest. Ich habe all diese entsetzlichen Menschen eingeladen, damit ich sie nie mehr zu sehen brauche. Ich werde anständig.«

»Säufergeschwätz«, meinte Max. »Wie alle Versprechen, sich zu bessern.«

»Nicht weinen«, tröstete ich Iris und streichelte ihre Wange.

»Nicht weinen.« Sie drückte sich an uns. Ich spürte ihr Korsett, das sich unter dem Kleid wölbte.

»Steigen wir aufs Dach!« Iris sprang auf und kletterte die Dachbodenleiter hoch. »Der Hausmeister lässt die Luke meistens auf.«

Bald waren nur noch ihre Knöchel zu sehen, dann verschwanden auch sie. Wir folgten ihr. Sie stand neben dem Schornstein barfuß auf dem Blechdach und starrte aufs Meer. Die Härchen auf ihrer Haut hatten sich aufgerichtet, der Wind spielte mit ihrem Rocksaum.

»Du hast zugenommen«, stellte ich fest. Ich legte die Hand auf ihren Bauch und presste den Kopf in ihre Halsgrube. »Steht dir gut.«

»Isaak«, sagte Iris. »Ich bin schwanger.«

»Du lügst«, erwiderte Max.

»Ich brauche unbedingt etwas zu trinken«, seufzte Iris.

»Ich verstehe nicht«, sagte ich.

»Mein verdammtes Glück«, sagte Iris. »Jetzt versteht ihr, warum ich zurückgekrochen bin. Es wird teuflisch schwer sein, Jakob dazu zu bringen, dass er es als seins anerkennt.«

»Von wem ist es?«

Iris zog eine Taschenflasche aus dem Oberteil ihres Kleides.

»Skål. Hoffen wir, dass es nicht mit zwei Köpfen geboren wird.«

»Und Robert?«, fragte Max.

»Nicht weinen«, wiederholte ich, obwohl Iris nicht mehr weinte.

»Robert ist kein Idiot. Wir waren im Herbst das letzte Mal zusammen.«

»Bekommt ihr ein Kind?«, fragte ich.

»Ich bekomme eins«, sagte Iris. »Zum Teufel, ich bin die Einzige, die hier was bekommt.«

»Ein Kind«, wiederholte ich.

»Ja«, sagte Iris. »Sprich das nicht immer wieder nach wie ein Schwachsinniger. Ich will kein Kind. Ich will garantiert kein Kind in diese Welt setzen. Lieber kleide ich mich drei Jahre lang in Vorhänge und trage eine Krone aus Klistierspritzen.«

»Was sagt Jakob dazu?«, fragte Max. Iris zuckte die Schultern.

»Er ist begeistert, was sonst. Nichts frischt eine verblühte Ehe so auf wie Herumhuren und ein paar Bankerte.«

»Mach dir keine Sorgen«, sagte ich. »Alles wird gut gehen. Wir kümmern uns um dich.«

»Jakob ist manchmal lächerlich stolz. Er hatte einen Onkel, der während des Bürgerkrieges mit einer Flinte am Fenster seiner Wohnung in Kulosaari stand und auf die fliehenden Roten schoss. Bumm. Bumm. Auf einen nach dem anderen. Jakob erzählt voller Stolz davon. Ich glaube, der eigentliche Zweck dieser Geschichte besteht darin, alle wissen zu lassen, dass Jakob Verwandte in der reichen Villenvorstadt hat.«

»Sind sie gestorben?«, fragte Max.

»Nicht, wenn Jakob nach seinem Onkel gekommen ist. Mein Mann würde nicht mal im Rausch eine Fahnenstange treffen. Irgendwie glaube ich, dass Jakob erleichtert wäre. Er hasst Veränderungen. Mich zu verlassen, könnte ein Schritt zum Besseren sein, aber es ist auf jeden Fall eine Veränderung. Abwechslung ist ihm zuwider.«

»Er braucht dich.«

»Eigentlich bin ich ein bisschen enttäuscht von ihm.« Iris zog die Augenbrauen hoch. »Ein einziges Mal hat er etwas Unerwartetes getan, indem er mich verlassen hat, und jetzt wagt er nicht, zu seiner Entscheidung zu stehen.« Sie sog die Unterlippe ein und lutschte den Lippenstift ab. »Ihr wolltet doch zurück nach Amerika.«

»Sobald wir das Visum für drei bekommen.«

»Für vier«, berichtigte Max. »Wenn man den Bankert mitzählt.«

»Von allen Lösungen, die mir zu Ohren gekommen sind, ist das die dümmste«, meinte Iris. »Deshalb klingt sie, als könnte ich sie wählen.«

»Meinst du das im Ernst?«, fragte Max.

Iris wischte sich das Gesicht ab und zog eine Grimasse.

»Auf uns«, sagte ich und hob Iris' Flachmann.

»Auf uns«, wiederholte Iris und fasste mich an der Hand. »Auf die erbärmlichsten Vagabunden, die Amerika je gesehen hat.«

Eigentlich erschien mir Iris' Unglück wie ein Geschenk. Ohne dieses Ereignis hätte sie keinen Entschluss gefasst. Sie hätte für alle Zeiten zwischen ihren Liebhabern und ihrem Mann geschwankt. Ich war fähig, die Vagabundin in ihr zu erkennen, den Straßenköter, der bereit ist, im Müll zu wühlen oder zu stehlen, seine Rechnungen von anderen bezahlen zu lassen. Iris war eine Überlebenskünstlerin; mag sein, dass sie uns liebte, doch wenn uns das Geld ausginge, würde sie uns innerhalb von drei Wochen das Fell über die Ohren ziehen. Ich machte ihr keinen Vorwurf daraus. Nur im Leben der anderen gibt es Selbstverständlichkeiten. Iris wollte Sicherheit, sie wollte alles, was sie bekommen konnte: Süßigkeiten, Zigarettenetuis, rosa Chiffonkleider, Liebe und all das, wovon sie in den Illustrierten gelesen hatte. Sie war ein hungriges Kind und eine zu schnell gewachsene Frau zugleich. Ein Kind ihrer Zeit, so bemüht, alles Unangenehme zu vergessen, dass sie über andere Menschen hinwegtrampelte, ohne es zu merken. Vor allem wollte sie, dass jemand, ganz gleich wer, ihr die Entscheidung abnahm. Sie fürchtete sich vor Verantwortung und versuchte sich bei jedem einzuschmeicheln, der zehn Minuten lang freundlich zu ihr war. Waisenkinder sind so. Immer wieder bereit, die Hand abzulecken, die sie schlägt, zäh und gierig nach Liebe.

Iris zog mit zwei Koffern in unser Hotel, in das gegenüberliegende Zimmer. Schon bald füllte sich ihre Umgebung mit dem unmöglichsten Kram: Kleiderstapel, Seidenkissen, Porzellanhunde und Zigarettenetuis. Iris war unfähig, Tand von eleganten Gegenständen zu unterscheiden. Sie begeisterte sich gleichermaßen für Bakelitarmreife wie für eine Spieluhr aus dem 18. Jahrhundert. Wenn sie einen Gegenstand in ihren Besitz gebracht hatte, kam es vor, dass sie ihn verschenkte oder in der Straßenbahn vergaß. Ihre Schränke waren prall gefüllt mit Kleidern, deren Schneiderschildchen verrieten, dass sie noch nie getragen worden waren.

Wir probten die letzte Nummer des zweiten Akts, als Iris an der Tür zum Zuschauerraum erschien. Ein Korb hing ihr am Arm, und sie winkte uns zu. Wir sprangen von der Bühne.

»Iris, was in aller Welt …?!«

Sie lachte, küsste uns auf die Wangen und fuhr sich durch die Haare. Ihr Gesicht glühte. Sie hatte sich die Lippen nachgezogen, war aber sonst ungeschminkt.

»Gefällt es euch? Ich habe es euretwegen gemacht.«

Iris' schwarze Haare waren puderweiß gefärbt und lagen wie eine Wolke auf ihren Schultern. Vorsichtig drehte ich eine Locke um den Finger.

»Es ist anders …«, sagte ich. »Aber du bist schön.«

Iris wirbelte im Kreis und breitete die Arme aus. Der Saum ihres Pelzmantels schwebte um sie herum. Auf ihren Wangen brannten rote Flecken, beim Sprechen legte sie den Kopf schräg.

»Das ist meine Version der germanischen Hausfrau«, sagte sie. »Von nun an ist alles an Iris weich und hell wie Watte.«

Sie drückte mir den Korb in die Hand.

»Ich habe im Café Ekberg belegte Brote und Kaffee geholt. Für heute Abend habe ich eine Überraschung. Frau Ei leiht mir ihre Wohnung. Kommt am Abend hin.«

Frau Eis Klingel bimmelte. Ich hörte sie lachen, während sie in die Diele lief.

»Da schau an, die kleinen Männchen«, sagte sie, als hätte sie uns nicht erwartet. Sie trug eine lange Hose, eine blaue Bluse und so viele Perlen, dass man alle Säue Salomons damit hätte füttern können. Dabei wären noch genug übriggeblieben, um Nasenringe für seine Frauen anfertigen zu lassen. Ich kam mir dumm vor, als ich Frau Ei unseren Blumenstrauß überreichte.

»Blumen!«, rief sie. »Wie entzückend altmodisch. Die frischgebackene Blondine ist in der Küche.«

Iris wischte sich gerade die Stirn ab, als wir eintraten.

»Ich bin Hausfrau«, juchzte sie. »Schaut mal, Frau Ei hat mir eine Schürze geliehen. Sie gibt mir Kochstunden.«

»Wir haben mit dem Eierkochen angefangen«, sagte Frau Ei hinter uns. »Jetzt hat die Kleine ganz allein ein komplettes Menü zubereitet. Ich glaube, vorher braucht ihr einen Martini. Der desinfiziert den Magen.«

»Sei nicht so eklig«, grinste Iris. »Das wird etwas ganz Feines. Ich bin sicher, dass ich ein Küchengenie bin. Und jetzt verschwindet. Ihr dürft erst kommen, wenn ich rufe.«

Im Speisezimmer schüttelte Frau Ei den Cocktailshaker und starrte uns an.

»Ich kenne Iris seit sieben Jahren«, sagte sie. »Aus ihr könnte etwas werden. Irgendwann schrieb sie wohl Gedichte. Eine Zeitlang habe ich ihr den Musikunterricht bezahlt, weil ihr Mann die Stunden für Verschwendung hielt. Ein derartiges Temperament, aber nichts, worauf sie es richten könnte. Nach drei Monaten gab sie die Musikstunden auf und kaufte sich wieder eine neue Garderobe. Ausgaben für Kleider hielt ihr Mann nicht für Verschwendung.«

Frau Ei reichte uns eisgekühlte Gläser und goss das mit Eissplittern durchsetzte Getränk ein. Der Tisch war für vier gedeckt, im Hintergrund spielte ein Grammophon, an den Wändern hingen Gemälde, die grüne Frauen und zerbrochene Instrumente darstellten. Das großformatige Werk über dem Kamin zeigte offenbar Frau Ei in jüngeren Jahren. Der Künstler hatte sie violett gesehen und in die Tracht eines mittelalterlichen Kreuzritters gekleidet.

»Ich trinke Wodkamartinis. Hoffentlich haltet ihr das nicht für vulgär. Ich bin zu alt, um jede Mode mitzumachen. Sie dagegen …« Frau Ei nickte zur Küche hin. »Wenn man dafür bezahlt würde, ein Modepüppchen zu sein, wäre sie Millionärin. Im vorigen Jahr war sie die Erste, die ein Gummikrokodil als Strandspielzeug gekauft hat. Danach wollten alle eins.«

Wir traten ans Fenster.

»Eine prächtige Aussicht.«

»Ich glaube, sie ist völlig frigide. Sie hat den Knochenbau einer frigiden Frau. Ich würde euch danach fragen, aber Männer bemerken den Unterschied in aller Regel nicht. Ihnen genügt eine ordentliche Show. Die meisten sehen der Frau dabei nicht mal in die Augen.«

Ich murmelte einen Einwand, doch Frau Ei hob den Arm. Sekundenlang wirkte sie wie eine Bärenmutter.

»Eigentlich ist es schade, dass sie Robert den Laufpass gegeben hat. Er ist natürlich nur ein dekorativer Affe, aber wenigstens nicht komplett verrückt wie die anderen. Ihr bildet euch sicher ein, ihr wärt in Iris verliebt? Ihr braucht mir nicht zu antworten. Sie hat gesagt, ihr wolltet nach New York ziehen. Die Großstadt wird der Kleinen sicher gefallen, aber sie kommt zurück, das steht fest. Sie ist eine Prinzessin, und Prinzessinnen brauchen ein Publikum. In New York muss man entweder berühmt oder reich sein. Beides wird die Kleine nie werden. Sie kann sich nicht lange genug konzentrieren.«

Iris kam mit einer Suppenschüssel aus der Küche. Ihre Haare reflektierten das Licht des Kronleuchters. Auf der Stirn hatte sie Ruß.

»He, Kinderlein. Nicht streiten. Mama hat Schildkrötenbrühe gekocht.«

Wir setzten uns. Max legte uns die Servietten auf den Schoß. Iris band ihre Schürze ab und teilte die Suppe aus. Frau Ei goss sich einen zweiten Cocktail ein und nahm uns gegenüber Platz. Iris sah uns erwartungsvoll an.

»Wunderbar«, sagte ich schließlich, nachdem ich die wässrige Hühnerbrühe heruntergeschluckt hatte. Iris klatschte in die Hände. Anschließend gab es mit Trüffeln dekorierten Fisch, kleine Eier, eine labbrige Masse, die Iris als Parfait bezeichnete, und faden weißen Käse. Frau Ei und Max hielten sich bei Laune, indem sie mehr tranken als aßen. Iris zwitscherte und zupfte an ihren Haaren.

»Ei, meine Gute, Max und Isaak planen ein neues Programm.«

»So?«

»Du musst ihnen helfen, Stars zu werden. Sie brauchen nur ein größeres Theater.«

»Iris, wir brauchen keine Karrierehilfe. Ich glaube nicht, dass Frau Ei …«

»Ach, ihr Dummköpfe. Frau Ei ist immer daran interessiert, Geld zu machen, nicht wahr?«

»Mal sehen«, meinte Frau Ei. »Steht noch ein weiterer Gang in der Küche, oder kann ich meinem Magen versichern, dass es überstanden ist?«

»Frau Ei ist unverschämt reich«, erklärte Iris. »Reicher als Jakob. Erzähl Max und Isaak, wie reich du bist.«

»Ich glaube nicht, dass es sie interessiert.«

»Geld interessiert alle«, beharrte Iris.

»Iris, du bist taktlos«, sagte ich.

»Es ist naiv, so zu tun, als wäre uns Geld nicht wichtig. Natürlich lieben wir es. Nur reiche Leute können es ignorieren. Arme Menschen, solche wie wir drei, müssen ständig rechnen. Bei meiner Scheidung habe ich am allermeisten über den Verlust meines Autos geweint. Ich glaube, während meiner Ehe habe ich keinen Gedanken auf den dummen kleinen Ford verschwendet, aber jetzt bereitet mir der Geruch jedes anderen Wagens Übelkeit.«

»Wir kaufen dir in New York einen Wagen.«

»Ja«, sagte Iris. »Dort ist alles wieder normal. Ich habe so viele Jahre in einem Schwebezustand gelebt, darauf gewartet, dass etwas passiert, und jetzt, wo es so weit ist, jammere ich um ein Auto.«

Iris wollte sich tatsächlich ändern, nicht nur hinsichtlich ihrer Haarfarbe. Sie schaffte Grammophonplatten an, mit deren Hilfe man angeblich in drei Stunden Deutsch und Englisch lernte, eroberte Frau Eis Küche und buk seltsame, nach Zimt riechende Fladen, die einen komischen finnischen Namen hatten: *korvapuusti*, Ohrfeige. Sie nahm wieder Klavierstunden. »Dann kann ich euch bei euren Auftritten begleiten.« Die Morgenmäntel aus Chinaseide verschwanden, ebenso die Hosenanzüge und Zigarettenetuis. »Das Seltsamste ist«, sagte Max, »dass sie Bücher liest.« Eines Tages sahen wir, dass sie zwei Tüten in ihr Zimmer schleppte, und als ich fragte, was sie da habe, zeigte sie uns ein wenig verschämt den Inhalt: *Stolz und Vorurteil*, *Also sprach Zarathustra*, Shelley und Ratgeber über die richtige Einstellung zur Säuglingspflege.

»Ein Kind eignet sich schlechte und gute Angewohnheiten ebenso leicht an. Deshalb darf man es selbst in Ausnahmefällen nicht auf den Arm nehmen, wenn es weint, und es nicht mit Zuckerwasser beruhigen, damit sein Weinen die Besucher nicht stört«, las ich. »Der Verfasser muss vollkommen verrückt sein.«

»Er ist Professor an der Universität Haarlem«, sagte Iris. »Dieses Kind soll perfekt werden.« Sie seufzte und setzte sich aufs Bett. »Manchmal habe ich das Gefühl, es trommelt mir gegen den Bauch und sagt, dass ich nicht gut genug bin. Dass ich nichts kann, dass alles eine Lüge ist.«

»Du musst nicht alles auf einmal schaffen«, beschwichtigte ich sie.

»Die Zeit läuft mir davon«, sagte Iris. »Jedes Jahr wachsen neue schöne Mädchen nach. Die passenden Ehemänner werden immer spärlicher. Dieses Baby ist das Beste, was mir je widerfahren ist. Wir drei machen in New York einen neuen Anfang.«

»Wir möchten, dass du glücklich bist.«

»Sprich nur für dich selbst«, murmelte Max.

»Ich brauche lediglich ein kleines Stück Zukunft«, sagte Iris. »Einfache Dinge. Eine Wohnung, in der ich ein Bücherregal aufstellen kann, vielleicht einen kleinen Hund, Spaziergänge im Park. Glaubt ihr, dass es in New York Parks gibt? In Sankt Petersburg gab es welche, aber die waren alle eingezäunt. Als Kind dachte ich, wenn ich groß genug bin, klettere ich über den Zaun und spaziere im Park wie eine vornehme Dame.«

»Wir legen einen Park für dich an, wenn es keinen gibt.«

Eines Abends begegneten wir Iris auf dem Flur, wo sie den weißen Pelz anzog, den wir ihr geschenkt hatten. Sie hatte unbedingt einen neuen haben wollen, als Ersatz für den, den sie verkauft hatte.

»Wohin willst du?«, fragte ich.

»Ich brauche einen Drink. Frau Ei gibt eine Party.«

»Und das Baby?«

»Das braucht auch einen. Wenn es noch länger herumsitzen und Radio hören muss, springt es mir zur Kehle heraus.«

»Wir kommen mit.«

»Ach, lasst nur«, sagte Iris. »Vielleicht bleibe ich doch hier und lerne stricken.«

»Deshalb brauchst du doch nicht wütend zu sein. Du kannst tun, was du willst. Zum Fest gehen oder nicht.«

»So macht es keinen Spaß«, murrte Iris. »Ihr müsstet darauf bestehen, dass ich bleibe, und mir das Gesicht zerkratzen.«

»Ist es das, was du willst?«

»Nein«, sagte Iris. »Ich möchte gleichzeitig geborgen und frei sein. Wissen, was ich morgen Abend esse, und alle Farben van Goghs leben. Ich möchte ein Abenteuer erleben, während der Braten im Ofen schmort. Und vor allem will ich nicht schwanger sein.«

»Leg dich schlafen«, riet ich. »Morgen geht es dir besser. Dir ist nur ein bisschen schwindlig.«

Iris machte auf dem Absatz kehrt und schlug die Zimmertür hinter sich zu. Bald darauf polterte es in ihrem Zimmer, als würden Möbel umgeworfen. Wir klopften, doch Iris gab keine Antwort.

»Iris!«, rief ich.

Im Zimmer wurde das Grammophon angestellt. Es spielte eine von Iris' Lieblingsplatten. Das Lied erzählte von einem Mädchen, das Bananen kaufen will, viele Bananen, und fürchtet, sie nicht alle nach Hause verfrachten zu können.

»Weißt du, Isaak, manchmal bist du ein kompletter Idiot«, sagte Max, weigerte sich aber, seine Bemerkung zu erklären.

Wir kehrten in unser Zimmer zurück. Die Musik wurde lauter. Ich hörte, wie das Zimmermädchen anklopfte und bat, die gnädige Frau möchte den Ton ein wenig leiser stellen. Bald darauf klappte die Tür. Ich dachte, Iris sei zu Frau Eis Fest gegangen.

Wir legten uns früh zu Bett, mit einem Glas Wodka, einem Buch und einer Filmzeitschrift. Die Zeitschrift gehörte Max, er liebte solche Publikationen, schnitt Fotos von Greta Garbo aus und verwahrte sie in Büchern. Ich lauschte auf die Geräusche im Flur und fuhr bei jedem Knacken auf. Meine Augen wanderten über die Buchseiten. Ich musste immer wieder zurückblättern, weil ich die Namen der Romanfiguren durcheinanderbrachte. Der Lift rumpelte.

»Du hast ein Fahrstuhlproblem«, sagte Max schließlich. Ich schnaubte. »So bist du. Du erwartest immer, dass etwas Schönes und Neues aus dem Aufzug tritt. Du wartest auf das Klappern der Aufzugtür als Zeichen, dass jemand kommt. Am liebsten Iris, aber alles andere ist dir auch recht. Ob gut oder schlecht. Du bist ein Beobachter, der erwartet, dass eine Veränderung von außen kommt. Du selbst willst nichts ändern, du wartest darauf, dass ein anderer Mensch kommt und die Entscheidung für dich trifft.«

»Sei nicht albern.«

»Ich bin es müde«, sagte Max. »Müde, an deiner Stelle zu leben.«

Ich stand vom Bett auf, und Max musste mir folgen. Er murmelte etwas vor sich hin, als er mir die Fliege band. »Was ist?«, fragte ich, doch er schüttelte nur den Kopf.

»Holen wir das Mädchen. Das willst du doch.«

Auf Frau Eis Fest herrschte Gedränge. Wir schoben uns durch die maskierte Menschenmenge. Lachende Löwenköpfe, Pucks, venezianische Masken. Jemand verschüttete seinen Drink auf mein Hemd. Ich drehte mich um und sah einen als Dionysos verkleideten, schönen jungen Mann, der sich die Larve in die Stirn geschoben hatte und lachte. Er kam mir irgendwie bekannt vor. Eric, Iris' Freund. Seine Gesprächspartnerin hatte einen Wolfskopf und breite Hüften. Ich wischte mir mit Max' Taschentuch die Hemdbrust ab, als Frau Ei an uns vorbeisegelte. Sie trug ein schwarzes Kleid mit großzügigem Dekolleté, und als sie mit dem Unbekannten neben ihr sprach, wackelten ihre Kinne. Ich hätte sie gern gepackt, um zu sehen, ob sie zum Stillstand kämen. »Frau Ei«, rief ich, als sie gegen die Strömung ankämpfte, ohne ein Wort zu sagen. Die Musik überdröhnte meine Stimme. Ein Mädchen im roten Kleid schob ihren Körper viel zu nah an mich heran. Frau Ei warf uns eine Kusshand zu und waberte zum Flügel. »Ich suche Iris«, rief ich. Das Mädchen im roten Kleid lachte laut und musterte Max. Mein Bruder hatte irgendwo einen Martini erbeutet und knabberte an der aufgespießten Olive. Ich versuchte Frau Ei zu folgen, doch die tanzende Menschenmenge schob uns in die entgegengesetzte Richtung. Die Rotgekleidete zog Max auf die Tanzfläche. Verschwitzte Körper drängten sich an uns. Das Orchester spielte immer schneller. Ich spürte schmerzhafte Müdigkeit, tanzte, ohne Max' Körper zu spüren. Der Flügel beschleunigte den Rhythmus, die Finger, die auf die Tasten schlugen, nahmen keine Rücksicht auf seine empfindlichen Saiten. Der Kontrabass folgte. Die Erschöpfung stach mir in die Schläfen, ein eiserner Reifen legte sich um meine Brust. Ich konnte nicht atmen. Plötzlich riss sich die Frau mit dem Wolfskopf mitten auf der Tanzfläche die Bluse vom Leib. Sie trug kein Korsett, und ihre schweren Brüste schaukelten unter dem Wolfskopf. Die Menschenmenge hob sie in die Luft, doch sie hörte nicht auf zu tanzen. Auf ausgestreckten Armen wurde sie allmählich zur Tür befördert. Da sah ich Frau Ei neben mir, sie nickte.

»Iris?«, fragte ich.

»Ist nicht gekommen«, rief Frau Ei.

»Sie ist schon vor Stunden weggegangen.«

»O je, diese Iris.« Frau Ei legte den Kopf schräg. »Das böse

Mädchen kommt nicht zur vereinbarten Zeit nach Hause. Habt ihr bei ihrem Mann gefragt?«

Ich drehte ihr unsere Rücken zu und drängte mich durch die Menge. Das Orchester stimmte eine neue Melodie an, über die sich Frau Eis Stimme erhob. »Bis die Jugend überschäumt …«, sang sie.

Der Schnee verwandelte sich in Nieselregen, als wir zum Hotel spazierten. Irgendeine Vorahnung veranlasste uns, am Marktplatz vorbeizugehen. Ich entdeckte sie schon von weitem. Iris lag in ihrem weißen Pelz im Schneematsch.

»Hast du dir wehgetan?«, fragte ich und ging neben ihr in die Hocke.

»Steh auf!«, befahl Max. »Wir haben schon begriffen, dass du unglücklich bist.«

»Iris!« Ich fasste sie am Ellbogen, doch sie riss sich los und legte den Arm über die Brust.

»Ich sehe meiner Mutter ähnlich. Habe ich euch das schon erzählt?«, fragte Iris und rieb sich die Wange.

»Sie war sicher schön. Nun steh auf«, sagte ich.

»Mutter war blond, ich bin dunkelhaarig. Als ich klein war, hat meine Tante mich Zigeunerkind, Tatarin und Negerprinzessin genannt. Ich war das dunkelste Kind in unserer Straße, obwohl in mir kein Tatarenblut fließt. Meine Mutter hatte Niveau. Sie war eine feine Dame, auch wenn die Leute boshaft über sie redeten.«

»Kaum vorzustellen«, sagte Max. »Sie erinnerte sicher an Heidi.«

»Bevor ich zu meiner Tante abgeschoben wurde, habe ich immer zugeguckt, wenn Mutter sich für den Abend umkleidete. Ich durfte mit ihrem Schmuck spielen. Den bewahrte sie in einer Samtschatulle auf: blaue Steine, Granate und glänzende Perlenknöpfe. Mutter drehte über dem linken Ohr eine Locke und steckte sie mit einer Spange hoch. Manchmal machte sie beim Ankleiden ein paar Tanzschritte, und ich durfte mit der Spieluhr Musik machen. Sie drehte sich so schnell im Kreis, dass ihr Glas überschwappte. Ach, wie sehr ich mir wünschte, zu werden wie sie und ein raschelndes Kleid zu tragen. Schaut mal«, sagte Iris. »Hier auf der Wange habe ich ein Muttermal, genau an derselben Stelle wie sie.«

»Hat auch sie in einem überteuerten Pelzmantel im Schnee gelegen?«, fragte Max.

»Wenn Mutter durch die Straße ging, drehten sich die Schuljungen nach ihr um. Manchmal blieb sie stehen und gab ihnen Pfefferminzbonbons. Die hatte sie immer bei sich. Sie wollte gut riechen. Ich wünschte mir, Mutter würde nie ausgehen. Abends, wenn sie sich die Schuhe band, warf ich mich auf den Teppich und schrie. Manchmal war ich so ungezogen, dass sie mich in den Kleiderschrank sperrte. Ich erinnere mich, dass ich schrie und gegen die Tür schlug, auch dann noch, als ich gehört hatte, wie die Wohnungstür hinter ihr ins Schloss fiel. Einige Male schlief ich im Schrank ein und wurde erst wieder wach, als Mutter nach Hause kam und mich ins Bett trug. Dann roch sie nach Zigarrenrauch und Bartstoppeln.«

Iris schloss die Augen und summte leise. Ich legte den Arm unter ihre Achsel und zog sie hoch. Auf ihren hochhackigen Schuhen tanzte sie ein paar Schritte im Takt ihrer inneren Musik. Ihr Pelzmantel triefte.

»Mutter liebte Illustrierte. Musik und Illustrierte. Sie nahm mich auf den Schoß und zeigte mir fein gestrichelte Zeichnungen von Frauen mit Lilienhänden und seidenschmaler Taille. Dann pustete sie mir über die Haare und erlaubte mir, die glänzenden Seiten der Illustrierten zu berühren. Werbung für Seereisen und Zitronenhautcremes, perlenbestickte Handtaschen und Frauen mit Hunden nicht größer als ein Hut.«

Ich presste die Wange an ihren Hals. Sie wiegte sich, als ob sie Walzer tanzte.

»Eines Abends kam die Mutter nicht zurück. Meine Tante machte die Schranktür auf, die Tante mit dem grauen Gesicht der Lumpenhändlerin. Sie packte Mutters Kleider in einen Koffer und das Geschirr in den zweiten. Ich heulte, als sie mich auf ihre Schultern hob. An der Tür rannte ich zurück und beruhigte mich erst, als ich Mutters Illustrierte mitnehmen durfte. ›Die braucht sie nicht mehr‹, sagte die Tante. ›Da, wo sie jetzt hingeht, braucht sie die nicht.‹«

»Wohin ging sie?«

»Ich glaube nicht, dass ich eine so schöne Mutter werde«, sagte Iris.

»Dieses Kind wird glücklich«, versicherte ich. »Es hat eine Chance.«

Iris rieb sich die Nase.

»Manchmal sehne ich mich nach Jakob.«

»Ihr wart nicht glücklich.«

»Spielt das eine Rolle, wenn beide gut heucheln?«

Iris seufzte.

»Na ja, wir waren lange zusammen, sieben Jahre. Ich war noch ein Kind, als ich ihm begegnete. Auch an das Unglücklichsein gewöhnt man sich so, dass man es vermisst. Zumindest ist es sicherer als eine Veränderung.«

»Du brauchst dich nicht zu fürchten.«

»Erzählt mir noch einmal, wie ihr dem Baby das Radfahren beibringt.«

»Wir bringen ihm das Tanzen bei. Wir kaufen ein Kätzchen mit einem Glöckchen am Halsband. Das Kind kann es in einem Körbchen tragen.«

Iris lachte.

»So etwas Dummes habe ich noch nie gehört. Saara hatte eine Katze, aber die verschwand im Hungerjahr in Sankt Petersburg. In dem Jahr verschwanden alle Haustiere. Auch die streunenden Hunde und die Tiere im Zoo. Saara lief eine

Woche lang durch die Gassen und rief nach dem Viech. Ich wünschte mir, dass ich selbst den Mut gehabt hätte, es zu schlachten. Es war fett wie ein Mastschwein.«

Ich runzelte die Stirn, und Iris lachte.

»Nur ein Witz. Ich habe bloß kein Mitleid mit Tieren. Das ist bei den Menschen schon schwer genug.«

Kindheit

1909–

Die Begeisterung der Tante wurde durch einen Artikel in Großvaters Zeitung entfacht, der in malerischen Wendungen eine neue Hühnerrasse vorstellte. Auf dem Schwarzweißfoto, das den Text illustrierte, hielt Lady Henshore, eine Dame mit Hut, ihr preisgekröntes Huhn im Arm. »Lady Henshore ist eine der erfolgreichsten Hühnerzüchterinnen Englands«, hieß es in dem Zeitungsbericht. Der Verfasser trainierte offenbar seinen Stift, oder er litt an einer ungewöhnlichen Hühnerobsession. Neben dem Artikel hatte er auch noch eine in Hexameter gezwungene Ode auf die Eierproduktion verfasst. Wenn sie aufgeregt war, blinzelte unsere Tante unaufhörlich. In ihren Augenwinkeln erschienen Risse wie in einem vom Eis geschliffenen Felsen. Alle ihre Gefühle waren in ihrem Gesicht ausgestellt wie in einem Schaufenster. Sie schien selbst erstaunt über ihre Begeisterung.

»Hundert«, wiederholte sie.

»Mmm«, machte Max, den Mund voll geröstetem Brot.

»Hier steht, dass sie hundert Eier am Tag legen können.« Sie steckte die Hände in die Schürzentaschen und schwenkte sie, während sie uns anstarrte. Um ihre Iris lag ein brauner Ring. Er sah aus wie eine Schlammpfütze, in der dunkle Kringel aufsteigen, wenn man einen Stein hineinwirft.

»Stellt euch diese Menge vor.«

»Hundert ist eine große Zahl«, sagte ich probeweise.

»Stellt euch all die Kuchen vor, Eierpfannkuchen, Rührei, Eierkäse. Und Geld.«

Ich nickte. Bei dem Wort Kuchen blickte Max interessiert auf. Geld war etwas, womit ich noch keine Erfahrung hatte. Ich kannte das Wort aus Großvaters Vorwürfen. »Ebenso gut könnte man die beiden gleich mit Geldscheinen füttern. Glauben die etwa, ich würde Markstücke scheißen?« Der letzte Satz machte mich neugierig. Es war unsere Aufgabe, Großvaters Nachttopf zu leeren, und ich spähte jeden Morgen erwartungsvoll hinein. Ich wollte den Tag erleben, an dem Münzen über den Porzellanrand kullerten.

Großvater wachte streng über seinen Geldbeutel. Bei jeder zusätzlichen Ausgabe für den Haushalt musste die Tante bitten und betteln. Großvater lehnte grundsätzlich alles ab: Gemüseanbau, eine neue Scheune, die Entwässerung des Südackers. Die Tante hatte kein eigenes Geld. Großvater kümmerte sich um den Getreide- und Heuverkauf und steckte auch das Buttergeld ein, das in der Regel den Frauen zustand. Er betrachtete sich als Hausherr, obwohl die Tante die schwersten Arbeiten tat. Sie konnte ihre Plackerei nicht in Handschuhe oder ein neues Sonntagskleid ummünzen. Erst als Erwachsener verstand ich, wie eingeengt sie sich gefühlt haben muss. Wie sehr sie unsere Mutter beneidete, von Farben, Stoffen, der Stadt träumte. Sie malte sich aus, wie anders ihr Leben als Dame in einem richtigen Haus wäre. Vielleicht verkaufte sie uns nicht aus Bosheit. Vielleicht glaubte sie aufrichtig, wir würden anderswo, weit weg von Großvaters enger Welt, ein besseres Leben führen können. Geld brachte der Tante Unabhängigkeit, eine Chance, zu fliehen. Ich versuche sie zu verstehen. Ich kann und will sie nicht hassen. Nicht mehr. Die Bitterkeit hat mir zu viele Jahre den Schlaf geraubt. Ich weiß, dass die Tante uns geliebt hat. Warum sie uns weggegeben hat, verstehe ich immer noch nicht. Ich glaube, dass sie sich inständig wünschte, etwas anderes zu sein. Etwas anderes als Tante und Tochter. Weiter zu sehen als bis zur Ecke des Kuhstalls. Sich zu verlieben, Liebe zu bekommen. Das sind wohl berechtigte Wünsche. Manchmal überlege ich, ob sie uns vermisste. Ob sie auf ihrer Seite des Bettes lag und die Tränen herunterschluckte. Schauderte, wenn sie zwei braunhaarige Jungen über die Straße gehen sah. Ich möchte gern denken, dass es so war. Ich möchte gern hoffen, dass sie glücklich wurde. Dass sie schließlich bekam, was sie wollte.

In der letzten Nacht schrak ich vor Hass zitternd auf. Mein Herz schlug heftig. Erinnerungen wälzten sich über mich hinweg, obwohl Max bereits schlief. Meine Erregung ließ ihn im Schlaf zucken. Er drehte sich von einer Seite auf die andere. Warf den Arm zur Seite, so dass er aus dem Bett hing. Max hatte vor dem Einschlafen ein Glas Whisky getrunken. Eine Angewohnheit, über die ich mich immer wieder beklage. Ihm scheint der Whisky Schlaf zu bringen, aber mich macht er unruhig. Ich schlief erst nach Mitternacht ein. Mitleid verzerrt unser Weltbild. Wenn wir das Mitleid akzeptieren, das man uns bezeugt, lassen wir zu, dass der Zuschauer definiert, wie wir sein sollten. Mitleid zu zeigen ist Macht. Nur Lieben ist rein.

Nachdem sie den Artikel gelesen hatte, ließ die Tante Großvater keine Ruhe mehr. Sie fing schon frühmorgens an, wenn Großvater seine Zeitung las, eine Beschäftigung, die sie normalerweise so sehr respektierte, dass sie sich nicht einmal den Schleim aus dem Hals räusperte. (Unsere Tante litt in jedem Frühjahr unter hartnäckigem Schnupfen.) Das Gequengel ging beim Mittagessen weiter, beim Abendessen, während Großvaters Mittagsschläfchen. Von Anschnauzern und Verboten ließ die Tante sich nicht beeindrucken. Sie erklärte, wie einträglich es wäre, Hühner zu halten, wie sie die Mäuse vom Hof vertreiben und pausenlos Eier legen würden. Ihre Pflege würde die Tante nicht von ihren anderen Arbeiten abhalten. Sie brauchten keine Aufsicht. Es genügte, Knochenmehl und

Essensreste auf den Hof zu streuen. Und schon plumpsten Eier aus dem Inneren dieser famosen Wesen. Die Hühner wären genau die richtige Beschäftigung für die Jungen.

»Damit würden wohl sogar die beiden fertig«, murmelte der Großvater. Die Tante betrachtete die Bemerkung als Zustimmung und preschte voran. Sie führte aus, welch nahrhafte Bereicherung Eier zum Frühstück wären. Der Großvater würde jeden Tag eins dieser schmackhaften Wunder der Natur neben seiner Zeitung vorfinden. Und was man nicht alles sparen würde, wenn man die Eier nicht mehr beim Nachbarn kaufen musste.

»Das klingt nach Veilchenhut«, sagte Großvater. Die Tante errötete. »Der Hut liegt auch bloß unnütz in der Schachtel.«

»Hier gibt es kaum Gelegenheit, ihn aufzusetzen.« Die Tante war den Tränen nahe. »Beim Waschen trägt man keinen Hut. Und ich tu ja nichts anderes als schuften.«

Großvater scheute zurück. Die Tante presste den obersten ihrer Röcke auf die Augen und schneuzte sich.

»Na, na«, sagte Großvater und warf uns einen fragenden Blick zu. »Hühner also. Na, es ist ja ganz schön, auch mal etwas anderes zu kochen als immer nur Brei.«

Zum Kauf ausgewachsener Rassehühner war Großvater nicht bereit, doch die Tante durfte hinter dem Haus ein Hühnergehege bauen. Es war für kalte Nächte gedacht. Das Federvieh sollte frei auf dem Hof herumlaufen, Schnecken und Mäuse fernhalten. Das Gebäude war nichts Großartiges, es wurde aus alten Brettern zurechtgezimmert. Ein Teil der Nägel war Gebrauchtware, die sich nicht mehr gerade hämmern ließ. Die Tante störte sich nicht daran. Sie lehnte sich zurück und betrachtete ihr Werk, den Hammer noch in der Hand.

»Im Winter hält ihr eigener Dung die Hühner warm«, klärte sie uns auf. »Er wirkt auch auf den Gemüsebeeten Wunder. Bald können wir Tomaten anbauen.«

Schließlich steckte ihr Eifer auch uns an. Anfangs hatten wir in dem Vorhaben nur einen neuen Versuch gesehen, Arbeit für uns zu finden, uns pausenlos zu beschäftigen, damit uns keine Zeit blieb, zu träumen und Geschichten zu erfinden. Die Tante hatte den Kirschbaum nicht vergessen. Müßiggang brachte nur Unglück. Arbeit war der Maßstab für den Wert eines Menschen. Spätestens als die Tante mit einem Korb am Arm vom Markt zurückkehrte, ließen wir uns mitreißen. Sie hob vorsichtig das Tuch vom Korb, und wir sahen die Tiere, um die in diesem Sommer alle unsere Gedanken kreisen sollten. Im Korb hüpften und piepsten zehn kleine Küken. Sie stießen gegeneinander, blinzelten in der plötzlichen Helligkeit. Die Tante lächelte selbstzufrieden. Als wäre die Existenz dieser wundersamen Geschöpfe ihr Verdienst.

»Eins davon ist ein Hahn.«

»Welches?«, fragte Max. »Woran erkennt man ihn?«

Grinsend zeigte die Tante auf einen grauen Federball in der Mitte des Korbes.

»Der da. Er frisst mehr als die anderen. Gut, dass er nicht unterwegs seinen Schwestern die Augen ausgehackt hat.«

Max und ich starrten das kleine Wesen an. Das Küken sah weich und zart aus. Man hätte es in die Luft pusten können wie Löwenzahnsamen. Dann wäre es über den Hof geschwebt. Ein Windstoß hätte es gepackt und bis an den Fluss getragen.

»An ihrer Gier erkennt man sie«, sagte die Tante. Sie nahm das Hähnchen vorsichtig in die Hand. Das Tier schien sich zu fürchten, als es so plötzlich von den anderen getrennt wurde. Es piepste laut. Die Tante strich ihm mit dem Daumen leicht über den Hals.

»Das wird ein prächtiger Hahn.«

Vielleicht lag es an der Stimme der Tante. Oder an der Berührung. Der Vogel schien sich zu beruhigen und schloss langsam die Lider. Sie waren so dünn, dass die Augen durchschienen. Das Hahnenküken schlief auf der Hand der Tante ein. Ich habe dasselbe bei kleinen Kindern gesehen. Sie schlafen mitten im Satz ein, am Esstisch oder im Garten. Ihr Kopf rutscht zur Seite und sie schnaufen. Vielleicht unterscheiden sich Küken nur wenig von Menschen.

»Lass mich mal!« Max hüpfte vor Begeisterung. »Ich will es auch pflegen.«

»Das werden prima Hühner. Sie sehen aus, als würden sie Eier legen wie der Teufel«, stellte die Tante fest.

Die Küken fraßen eifrig. Max und ich warfen Körner in ihr Gehege. Wir setzten uns neben sie und beobachteten, wie sie sich in eine kämpfende Masse verwandelten. Ganz gleich, wie viel Futter man ihnen gab, sie kämpften immer darum. Sie wuchsen unterschiedlich schnell. Die größeren drängten die kleineren zurück. Max mochte den Hahn am liebsten. Manchmal fischte er für ihn sogar Speckstückchen aus seiner Suppe. Das war ein großer Zärtlichkeitsbeweis, denn mit Ausnahme der Brotkanten verschmähte Max nichts Essbares. Er setzte den jungen Hahn auf seine Handfläche. Hielt ihm Speckstückchen hin. Sah ihm liebevoll beim Picken zu. Machte sich nicht einmal etwas aus den blutigen Kratzern an seinen Fingerspitzen. Das Kücken pickte auch an den Fingern.

»Hühner fressen alles«, sagte ich.

»Ja«, nickte mein Bruder mit glühendem Gesicht.

»Die Tante sagt, sie will im Hühnerhof beerdigt werden. Damit ihre Leiche genutzt wird. Kein Knochen bleibt übrig.«

Wir verstummten und stellten uns vor, wie die Tante tot zwischen den Vögeln lag.

»Hör mal«, sagte ich schließlich. »Stell dir mal vor, man würde aus Versehen das Ei von einem Huhn essen, das einen Menschen gefressen hat.«

»Woher würde man das wissen?«

»Eines Morgens würde man am Frühstückstisch sitzen, sein Ei aufschlagen und im Eigelb einen Finger finden.«

»Wie soll der in das Ei kommen?«

»Wie kommen die Eier aus dem Huhn heraus?«

»Was für ein Finger?«

»Von einer Frau. Einer schönen Frau. So schön wie Mutter.«

»Woran würde man den Finger erkennen?«

»Am Ring. Es wäre ein schöner Siegelring. Daran würde man die Besitzerin des Fingers als schöne und reiche Adlige erkennen. Als Gräfin. Sie wäre auf der Hochzeitsreise verschwunden. Ihr Mann hätte behauptet, sie sei ins Meer gestürzt, aber die Leiche wäre nie gefunden worden. Die Polizei hätte den Ehemann verdächtigt, aber keine Beweise gefunden.«

»Wir würden einen Mord aufklären«, sagte Max.

»Und eine Belohnung bekommen.«

»Von der Belohnung würden wir der Tante einen Federhut kaufen.« Max überlegte kurz. »Und Rosinen, einen ganzen Keller voll Rosinen.«

»Die Mutter der schönen Gräfin würde uns adoptieren wollen, aber wir würden nein sagen. Wir würden bei der Tante wohnen wollen.«

»Mutter würde von unserer Heldentat erfahren.«

»Natürlich. Sie würde zu uns aufs Land ziehen und sagen: ›Meine lieben Söhne. Ihr seid die besten Detektive in ganz Deutschland‹.«

»Das würde Mutter sagen?« Max war begeistert.

»Ja.«

»Wo würde sie wohnen? In Tantes Zimmer?«

»Natürlich nicht, Dummkopf. In unserem Zimmer. Sie dürfte mit uns im selben Bett schlafen.«

»Und Vater? Würde er auch kommen?«

Ich winkte Vater weg.

»Vielleicht, manchmal. Aber er müsste im Keller schlafen.«

In der Nähe des Hofs trieb sich eine streunende Katze herum, der die Tante heimlich Futter gab. Sie zuckte zusammen, wenn man sie bei diesem sentimentalen Treiben erwischte. »Sie hält die Ratten in Schach.« Wir sahen Speckstücke und Fischreste im Maul der Katze verschwinden. Großvater übersah das Tier geflissentlich. Wenn die Katze vor seinen Augen über den Hof lief, starrte er an ihr vorbei, als sei sie nur eine Luftspiegelung. Was Großvater nicht sehen wollte, existierte nicht. Auch unsere Existenz nahm er nur zur Kenntnis, wenn wir buchstäblich gegen ihn prallten oder am Esstisch zu gierig waren. Dann brummte er etwas vor sich hin oder raschelte mit seiner Zeitung. Gelegentlich – aber nur einige Male – führte seine Unzufriedenheit zu Wutausbrüchen. Im Allgemeinen ahnte die Tante Großvaters Stimmungslage und brachte uns rechtzeitig aus seiner Reichweite.

Die Katze war ein erbärmliches Geschöpf, unansehnlich wie ein alter Besen. Ihr Fell war verfilzt, das eine Ohr halb abgebissen. Ihre Augen standen als glänzende Glaskörper über der Schnauze vor. Das Tier liebte die Tante. Uns würdigte es keines Blickes; nur wenn wir ihm zu nahe kamen, wehrte es uns Störenfriede mit Fauchen und scharfen Krallen ab. Seine ganze zerfetzte Liebe, seine Katzenseele, sehnte sich nach der Tante. Es strich ihr um die Beine, quiekte und miaute wie der hartnäckigste Freier. Die Tante verschwendete keine Zeit darauf, es zu streicheln, ließ sich aber von ihm die Finger ablecken, wenn sie Fisch filetiert hatte. Nachdem die Hühner den Hof erobert hatten, ließ die Katze sich seltener blicken. Sie hielt Abstand vom Hahn und schlich mit angelegten Ohren um den Hof herum. Sie fühlte sich beleidigt, weil die Aufmerksamkeit der Tante nicht mehr ihr galt. Einmal sahen wir, wie sie sich mit dem Hahn anlegte. Der Vogel stand mit ausgebreiteten Flügeln auf dem Brunnendeckel und gackerte. Die Katze lag mit langgestreckten Pfoten auf der Erde und ließ den Hahn nicht aus den Augen. Ihr Schwanz schlug hin und her, das zerfetzte Ohr richtete sich auf. Der Hahn griff zuerst an. Sein Schnabel traf die Schnauze der Katze, die zurücksprang und mit den Krallen durch die Luft fuhr. Der Hahn schüttelte seine Flügel. Ich weiß nicht, wie der Kampf ausgegangen wäre. Die Tante brach ihn ab, indem sie mit einem Besen auf die Katze einschlug. Das Tier wich zurück, steckte weitere schmerzhafte Schläge ein, drehte sich schließlich um und verschwand maunzend zwischen den Himbeersträuchern.

Das Verschwinden des ersten Huhns fiel zunächst keinem auf. Es war keine Spur von ihm zurückgeblieben, nicht die kleinste Feder. Beim zweiten Huhn schien die Sache klar. »Es ist die Katze«, stellte die Tante fest, und ich sah, dass ihr zum Weinen war. Sie blickte auf ihre Beine, als spüre sie das weiche Fell an ihnen entlangstreifen. Die Katze ließ sich tagelang nicht blicken. Das nächste Mal sahen (oder eigentlich hörten) wir sie, als die Tante eine Holzkiste aus der Küche trug. Die Kiste fauchte. Die Tante hatte das Tier mit einem Stück Speck in die Kiste gelockt. »Es ist nicht ihr Fehler«, sagte sie. »Das Töten liegt ihr im Blut.« Sie wischte sich die Nase am Ärmel ab. »Warum konnte sie sich nicht mit den kleinen Vögeln zufrieden geben?«

»Was passiert mit ihr?«, fragte Max. Die Tante gab keine Antwort. Ich sah, dass sie die Kiste an den Fluss trug. Max und ich wollten ihr folgen, doch die Tante fuhr uns an.

»Bleibt beim Haus.« Sie ging schwankend. Ihre Schürzenbänder hatten sich gelöst.

Die Tante kam nicht zum Mittagessen. Die Suppe und der kalte Braten standen auf dem Tisch, bis sich eine Haut auf ihnen bildete. Ich betrachtete die gelierte Schicht auf dem Fleisch. Sie wackelte im Takt von Großvaters Atem. Max knurrte der

Magen. Großvater sah uns missbilligend an. Er hatte eine karierte Schürze umgebunden, die an den Rändern ausfranste. Ab und zu ging er in die Küche, kehrte in die Stube zurück und spähte zur Diele hinüber. Die Tür blieb zu. Die Haut auf der Suppe sah aus wie ein Kontinent. Ich dachte darüber nach, wie es wäre, ein Forschungsreisender zu sein. Einer wie Livingstone. Max bevorzugte Stanley. Er meinte, echte Forschungsreisende verirren sich nie. Großvater knüllte die Schürze zusammen, warf sich in seinen Schaukelstuhl und verschanzte sich hinter der Zeitung. Ich überlegte, ob er es merken würde, wenn ich ein kleines Stück vom Braten abhobelte. Wahrscheinlich hatte er die Bissen abgezählt. Die Zeitung raschelte. Großvater stand auf und ging zur Wanduhr. Er sah aus, als wolle er sie schütteln. Dann drehte er sich um und starrte mich und Max an.

»Wo ist eure Tante?« Ich schüttelte den Kopf. »Irgendwo muss sie doch sein«, murmelte er. »Geht, sucht sie!« Max machte einen Luftsprung.

Wir liefen ans Flussufer, stolperten über die Steine. Ich schlug mir den Zeh blutig. Die Tante saß auf einem Uferfelsen, die Kiste stand zu ihren Füßen. Rundherum wuchs Mauerpfeffer, dessen Blüten sie zertreten hatte. Ihr grelles Gelb ließ die Tante noch blasser wirken. Ihr oberster Rock war grau. Er war vorne so verschlissen, dass der Stoff glänzte. Die Tante war barfuß wie wir. Auf dem Hof trug man alltags keine Schuhe.

»Ist sie tot?«, fragte Max. Die Tante wandte uns das Gesicht zu. Ihre Augen wirkten beinahe grau, ihre Nase war gerötet, am Hals war ein schmutziger Streifen zu sehen. Sie schneuzte sich in ihre Schürze und gab keine Antwort.

»Die Katze«, präzisierte ich. Da drang ein Miauen aus der Kiste. Ich zuckte zusammen, glaubte sekundenlang, das Tier sei als Gespenst wiedergekehrt.

»Sie ist nicht tot«, sagte die Tante. »Ich habe ihr in Äther getauchten Speck gegeben. Ich dachte, sie würde einschlafen, aber nein. Sie maunzte nur noch lauter, stieß mir an die Beine und wollte mehr. Sie hat den ganzen Rippenspeck bekommen. Ich dachte, es ist die letzte Mahlzeit für das arme Viech, und habe es obendrein noch die Fettschicht von der Milch trinken lassen.« Bei dem Gedanken an diese Verschwendung seufzte die Tante. »Dann habe ich sie am Nacken gepackt und in die Kiste gesteckt. Als ich den Deckel zunagelte, wurde sie wach und kratzte wie wild an den Wänden. Auf halbem Weg zum Fluss wurde alles ruhig. Ich dachte, sie wäre bewusstlos geworden oder vielleicht gestorben.« Wütend starrte die Tante auf die Kiste.

»Aber sie ist nicht gestorben?«

»Nein. In der steckt ein Dämon. Lasst euch das gesagt sein.« In der Stimme der Tante schwang Bewunderung mit. Als spräche sie von ihrem ungehorsamen, aber schlauen Kind.

»Sobald ich ans Ufer kam, habe ich die Kiste im Fluss versenkt. Ich bin ein ganzes Stück hineingewatet. Beim Versenken stiegen Blasen aus der Kiste auf. Ich habe sie lange im Wasser liegen gelassen, dabei fünfmal bis hundert gezählt. Dann habe ich die Kiste hochgehoben und ans Ufer getragen. Ihr glaubt nicht, wie schwer eine nasse Katze ist. Ich habe mich hier auf den Stein gesetzt, um mich auszuruhen. Und wisst ihr was? Kaum saß ich, da maunzte die Katze. Seitdem versucht sie, rauszukommen. Das ist mir ein zäher Teufel.«

»Tötest du sie noch einmal?«, fragte Max.

»Nein«, heulte die Tante auf. »Diese Katze wird nicht mehr angerührt. Lasst es euch gesagt sein. Dass sie noch lebt, ist ein Wunder.« Das Wunder kratzte am Kistendeckel. Die Tante holte eine Zange aus der Schürzentasche und zog die Nägel heraus. Als sich der Deckel öffnete, sprang die Katze geradewegs auf den Schoß der Tante, schnurrte und rieb das nasse

Fell an ihrer Schürze. Die Tante ließ sich das Gesicht ablecken, gurrte mit der Katze und streichelte sie am Hals. Mit seinem nassen Fell sah das Tier noch magerer aus. Seine Rippen standen hervor. Schlamm lief auf den Rock der Tante.

»Adas kleiner Schatz. Liebes, kleines Ungeheuer. Dir passiert nichts Böses, nichts Böses.«

Die Tante trug die Katze auf den Hof und redete dabei die ganze Zeit zärtlich auf sie ein. Das Tier saß mit geschlossenen Augen auf ihren Armen, sein zerfetztes Ohr hing nach unten. Es sah aus, als ob es lächelte. Auf dem Hof sprang es herunter und lief mit aufgestelltem Schwanz am Hühnergehege vorbei.

Eine Puderdose fällt

1931

Die Explosion ließ die Scheiben klirren. Die Dohlen im Park flogen auf, ihre schwarzen Flanken schnitten durch die Luft. In der Yrjönkatu wurde ein großes Hotel gebaut, in internationalem Stil. Der Streusand des Winters knirschte unter den Schuhen. Der April stürmte in jedem Jahr mit derselben rohen Lebenskraft voran. Die Löwenzahnwurzeln machten den Asphalt stumpf, die Mädchen zogen Kniestrümpfe an, die Straßen füllten sich mit Arbeitern, die ihre Essgefäße trugen.

»Die Stadt wächst atemberaubend schnell«, sagte ich zu Max.

»Vielleicht bekommt man dann endlich Luft hier.«

Ich atmete die Helsinkier Luft ein. Feuchtigkeit und Ruß lagerten sich als Tröpfchen auf der Haut ab. Eine Spur Meeresluft.

»Eines Tages«, sagte Max, »schreibe ich vielleicht ein Buch.« Er deutete auf die Straße. »Über all das. Über uns. Über das, was wir gesehen haben.«

»Und wer soll das lesen? Die Prohibitionsbehörde?«

»Max Langs wundersames Leben und seine sagenhaften Abenteuer.«

Plötzlich beugte Max sich vornüber und hielt sich das Auge.

»Was ist?«

»Mir ist etwas ins Auge geflogen.«

Ich zog seine Hand weg und schob ihn näher an den Rand des Trottoirs, wo die Frühlingssonne auf sein Gesicht fiel. Seit einiger Zeit spannte seine Haut über den Backenknochen. Das Kinn hing ein wenig. Ich nahm den vertrauten Geruch nach Puder und Kölnisch Wasser wahr, sah das Netz der Äderchen im Auge. Wir wurden im nächsten Jahr zweiunddreißig, sahen aber älter aus. Bei Launen der Natur musste man die Uhr sorgfältig aufziehen. Sie lief schneller.

»Da ist was. Halt still.«

Ich fuhr mit der Zunge über das Auge meines Bruders, bis ich etwas Hartes spürte. Ich nahm es auf die Fingerspitze. Max legte erneut die Hand vor das Gesicht.

»Ein Stück Koks. Sicher aus einem Schornstein.«

»Ein Glück, dass ich nicht erblindet bin.«

»Die kleine Rötung in deinem Auge fällt kaum auf.«

Max spuckte auf die Straße.

»Ich warte nur darauf, endlich abzureisen.«

»Der Frühling wird dich umstimmen. In einem Monat ist die Stadt schön wie eine Spieluhr.«

»Iris«, sagte Max.

Ich drehte mich in die Richtung, in die er zeigte, und sah Iris den Boulevard überqueren. Sie trug ihren weißen Pelz und einen leuchtend roten Filzhut, unter dem ihre wattehellen Haare hervorlugten. Ich hob den Arm, um ihr zu winken, doch Max zog mich am Ärmel.

»Komm, wir verfolgen sie.«

»Sei nicht kindisch.«

»Willst du nicht wissen, wohin sie geht?«

Iris schritt zielstrebig aus. Bei den Straßenbahnschienen verlangsamte sie das Tempo, damit ihre Absätze nicht stecken blieben.

»Sie kommt bestimmt von einem Besuch bei Robert«, meinte Max.

»Vielleicht hat sie ihm Modell gesessen«, sagte ich.

»Vielleicht nicht.«

Am Schwedischen Theater blieb Iris stehen und spiegelte sich im Fenster. Sie feuchtete den Finger an und richtete die unter dem Hut hervorlugenden Locken. Dann lächelte sie ihr Spiegelbild zufrieden an und setzte ihren Weg zum Warenhaus fort.

»Was hast du heute Vormittag gemacht?«, fragte ich Iris. Wir saßen in Frau Eis Küche, und Iris siebte Mehl in eine Schüssel.

»Nichts Besonderes. Frau Ei hat mir das Bügeln beigebracht.«

»Gehen wir in die Oper«, schlug ich vor. »Ich weiß, dass du Abwechslung brauchst.«

»Ich wollte Mönchskrapfen backen«, sagte Iris und schlug ein Ei am Schüsselrand auf.

Max schlug heimlich das Kreuz, und ich trat nach ihm. Mein alberner Bruder war nicht einmal katholisch. Ich stand auf und fasste Iris von hinten um die Taille.

»Das rosa Abendkleid, aus Chiffonseide. Frau Ei hat es reinigen lassen. Du könntest es anziehen.«

»Krapfen«, sagte Iris und rührte. »Die haben etwas Anheimelndes. Ich wünschte, Mutter hätte Krapfen gebacken. Vielleicht hat sie es ja getan. Aber ich erinnere mich nicht daran.«

»Wir brauchen frische Luft«, sagte Max. »Drei Wochen haben wir nichts getan als drinnen zu hocken oder zu arbeiten. Drei Wochen ohne Alkohol. Die verdammte Oper ist besser als gar nichts.«

»Schämst du dich für uns?«, fragte ich. »Ist es das? Du würdest lieber mit einem normalen, gut aussehenden Mann ausgehen, mit einem wie Robert?«

»Ich habe euch doch auf die Hälfte aller Feste in Helsinki geschleppt. Und was hat Robert damit zu tun?«

»Ja, aber das war vor …«

»Vor was? Vor dem Baby. Mir scheint, ihr habt mehr Angst davor als ich.«

»Du würdest nicht auf uns zurückgreifen, wenn du nicht gezwungen wärst. Das wissen wir beide.«

»Frau Ei kann mir sicher ihre Perlen leihen«, sagte Iris, drehte sich um und zeichnete mit Mehl ein Kreuz auf meinen schwarzen Anzug.

Im Foyer des Alexander-Theaters herrschte Gedränge. Ich lotste Iris vorwärts, doch sie blieb auf jeder Stufe stehen, um jemanden zu grüßen und auf die Wangen zu küssen. Über das Getuschel um uns herum lächelte ich nur. Es verschaffte mir Genugtuung, dass sie mit mir in die Oper ging. Mit mir, hätte ich am liebsten gerufen, und lächelte der Schar der anderen, der Halben zu, deren Augen jede unserer Bewegungen beobachteten. Iris strahlte in ihrem rosa Kleid, den weißen Bisam über die Schulter geworfen. Frau Eis Perlen lagen dreireihig um ihren Hals. Sie reichte jemandem die Hand zum Kuss. Während wir etwas zu trinken geholt hatten, war eine bekannte Gestalt zu ihr getreten. Iris lachte, ihr Kopf war nicht weit von der Schulter des Mannes entfernt.

»Robert«, sagte ich, und er klopfte mir auf die Schulter. Er trug einen blauen Samtanzug und ein mehrfach um den Hals geschlungenes Seidentuch. Beides ließ seine Haare leuchten.

»Die Skulptur ist jetzt fertig«, sagte Robert. »Ich reise nach Berlin. Sie ist großartig, wenn ich das sagen darf.«

»Herzlichen Glückwunsch«, sagte ich.

Robert flüsterte Iris etwas ins Ohr, sie wurde rot und nickte hastig. Er winkte uns zu und verschwand im Gedränge.

»Was hat er gesagt?«, fragte ich.

»Nichts weiter«, winkte Iris ab.

»Wollte er sich mit dir verabreden?«, setzte ich ihr zu. »Hast du Sehnsucht nach ihm?«

»Sei nicht albern«, sagte Iris.

Mitten im ersten Akt stand sie auf.

»Wohin willst du?«

»Auf die Toilette, wenn du es unbedingt wissen willst.«

»Du gehst zu ihm. Zu Robert, oder etwa nicht?«

»Ich muss pinkeln«, fauchte Iris. Die Zuschauer in der ersten Reihe drehten sich nach uns um. Iris warf sich die Boa über die Schulter und ging hoch aufgerichtet hinaus.

»Hure«, murmelte Max und ich trat ihm gegen den Knöchel. Die Leute in der ersten Reihe warfen uns böse Blicke zu, und ich streckte ihnen die Zunge heraus. Die goldenen Amoretten an der Decke starrten uns an.

In der Pause blickte ich mich suchend nach Iris um. Robert, den ich nach ihr fragte, deutete auf die Damentoilette. Max und ich zogen uns hinter einen Gummibaum zurück, um auf Iris zu warten. Der Blumentopf glänzte wie ein Ölfleck auf Asphalt. Ich lehnte mich müde an die Wand. Max fuhr mich an und klopfte verärgert seinen weißen Smoking ab. Iris schrie auf. Max hob die Augenbrauen, die er sich damals schmal zupfte wie ein Mädchen. Die Geste steigerte meine Verärgerung. Dann hörte ich einen weiteren Schrei.

Ich stieß die Tür auf. Iris hatte ihre Puderdose fallen gelassen. Ihr Inhalt lag in kleinen Häufchen auf den Keramikfliesen. Es roch nach Veilchen. Und nach etwas anderem. Nach brünstigen Tigern, nach im Waschkorb vergessenen Strümpfen. Da entdeckte ich Blutstropfen auf den rosa Puderhäufchen. Iris kniete auf dem Fußboden. Ihr Gesicht war weiß, und sie kicherte. Ich fasste sie am Arm. Sie hatte eine Hand zur Faust geballt. Ich bog sie auf. Auf der Handfläche lag eine Rasierklinge.

»Psst«, sagte ich, und Iris lachte laut.

Ihre Hand war so durchscheinend, dass man die Kachelfugen darunter erkennen konnte. Max bückte sich und stippte den Finger in die rote Flüssigkeit.

»Blut.«

Einen Augenblick lang hatte es den Anschein, als wolle er den Tropfen ablecken. Iris zitterte am ganzen Körper, ihr Gelächter verwandelte sich in Keuchen. Sie krallte ihre Finger so fest in meinen Ärmel, dass ich darauf gefasst war, den Stoff reißen zu hören. Ich legte ihr die Hand auf den Mund.

»Zerdrück mir nicht das Kleid«, keuchte Iris. »Ich habe es noch nicht bezahlt.«

Ich hob ihren linken Arm hoch. Sie hatte mit der Rasierklinge zweimal IRIS in die Haut geritzt. »IRIS, IRIS«, als habe sie sich ihres Namens vergewissern wollen. Ich drückte mein doppelt gefaltetes Taschentuch auf ihren Arm. Es färbte sich in der Form der Buchstaben. Das erste I war am tiefsten und ein wenig schief. Danach hatte Iris die Klinge nicht lange genug in die Haut gedrückt.

»Hast du etwas eingenommen?«, fragte ich und hob ihr Kinn, um ihre Pupillen zu sehen. »Die Pillen«, sagte ich zu Max. »Wo ist die Dose?« Ich suchte in Iris' kleiner Perlentasche, schüttete schließlich den gesamten Inhalt auf den Kachelboden und riss die Dose auf. Sie war leer.

»Ich hatte Kopfschmerzen«, stöhnte Iris. »Die wirken nicht mehr. Ich habe den ganzen Rest auf einmal genommen.«

»Warte hier«, sagte ich. »Iris, ich bin gleich wieder hier.«

Wir rannten aus der Damentoilette. Der zweite Akt war bereits angekündigt worden, und die letzten Zuschauer strömten in den Saal. Ich suchte nach jemandem vom Personal, lief mit langen Schritten über den roten Teppichboden. Plötzlich stieß ich gegen etwas Weiches.

»Isaak und Max! Ich habe euch im ersten Akt gar nicht bemerkt. Das hier sind meine Freunde, Frau Q und …« Frau Ei trug das immer gleiche grüne Abendkleid und glitzerte. Als hätte jemand aus mehreren Metern Entfernung Schmuck über sie geworfen.

»Iris«, keuchte ich.

»Was ist mit Iris?«

Frau Ei wartete in der Eingangshalle des Krankenhauses und zog uns beiseite. Sie trug immer noch ihre Tiara und das rückenfreie Abendkleid. Ihre Brüste schaukelten auf der Höhe von Max' Nase, voll gluckenhafter Tatkraft.

»Habt ihr euch nie darüber gewundert, dass sie sieben Jahre lang verheiratet war, ohne ein Kind zu bekommen?«, fragte Frau Ei.

»Wahrscheinlich ist ihr Mann …«

»Seid nicht so dumm. Ihr wisst so gut wie ich, dass Iris nicht nur mit ihrem Ehemann geschlafen hat. In Helsinki gibt es vielleicht drei Kerle, die nichts von ihr wissen. Und von denen ist einer blind.«

»Ich lasse nicht zu, dass …«

»Iris ist krank. Die Kleine ist bezaubernd, aber normal ist sie nicht. Sie hat einen Winter in einem Sanatorium in der Schweiz verbracht, im letzten Sommer kam sie zurück. Den ganzen Winter über wirkte sie normal. Nicht gewöhnlich, wer mag sich schon mit gewöhnlichen Menschen abgeben, aber gesund. Dann wurde Jakob ihrer überdrüssig. Er war der Meinung, sie sei gesund genug, um allein zurechtzukommen. Da kam Iris auf die Idee mit dem Kind, in der Hoffnung, Jakob würde sie wieder aufnehmen. Aber Jakob ist nicht dumm. Er hat Iris zu einem Arzt geschickt, der feststellte, dass sie kein Kind erwartet. Sie ist so wenig schwanger wie ihr. Der Arzt hat noch mehr gesagt. Iris kann keine Kinder bekommen. Ihre Gebärmutter ist voller Narbengewebe. Sie wurde in Petersburg schwer misshandelt, bevor Jakob ihr begegnete. Sie wurde damals blutend auf der Straße gefunden, im Hochzeitskleid, und erzählte eine seltsame Geschichte von toten Verwandten.«

»New York …«, begann ich.

»Sie braucht nicht New York, sie braucht einen Arzt.«

»Was sollen wir tun?«

»Lasst sie eine Weile in Frieden. Sie braucht Ruhe, eine geborgene Umgebung. Ich kümmere mich um alles. Sucht euch ein Engagement irgendwo in Europa, spart Geld. Iris verbringt einige Zeit im Sanatorium. Im Herbst geht es ihr dann besser, und sie hat die fixe Idee mit dem Kind vergessen.«

»Sie sah so klein aus. Wie sie da im Bett lag, die Lippen von Kohletabletten befleckt, sah sie so klein aus.«

»Euer Anblick regt sie auf. Iris ist hysterisch, aber sie kann wieder gesund werden.«

»Sie ist voller Licht«, sagte ich. »Voller Leben.«

»Sie erwartet euch. Geht hinein.«

Iris trug einen malvenfarbenen Morgenmantel. Ihre Nägel waren in der gleichen Farbe lackiert. Sie trug vor unseren Augen Lippenstift auf, spitzte die Lippen und betrachtete sich im Spiegel. Sie zupfte leicht an den dunkel nachwachsenden Haaren und verzog das Gesicht. Dann klappte sie die Dose zu und schnalzte mit den Lippen. Sie lächelte. Mit dem Mund. Ihre Haut war weiß wie der Fettrand am Speck. So viele Farben in einem Raum, in dem alles stillstand.

»Gut, dass ihr da seid. Ich sterbe vor Hunger.«

Sie blickte zornig zur Tür, als hätten wir bereits ein Gespräch über die Bedienung geführt.

»Hier gibt es nur Fleischbrühe und Zwieback. Wenn wieder jemand mit einer Tasse Tee hereinkommt, werfe ich sie ihm ins Gesicht.«

»Bist du in Ordnung?«

»In erschütternder Verfassung. Ich brauche eine Farbspülung und eine Flasche Champagner.«

»Iris, du musst dich ausruhen.«

»Alles ist in Ordnung. Mir und dem Baby geht es gut. Der Doktor sagt, es ist ein Junge, es wächst nämlich so schnell. Ich hätte mir eigentlich lieber ein Mädchen gewünscht, aber Jungen haben auch ihre guten Seiten. Ihr mögt einen Jungen bestimmt lieber? Das tun alle Männer. Ihr könnt ihm das Fischen beibringen und so weiter.«

»Der einzige Fisch, den Max je gesehen hat, trug eine Béarnaisehaube«, sagte ich, setzte mich auf ihr Bett und nahm ihre Hand.

»Pass auf, dass der Nagellack nicht verschmiert«, sagte Iris.

»Frau Ei möchte dich für eine Weile aufs Land mitnehmen.«

»Jetzt ist doch gar keine Saison?«

»Sich an die Saison zu halten, ist altmodisch«, sagte Max. »Außerdem ist auch die Jazzband, die im Opernkeller gespielt hat, abgereist. In der Stadt ist niemand mehr.«

»Dem Baby könnte es auf dem Land gefallen«, meinte Iris. »Ich muss noch ein paar Kilo zunehmen. Der Arzt sagt, man sieht mir gar nicht an, dass ich im vierten Monat bin.«

»Du bist schön.«

»Wir brauchen in New York eine anständige Wohnung«, sagte Iris. »Der Junge muss Platz haben. Was meint ihr, sollten wir heiraten? Ich will nicht spießbürgerlich sein, aber es würde die Dinge sicher erleichtern.«

»Heiraten wir ruhig«, antwortete ich und sah nach draußen. Vor dem Fenster wuchs ein Fliederbusch, der gerade zu grünen begann. Ich malte mir aus, wie er im Sommer aussehen würde, wenn der Wind die Blüten schüttelte. Voll schwerer, süßlicher Üppigkeit. »Zuerst müssen wir für einige Zeit nach Frankreich fahren«, setzte ich hinzu. »Familiendinge erledigen, verstehst du?«

»Ihr kommt doch bald zurück?«

»Iris«, begann ich und schluckte. »Der Abend in der Oper … erinnerst du dich, was passiert ist?«

»Ich …« Iris runzelte die Stirn. »Mir war schwindlig, wahrscheinlich bin ich umgekippt. Frau Ei hat mich ins Krankenhaus gebracht. Das wäre nicht nötig gewesen, aber sie war besorgt um das Baby.«

»Möchtest du, dass wir bleiben?«

»Ihr wollt abreisen«, sagte Iris. »Vornehme Damen betteln nicht.«

Vor dem Krankenhaus winkte ich einem Taxi und bat den Fahrer, uns zur nächsten Bar zu bringen. Der Opernkeller war fast leer. Der Kellner sah uns lange an, führte uns dann aber an einen Tisch. Ein Mädchen mit schwedischem Akzent sang ein Lied, dessen Text ich nicht verstand. Ich bestellte Tee nach, bevor Max seine Tasse ausgetrunken hatte.

»Lass die Flasche gleich auf dem Tisch«, sagte ich.

»Wir servieren den Tee nicht in Flaschen«, gab der Kellner naseweis zurück. Ich wedelte mit einem Hunderter und kippte den dritten Whisky herunter. Mir wurde warm im Bauch, die Farben im Lokal wurden sanft und dunstig. Ich mochte die Weichheit der finnischen Sprache. Die langen Laute verschmolzen zu einem Lied mit einer klagenden Melodie.

»Tanzen wir«, sagte ich zu Max, der aus irgendeinem Grund still war. Ich wollte die Bewegung spüren. Der Whisky machte mich freier, lustiger, stoppte den ständigen inneren Monolog, die voranmarschierende Armee der Gedanken.

Das Mädchen am Nebentisch sah ihren Begleiter an, als wir sie aufforderten, nickte aber. Ihre Handfläche war verschwitzt, doch sie hatte einen hübschen Mund. Ich mag schmale Oberlippen, sie haben Charakter. Als ich ihr das sagte, lachte sie und warf einen Blick zu ihrem Tisch.

»Sieh mich an, wenn du tanzt«, forderte ich. »Deine Hüfte ist zu straff. Du bewegst dich ungeschickt.«

»Ich muss gehen«, sagte das Mädchen.

Plötzlich kam der Kellner angerannt und erklärte irgendetwas, so schnell, dass ich ihm nicht folgen konnte. Ich starrte ihn an und schloss ein Auge, um mich zu konzentrieren. Er redete von einer Rechnung und einem Abendessen. Sein Schnurrbart zitterte, wenn sich die Oberlippe bewegte. Ich musste lachen. Das schien den Mann noch mehr aufzubringen.

»Worum geht es?«

»Das geht dich nichts an.« Ich warf einen Blick auf den Fragenden und erkannte sein Gesicht durch den Nebel hindurch. Robert.

»Ich kenne die beiden. Alles in Ordnung«, sagte Robert zu dem Kellner.

»Die Zeche geprellt …«, beharrte der.

»Du kennst keinen!«, brüllte ich Robert an und versetzte ihm einen Schlag auf das Kinn. Er stürzte und warf im Fallen ein paar Stühle um. Der Kellner packte Max an der Hemdbrust und rüttelte ihn. Ich tastete mit der Hand über den Tisch, fand eine Teekanne und schlug sie dem Kellner über den Kopf. Von irgendwoher tauchten weitere Arme und Beine auf. Mir war schwindlig, jemand musste mich geschlagen haben. Meine Lippe blutete. Der ganze Raum schwankte. Ich schlug blindlings um mich und verspürte Genugtuung, wenn ich etwas Weiches traf.

»Gehen wir, Isaak.« Ich hörte Max' Stimme, doch ich wollte noch nicht aufhören. Ich trat zu und hörte ein Knacken. Widerstrebend ließ ich mich von Max zur Tür ziehen. Er steckte der Zigarettenverkäuferin am Eingang ein Bündel Geldscheine zu und nahm unsere Mäntel.

Draußen war es kühl.

»Ich würde lieber nicht abreisen«, sagte ich zu Max. »Wir können Iris nicht verlassen.«

Mein Bruder faltete unsere Anzüge, legte sie in die Reisekiste und strich mit dem Daumen die Falten gerade. Er schwieg lange, bevor er antwortete.

»Es ist besser für sie«, sagte er. »Du hast gehört, was Frau Ei gesagt hat. Das Mädchen ist überanstrengt. Man kann ihr nicht vertrauen. Wir müssen jetzt an uns denken.«

»Die Ei will sie für sich haben«, murmelte ich.

»Inwiefern sind deine Motive edler als ihre?«, fragte Max. »Frau Ei hat Geld. Sie kann die besten Ärzte besorgen. Wir kommen zurück. Zuerst verdienen wir Geld, dann kommen wir zurück.«

»Nein.«

»Isaak«, sagte Max. »Hör mir zu. Die Frau ist verwirrt. Sie will uns auseinanderbringen. Du hast dich noch nie so aufgeführt. Du und Iris. Daraus wird nie etwas.«

»Ich liebe sie.«

»Dann verstehst du, dass wir gehen müssen. Ihr stachelt euch gegenseitig auf. Iris braucht jetzt einen normalen Menschen um sich, keinen von unserer Art.«

»Iris ist die Hauptsache«, murmelte ich, rollte die Strümpfe zusammen und warf sie in die Reisekiste.

Max und ich waren bereit, Iris zu verstoßen, sie allein zu lassen, sobald uns jemand die Erlaubnis dazu gab. Frau Ei brauchte nichts zu fordern, keinen Druck auszuüben. Wir wollten gehen, bevor es schwierig wurde. So verließ ich, Isaak Lang, die einzige Frau, die ich geliebt habe. Die einzige, die mich vielleicht auf ihre Weise liebte. Und niemand brauchte mir mit einer Waffe zu drohen oder meine Abreise mit Geld zu erkaufen. Wir liefen davon, erfüllt von Edelmut, und redeten uns ein, es sei das Beste für Iris.

Die Krokusse

1932

April. Die Krokusse schieben sich aus dem vom Schnee zusammengepressten Boden. In jedem Frühling derselbe, nie endende Kampf um das Leben, um die ersten Bienen. Die Blumen erblühen voller Leben, neu, als wäre der Herbst aus dem Gedächtnis der Zwiebeln gelöscht. Der Frühling hat kein Gedächtnis. Er hält sich jedes Jahr für neu.

Max ist heute gesünder. Er ist bereit, einen Spaziergang in den Park zu machen. Wir stapfen langsam vorwärts. Max stützt sich auf seinen Stock. Eine dünne Stange mit silbernen Beschlägen. Nur für stutzerhaftes Bummeln geeignet. Aber Max will um keinen Preis zugeben, dass er krank ist. Die Frühlingssonne durchbohrt sein Gesicht. Seine Haut ist grau und schuppig. Ich sehe den Rand der Puderschicht. Die Schminke hat sich in den Falten um seinen Mund abgesetzt. Max sieht aus wie ein Gespenst. Zum ersten Mal bemerke ich den hellroten Fleck auf seinem Kopf. Seit wann hat mein Bruder Haarausfall? Max kneift die Augen zusammen. Die Sonne blendet ihn. Er atmet mühsam, legt die Hand auf die Brust.

»Setzen wir uns einen Moment hin«, sage ich. »Ich bin müde.«

Max sieht mich an, erhebt aber keinen Einspruch. Ich wische den Rand der Parkbank mit der Zeitung ab und breite sie auf dem Sitz aus. Max zieht vorsichtig die Hosenbeine hoch. Man ist nie zu krank, um ausgebeulte Hosen zu vermeiden.

Die Bank ist grün gestrichen. Auf der Lehne steht in krakeligen Buchstaben: »Eino & Anna-Leena.« Anna-Leena liebt

Eino. Eino liebt Anna-Leena. So geht es zu in der Welt. Die Bänke werden einmal im Jahr gestrichen, und im nächsten Sommer liebt wieder jemand. Anna-Leena liebt Antti, Antti Eeva, Eeva wer weiß wen. Eine Schar junger Leute geht vorbei. Sie beobachten uns aus den Augenwinkeln, reagieren aber nicht auf unseren Anblick. Einige tragen die Uniform der Schutzkorps, einer hat ein Band um den Arm, dessen Symbolik ich nicht kenne. Die Haare der jungen Männer sind sehr kurz geschnitten. Sie gehen leicht vorgebeugt und lachen. Der mit dem Band legt den Arm um eins der Mädchen. Sie sagt etwas, und er lacht wieder. Das Mädchen geht nicht, sondern hüpft. Jeder dritte Schritt ist ein Hopser. Eins, zwei, hops. Einen Augenblick lang glaube ich Iris zu sehen, doch dann komme ich zu mir. Dieses Mädchen ist viel größer, viele Jahre jünger.

Meine Geschichte nähert sich dem Ende. Sie ist länger geworden, als ich dachte. Viel zu viele Picknicks, Feste und Frühlingsmorgen im Kaivopuisto-Park. Zu viel Herumstreifen auf dem Saint-Michel, zu viele Cafés und Zirkushuren. Zu viele Zwerge, Meerjungfrauen und unbekannt bleibende Nebenfiguren. Das Schlimmste ist, dass alle, die an dieser Geschichte beteiligt sind, längst unmodern gewordene Kleider tragen. Sie flattern in orangen Saris herum, in Federboas, in Hahnentritt-Tweed. Sie tragen Handschuhe, die ein vernünftiger Mensch nur zur Gartenarbeit anziehen würde. Ihre Gedanken sind die Gedanken der falschen Generation. Sie spazieren herum, als wüssten sie nicht, wie ernst das Leben ist. Sie lachen, ohne etwas von Politik zu wissen, und sie haben keine gesellschaftspolitische Botschaft zu verkünden.

Letzte Nacht habe ich wieder von Iris geträumt. Sie kam auf mich zu, einen weißen, breitkrempigen Hut auf dem Kopf. Es war bewölkt, doch sie kaute auf dem Bügel einer Sonnenbrille. Um den Hals trug sie einen weißen Marder. Spätestens daran erkannte man sie als Ausländerin. Kein Finne kauft weiße Pelze. Sie färben sich innerhalb weniger Jahre gelblich. Wie Schnee, in dem ein Hund seine Spuren hinterlassen hat. Es schien Sommer zu sein. Iris schwitzte. Eine schwarze Locke klebte an ihrer Schläfe. Sie kam auf mich zu, bemerkte uns aber nicht. Ihre Absätze machten kein Geräusch. Iris' Schritte waren kurz, schwankend. Sie hielt die Knie dicht zusammen und humpelte leicht. Ihre Schuhe waren aus weißer Alligatorimitation.

»Warum läufst du auf so unsinnigen Absätzen?«, fragte ich sie einmal. »Du verdirbst dir die Füße.«

»Auf Stelzen ist man dem Himmel näher«, lachte Iris. Es klang nach einem Zitat. Ich weiß nicht, ob es eins war.

»Biber auf Stelzen«, sagte man im Theater Marinara. So nannte man ein Mädchen, das sich zu viel einbildete. Man holte die Hure auf ihren Platz zurück. Doch das ist lange her. Und niemand hätte gewagt, so etwas auch nur zu flüstern, wenn Lucia dabei war.

In meinem Traum war Iris umweht von einem hellen, mit blassen Orchideen bedruckten Sommerkleid. Wir waren allein auf der Straße. Ihr Gesicht war ungeschminkt. Sie wirkte jünger, ernster, als wolle sie etwas Wichtiges sagen. Aus ihrem Mund stiegen Bläschen. Wasser lief ihr am Kinn herunter.

»Entschuldige«, sagte ich.

Im Nachhinein weiß man immer, was man hätte sagen müssen.

Iris flieht

1932

Frau Ei trägt ein geblümtes Kleid, in dem sie aussieht wie eine Melkerin. Ich überlege, ob sie beim Bankenkrach viel verloren hat.

»Das hat aber lange gedauert«, sagt Max.

»Iris ist in der Nervenheilanstalt«, seufzt Frau Ei. »Ich habe mit meinem Anwalt gesprochen, aber er macht mir keine große Hoffnung. Jakob ist Iris' Vormund und will, dass sie dort bleibt.«

»Lieber Herr Jesus«, sagt Max. »Ich meine, manchmal ist die Welt doch logisch.«

»Sie ist mit Insulin behandelt worden, und man sagt, es gehe ihr besser. Sie schreibt wieder Gedichte.«

»Das gefällt mir nicht«, wende ich ein. »Iris hasst Stillsitzen und Regelmäßigkeit.«

»Genau das hat ihr immer gefehlt. Sie braucht Ausgeglichenheit und Geborgenheit.«

»Und einen regelmäßigen Stillrhythmus«, sagt Max. »Da hat jemand den Leitfaden für die Säuglingspflege gelesen.«

»Ich habe versucht, Jakob umzustimmen«, seufzt Frau Ei. »Aber er wurde unverschämt. Er hat sich erdreistet, anzudeuten, die Beziehung zwischen mir und Iris sei unschicklich. Ich habe nie …«

»Glaubst du, dass du Auto fahren kannst?«, frage ich Max.

»Wieso nicht. Es kann nicht komplizierter sein als ein Dreirad.«

Iris sitzt auf einer Bank unter einer Linde. Um sie herum strecken die Tulpen ihre Köpfe aus der Erde. Sie hat ein Buch auf dem Schoß, starrt aber in die Ferne, in ihre Erinnerung. Die Vorderzähne kauen auf der Unterlippe. Sie trägt einen weißen Hut mit Krempe und einen weiten Mantel. Die Knöchel hat sie unter der Bank verschränkt, damit sie stillhalten.

»Iris«, sage ich und setze mich neben sie. Sie zuckt zusammen, sieht mich lange an und wendet den Blick ab.

»Es tut mir leid«, sage ich.

»Ich habe auf euch gewartet. Gewartet, dass ihr mich holt.« Ihre Hände zittern, als sie die Zigarette anzündet. Das Etui ist billige emaillierte Dutzendware. Etwas weiter weg stützt eine Krankenschwester eine langsam vorwärts tapsende Frau. Das weiße Klinikgebäude ragt im Park auf wie ein Palast.

»Das ist Manta, sie war Hausmädchen bei Mannerheim. Sie hat Gehirnschanker. Das haben hier die meisten, man behandelt sie mit Quecksilberspritzen. Deshalb ist Mantas Zahnfleisch schwarz, und ihr sind die Zähne ausgefallen.«

Manta geht mit stierem Blick an uns vorbei, ich mahne Iris, leiser zu sprechen.

»Sie begreift nichts, selbst wenn sie uns hört. Sie ist stumpf wie eine Stopfnadel.«

Plötzlich läutet eine Glocke, das Geläut hallt durch den Garten, springt durch die Hecken und prallt an den weißen Mauern ab.

»Teestunde«, sagt Iris. »Ich muss gehen.«

»Wir haben ein Auto, gleich um die Ecke«, sage ich. »Wir sind hier, um dich abzuholen.« Das Licht durchdringt Iris' Gesicht.

Als sie den Wagen sieht, streichelt sie ihn und legt die Wange an das Metall.

»Mein Ford.«

»Frau Ei hat ihn Jakob abgekauft. Sie kann nicht fahren,

aber sie wollte nicht, dass der Wagen in fremde Hände kommt.«

Iris nimmt die Sonnenbrille aus der Tasche. Ihr Rücken ist wieder gerade. Sie lacht und setzt die Brille auf.

Sie fährt schnell, bis die Asphaltstraße sich außerhalb der Stadt in einen Sandweg verwandelt. Max reicht ihr eine Whiskyflasche, aus der sie einige Schlucke trinkt. Ich lehne mich zurück und rede unaufhörlich.

»Wir kaufen Fahrkarten für ein Schiff, das in Liverpool abfährt. Für den Anfang mieten wir eine kleinere Wohnung, vielleicht über einem Theater, und bleiben dort, bis wir etwas Passendes finden …«

Der Whisky wärmt den Magen, Amseln fliegen von den Feldern auf, die Luft riecht nach Erde und nach Versprechungen.

Iris sagt nichts. Bei Porvoo biegt sie auf den Weg ab, der zur Villa führt. Erst dann beginnt sie zu sprechen.

»Sie haben behauptet, ich wäre aggressiv«, sagt sie. »Deshalb haben sie mich in eine Badewanne gesetzt, festgebunden und mit zerstoßenem Eis übergossen. Anfangs war ich tagelang gefesselt. Ich dachte, es hätte einen Irrtum gegeben. Jakob oder Frau Ei würde mich nach Hause holen. Ich habe euch geschrieben. Ich habe viele Briefe geschrieben, aber niemand hat geantwortet. Einige Briefe kamen ungeöffnet zurück, mit einer Aufschrift in Französisch, die ich nicht verstand.«

»Das Theater hat Konkurs gemacht«, sage ich. »Es gehörte einem amerikanischen Investor, dessen Geld in der Bauindustrie steckte …«

»Dreimal wöchentlich musste ich mit einem albernen Idioten reden, der Professor genannt wurde. Schlimmer als der schleimige Glatzkopf, zu dem Jakob mich früher geschickt hat. Er interessierte sich vor allem für mein Geschlechtsleben.

Für euch, für Robert, sogar für Frau Ei. Er wollte von mir hören, dass die Ei und ich eine lesbische pathologische Beziehung haben. Außerdem sollte ich ihm in allen Einzelheiten meine Kindheit schildern. Er sagte, meine Fantasien hätten schon in der Pubertät begonnen, als ich mir vorstellte, mein Vorgesetzter sei mir zu nahe getreten, und dann wäre es mit Vergewaltigungsfantasien weitergegangen.«

»Iris …«

»Schließlich habe ich ihm alles erzählt, was er, wie ich glaubte, hören wollte, ich dachte, dann würde er Ruhe geben, aber er hat sich nur noch mehr Notizen gemacht. Ich glaube, er hatte eine schlechte Beziehung zu seiner Mutter.«

Sie kurvt scharf nach rechts. Ihr Mund ist ganz schmal geworden. Als sie das Grundstück erreicht hat, hält sie nicht an, sondern fährt weiter. Der Steg ist kürzlich weiß gestrichen worden. Hinter ihm schimmert das Meer.

»Iris, halt an!« Ich versuche, über Max hinweg nach dem Lenkrad zu greifen, und mein Bruder kommt auf denselben Gedanken. Der Wagen biegt nach links, doch Iris tritt aufs Gas. Wir gleiten über den Steg ins Meer.

Für einen Augenblick steht alles still. Alle Geräusche verstummen. Das Auto sinkt auf den Grund. Es füllt sich mit Wasser. Ich sehe Iris mit offenem Mund lachen. Aus ihrem Mund steigen Blasen auf. Ihre Haare steigen wie Schatten nach oben. Max hängt schlaff neben mir. Als ich ihn schüttele, fällt sein Kopf nach hinten. Ich rüttle an der Tür, doch sie geht nicht auf. Die Luft drückt schmerzhaft in der Lunge. Ich wickle einen Strumpf um die Hand und schlage das Fenster ein. Max ist reglos. Ich halte ihm die Nase zu und atme in seinen Mund. Dann ziehe ich ihn hinter mir durch das Fenster.

Prustend kommen wir an die Oberfläche. Am Ufer erbricht sich Max. Jemand sitzt auf dem Steg.

Iris. Sie trinkt Whisky aus der Flasche und lacht. Aus ihren Kleidern läuft das Wasser.

Am Morgen erwachen wir in feuchten Laken, und ich friere. Iris ist fort, aber vor dem Haus steht ein fremdes Auto. Frau Ei sitzt auf der Veranda und lächelt uns mit einem Mundwinkel an.

»Guten Morgen.«

»Wo ist Iris?«

Frau Ei schließt die Augen. Sie sind mit toffeebrauner Creme bemalt, und sie muss zwinkern, damit die Mascara nicht verschmiert. Sie reicht mir einen Brief.

»Er ist geöffnet«, sage ich.

»Ich … ich musste wissen, was sie geschrieben hat.«

Ich nicke. Als ich den Brief nehme, streife ich versehentlich ihre Hand. Frau Ei schaudert.

»Ich habe nie etwas getan«, erklärt sie. »Ich wollte Iris nur in meiner Nähe haben und beschützen.«

Ohne mich um ihr Selbstmitleid zu kümmern, ziehe ich den Brief aus dem Umschlag. Ihm entsteigt ein Duft, den ich bereits vergessen glaubte. Maiglöckchen, Iris' Parfüm.

»Sie hat uns alle betrogen«, klagt Frau Ei.

Isaak,

ach, wie du lachen wirst, wenn du diesen Brief liest. Ich weiß, dass du dir den Bauch halten wirst. Wir haben alle Klatschbasen in Helsinki hinters Licht geführt und sind geflohen, Robert und ich. Glaube nicht alles, was sie über mich reden werden. Auch ich habe mein Niveau. Ich habe mir ein wenig von Jakobs Geld geliehen. Die Ei wollte ich nicht mehr um Geld bitten, das, was du mir geschickt hattest, war aufgebraucht, und Jakob hat so viel.

Ich habe ein Zuhause gesucht, Isaak. Jahrelang habe ich Ge-

borgenheit gesucht, ohne zu wissen, dass sie nebenan ist. Ich kehre nach Russland zurück, nach Hause. Dort braucht man Menschen wie uns. Robert kann malen, und ich lerne meinetwegen Flugzeuge zu schweißen. Ich hinterlasse Frau Ei alle meine Seidenstrümpfe. Sie sind ihr zu klein, aber sie kann sie ja auf einen Haufen legen und zwischen ihnen schlafen. Gott weiß, dass sie die Strümpfe bezahlt hat. Ich bin Unkraut, Isaak. In neuen Gesellschaften gedeiht das Unkraut.

Ich hätte euch gern mitgenommen, aber Robert sagte, solche wie ihr hätten in hoch entwickelten Gesellschaften keinen Platz. Was das betrifft, hoffe ich, dass die Sowjetunion nicht so hoch entwickelt ist. Tralala und Küsschen.

In Liebe, Iris

»Was bedeutet diese Geschichte mit Jakobs Geld?«, frage ich.

»Iris hatte offenbar einen Schlüssel zu dem Geschäft in der Yrjönkatu«, seufzt Frau Ei. »Sie hat den Safe im Hinterzimmer leergeräumt. Dort lag ungewöhnlich viel Geld, weil Jakob einen ausländischen Lieferanten erwartete. Iris hatte davon erfahren. Insgesamt 200 000 Mark.«

Iris hat recht, ich pruste los. Ich kann das Lachen nicht unterdrücken. Die Freude steigt tief aus dem Bauch auf, ich halte mich an der Lehne fest, um nicht vom Stuhl zu fallen.

»Sie stand in der Nacht vor Roberts Tür. Ich wusste gar nicht, dass sie noch zusammen waren, aber er hat sie offenbar in der Klinik besucht. Jakob windet sich in Qualen. Er hatte einige Investitionen im Ausland, die wertlos geworden sind. Das Schuhgeschäft hat nie viel abgeworfen. Jedenfalls nicht genug, um in diesem Stil zu leben.«

Frau Ei verzieht missbilligend den Mund.

»Ich dachte, ihr würdet den Vorfall ernster nehmen. Habt ihr Iris etwa geholfen?«

»Nein.« Ich schüttle den Kopf. »Aber ich hätte ihr geholfen, wenn sie mich darum gebeten hätte.«

»Ich werde auf jeden Fall jemanden nach ihr suchen lassen.«

»An deiner Stelle würde ich schweigen«, sage ich. »Es könnte sein, dass Iris erschossen wird, wenn man sie erwischt.«

Frau Ei schlägt das Bündel auf, das sie mitgebracht hat.

»Ich habe Robert gebeten, sie mir zu geben. Er hatte sie auf den Abfall geworfen, war aber bereit, sie mir zu verkaufen.« Sie hebt die Skulptur hoch, und ich starre sie an. »Sie war entzweigebrochen, aber ich habe sie wieder zusammengeklebt. Ich dachte, es würde euch freuen, sie zu bekommen.«

Es ist seltsam, sich selbst mit den Augen eines anderen zu sehen. Der Mensch scheut sogar vor seinem eigenen Spiegelbild zurück, aber eine Skulptur, in der sich das eigene Fleisch durch die Kraft eines fremden Blicks formt, ist zugleich faszinierend und erschreckend. Ich trage das Werk in einer Hand. Der geklebte Riss zieht sich über Max' Rücken zu den Beinen.

Später erfahren wir, dass sie die Grenze mit einem Motorboot überquert haben. Die Grenzwache in Salmi hatte den Fahrer des Bootes erschossen aufgefunden. Vermutlich waren russische Grenzschützer am Werk gewesen.

Roberts Skulpturen wurden in einem Gebrauchtwarenhandel in Sortavala gefunden. Sie wurden beschlagnahmt und als Schrott verkauft. Robert und Iris wurden getrennt und zur Umerziehung geschickt. Danach verliert sich Iris' Spur. Womöglich ist sie bereits in Sibirien.

»Iris schafft es«, sage ich. »Es würde mich nicht wundern, wenn sie inzwischen Stalins Geliebte wäre. Solche wie Iris kommen immer durch.«

Ich schließe die Augen und glaube sie zu sehen. Iris im blauen Arbeitsanzug, lachend geht sie mit anderen, gleich gekleideten Frauen am Feldrand entlang. Sie streicht die Haare hinter die Ohren und blickt sich um. Vielleicht denkt sie einen Moment an uns, jedenfalls verengen sich ihre Augen und sie bleibt stehen. Eine größere Frau sagt etwas zu ihr, doch Iris winkt ab. Dann ist der Augenblick vorbei, Iris dreht sich um und schließt sich den plaudernden Frauen an.

Das dunkle Zimmer

1932

Die Pflegerin stößt die Tür auf. Ihre Arme sind kräftig und stark geädert. Ich erinnere mich nicht an ihren Namen. Daran müsste ich mich doch erinnern. Ich runzle die Stirn. Lucia, denke ich. Madame Lucia? Das klingt bekannt. Wie schwierig es ist, Namen zu behalten. Ich lächle vorsichtig. Vielleicht ist es eine andere Pflegerin als sonst. Sie nickt und betrachtet Max misstrauisch.

»Wie geht es uns?« Dann schaut sie mich an. »Müssen wir zur Toilette?« Ich schüttle den Kopf. Nach einigen Unfällen wurde Max in Windeln gewickelt, die garantiert nicht aus dieser Saison stammen. Ich habe noch das Privileg, zu den Badezimmermenschen zu gehören. Ich hoffe, dass unsere gemeinsamen Organe versagen, bevor ich auf dieses Vorrecht verzichten muss. Ich habe meinen Körper auf jeder Bühne dieses Kontinents verkauft, aber ich will allein pinkeln. Neben Max, meine ich.

Lucia, das muss es sein. Ich bin stolz darauf, dass ich noch nicht alles vergessen habe. Es bleibt nur noch wenig Zeit. Wenn man lange genug in die Dunkelheit starrt, sieht man am Ende etwas. Ich liege zusammengekrümmt neben Max und streiche ihm über die Haare. An den Wurzeln schimmern sie grau. Max will, dass auch ich mir die Haare färbe.

»Wenn man seinen Bruder anschaut, sieht man am deutlichsten, dass man älter wird.«

»Ich bin nicht alt«, sage ich. Meine Lider fühlen sich trocken an. Ich bin müde. »Du bist alt.«

Max lächelt mit halbem Mund.

»Das Alter macht einen Gentleman interessant.«

»Es wäre nett, diesem Gentleman einmal vorgestellt zu werden.«

Max hört nicht mehr zu. Der Schmerz hat ihn gezwungen, die Augen zu schließen. Ich möchte das Gespräch fortsetzen. Ihn noch einmal zum Lächeln bringen. Die Worte erlöschen im Aschegeschmack, der meinen Mund füllt. Irgendwo tropft ein Wasserhahn.

Ich versuche mich zu erinnern, wie Iris aussah. Gern würde ich erzählen, wie sie ging, wie ihr Lächeln war. Doch vor ihrem Gesicht liegt Nebel. Ich gehe in Gedanken durch einen Garten. Im Schatten der Apfelbäume sind Tulpen gewachsen. Sie haben sich noch nicht geöffnet. Die grünen Knospen sind hart wie eine Kinderfaust. An ihrer Spitze laufen die gelben Adern in einer leichten Rötung aus. Weiter hinten auf dem Acker sind noch einige kahle Stellen zu sehen. Überreste der Drohungen des Winters. Am Ufer bewegt sich jemand. Iris. Sie trägt einen weißen Pelzhut. In der Mitte liegen ihre Haare darauf wie Hundekot im Schnee. Ihr Gang ist anders, ein leichtfüßiges Laufen. Dann merke ich, dass etwas nicht stimmt. Ich lege die Hand an die Wange und stelle fest, dass ich geweint habe. Es ist die rechte Hand. Ich blicke zur Seite. Max ist nicht da. Ich stehe allein vor der Villa. Ich hebe den Arm. Balle die Hand zur Faust und öffne sie wieder. So fühlt es sich also an. Trauer dringt mir aus den Poren, als würden meine Organe durch ein Sieb gestrichen.

Ich zwinkere mit den Augen und überlege, ob ich gerade eingeschlafen war. Mir ist, als ob das Zimmer nach Maiglöckchen duftet, nach Parfüm, dem eine Spur Jasmin beigemischt ist. Jetzt sehe ich das Zimmer deutlicher. Meine Augen haben sich an das Zwielicht gewöhnt. Die Matratze quietscht, als ich mich umdrehe. Eine der Federn drückt mich im Rücken. Ich schiebe mich in die Vertiefung, die sich in der Matratze gebildet hat, und denke an die früheren Hotelgäste, deren warme Körper sich dem Gedächtnis der Matratze eingegraben haben. Schuppende, sekretierende Körper voller Wünsche und Erwartungen. Schlafende Rücken, Hinterteile und vom Reisen ölig gewordene Kopfhäute. All die Unbekannten lassen sich vom Kissen umarmen, seufzen, ächzen, blinzeln. Ihre Anwesenheit schafft Geborgenheit. Ich stelle sie mir als Schlange vor, fluchend, im Bett lesend, die Nachttischlampe löschend, die Zehennägel schneidend. Sie kauen einen Apfel, graben Kerne aus dem Zahnfleisch, rülpsen, so wie man rülpst, wenn man sich allein wähnt. Sie wissen nicht, dass ich sie beobachte. Sie wissen nicht, dass ich hier bin. Ich puste die Haare weg, die Max über die Augen gefallen sind. Dabei zittern seine Wimpern, als träume er.

Abraham, Isaaks Vater, schloss ein Bündnis mit Gott, um Nachfahren zu bekommen. Gott bat ihn, eine dreijährige Färse, eine dreijährige Ziege sowie eine Hohltaube und ein Taubenjunges zu spalten. In der Nacht, als Abraham vor Angst zitterte, ging Gott zwischen den zerspaltenen Körpern hindurch. Sein Feuer versengte sie. In dieser Nacht geht jemand zwischen Max und mir hindurch. Zum ersten Mal hebt sich seine Brust nicht im Rhythmus meines Atems. Ich höre seine Stimme nicht mehr hinter meinen Augen.

Mein Bruder ist tot. Die Luft in unserem Zimmer wird bei jedem Atemzug dichter, und mein Bruder Max ist tot. Er hat ein dummes kleines Hüsteln von sich gegeben und dann an die Decke gestarrt. Mein Bruder Maxwell. Zuerst dachte ich, er betrachte die Fliege, die sich an der Decke niedergelassen hat. Sie hat Flügel, die eng am Rücken anliegen, und die richtige Anzahl Beine. Ihr Rüssel haftet sich an alles

Lebende und Tote, aber sie hütet sich, uns zu nahe zu kommen.

Das Insekt reibt die Vorderbeine aneinander. Es tut, als sei es nur ein Nagel, der aus der Decke ragt. Ich und Max spiegeln sich in seinen hundert Augen. Wir liegen nebeneinander im Hotelbett. Ich schmiege mich an den warmen Körper meines Bruders. Bald stellen unsere gemeinsamen Organe ihre Tätigkeit ein, und dann sterbe ich.

Fliegen sind niemals allein. Als Kastor starb, begrub Polydeukes ihn. Er ließ ein Denkmal für seinen Bruder errichten, das weithin zu sehen war. Seine Marmorsäulen warfen blaue Schatten. Polydeukes presste die Stirn an eine Säule. Sie fühlte sich kühl an. Er weinte. Er war nie von seinem Bruder getrennt gewesen. Zuerst dachte er daran, sich zu töten, um seinem Bruder zu folgen, doch dann erkannte er, dass es unmöglich war. Polydeukes war der Sohn des Zeus, als Sohn eines Gottes war er unsterblich. Sein Bruder dagegen, obwohl aus dem gleichen Leib geboren, war ein gewöhnlicher Königssohn. Technisch waren sie wohl keine Zwillinge, aber vielleicht nahmen die Griechen es nicht so genau. Polydeukes war dazu verdammt, sein Leben von nun an auf dem Olymp zu verbringen, getrennt von seinem Bruder. Er flehte Zeus um Hilfe an, doch selbst Zeus vermochte gegen die Weltordnung nichts auszurichten. Die Menschen mussten sterben. Doch als er seinen gramgebeugten Sohn sah, fand Zeus eine Lösung. Die Zwillinge durften jeden zweiten Tag auf dem Olymp und jeden zweiten im Hades verbringen. So konnten sie ihre beiden Welten teilen und waren nie allein.

Wenn ich die Augen schließe, höre ich das Surren der Fliege. Ich kann sie an der Decke nicht sehen, nicht im Muster der Bettdecke, nicht in dem Schmutz, der sich auf dem Teppich gesammelt hat. Fliegen schlüpfen in großen Massen. Sie hinterlassen dicht gesteppte Löcher auf den Kuhfladen. Machen die feucht dampfenden Fladen trocken und hart. Die Fliegen sind nie allein. Wie warm Max' Körper noch ist. Fühlt sich meine Haut kalt an? Ich bin müde, aber ich darf noch nicht einschlafen.